Knoth

JAMES LEE BURKE

Im Dunkel des Deltas

Buch

Auf einer Plantage in der Nähe von New Orleans lebt friedlich die schwarze Farmerfamilie Fontenot, bis man sie eines Tages von dem gepachteten Stückchen Land vertreiben will. Detective Dave Robicheaux stößt bald auf die zwielichtigen Machenschaften des mächtigen Giacano-Clans. Bei seinen Ermittlungen verstrickt er sich in das wirre Geflecht der undurchsichtigen Verbindungen. Erste Anhaltspunkte liefert ein Notizbuch, das ihm der Dealer Sonny Boy Marsallus auf der Flucht vor den Schergen des Clans anvertraut. Doch bald schon fließt das erste Blut ...

James Lee Burke beschwört die Atmosphäre des Mississippi-Deltas aus fiebriger Hitze, Moskitos und Regenstürzen, aber auch die jazzige Stimmung im Nachtleben von New Orleans herauf. Es gelingt ihm mühelos, seine Leser in die dunkel brodelnde Welt des tiefen amerikanischen Südens zu entführen.

Autor

James Lee Burke, 1938 in Louisiana geboren, wurde bereits Ende der 60er Jahre von der Literaturkritik als neue Stimme aus dem Süden gefeiert. Mitte der 80er Jahre wandte er sich dem Kriminalroman zu, in dem er die unvergleichliche Atmosphäre von New Orleans mit packenden Stories verband. Burke, der bereits zum zweiten Mal mit dem Edgar-Allan-Poe-Preis ausgezeichnet wurde, lebt heute abwechselnd in Missoula/Montana und New Orleans.

Bereits erschienen:

Flamingo. (Roman 41317)
Weißes Leuchten. Roman (41544)
Im Schatten der Mangroven. Roman (42577)

Weitere Bücher sind in Vorbereitung.

JAMES LEE BURKE

Im Dunkel des Deltas

Roman

Aus dem Amerikanischen
von Georg Schmidt

GOLDMANN

Die amerikanische Originalausgabe erschien 1995
unter dem Titel »Burning Angel«
bei Hyperion, New York

Umwelthinweis:
Alle bedruckten Materialien dieses Taschenbuches
sind chlorfrei und umweltschonend.
Das Papier enthält Recycling-Anteile.

Deutsche Erstveröffentlichung 9/98
Copyright © der Originalausgabe 1995
by James Lee Burke
Copyright © der deutschsprachigen Ausgabe 1998
by Wilhelm Goldmann Verlag, München,
in der Verlagsgruppe Bertelsmann GmbH
Umschlaggestaltung: Design Team München
Umschlagfoto: TIB/Schneps
Satz: deutsch-türkischer fotosatz, Berlin
Druck: Elsnerdruck, Berlin
Verlagsnummer: 43531
Redaktion: Alexander Groß
V. B. · Herstellung: Katharina Storz/Str
Printed in Germany
ISBN 3-442-43531-5

1 3 5 7 9 10 8 6 4 2

*Für
Rollie und Loretta McIntosh*

*Ich befahl mich dem Gott der Unterdrückten an,
senkte das Haupt auf meine gefesselten Hände
und weinte bitterlich.*

– Aus *Zwölf Jahre als Sklave,*
ein autobiographischer Bericht
von Solomon Northup

1

Die Familie Giacano hatte sich bereits zu Zeiten der Prohibition sämtliche schwarzen Geschäfte in den Bezirken Orleans und Jefferson unter den Nagel gerissen. Freibrief und Genehmigung dafür kamen natürlich von der Kommission in Chicago, und kein anderer Familienclan traute sich jemals, in ihr Revier einzudringen. Seither waren Prostitution, Hehlerei, Geldwäscherei, Glücksspiel, Kreditwucher, Arbeitsvermittlung und sogar das Wildern in Südlouisiana ihre ureigene Domäne. Kein Nepper, Schlepper, Bauernfänger, kein Einbrecher, Dieb, Lockvogel oder Straßenlude stellte das jemals in Frage, es sei denn, er wollte sich auf Kassette anhören, was Tommy Figorelli (auch bekannt als Tommy Fig, Tommy Fingers, Tommy Five) zum Winseln der Elektrosäge zu sagen hatte, kurz bevor er gefriergetrocknet und in Einzelteilen an den hölzernen Ventilatorblättern in seiner eigenen Metzgerei aufgehängt wurde.

Deshalb war Sonny Boy Marsallus, der in der Sozialsiedlung in Iberville aufgewachsen war, als dort noch lauter Weiße wohnten, in den siebziger und achtziger Jahren eine Art Wunder gewesen. Er beteiligte sich nicht am Geschäft, ließ sich weder auf Zuhälterei noch auf Drogen- oder Waffenhandel ein, und er sagte dem fetten Alten, Didoni Giacano persönlich, daß er zu den Weight Watchers gehen oder sich für die Rettung der Wale einsetzen sollte. Ich sehe ihn immer noch vor mir, wie er an einem gleißend blauen Spätnachmittag im Frühling, als die Palmwedel im Wind knatterten und die Straßenbahn klingelnd auf dem Mittelstreifen vorbeifuhr, knapp unterhalb des alten Jung-Hotels draußen auf dem Gehsteig stand, die Haut makellos wie Milch, die bronze-roten Haare leicht eingeölt und seit-

lich nach hinten gekämmt, und wie immer irgendein Spiel laufen hatte – Crap oder Bourre um hohe Einsätze, wenn er nicht
draußen auf der Rennbahn irgendwelche schmutzigen Gelder
aus Jersey wusch, einschlägig bekannte Rückfalltäter, die kein
von Amts wegen zugelassener Winkeladvokat mit der Beiß-
zange angefaßt hätte, auf Kaution rauspaukte oder zinslos Geld
an Mädels verlieh, die aussteigen wollten.

Genaugenommen lebte Sonny den Ehrenkodex vor, den der
Mob für sich in Anspruch nahm.

Aber zu viele Mädels stiegen mit Sonnys Geld in den näch-
sten Greyhound und verließen New Orleans, als daß ihn die
Giacanos weiter gewähren lassen konnten. Seinerzeit ging
Sonny außer Landes, nach Süden, wo er den Auftakt des großen Theaters, das die Reagan-Regierung in El Salvador und
Guatemala veranstaltete, aus erster Hand miterlebte. Clete
Purcel, mein alter Partner bei der Mordkommission im First
District, hatte da unten mit ihm zu tun gehabt, als er seinerseits
wegen Mordes auf der Flucht war, aber er wollte nie darüber
reden, was sie dort getrieben hatten oder woher die seltsamen
Gerüchte stammten, die über Sonny im Umlauf waren: daß er
vor lauter *Muta, Pulche* und psychedelischen Pilzen verrückt
geworden wäre, sich linken Terroristen angeschlossen, eine
Zeitlang in einem Dreckloch in Nicaragua im Knast gesessen
hätte, mit guatemaltekischen Flüchtlingen in Südmexiko arbeitete oder in einem Kloster in Jalisco sei. Wie man's auch
drehte und wendete, einem Halbseidenen von der Canal
Street, der Narben an den Augenbrauen hatte und mit klin-
gender Münze beschwingt durch die Welt schritt, sah das überhaupt nicht ähnlich.

Deshalb war ich überrascht, als ich hörte, daß er wieder in
der Stadt war, im Geschäft mitmischte und seine Spiele im
Pearl einfädelte, wo die alte, grüngestrichene eiserne Straßenbahn von der St. Charles Avenue in die bonbonbunte, von
windzerzausten Palmen bestandene Glitzerwelt an der Canal
Street einbog. Als ich ihn zwei Querstraßen weiter in einem
im Neonlicht flimmernden Tropenanzug und einem lavendel-

farbenen Hemd vor einem Spielsalon herumhängen sah, wirkte er wie eh und je, so als wäre er nie unter südlicher Sonne gewesen, hätte sich niemals mit einem M-60 oder schwerem Marschgepäck durch den Dschungel geschleppt, wo man sich abends die Blutegel mit Zigaretten aus der Haut brannte und tunlichst nicht an den strengen Geruch dachte, der aus den fauligen Socken aufstieg.

Schwarze Poolspieler lehnten an den Parkuhren und lungerten vor den Läden herum, Musik dröhnte aus den Ghettoblastern.

Er schnippte mit den Fingern, klatschte in die Hände und zwinkerte mir zu. »Wie läuft's denn so, Streak?« sagte er.

»Nichts los, Sonny. Hast du immer noch nicht genug von Kriegsschauplätzen?«

»Meinst du die Stadt? So übel ist die gar nicht.«

»Ist sie doch.«

»Komm, trink ein Bier, iß ein paar Austern mit mir.«

Er sprach mit näselndem Akzent, wie die meisten aus einfachen Verhältnissen stammenden Menschen in New Orleans, deren Englisch von den Ende des neunzehnten Jahrhunderts eingewanderten Iren und Italienern beeinflußt war. Er lächelte mich an, stieß dann einen Schwall Luft aus dem Mund und schaute kurz die Straße auf und ab. Dann heftete er den Blick wieder auf mich, immer noch lächelnd – ein Mann, der seinem ureigenen Rhythmus folgte.

»Huch«, sagte er und tippte sich mit dem ausgestreckten Zeigefinger an die Stirn. »Hab ich vergessen. Ich hab ja gehört, daß du jetzt zu Versammlungen gehst. Hey, ich steh auf Eistee. Komm schon, Streak.«

»Warum nicht?« sagte ich.

Wir standen an der Bar im Pearl und aßen rohe Austern, die salzig und kalt waren und an deren Schalen Eissplitter hafteten. Zum Zahlen zog er eine mit einem dicken Gummiring umwickelte Geldrolle aus lauter Fünfzigern aus der Hosentasche. Unterkiefer und Nacken waren frisch rasiert und ausgeschoren und schimmerten regelrecht.

»Hast du's nicht mal mit Houston oder Miami versuchen wollen?« fragte ich.

»Wenn anständige Menschen sterben, ziehen sie nach New Orleans.«

Doch das betont elegante Auftreten und die gute Laune waren nicht überzeugend. Sonny wirkte irgendwie angegriffen, leicht gehetzt, vielleicht auch ein bißchen ausgebrannt vom eigenen Schwung, war allzu wachsam, schaute sich ständig um und beobachtete die Tür.

»Erwartest du jemanden?« fragte ich.

»Du weißt doch, was Sache ist.«

»Nein.«

»Sweet Pea Chaisson«, sagte er.

»Aha.«

Er sah meinen Blick.

»Was denn, überrascht dich das?«

»Er ist ein bodenloser Scheißkerl, Sonny.«

»Ja, so kann man's vermutlich ausdrücken.«

Ich bedauerte bereits, daß ich mich auf einen kurzen Abstecher in den schönen Schein von Sonny Boys Seifenblasenwelt eingelassen hatte.

»Hey, geh noch nicht«, sagte er.

»Ich muß zurück nach New Iberia.«

»Sweet Pea braucht bloß Sicherheiten. Der Typ ist weit nicht so schlimm wie sein Ruf.«

»Erzähl das seinen Mädchen.«

»Du bist ein Cop, Dave. Ihr erfahrt doch die Sachen immer erst hinterher.«

»Bis zum nächsten Mal, Sonny.«

Sein Blick war auf das Fenster zur Straße gerichtet. Er legte mir die Hand auf den Unterarm und schaute dem Barmann zu, der einen großen Krug Bier zapfte. »Geh jetzt nicht raus«, sagte er.

Ich schaute zur Glasfront. Zwei Frauen gingen vorbei, redeten aufeinander ein. Ein Mann mit Hut und Regenmantel stand an der Bordsteinkante, so als warte er auf ein Taxi. Ein kleiner, stämmiger Mann mit einem Sportsakko stellte sich zu ihm. Beide schauten auf die Straße.

Sonny Boy biß einen Niednagel ab und spie ihn aus.

»Sweet Peas Sendboten?« sagte ich.

»Ein bißchen ernster. Komm mit aufs Klo«, sagte er.

»Ich bin Polizist, Sonny. Keine faulen Sachen. Wenn du Zoff hast, rufen wir die hiesigen Cops.«

»Spar dir die Sprüche für Dick Tracy. Hast du deine Knarre dabei?«

»Was denkst du denn?«

Er ging in den hinteren Teil des Restaurants. Ich wartete einen Moment, legte meine Sonnenbrille auf die Bar, damit jeder wußte, daß ich zurückkommen würde, und folgte ihm dann. Er verriegelte die Toilettentür, hängte seine Jacke daran auf und schlüpfte aus seinem Hemd. Seine Haut sah aus wie Alabaster mit harten roten Kanten entlang der Knochen. Eine blaue Madonna in einem Kranz aus nadelspitzen orangen Strahlen war auf seine rechte Schulter tätowiert.

»Schaust du auf mein Tattoo?« sagte er und grinste.

»Eigentlich nicht.«

»Oh, die Narben?«

Ich zuckte mit den Achseln.

»Zwei ehemalige Spezialisten von Somoza haben mich zu 'ner Sensibilisierungssitzung eingeladen«, sagte er.

Die Narben waren lila, dick wie Strohhalme und zogen sich kreuz und quer über Rippen und Brustkorb.

Er fummelte an einem schwarzen Notizbuch herum, das er mit Klebeband am Kreuz befestigt hatte. Mit einem Schmatzton löste es sich. Er hielt es in der Hand, so daß die Klebstreifen herunterhingen, als sei es ein ausgeschälter Tumor.

»Heb das für mich auf.«

»Behalt es selber«, sagte ich.

»Eine Frau bewahrt eine Fotokopie für mich auf. Du magst doch Poesie, Bekenntnisliteratur, lauter solchen Kram. Wenn mir nichts passiert, wirfst du es in die Post.«

»Was hast du vor, Sonny?«

»Die Welt ist klein geworden. Heutzutage hocken Menschen in Grashütten und gucken CNN. Da kann man auch gleich da bleiben, wo einem das Essen schmeckt.«

»Du bist ein intelligenter Kerl. Du mußt nicht den Prügelknaben für die Giacanos spielen.«

»Schau im Kalender nach, wenn du heimkommst. In den siebziger Jahren waren die Spaghettis drauf und dran, den Bach runterzugehen.«

»Steht deine Adresse drin?«

»Klar. Willst du's lesen?«

»Wahrscheinlich nicht. Aber ich heb's eine Woche lang für dich auf.«

»Gar nicht neugierig?« sagte er, während er sein Hemd wieder anzog. Auf der blassen Haut wirkte sein Mund rot wie bei einer Frau, und seine Augen funkelten hellgrün, als er lächelte.

»Ne.«

»Solltest du aber sein«, sagte er. »Du weißt doch, was ein Barracoon ist, oder?«

»Eine Baracke zur Verwahrung von Sklaven?«

»Jean Lafitte hatte gleich außerhalb von New Iberia eins. Beim Spanish Lake. Wetten, daß du das nicht gewußt hast.« Er stieß mir den Finger in den Bauch.

»Schön, daß ich's erfahren habe.«

»Ich geh durch die Küche raus. Die Jungs da draußen tun dir nichts.«

»Ich glaube, du bist nicht ganz bei Trost, Sonny. So einfach wimmelst du einen Polizisten nicht ab.«

»Die Jungs da draußen stellen ihre Fragen viersprachig, Dave. Der mit dem Hals wie ein Feuerhydrant zum Beispiel, der hat früher für Idi Amin die Drecksarbeit im Keller gemacht. Der möchte zu gern mit mir plaudern.«

»Warum?«

»Ich hab seinen Bruder abgeknallt. Genieß den Frühlingsabend, Streak. Schön, wieder daheim zu sein.«

Er schloß die Tür auf und verschwand durch den Hinterausgang des Restaurants.

Als ich zur Bar zurückkehrte, sah ich, daß sowohl der Mann mit dem Hut als auch sein gedrungener Begleiter durch die Glasfront hereinschauten. Ihre Augen erinnerten mich an Schrotkugeln.

Scheiß drauf, dachte ich und ging zur Tür. Doch im gleichen Augenblick drängte sich eine Schar japanischer Touristen ins Restaurant, und als ich mich durchgezwängt hatte, war der Gehsteig draußen leer und verlassen, bis auf einen älteren Mann mit einer Handkarre, der Schnittblumen verkaufte.

Der Abendhimmel war hellblau, von rosa gekräuselten Wolken durchzogen, und vom See her ging ein leichter Wind, mild und salzhaltig, nach Kaffee und Rosen duftend, mit einem trockenen, brenzligen Ozongeruch durchsetzt, wenn die Oberleitung der Straßenbahn knisternd Funken warf.

Als ich zu meinem Pickup zurückging, sah ich das Wetterleuchten draußen auf dem Lake Pontchartrain, die zuckenden Blitze in der dunklen Wolkenwand, die plötzlich aus dem Golf aufgezogen war.

Eine Stunde später peitschten mir auf der Fahrt durch den Atchafalaya-Sumpf dichte Regenschwaden entgegen. Sonny Boys Notizbuch vibrierte im Motorengedröhn auf dem Armaturenbrett.

2

Am nächsten Morgen legte ich es ungelesen in meinen Aktenschrank in der Sheriffdienststelle des Bezirks Iberia und trank, während ich meine Post aufmachte, eine Tasse Kaffee. Ich fand eine telefonische Nachricht von Sonny Boy Marsallus, aber er hatte eine Nummer aus St. Martinville hinterlassen, nicht aus New Orleans. Ich wählte sie, doch es meldete sich niemand.

Ich schaute aus dem Fenster, genoß das strahlende Morgenlicht und den Anblick der hoch aufragenden Palmen vor den windzerfetzten Wolken am Himmel. Du bist nicht für ihn zuständig, sagte ich mir, misch dich nicht in seinen Murks ein. Sonny war vermutlich von Geburt an nicht in Einklang mit der Welt gewesen, und es war nur eine Frage der Zeit, bis ihn jemand über die Klinge springen ließ.

Letzten Endes aber nahm ich mir doch die Akte über Sweet Pea Chaisson vor, die auf die eine oder andere Art immer auf den neuesten Stand gebracht wurde, vermutlich, weil er einer von uns war und offenbar unbedingt in die Gegend von Breaux Bridge, St. Martinville und New Iberia zurückkommen und sich Ärger einhandeln wollte.

Ich habe nie ganz begriffen, warum Verhaltenspsychologen hingehen und soviel Zeit und Steuermittel für die Untersuchung von Soziopathen und heillosen Rückfalltätern aufwenden, denn für uns war bei diesen Forschungen bislang noch nicht das geringste herausgesprungen, und die Täter wurden davon auch um keinen Deut besser. Ich habe mir oft überlegt, ob es nicht nützlicher wäre, wenn man einfach eine Handvoll Akten über Leute wie Sweet Pea herauszieht, ihnen eine leitende Stellung im Schoße der Gesellschaft gibt, zusieht, wie das den Leuten schmeckt, und sich dann drastischere Maßnahmen überlegt, eine Sträflingskolonie auf den Aleuten zum Beispiel.

Er war in einem Güterwaggon der Southern Pacific geboren und ausgesetzt und von einer Mulattin großgezogen worden, die an der Straße nach Breaux Bridge eine Zydeco-Bar mit angeschlossenem Bordell betrieb, das sogenannte House of Joy. Sein Gesicht sah aus wie eine auf dem Kopf stehende Träne – Augen, die wie Schlitze in Brotteig wirkten, weiße Brauen, strähnige Haare, die wie Suppennudeln herunterhingen, eine Stupsnase und dazu ein viel zu kleiner Mund, der ständig geiferte.

Seine Abstammung war ein Rätsel. Die Haut war biskuitfarben und nahezu haarlos, dazu ein ausladender Bauch, wie eine mit Wasser gefüllte Melone, pummelige Arme und teigige Hände, so als sei er nie dem Babyspeck entwachsen. Doch sein Äußeres täuschte. Mit siebzehn Jahren hatte Sweet Pea ein Schwein, das die Gemüsebeete seiner Mutter verwüstet hatte, mit bloßen Händen eingefangen, das quiekende Tier zum nächsten Highway geschleppt und kopfüber gegen den Kühlergrill eines Sattelzuges geworfen.

Neunzehnmal wegen Zuhälterei festgenommen. Zweimal verurteilt. Insgesamt achtzehn Monate im Bezirksgefängnis abgesessen. Jemand hatte auf Sweet Pea Obacht gegeben, und ich bezweifelte, daß es eine höhere Macht war.

Dann entdeckte ich in meiner Post eine rosa Hausmitteilung, die ich zunächst übersehen hatte. *Rat mal, wer wieder in der Wachstube sitzt?* hatte Wally, unser Diensthabender, in seiner kindlichen Handschrift draufgekritzelt. Der Laufzettel war um 7 Uhr 55 ausgestellt.

Herr im Himmel.

Bertha Fontenot war wirklich schwarz, so pechschwarz, daß die Narben an ihren Händen, die sie sich beim Austernaufbrechen in den Restaurants von New Iberia und Lafayette zugezogen hatte, wie rosa Würmer wirkten, die sich an ihrem Fleisch gütlich taten. Fettwülste wabbelten um ihre Arme, und ihr Hintern quoll links und rechts wie zwei Kissen über den Metallstuhl, auf dem sie saß. Das runde Hütchen und das lila Kostüm waren viel zu klein für sie, und ihr Rock war hoch über die weißen Strümpfe hinaufgerutscht, so daß man die knotigen Krampfadern an ihren Schenkeln sehen konnte.

Sie hatte ein weißes Papiertuch über ihren Schoß gebreitet, von dem sie mit bloßen Fingern geröstete Schweinsschwartenstücke aß.

»Ham Sie sich endlich 'n paar Minuten von Ihrm Stuhl losreißen können?« sagte sie mit vollem Mund.

»Ich bitte um Entschuldigung. Ich habe nicht gewußt, daß Sie da sind.«

»Können Sie mir mit Moleen Bertrand weiterhelfen?«

»Das ist eine zivilrechtliche Sache, Bertie.«

»Das ham Sie schon mal gesagt.«

»Daran hat sich auch nichts geändert.«

»Das hätt mir auch jeder weiße Schrottanwalt erzähln können.«

»Vielen Dank.«

Zwei Polizisten in Uniform, die am Wasserspender standen, grinsten mir zu.

»Warum kommen Sie nicht mit in mein Büro und trinken einen Kaffee?« sagte ich.

Sie keuchte, als ich ihr aufhalf, wischte dann die Krümel von ihrem Kleid, klemmte sich die große lackierte Strohtasche mit den Plastikblumen an der Seite unter den Arm und folgte mir in das Büro. Ich schloß die Tür hinter uns und wartete, bis sie sich gesetzt hatte.

»Eins müssen Sie verstehen, Bertie. Ich bin für Straftaten zuständig. Wenn Sie Schwierigkeiten wegen eines Rechtsanspruchs auf Ihr Land haben, brauchen Sie einen Anwalt, der Sie in einem sogenannten zivilrechtlichen Verfahren vertritt.«

»Moleen Bertrand is doch Anwalt. Glauben Sie, ein andrer Anwalt legt sich wegen 'n paar Schwarzen mit dem an?«

»Ich habe einen Freund, dessen Sozietät sich mit Rechtsansprüchen befaßt. Ich werde ihn bitten, daß er für Sie in den Gerichtsakten nachforscht.«

»Das nutzt doch nix. Das Stück Land, auf dem wir sechs schwarzen Familien leben, is in Arpents. Das taucht in den Vermessungsunterlagen beim Gericht nicht auf. Bei Gericht is heutzutage alles in Acres erfaßt.«

»Das spielt doch keine Rolle. Wenn es Ihr Land ist, haben Sie einen Anspruch darauf.«

»Was meinen Sie mit *wenn*? Moleen Bertrands Großvater hat uns das Land von fünfundneunzig Jahren geschenkt. Jeder hat das gewußt.«

»Anscheinend nicht.«

»Und was wolln Sie dagegen tun?«

»Ich rede mit Moleen.«

»Warum reden Sie nicht gleich mit Ihrm Papierkorb?«

»Geben Sie mir Ihre Telefonnummer.«

»Sie müssen im Laden anrufen. Sie wissen doch, warum Moleen Bertrand das Land will, oder nicht?«

»Nein.«

»Da is'n Haufen Gold vergraben.«

»Das ist doch Unsinn, Bertie.«

»Warum will er dann unsre kleinen Häuser platt walzen?«

»Ich frag ihn danach.«

»Wann?«

»Heute noch. Ist das früh genug?«

»Mal sehn, was bei rauskommt.«

Mein Telefon klingelte, und ich nutzte den Anruf, den ich auf Warteschleife schaltete, als Vorwand, verabschiedete mich von ihr und geleitete sie zur Tür. Doch als ich sie steif und würdevoll zu ihrem Auto auf dem Parkplatz laufen sah, fragte ich mich, ob nicht auch ich in die alte weiße Masche verfallen war, eine Art unwirsches Wohlwollen im Umgang mit Farbigen, so als seien sie irgendwie nicht fähig zu begreifen, welche Mühe wir uns ihretwegen gaben.

Zwei Tage später wurde ein Autofahrer um fünf Uhr morgens auf dem Highway nach St. Martinville von einem Streifenwagen wegen Geschwindigkeitsübertretung angehalten.

Auf dem Rücksitz und dem Boden des Wagens befanden sich ein Fernsehapparat, eine tragbare Stereoanlage, ein Karton mit Damenschuhen, Schnapsflaschen, Konservendosen und ein Koffer voller Damenkleidung und Handtaschen.

»Hat man Sie etwa zum Tuntenball eingeladen?« sagte der Streifenpolizist.

»Ich helf meiner Freundin beim Umzug«, erwiderte der Fahrer.

»Sie haben doch nicht etwa getrunken, oder?«

»Nein, Sir.«

»Sie wirken ein bißchen nervös.«

»Sie haben 'ne Knarre in der Hand.«

»Ich glaub nicht, daß es daran liegt. Was duftet denn hier so? Ist das etwa ein ganz starker Tobak? Würden Sie bitte mal aussteigen.«

Der Deputy hatte die Autonummer bereits überprüfen lassen. Der Wagen gehörte einer Frau namens Della Landry, die an der Bezirksgrenze zwischen St. Martin und Iberia wohnte. Der Fahrer hieß Roland Broussard. Er hatte ein Pflaster auf der Stirn, als er gegen Mittag von Detective Helen Soileau in unseren Vernehmungsraum gebracht wurde.

Er trug dunkle Jeans, Laufschuhe und ein grünes Krankenhaushemd. Die schwarzen Haare waren dicht und lockig, die Nägel bis aufs Fleisch abgekaut, sein Gesicht war unrasiert. Ein säuerlicher Geruch stieg aus seinen Achselhöhlen auf. Wortlos schauten wir ihn an.

Das Zimmer hatte keine Fenster und enthielt lediglich einen Holztisch und drei Stühle. Er öffnete und schloß die Hände auf der Tischplatte und scharrte unruhig mit den Füßen unter dem Stuhl herum. Ich nahm seinen linken Unterarm und drehte ihn um.

»Wie oft fixen Sie, Roland?« fragte ich.

»Ich bin beim Blutspenden gewesen.«

»Aha.«

»Haben Sie ein Aspirin?« Er blickte zu Helen Soileau. Sie hatte ein breites Gesicht, dessen Ausdruck man unter keinen Umständen mißverstehen sollte. Ihre blonden Haare sahen aus wie eine in Firnis getauchte Perücke, ihr Körper wirkte wie ein Kartoffelsack. Sie trug eine blaue Hose und ein gestärktes, kurzärmliges weißes Hemd, hatte ihre Dienstmarke über der linken Brust angeheftet und die Handschellen hinten an ihrem Pistolengurt hängen.

»Wo ist Ihr Hemd?« sagte ich.

»Das war voller Blut. Von mir.«

»Im Bericht steht, Sie haben versucht zu fliehen«, sagte Helen.

»Schaun Sie, ich hab um einen Anwalt gebeten. Ansonsten muß ich nix sagen, stimmt's?«

»Das stimmt«, sagte ich. »Aber Sie haben uns bereits gestanden, daß Sie den Wagen geklaut haben. Folglich können wir Sie deshalb auch vernehmen, nicht wahr?«

»Ja, ich hab ihn geklaut. Was wollt ihr denn sonst noch? Is ja 'n dolles Ding, Scheiße noch mal.«

»Würden Sie bitte auf Ihre Ausdrucksweise achten«, sagte ich.

»Was is'n das hier, 'n Irrenhaus? Da macht sich 'n Kasper draußen auf der Straße über mich lustig, dann prügelt er mich windelweich, und hinterher soll ich auch noch auf meine Scheißausdrucksweise aufpassen.«

»Hat die Besitzerin des Wagens etwa ihre ganze Habe eingeladen und Ihnen dann die Schlüssel gegeben, damit Sie ihn nicht kurzschließen müssen? Das ist eine sehr seltsame Geschichte, Roland«, sagte ich.

»Er hat genau so in der Auffahrt gestanden. Ich weiß, worauf Sie hinaus ... Warum glotzt die mich ständig an?«

»Ich weiß es nicht.«

»Ich hab das Auto genommen. Ich hab auch Dope drin geraucht. Ansonsten sag ich nix mehr ... Hey, hörn Sie mal, stimmt mit der irgendwas nicht?« Er hielt den Finger dicht an seine Brust, als er auf Helen deutete.

»Wollen Sie es sich nicht ein bißchen leichter machen, Roland? Jetzt ist noch Zeit dazu«, sagte ich.

Bevor er antworten konnte, ergriff Helen mit beiden Händen den oberen Rand des Papierkorbs, holte aus und schmetterte ihn seitlich an seinen Kopf. Er stürzte zu Boden, riß den Mund auf und bekam glasige Augen. Dann schlug sie erneut zu, wieder mit voller Kraft, und traf ihn am Hinterkopf, ehe ich ihre Arme packen konnte. Ihre Muskeln waren steinhart.

Sie schüttelte meine Hände ab und schleuderte den Abfallkorb auf ihn, so daß sich der gesamte Inhalt, Zigarettenkippen, Asche und Bonbonpapiere, über seine Schultern ergoß.

»Du kleiner Pisser«, sagte sie. »Meinst du etwa, zwei Detectives der Mordkommission verschwenden wegen eines Autodiebstahls ihre Zeit mit einem Furz wie dir? Schau mich an, wenn ich mit dir rede!«

»Helen ...« sagte ich leise.

»Geh raus und lass uns allein«, sagte sie.

»Nix da«, sagte ich und half Roland Broussard wieder auf den Stuhl.

»Entschuldigen Sie sich bei Detective Soileau, Roland.«

»Für was?«

»Weil Sie den Klugscheißer markiert haben. Uns für dumm verkaufen wollten.«

»Entschuldigung.«

»Helen …« Ich schaute sie an.

»Ich geh kurz aufs Klo. Bin in fünf Minuten wieder da«, sagte sie.

»Spielen Sie jetzt den Guten?« sagte er, nachdem sie die Tür hinter sich geschlossen hatte.

»Das ist kein Spiel, mein Bester. Ich komme mit Helen nicht klar. Schaffen nur wenige. Sie hat in drei Jahren zwei Beschuldigte umgelegt.«

Er ging auf Blickkontakt mit mir.

»Die Lage sieht folgendermaßen aus«, sagte ich. »Ich glaube, daß Sie in das Doppelhaus der Frau eingestiegen sind und ihren Wagen gestohlen haben, aber mit allem anderen nichts zu tun hatten. *Ich* glaube das jedenfalls. Das heißt aber nicht, daß man Sie wegen dem, was da drin passiert ist, nicht drankriegt. Kapieren Sie, worauf ich hinauswill?«

Er kniff sich mit den Fingern in die Schläfen, so als winde sich ein rostiges Stück Draht durch seinen Kopf.

»Also?« Auffordernd öffnete ich die Hände.

»Niemand war daheim, als ich durchs Fenster eingestiegen bin. Ich hab die Bude ausgeräumt und alles in ihr Auto geladen. Dann hat sie irgend 'ne andere Braut vor dem Haus abgesetzt, und ich hab mich im Gebüsch versteckt. Was mach ich jetzt? überleg ich mir. Wenn ich das Auto anlass, merkt sie, daß ich's klauen will. Wenn ich warte und sie schaltet das Licht ein, merkt sie, daß die Bude ausgeräumt is. Dann kommen aus heiterem Himmel zwei Typen angerauscht, gehn ganz schnell den Gehweg rauf und schubsen sie rein. Was die mit der gemacht ham, daran erinner ich mich nicht gern. Ich hab die Augen zugemacht, das is die Wahrheit. Sie hat gewimmert, und ich hab gewollt, daß es aufhört. Ich verscheißer Sie nicht, Mann. Was hätt ich denn machen sollen?«

22

»Um Hilfe rufen.«

»Ich bin fix und fertig gewesen, schwer auf Speed. Wenn man nicht dabeigewesen is, sagt sich das so leicht, daß man was hätte machen sollen. Schaun Sie, wie immer Sie auch heißen, ich bin zweimal eingefahren, aber ich hab noch nie jemand was getan. Diese Typen, die ham sie regelrecht in Stücke gerissen. Ich hab Schiß gehabt, ich hab so was noch nie erlebt.«

»Wie haben sie ausgesehen, Roland?«

»Geben Sie mir 'ne Zigarette.«

»Ich rauche nicht.«

»Ihre Gesichter hab ich nicht gesehn. Wollt ich nicht. Warum ham ihr bloß die Nachbarn nicht geholfen?«

»Die waren nicht zu Hause.«

»Sie hat mir leid getan. Ich wünschte mir, ich hätt irgendwas unternommen.«

»Detective Soileau wird Ihre Aussage aufnehmen, Roland. Ich werde vermutlich auch noch mal mit Ihnen reden.«

»Woher wissen Sie, daß ich's nicht gewesen bin?«

»Der Gerichtsmediziner sagt, man hat ihr im Badezimmer das Genick gebrochen. Das ist der einzige Raum, in dem Sie keine Dreckspur hinterlassen haben.«

Auf dem Weg nach draußen begegnete ich Helen. Sie hatte die Augen starr und steif auf das bange Gesicht von Roland Broussard gerichtet.

»Er ist geständig«, sagte ich.

Die Tür fiel hinter mir ins Schloß. Genausogut hätte ich mit dem Abfluß des Wasserspenders reden können.

Moleen Bertrand wohnte in einem riesigen, von weißen Säulen getragenen Haus am Bayou Teche, unmittelbar östlich des Stadtparks. Wenn man von der verglasten hinteren Veranda aus über den sanft abfallenden Rasen hinwegschaute, konnte man zwischen den großzügig gesetzten immergrünen Eichen hindurch die braunen Fluten des Bayou vorbeiströmen sehen, das Schilfdickicht auf der anderen Seite, die über und über mit Trompeten- und Passionsblumen umrankten Gartenlauben seiner Nachbarn und schließlich die starren, klobigen Umrisse der alten Zugbrücke und des Wärterhäuschens an der Burke Street.

Es war März und schon ziemlich warm, doch Moleen Bertrand trug ein langärmliges rot-weiß gestreiftes Hemd mit rubinbesetzten Manschettenknöpfen und hochgeschlagenem weißem Kragen. Er war über eins achtzig groß und wirkte nicht unbedingt wie ein Weichling, aber zugleich war er seltsam körperlos, ohne jede Muskelkraft und Ausstrahlung, so als habe er als Heranwachsender einfach jegliche anstrengende Arbeit und sportliche Betätigung bewußt gemieden.

Er hatte von Geburt an ein behütetes Leben in Reichtum und Wohlstand genossen – Privatschulen, Mitgliedschaft im einzigen Country Club der Stadt und Weihnachtsferien an Orten, die unsereins nur aus Büchern kannte –, aber niemand konnte ihm vorwerfen, daß er aus dem, was ihm mit auf den Weg gegeben worden war, nichts gemacht hätte. Er hatte es in Springhill zu akademischen Ehren gebracht und war gegen Ende des Vietnamkriegs Major bei der Air Force gewesen. Er gab an der Tulane University die *Law Review* heraus und wurde nach nicht einmal fünf Jahren Sozius in der Anwaltskanzlei, bei der er arbeitete. Außerdem war er ein meisterhafter Tontaubenschütze. Zahlreiche Politiker, die für ihre Freigebigkeit beim Stimmenfang berühmt waren, hatten um seine Gunst gebuhlt, weil sie sich durch ihn und seinen Namen Zulauf versprachen. Sie wurde ihnen nicht gewährt. Aber er stieß niemanden vor den Kopf und galt auch nicht als unfreundlich.

Wir spazierten unter den Bäumen auf seinem Grundstück entlang. Er trank einen Schluck Eistee, wirkte ruhig und gelassen, während er zu einem Motorboot schaute, das mit einem Wasserskifahrer im Schlepptau in einem Schwall gelber Gischt über den Bayou bretterte.

»Bertie kann jederzeit zu mir in die Kanzlei kommen. Ich weiß nicht, was ich dazu noch sagen soll, Dave«, sagte er. Seine kurzen graumelierten Haare waren feucht, frisch gekämmt und rasiermesserscharf gescheitelt, so daß die rosige Kopfhaut durchschimmerte.

»Sie sagt, Ihr Großvater hätte ihrer Familie das Land geschenkt.«

»Tatsache ist, daß wir nie Pacht von ihnen verlangt haben. Das legt sie dahingehend aus, daß ihr das Land gehört.«

»Wollen Sie es verkaufen?«

»Ist nur eine Frage der Zeit, bis es jemand erschließt.«

»Diese schwarzen Familien leben da schon seit langer Zeit, Moleen.«

»Mir brauchen Sie nichts zu erzählen.« Einen Moment lang wirkte er unwirsch, dann faßte er sich wieder. »Schaun Sie, in Wirklichkeit sieht das folgendermaßen aus, und ich will mich damit keineswegs beklagen: Dort wohnen sechs oder sieben Negerfamilien, für die wir seit fünfzig Jahren sorgen. Ich meine damit, daß wir die Arzt- und Zahnarztrechnungen für sie bezahlen, das Schulgeld, ihnen ein Draufgeld zum zehnten Juni geben und ihre Leute aus dem Gefängnis auslösen. Bertie vergißt so etwas gern.«

»Sie hat irgendwas davon erzählt, daß auf dem Grundstück Gold vergraben sein soll.«

»Herr im Himmel. Ich will Ihnen ja nicht zu nahe treten, aber haben Sie nichts Besseres zu tun?«

»Sie hat auf mich aufgepaßt, als ich klein war. Ich kann sie nicht einfach aus meinem Büro rausschmeißen.«

Er lächelte und legte mir die Hand auf die Schulter. Seine Nägel waren makellos, die Finger weich, so als berühre einen eine Frau. »Schicken Sie sie bei mir vorbei«, sagte er.

»Was soll dieses Gerede von wegen Gold?«

»Wer weiß? Ich habe immer gehört, daß Jean Lafitte seine Schätze angeblich auf der anderen Seite des Bayou vergraben haben soll, da drüben bei den beiden großen Zypressen.« Aus dem Lächeln wurde ein fragender Blick. »Warum schaun Sie so finster drein?«

»Sie sind schon der zweite, der in den letzten Tagen den Namen Lafitte erwähnt.«

25

»Hm«, sagte er und stieß die Luft aus der Nase.

»Vielen Dank, daß Sie die Zeit erübrigt haben, Moleen.«

»Gern geschehen.«

Ich ging zu meinem Pickup, der auf der kiesbestreuten Zufahrt neben dem Bootshaus stand. Ich rieb mir den Nacken, so als sei mir eben noch etwas eingefallen, das ich fast vergessen hätte.

»Entschuldigen Sie, aber haben Sie nicht mal Berties Neffen verteidigt?«

»Das stimmt.«

»Luke heißt er, und Sie haben ihn aus der Todeszelle rausgepaukt.«

»Genauso war's.«

Ich nickte und winkte ihm noch einmal zu.

Er hatte erwähnt, daß seine Familie seit jeher Schwarze aus dem Gefängnis herausholte, aber kein Wort darüber verloren, daß er jemanden in einer dramatischen Aktion wenige Stunden vor der Hinrichtung auf dem elektrischen Stuhl gerettet hatte.

Warum nicht?

Vielleicht aus bloßer Bescheidenheit, sagte ich mir.

Als ich in der Auffahrt zurücksetzte, goß er lässig seinen Eistee in den oben in einem Ameisenhaufen steckenden Trichter.

Ich fuhr auf dem St.-Martinville-Highway hinaus zu dem limonengrünen, ein Stück von der Straße zurückgesetzten und hinter einer Reihe Pinien stehenden Doppelhaus, dorthin, wo Della Landry Qualen hatte erdulden müssen, die sich die meisten von uns nicht einmal in ihren schlimmsten Alpträumen vorstellen mögen. Die Mörder hatten das Haus buchstäblich auf den Kopf gestellt. Matratzen, Kissen und Polstermöbel waren aufgeschlitzt, Geschirr und Bücher von den Regalen gefegt, sämtliche Schubladen auf dem Boden ausgekippt, Putz und Wandverkleidung mit einem Brecheisen oder Zimmermannshammer herausgerissen. Selbst die Abdeckung auf dem Wasserkasten der Toilette war zerschlagen.

Der Inhalt der Badezimmerschränke, egal wie intim, war quer über den Boden verstreut und von schweren Schuhen auf den Kunstfliesen zermalmt worden. Die gläserne Schiebetür der über der Badewanne angebrachten Duschkabine war aus dem Rahmen gerissen. Auf der anderen Seite der Wanne befand sich ein trockener roter Streifen, der von einem mit Farbe getränkten Pinsel hätte stammen können.

Wenn die Spur eines Mordopfers in die halbseidene Welt der Aufreißlokale und Zuhälter, der kleinen Schlepper und Straßendealer zurückverfolgt werden kann, dauert die Suche nach dem Täter für gewöhnlich nicht lange. Aber Della Landry war Sozialarbeiterin gewesen, hatte erst vor drei Jahren an der Louisiana State University ihren Abschluß in Politologie gemacht. Sie stammte aus einer gutbürgerlichen Familie in Slidell, hatte regelmäßig die katholische Kirche in St. Martinville besucht und Religionsunterricht für die Kinder von Wanderarbeitern erteilt.

Sie hatte einen Freund in New Orleans, der manchmal übers Wochenende bei ihr blieb, aber niemand wußte, wie er hieß, und allem Anschein nach gab es auch nichts Bemerkenswertes über diese Beziehung zu berichten.

Was könnte sie getan, besessen oder in Händen gehabt haben? Was hatte die Täter angelockt, die sie in jungen Jahren so jäh aus dem Leben gerissen hatten?

Die Killer könnten einen Fehler gemacht haben, dachte ich, sich die falsche Person ausgesucht haben, an die falsche Adresse geraten sein. Warum nicht? Polizisten passierte das auch.

Aber die Doppelhaushälfte war zuvor an ein Ehepaar vermietet gewesen, das einen Gemischtwarenladen hatte. Nebenan wohnten Rentner. Ansonsten lebten hier, in dieser beinahe ländlichen Gegend, überwiegend Menschen mit niedrigem oder mittlerem Einkommen, die nie genug Geld haben würden, um sich ein eigenes Haus zu kaufen.

Ein kleiner Bücherständer aus Metalldraht lag umgekippt neben dem Fernsehapparat. Die auf dem Teppichboden verstreuten Bände deuteten lediglich auf ein allgemeines Interesse am Lesen hin, ohne daß etwas Ausgefallenes darunter gewesen wäre. Doch inmitten der aufgeschlagenen und ausgerissenen Seiten war eine kleine Zeitung mit dem Titel *The Catholic Worker,* auf der sich ein Schuhabdruck befand.

Ich sah das Telefon, das aus der Steckdose in der Wand gerissen worden war, aber aus irgendeinem Grund fiel mir zuerst der Zettel mit der Nummer auf, der unten auf dem Apparat klebte.

Ich schob den Stecker wieder in die Dose und wählte die Dienststelle an.

»Wally, könntest du in mein Büro gehen und einen Blick auf die rosa Telefonbenachrichtigung werfen, die in der Ecke meiner Schreibunterlage klemmt?«

»Klar. Hey, ich bin froh, daß du anrufst. Der Sheriff hat dich gesucht.«

»Immer der Reihe nach, ja?«

»Bleib dran.«

Er stellte mich auf Warteschleife, nahm dann den Hörer an meinem Schreibtisch ab.

»Bin bereit, Dave.«

Ich bat ihn, mir die Telefonnummer auf der Benachrichtigung vorzulesen. Als er sie durchgegeben hatte, sagte er: »Das ist die Nummer, die Sonny Marsallus hinterlassen hat.«

»Es ist auch die Nummer von dem Telefon, von dem aus ich gerade anrufe. Della Landrys Apparat.«

»Was läuft da eigentlich? Will Sonny seinen Scheiß etwa bei uns in Iberia durchziehen?«

»Ich glaube, du hast den Nagel auf den Kopf getroffen.«

»Hör mal, der Sheriff will, daß du raus zum Spanish Lake fährst. Sweet Pea Chaisson und eine Fuhre von seinen Bräuten machen vor dem Gemischtwarenladen einen Riesenaufstand.«

»Schick einen Streifenwagen raus.«

»Es geht nicht um ein Verkehrsdelikt.« Er prustete laut und keuchend los, als ob er sich an seinem Zigarrenrauch verschluckt habe. »Sweet Pea hat die Leiche von seiner Mutter im Kofferraum, und angeblich ragt sie hinten aus seiner Karre raus. Sieh zu, was du tun kannst, Dave.«

3

Nach etwa fünf Meilen sah ich vom alten Lafayette-Highway aus, der am Spanish Lake vorbeiführte, die blinkenden Lichter der Einsatzfahrzeuge bei dem Gemischtwarenladen, vor dem sich der Verkehr in beiden Richtungen staute, weil die Leute abbremsten und die uniformierten Polizisten und Sanitäter angafften, die ihrerseits offenbar nicht wußten, was sie von der Angelegenheit halten sollten. Ich fuhr auf der Bankette weiter und stieß auf den Parkplatz, wo Sweet Pea und fünf seiner Nutten – drei Weiße, eine Schwarze und eine Asiatin – mit schweißglänzenden Gesichtern zwischen etlichen kreuz und quer herumliegenden schmutzigen Schaufeln in einem rosa Cadillac-Kabriolett saßen, aus dessen Lederpolstern die Hitze aufstieg. Eine Horde Kinder versuchte zwischen den Beinen der Erwachsenen hindurchzugaffen, die sich um den Kofferraum scharten.

Der Sarg war übergroß, so breit wie ein querliegender Axtgriff, bestand aus Holz und Tuch, war mit den Überresten von Seidenblumen und Engeln geschmückt und hatte ein quadratisches Sichtfenster im Deckel. Die Seitenwände waren verfault, die Bretter wurden von Plastikmüllsäcken und Klebeband zusammengehalten. Sweet Pea hatte eine Sperrholzplatte unter den Boden geklemmt, damit er nicht auseinanderbrach und in lauter Einzelteilen auf der Straße landete, aber das Kopfteil des Sarges ragte über die Stoßstange hinaus. Das Glasfenster war mitten durchgebrochen, und darunter konnte man die wächsernen, eingefallenen Gesichter zweier Leichen und ein Gewirr aus verfilzten Haaren erkennen, die bis an die Seitenwände gewuchert waren.

Ein uniformierter Deputy mit Sonnenbrille grinste mich an.

»Sweet Pea sagt, er macht einen Sonderpreis für die Braut in der Kiste.«

»Was geht hier vor?« sagte ich.

»Hat Ihnen Wally nicht Bescheid gesagt?«

»Nein, der war ebenfalls zu Späßen aufgelegt.«

Der Deputy hörte auf zu lächeln. »Er sagt, er schafft seine Angehörigen zu einem anderen Friedhof.«

Ich ging zur Fahrertür. Sweet Pea blinzelte mich gegen die tiefstehende Sonne an. Er hatte die seltsamsten Augen, die ich je bei einem Menschen gesehen habe. Es waren schmale, unter einer schweren Hautfalte liegende Schlitze, die wie die Augen eines kleinen Vogels wirkten.

»Ich glaub es nicht«, sagte ich.

»Glauben Sie's ruhig«, sagte die Frau neben ihm abschätzig. Ihre rosa Shorts waren mit Erde verkrustet. Sie zog das Oberteil ihrer Bluse hoch und roch daran.

»Ihr meint wohl, es ist Mardi Gras?« sagte ich.

»Hab ich etwa nicht das Recht, meine Stiefmutter umzubetten?« sagte Sweet Pea. Seine schütteren Haare klebten an der Kopfhaut.

»Wer ist mit ihr im Sarg?«

Sein Mund bildete ein feuchtes, stummes O, so als denke er nach. Dann sagte er: »Ihr erster Mann. Die sind unzertrennlich gewesen.«

»Können wir aussteigen und uns was zu essen holen?« sagte die Frau neben ihm.

»Bleibt lieber noch einen Moment, wo ihr seid«, sagte ich.

»Robicheaux, können wir nicht vernünftig miteinander reden? Es is heiß. Meine Mädels fühlen sich nicht wohl.«

»Reden Sie mich nicht mit Familiennamen an.«

»Entschuldigung, aber Sie verstehen nicht, worum es geht. Meine Stiefmutter war auf der Bertrandschen Plantage begraben, weil sie dort nämlich aufgewachsen is. Ich hab gehört, daß sie verkauft werden soll, will aber nicht, daß irgendein Schnullie herkommt und Zement auf das Grab meiner Mutter kippt. Deshalb schaff ich sie nach Breaux Bridge. Dafür brauch ich keine Genehmigung.«

Er schaute mir in die Augen und bemerkte meinen Blick.

»Ich kapier's nicht. Bin ich unhöflich gewesen, hab ich Sie mit irgendwas beleidigt?« sagte er.

»Sie sind ein Zuhälter. Sie haben hier in der Gegend nicht viele Freunde.«

Er schlug mit den Handballen leicht auf das Lenkrad, lächelte vor sich hin. Schwere Schweißtropfen standen in seinen weißen Augenbrauen. Er putzte sich mit dem kleinen Finger das Ohr aus.

»Müssen wir auf den Gerichtsmediziner warten?« sagte er.

»Ganz genau.«

»Ich will nicht, daß mir jemand die Sitze einsaut. Die Mädels haben drüben am Grab zwei Kästen Bier getrunken.«

»Kommen Sie mit in mein Büro«, sagte ich.

»Wie bitte?« sagte er.

»Steigen Sie aus.«

Er ging mit mir in den Schatten auf der windabgewandten Seite des Ladens. Er trug eine weiße Hose, braune Schuhe, einen braunen Gürtel und ein kastanienfarbenes Hemd, das bis über die Brust aufgeknöpft war. Die Zähne in seinem winzigen Mund wirkten klein und spitz.

»Warum die harte Tour?« sagte er.

»Ich kann Sie nicht leiden.«

»Das is Ihr Problem.«

»Haben Sie Zoff mit Sonny Boy Marsallus?«

»Nein. Warum sollte ich?«

»Weil Sie glauben, daß er sich in Ihre Geschäfte einmischt.«

»Stehn Sie bei Marsallus im Sold?«

»Letzte Nacht wurde eine Frau totgeschlagen, Sweet Pea. Wie fänden Sie es, wenn Sie die Nacht im Bau zubringen und uns morgen früh ein paar Fragen beantworten?«

»Diese Braut, war das Sonnys Schlampe oder was? Warum halten Sie mir das vor?«

»Vor neun Jahren war ich dabei, als man ein Mädchen aus dem Industrial Canal gezogen hat. Sie war mit Benzin übergossen und angezündet worden. Ich habe gehört, daß Sie sich so bei den Giacanos eingekratzt haben.«

Er zog einen Zahnstocher aus der Brusttasche seines Hemds und steckte ihn in den Mund. Versonnen schüttelte er den Kopf.

31

»Hier in der Gegend ändert sich nie was. Sagen Sie mal, wollen Sie 'n Snowball?« sagte er.

»Sie sind ein schlauer Kerl, Sweet Pea.« Ich löste die Handschellen von meinem Gürtel und drehte ihn zu der Bimssteinmauer um.

Er blieb ruhig stehen, als ich sie um beide Handgelenke schnappen ließ, hatte das Kinn hochgereckt und lächelte vor sich hin.

»Wie lautet die Anschuldigung?« fragte er.

»Unerlaubte Beförderung von Müll. Ist nicht beleidigend gemeint.«

»Moment mal«, sagte er. Er beugte die Knie, grunzte und ließ leise Luft ab. »Junge, das tut gut. Besten Dank, Partner.«

An diesem Abend kochten Bootsie, meine Frau, und ich auf dem Küchenherd in einem großen schwarzen Topf Flußkrebse, die wir mit unserer Adoptivtochter Alafair am Picknicktisch im Hof abpulten und aßen. Mein Vater, ein Trapper und Ölbohrer, hatte unser Haus während der Depression aus Zypressen und Eichen gebaut, sämtliche Bretter und Balken von Hand zurechtgehauen, gebohrt und ineinandergefügt, und durch das Regenwasser und den Rauch der Stoppelfeuer auf den abgeernteten Zuckerrohrfeldern war das Holz dunkel und hart geworden. Heutzutage dürfte selbst ein schwerer Schlag mit dem Schmiedehammer an der Außenwand abprallen. Vor dem Haus führte ein mit Bäumen bestandener Abhang hinab zum Bayou mit meinem Bootsanleger und dem Köderladen, den ich mit einem alten Schwarzen namens Batist betrieb, und auf der anderen Seite des Bayou war der Sumpf, ein Dickicht aus Gummibäumen, Weiden und toten Zypressen, die sich in der untergehenden Sonne blutrot färbten.

Alafair war jetzt fast vierzehn, hatte nur mehr wenig mit dem kleinen salvadorianischen Mädchen gemein, dessen Gliedmaßen sich so zart und zerbrechlich wie Vogelknochen angefühlt hatten, als ich sie draußen im Golf aus einem untergegangenen Flugzeug gezogen hatte. Und sie war auch nicht mehr das rundliche, stramme, typisch amerikanische Kind, das Indianergeschichten über Curious Custer und Baby Squanto las, eine Donald-Duck-Kappe mit einem quakenden Schnabel als Schirm, ein Baby-Orca-T-Shirt und rot-weiße Tennisschuhe trug, auf deren gummierten Spitzen jeweils LINKS und RECHTS eingeprägt war. Es kam mir so vor, als hätte sie eines Tages einfach eine Grenze überschritten, denn mit einem Mal war der Babyspeck weg, und um Brust und Taille hatte sie frauliche Formen angenommen. Ich kann mich noch genau daran erinnern, und es versetzt mir nach wie vor einen Stich, wie sie ihren Vater eines Morgens bat, sie nicht mehr »kleiner Kerl« oder »Baby Squanto« zu nennen.

Früher hatte sie eine Ponyfrisur gehabt, aber jetzt trug sie die dichten, von einem leichten Kastanienton durchsetzten Haare schulterlang. Sie riß einen Krebsschwanz ab, saugte das Fett aus dem Kopf und pulte mit dem Daumennagel das Fleisch aus der Schale.

»Was war das für ein Buch, das du draußen auf der Veranda gelesen hast, Dave?« fragte sie.

»Eine Art Tagebuch.«

»Von wem?«

»Einem gewissen Sonny Boy.«

»Heißt so etwa ein erwachsener Mann?« fragte sie.

»Marsallus?« fragte Bootsie. Sie hörte auf zu essen. Ihre Haare waren honiggelb, und sie hatte sie hochgebürstet und rund um ihren Kopf festgesteckt. »Was hast du denn mit ihm und seinesgleichen zu tun?«

»Ich bin ihm an der Canal über den Weg gelaufen.«

»Der ist wieder in New Orleans? Ist er etwa lebensmüde?«

»Wenn ja, hat jemand anders dafür büßen müssen.«

Ich sah ihren fragenden Blick.

»Die Frau, die drüben an der Grenze nach St. Martin umgebracht worden ist«, sagte ich. »Ich glaube, sie war Sonnys Freundin.«

Sie biß sich leicht auf die Unterlippe. »Er versucht dich in irgendwas reinzuziehen, nicht wahr?«

»Vielleicht.«

»Nicht vielleicht. Ich kenn ihn länger als du, Dave. Er ist ein Verführer.«

»Ich glaube, ich bin nie aus ihm schlau geworden. Los, wir fahren in die Stadt und gehen ein Eis essen«, sagte ich.

»Laß dich von Sonny nicht einspannen«, sagte sie.

Ich wollte Bootsies Wissen um den Mob in New Orleans nicht in Frage stellen. Nach der Hochzeit mit ihrem früheren Mann hatte sie herausgefunden, daß er die Bücher für die Familie Giacano führte und fünfzig Prozent an einer Automatenfirma von ihnen besaß. Als er und seine Geliebte auf dem Parkplatz der Rennbahn in Hialeah erschossen wurden, hatte sie außerdem feststellen müssen, daß er ihr Haus an der Camp Street beliehen hatte, das sie schuldenfrei und unbelastet in die Ehe eingebracht hatte.

Außerdem wollte ich im Beisein von Alafair nicht mit Bootsie über den Inhalt von Sonnys Notizbuch sprechen. Vieles davon verstand ich nicht – Namen, die mir nichts sagten, Verweise auf Verbindungsebenen, Anspielungen auf Waffenlager und Drogenschmuggler, die das amerikanische Küstenradar unterflogen. Genaugenommen kamen mir die Themen und Ortsnamen abgestanden vor, wie zehn Jahre alter Kram, mit dem sich auf dem Höhepunkt der Ära Reagan allerlei Untersuchungsausschüsse des Kongresses befaßt hatten.

Aber bei vielen Eintragungen handelte es sich um hautnahe Schilderungen von Ereignissen, die weder ideologisch verbrämt waren noch nachträgliche Überlegungen über Recht und Unrecht wiedergaben.

Im Gefängnis ist es kühl und dunkel, und es riecht nach Stein und abgestandenem Wasser. Der Mann in der Ecke sagt, er sei aus Texas, aber er spricht kein Wort Englisch. Er hat mit einer Gabel die Absätze seiner Stiefel abmontiert und den Wachen siebzig amerikanische Dollar gegeben. Durch die Gitter kann ich die Helikopter sehen, die tief über den Baumwipfeln auf die Ortschaft am Berghang zufliegen und eine Rakete nach der anderen abfeuern. Ich glaube, die Wachen werden den

Mann in der Ecke morgen früh erschießen. Ständig erzählt er jedem, der ihm zuhört, daß er nur ein Marijuanista wäre ...

Etwa eine Meile von der Stelle entfernt, wo wir unsere Munition abgeholt haben, fanden wir in einem Sumpf sechs Zuckerrohrschneider, denen man die Daumen mit Draht auf dem Rücken zusammengebunden hatte. Sie hatten keinerlei Verbindung zu uns. Sie hatten niederknien müssen und waren mit Macheten hingerichtet worden. Wir rückten ab, als die Angehörigen aus dem Dorf kamen ...

Die Ruhr ... Wasser, das einem wie ein nasses Rasiermesser durch den Leib fährt ... letzte Nacht glühendes Fieber, während der Regen auf die Bäume prasselte ... Ich werde morgens von Gewehrfeuer auf der anderen Seite der Indianerpyramide geweckt, die grau und grün und dunstverhangen ist. Meine Decke wimmelt von Spinnen ...

»Worüber denkst du nach?« Bootsie auf der Rückfahrt von der Eisdiele.

»Du hast recht, was Sonny angeht. Er ist der geborene Schieber.«

»Ja?«

»Ich hab bloß noch nie einen Zocker gekannt, der sich das Leben absichtlich zur Hölle auf Erden macht.«

Ich sah, wie sie mir im Zwielicht einen sonderbaren Blick zuwarf.

Am nächsten Morgen begab ich mich nicht gleich in die Dienststelle. Statt dessen fuhr ich am Spanish Lake vorbei zu der kleinen Gemeinde Cade, die hauptsächlich aus unbefestigten Straßen, den alten Bahngleisen der Southern Pacific und den windschiefen, ungestrichenen Bretterhütten der Schwarzen bestand, hinter denen sich die endlosen, zur Zuckerrohrplantage der Familie Bertrand gehörenden Ländereien erstreckten.

Heute morgen hatte es geregnet, und zwischen dem jungen Zuckerrohr, das hellgrün auf den Feldern stand, schritten weiße Reiher auf und ab und pickten Insekten aus dem Boden. Ich fuhr auf einem Feldweg an Bertha Fontenots verwittertem

Zypressenhaus vorbei, das ein oranges Blechdach hatte und hinter dem ein kleines Toilettenhäuschen stand. An der Südwand wucherten üppige Bananenstauden, und aus allerlei Kaffeekannen und verrosteten Eimern auf ihrer Veranda wuchsen blühende Petunien und Springkraut. Ich fuhr an einem weiteren Haus vorbei, das ausnahmsweise gestrichen war, und hielt an einem Hain aus Gummibäumen, dem inoffiziellen Friedhof der Negerfamilien, die schon vor dem Bürgerkrieg auf der Plantage gearbeitet hatten.

Die Gräber waren kaum mehr als flache Mulden zwischen wehendem Laub, die vereinzelten, mit ungelenken Buchstaben und Ziffern beschrifteten Holzkreuze und aus Brettern gezimmerten Gedenktafeln umgestürzt und unter den Rädern der Traktoren und Zuckerrohrfuhrwerke geborsten. Mit Ausnahme einer offenen Grube, an deren Boden, halb unter der nachrieselnden Erde begraben, die zerbrochene steinerne Deckplatte lag.

Doch selbst im tiefen Schatten konnte ich den Namen Chaisson erkennen, der in den Stein gemeißelt war.

»Kann ich Ihnen bei irgendwas helfen?« sagte ein Schwarzer hinter mir. Er war groß, hatte ein schmales Gesicht, Augen wie Blaufischschuppen, kurzrasierte Haare, und seine Haut schimmerte in einem matten Goldton, wie altes Sattelleder. Er trug ein rosa Golfhemd mit Grasflecken, ausgeblichene Jeans und Turnschuhe ohne Socken.

»Ham Sie Mister Moleen gefragt, ob Sie sein Anwesen betreten dürfen?« sagte er.

»Ich bin Detective Robicheaux vom Büro des Sheriffs«, sagte ich und klappte das Etui mit meiner Dienstmarke in der offenen Hand auf. Er nickte, ohne etwas zu erwidern, sichtlich darum bemüht, sich keinerlei Gefühlsregung anmerken zu lassen. »Sind Sie nicht Berties Neffe?«

»Ja, klar, das stimmt.«

»Sie heißen Luke, Sie führen den Tanzschuppen südlich vom Highway.«

»Zeitweise. Er gehört mir aber nicht. Sie wissen ja allerhand.« Sein Blick wurde verhangen, als er lächelte. Hinter ihm sah ich eine junge Schwarze, die uns von der Veranda aus beobachtete. Sie trug weiße Shorts und eine geblümte Bluse, und ihre Haut hatte den gleichen goldenen Schimmer wie seine. Sie ging am Stock, aber an ihren Beinen konnte ich keinerlei Gebrechen erkennen.

»Was glauben Sie, wie viele Leute in diesem Hain begraben sind?« fragte ich.

»Hier in der Gegend wird schon lang keiner mehr begraben. Ich bin mir nicht mal sicher, ob es jemals der Fall war.«

»Stammt das Loch da etwa von einem Gürteltier?«

»Miss Chaisson und ihr Mann warn da begraben. Aber das is der einzige Gedenkstein, den ich hier je gesehn hab.«

»Vielleicht handelt es sich bei diesen Mulden um lauter Indianergräber. Was meinen Sie?«

»Ich bin in der Stadt aufgewachsen, Sir. Mit so was kenn ich mich nicht aus.«

»Sie brauchen mich nicht mit Sir anzureden.«

Er nickte wieder, hatte die Augen ins Leere gerichtet.

»Gehört Ihnen das Haus, Partner?« fragte ich.

»Tante Bertie sagt, es gehört ihr seit dem Tod ihrer Mutter. Sie läßt mich und meine Schwester hier wohnen.«

»Sie sagt, es gehört ihr, was?«

»Mister Moleen sagt was andres.«

»Wem glauben Sie?« sagte ich und lächelte.

»Das, was die Leute beim Gericht sagen. Wollen Sie noch irgendwas, Sir? Ich muß mich wieder an die Arbeit machen.«

»Danke für Ihre Mühe.«

Das einfallende Licht warf helle Tupfen auf seine Haut, als er sich entfernte, das Gesicht dem Wind zugewandt, der über das Zuckerrohrfeld wehte. War ich schon zu lange Polizist? fragte ich mich. War es schon so weit gekommen, daß ich jemanden einfach deshalb nicht mochte, weil er eingesessen hatte?

Nein, es lag an der Verschlossenheit, der Feindseligkeit, die nicht zu greifen war, dem Rückzug auf die eigene Rassenzugehörigkeit, die man einsetzte wie die Schneide einer Axt.

37

Aber was durften wir anderes erwarten? dachte ich. Wir waren gute Lehrer gewesen.

Ich war fünf Minuten in meinem Büro, als Helen Soileau mit einem Aktenordner in der Hand durch die Tür kam, sich auf die Kante meines Schreibtischs hockte und mich mit ihren weit auseinanderstehenden, reglosen blassen Augen anschaute.

»Was ist los?« fragte ich.

»Rat mal, wer Sweet Pea Chaisson auf Kaution rausgeholt hat?«

Ich zog die Augenbrauen hoch.

»Jason Darbonne, drüben aus Lafayette. Seit wann vertritt der denn Zuhälter?«

»Darbonne würde seine eigene Mutter vor einen Hundeschlitten spannen, wenn der Preis stimmt.«

»Hör dir das an. Der Mann vom Gesundheitsamt wollte Sweet Pea den Sarg nicht nach Breaux Bridge transportieren lassen, also hat er sich jemand besorgt, der ihn für zehn Piepen in 'nem Müllaster hingeschafft hat.«

»Was ist in dem Aktenordner?«

»Wolltest du diesen Pisser noch mal vernehmen? Zu schade. Die FBIler haben ihn heut morgen abgeholt ... He, hab ich mir doch gedacht, daß dir das in den Eiern ziept.«

»Helen, du solltest mal ein bißchen drüber nachdenken, wie du manchmal mit Menschen sprichst.«

»Um mich geht's hier nicht. Es geht um den nichtsnutzigen schwarzen Blindfisch im Knast, der unsern Mann an das FBI übergeben hat.«

»Was will das FBI denn von einem kleinen Einbrecher?«

»Hier ist der Papierkram«, sagte sie und warf den Aktenordner auf meinen Schreibtisch. »Wenn du rüber ins Kittchen gehst, dann sag dem trantütigen Scheißer, er soll nicht ständig an anderer Leute Schwänze denken und uns wenigstens anrufen, bevor er eine laufende Ermittlung versaut.«

»Ich mein's ernst, Helen ... Warum machst du's den Leuten nicht ein bißchen ... Lassen wir's ... Ich kümmer mich drum.«

38

Nachdem sie mein Büro verlassen hatte, ging ich ins Bezirksgefängnis und suchte den Beschließer auf. Er war ein drei Zentner schwerer Bisexueller, der eine Brille mit Gläsern so dick wie Colaflaschen trug und den Hals voller Warzen hatte.

»Ich hab ihn nicht entlassen. Das war die Nachtwache«, sagte er.

»Die Papiere sind Mist, Kelso.«

»Beleidige mir nicht die Nachtwache. Der is nicht umsonst aus der achten Klasse abgegangen.«

»Du hast einen merkwürdigen Sinn für Humor. Roland Broussard war Zeuge bei einem Mord.«

»Dann red doch mit den FBIlern. Vielleicht haben sie ihn deswegen abgeholt. Außerdem haben sie ihn bloß vorübergehend mitgenommen.«

»Wo steht das? Die Handschrift sieht aus, als wär ein besoffenes Huhn über das Blatt gelaufen.«

»Willst du sonst noch was?« fragte er und holte ein in Wachspapier gewickeltes Sandwich aus seiner Schreibtischschublade.

»Ja, daß der Häftling wieder in unseren Gewahrsam kommt.«

Er nickte, biß in das Sandwich und schlug die Zeitung auf seiner Schreibunterlage auf.

»Ich versprech's dir, Mann, und du wirst's auch zuerst erfahren«, sagte er und war bereits in den Sportteil vertieft.

4

Wenn man eine Zeitlang Polizist ist, ist man gewissen Versuchungen ausgesetzt. Es fängt, wie bei allen Verlockungen, klein an und wächst sich allmählich aus, bis man feststellt, daß man irgendwo unwiderruflich vom rechten Weg abgekommen ist, und eines Morgens in einem moralischen Niemandsland aufwacht, ohne die geringste Ahnung zu haben, wie man da hingelangt ist.

Ich rede hier nicht von Bestechlichkeit, auch nicht davon, daß man Dope aus der Asservatenkammer mitgehen und sich von Dealern mit Stoff versorgen läßt. Diesen Versuchungen erliegt man nicht von Berufs wegen, sondern aus persönlichen Gründen.

Der große Kuhhandel, den man eingeht, betrifft vielmehr die Einstellung zu anderen Menschen. Die Machtbefugnis eines Polizisten ist gewaltig, zumindest in den unteren Schichten der Gesellschaft, in denen man sich die meiste Zeit aufhält. Als junger Berufsanfänger ist man Menschenfreund, hat feste moralische Vorsätze, doch dann kommt man sich nach und nach verraten vor von denen, die man beschützen und denen man dienen soll. Man ist in ihrem Stadtteil nicht gern gesehen, wird regelmäßig angelogen, bis aufs Blut gereizt, der Streifenwagen wird mit Molotowcocktails beworfen. Der schmierigste Winkeladvokat kann sich unbeschadet in Wohnviertel wagen, in denen man hinterrücks beschossen wird.

Allmählich glaubt man, daß manch einer, der unter uns weilt, genetisch nichts mit uns gemein hat. Man hält sie insgeheim für Untermenschen, für moralisch verkommen oder bestenfalls für schräge Gestalten, die man hinter Gitter steckt und wie komische Zirkustiere behandelt.

Danach trifft man vielleicht als erster an einem Tatort ein, an dem ein anderer Polizist gerade einen flüchtigen Verdächtigen erschossen hat. Es ist eine heiße Sommernacht, die Luft flirrt vor Insekten, und man weiß genau Bescheid, will es aber nicht wahrhaben. Ein schlichter Einbruch, ein aufgeschlitztes Fliegengitter auf der Rückseite des Hauses; der Tote ist ein völlig vertrottelter Nichtsnutz, den jeder Cop weit und breit kennt. Die beiden Einschußwunden liegen keine zehn Zentimeter auseinander.

»Wollte er abhauen?« sagt man zu dem anderen Cop, der fickrig wie nur sonst was ist.

»Da hast du verdammt recht. Und dann ist er stehengeblieben und hat sich umgedreht. Schau, er hat 'ne Knarre gehabt.«

Die Waffe liegt im Gras. Sie ist blauschwarz, der Griff mit

Isolierband umwickelt. Der Mond ist untergegangen, die Nacht so dunkel, daß man sich fragt, wie jemand diese Waffe in der Hand eines schwarzen Tatverdächtigen sehen konnte.

»Ich zähl auf dich, Kleiner«, sagt der andere Cop. »Sag den Leuten einfach, was du gesehen hast. Da ist die Scheißknarre. Stimmt's? Das ist kein Pilz.«

Und schon überschreitet man eine Grenze.

Nimm's nicht schwer, sagt einem später ein Sergeant und Saufkumpan. Ist doch bloß ein weiterer Tunichtgut weniger. Die meisten von der Sorte eignen sich doch nicht mal zum Seifemachen.

Dann passiert etwas, das einen daran erinnert, daß wir alle dem gleichen Stamm entsprungen sind.

Man stelle sich einen Mann vor, der in einen Kofferraum eingeschlossen ist, die Hände auf den Rücken gefesselt, die Nase läuft wegen des Staubs und des durchdringenden Ölgeruchs vom Reservereifen. Die Bremslichter des Wagens gehen an, und einen kurzen Moment wird es hell im Kofferraum. Dann biegt der Wagen auf einen Feldweg ab, und Steine prasseln wie Schrotkugeln von unten an die Kotflügel. Aber plötzlich tut sich etwas, und der gefesselte Mann kann sein Glück zunächst kaum fassen – der Wagen schlägt in eine Bodenrinne, die Kofferraumverriegelung springt auf, verhakt sich aber wieder, ohne daß der Deckel hochklappt und vom Fahrer im Rückspiegel gesehen werden kann.

Die Luft, die durch den Spalt hereindringt, riecht nach Regen, nassen Bäumen und Blumen; der Mann hört, wie draußen Hunderte von Fröschen miteinander um die Wette quaken. Er richtet sich auf, drückt die Sohlen seiner Tennisschuhe an den Deckel und hebelt die Halterung aus dem Schloß, wälzt sich dann aus dem Kofferraum heraus, prallt auf die Stoßstange, landet mitten auf der Straße und kullert wie ein verlorener Reifen. Er landet auf der Brust und keucht auf, so als sei er tief gefallen. Steine zerschürfen ihm das Gesicht und reißen silberdollargroße Wunden in seine Ellenbogen.

Dreißig Meter weiter bleibt der Wagen, dessen Kofferraumdeckel sperrangelweit offensteht, mit quietschenden Bremsen stehen. Und der Gefesselte schlägt sich durch das Röhricht neben der Straße und gerät in einen Sumpf, verheddert sich mit den Beinen in den Ranken abgestorbener Wasserhyazinthen und versinkt im Schlick, der sich wie weicher Zement um seine Füße legt.

Vor sich sieht er die überfluteten Zypressen und Weiden, die grüne Algenschicht auf dem Wasser, die dunklen Schatten, die ihn umfangen und verbergen könnten wie ein Mantel. Die Wasserhyazinthen legen sich wie ein Drahtgeflecht um seine Beine; er stolpert, fällt auf ein Knie. Ein braune Schlammwolke wallt um ihn auf. Er torkelt wieder weiter, zerrt an der Wäscheleine, mit der seine Handgelenke gefesselt sind, hört nur noch sein hämmerndes Herz.

Die Verfolger sind jetzt unmittelbar hinter ihm; sein Rücken juckt, als werde ihm die Haut mit Zangen abgezogen. Dann hört er einen Schrei und fragt sich, ob er von ihm stammt oder von einer Nutria draußen auf dem See.

Sie geben nur einen Schuß ab. Die Kugel trifft ihn dicht über der Niere und durchbohrt ihn wie eine Lanze aus Eis. Als er die Augen wieder aufschlägt, liegt er rücklings im weichen Geäst der umgestürzten Weiden, die sich an einer Sandbank verfangen haben, und seine Beine baumeln im Wasser. Der Pistolenschuß hallt ihm noch immer in den Ohren. Der Mann, von dem nur die Silhouette zu sehen ist, watet auf ihn zu und raucht eine Zigarette.

Nicht noch mal, will Roland Broussard sagen. *Ich bin auf Speed. Das is der einzige Grund, weshalb ich dort gewesen bin. Ich bin ein Niemand, Mann. Das hier is nicht nötig.*

Der Mann, von dem nur die Silhouette zu sehen ist, tritt vielleicht einen Schritt zur Seite, damit Rolands Gesicht im Mondlicht liegt. Dann jagt er eine weitere Kugel aus seiner 357er Magnum genau durch Rolands Augenbraue.

Mit schweren Schritten geht er zum Ufer zurück, wo sein Begleiter auf ihn gewartet hat, als sehe er sich zum wiederholten Mal einen altbekannten Film an.

42

5

Clete, dessen taubenblauer Porkpie-Hut schief in der Stirn saß, hörte zu und ließ den Blick gelegentlich in den Flur schweifen, während ich erzählte. Er trug makellose weiße Tennisshorts und ein mit Sittichen bedrucktes Hemd. An seinem Nacken und den mächtigen Oberarmen schälte sich die sonnenverbrannte Haut.

»Jemand kidnappen, der bereits in Haft sitzt, ist ziemlich keck. Was meinst du, wer die Typen waren?« sagte er und wandte den Blick von zwei uniformierten Deputies auf der anderen Seite der Glasscheibe ab.

»Jungs, die sich mit den Formalitäten auskennen, zumindest gut genug, um einen Nachtbeschließer zu überzeugen, daß sie vom FBI sind.«

»Die Schmalztollen?«

»Kann sein.«

»Ist aber normalerweise nicht ihr Stil. Die kommen den Bundesbehörden nicht gern ins Gehege.« Wieder warf er einen Blick durch die Trennscheibe auf den Flur. »Wieso komm ich mir vor, als ob ich irgendein Zootier bin?«

»Reine Einbildung«, sagte ich mit ausdrucksloser Miene.

»Bestimmt.« Dann zwinkerte er und richtete den Finger auf einen Deputy. Der Deputy blickte auf ein paar Papiere, die er in der Hand hatte.

»Laß es gut sein, Clete.«

»Wieso hast du mich hierhergebeten?«

»Ich dachte, du hättest vielleicht Lust, angeln zu gehen.«

Er lächelte. Sein Gesicht war rosig, und die funkelnden grünen Augen verrieten einen ureigenen Sinn für Humor. Durch die eine Augenbraue und quer über den Nasenrücken verlief eine Narbe, die er sich als kleiner Junge im Irish Channel durch einen Schlag mit einem Bleirohr eingehandelt hatte.

»Dave, ich weiß, was mein alter Partner bei der Mordkommission denkt, bevor's ihm selber klar ist.«

»Ich habe zwei ungeklärte Mordfälle. Eines der Opfer war möglicherweise Sonny Boy Marsallus' Freundin.«

»Marsallus, hä?« sagte er, und seine Miene wurde ernst.

»Ich wollte ihn von der Polizei in New Orleans aufgreifen lassen, aber er ist von der Bildfläche verschwunden.«

Er trommelte mit den Fingern auf die Armlehne des Sessels.

»Laß ihn außen vor«, sagte er.

»Was hat er drunten in den Tropen getrieben?« fragte ich.

»Allerhand durchgemacht.«

Helen Soileau kam herein, ohne anzuklopfen, und ließ den Tatortbericht auf meinen Schreibtisch fallen.

»Willst du einen Blick drauf werfen und ihn abzeichnen?« sagte sie. Sie musterte Clete von oben bis unten.

»Kennt ihr einander?« fragte ich.

»Nur vom Hörensagen. Hat er nicht mal für Sally Dio gearbeitet?« sagte sie.

Clete steckte sich einen Kaugummi in den Mund und schaute mich an.

»Ich nehm mir den Bericht in ein paar Minuten vor, Helen«, sagte ich.

»Auf der Zigarettenkippe konnten wir keinen Fingerabdruck sichern, aber die Abgüsse von den Fuß- und Reifenspuren sehen gut aus«, sagte sie. »Übrigens, die 357er Kugeln waren Dumdum-Geschosse.«

»Danke«, sagte ich.

Clete drehte sich auf dem Sessel herum und sah ihr nach, als sie wieder hinausging.

»Wer is'n die Muffenleckerin?« sagte er.

»Komm schon, Clete.«

»Ein Blick auf die Braut, und du gehst freiwillig ins Kloster.«

Es war Viertel vor fünf.

»Willst du nicht schon mal deinen Wagen holen? Wir treffen uns dann vor dem Eingang«, sagte ich.

Er folgte mir in seinem alten Cadillac-Kabrio zum Henderson-Deich außerhalb von Breaux Bridge. Wir ließen mein mit einem Außenborder bestücktes Boot zu Wasser und angelten auf der anderen Seite einer Bucht, aus der aufgelassene Öl-bohrinseln und abgestorbene Zypressen ragten. Im Westen fiel Regen durch die Sonnenstrahlen. Es sah aus wie Röhren aus Glasgespinst, durch die Rauch zum Himmel aufstieg.

Clete holte eine langhalsige Flasche Dixie-Bier aus der Kühl-box und hebelte mit seinem Taschenmesser den Kronkorken ab. Der Schaum sank in den Hals zurück, als er die Flasche wie-der absetzte. Dann nahm er einen weiteren tüchtigen Schluck. Sein Gesicht wirkte müde, leicht mißmutig.

»Hast du dich an der Bemerkung gestoßen, die Helen über Sally Dio gemacht hat?«

»Ich hab nun mal die Leibwache für 'ne Schmalztolle gelei-tet. Ich hab mir auch von zwei seiner Gorillas die Hand in die Autotür quetschen lassen. Wenn sich irgendwann die Gelegen-heit ergibt, kannst du ja Frankensteins Braut erzählen, was passiert ist, als sich Sal und seine gedungenen Matschbirnen in die Lüfte schwingen wollten.«

Das Flugzeug war gegen einen Berghang in Westmontana geprallt und explodiert. Die nationale Verkehrssicherheitsbe-hörde hatte hinterher erklärt, daß jemand Sand in die Treib-stofftanks gekippt habe.

Clete trank sein Bier aus und pfiff durch die Zähne. Er steckte die Hand ins Eis und suchte eine weitere Flasche.

»Alles in Ordnung, Partner?« fragte ich.

»Ich hab diesen Mist, in den ich in Mittelamerika reingera-ten bin, noch nicht richtig weggesteckt. Manchmal kommt mit-ten in der Nacht alles wieder hoch. Und ich mein damit, schlim-mer als damals, als ich aus Vietnam zurückgekommen bin. Es ist, als ob sich jemand ein Streichholz an deiner Magenwand anreißt.«

In seinen Augenwinkeln waren weiße Falten. Er sah zu, wie sein Schwimmer quer durchs Wasser in den Schatten einer Ölbohrinsel gezogen wurde, kurz untertauchte und wieder hochschoß. Doch er griff nicht zur Rute.

»Vielleicht ist es Zeit für die Kurzversion eines Gebets um

inneren Frieden. Manchmal muß man einfach sagen, scheiß drauf«, sagte ich.

»Was war das Schlimmste, was du in 'Nam erlebt hast, ich meine, abgesehen davon, daß dich 'ne Bouncing Betty erwischt hat?«

»Als ein Dorfoberhaupt die 105er gerufen und gegen seine eigenen Leute hat einsetzen lassen.«

»Sonny Boy und ich waren mit der gleichen Bande Waffenhändler zusammen. Da drunten ging's zu wie in einer Freiluftirrenanstalt. Die meiste Zeit hab ich nicht gewußt, ob wir an die Rebellen oder an die Regierung verkaufen. Ich war derart weggetreten vom Rum und vom Dope und von meinem eigenen Elend, daß es mir auch wurscht war. Und dann haben wir eines Nachts zu sehen gekriegt, was die Regierung gemacht hat, wenn sie den Indianern Gottesfurcht beibringen wollte.«

Er kniff die Lippen mit der Hand zusammen. Es raschelte trocken, wie Sandpapier, als seine Schwielen über die Bartstoppeln strichen. Er holte Luft und riß die Augen weit auf.

»Die sind da in ein Dorf eingerückt und haben alles umgebracht, was ihnen unter die Augen gekommen ist. Ungefähr vierhundert Menschen. Dort gab's ein Waisenhaus, das von Mennoniten geleitet wurde. Sie haben niemanden verschont ... die ganzen Kinder ... Mann.«

Er musterte mein Gesicht.

»Hast du das gesehen?« fragte ich.

»Ich hab's gehört, aus ungefähr 'ner halben Meile Entfernung. Das Geschrei von den Leuten vergess ich nie mehr. Danach hat uns dieser Capitan durch das Dorf geführt. Der Dreckskerl hat sich überhaupt nix dabei gedacht.«

Er steckte sich eine Lucky Strike in den Mund, schirmte sein Zippo mit den Händen ab und versuchte sie anzuzünden. Trocken schabte das Zackenrad über den Feuerstein, worauf er sie wieder aus dem Mund nahm und mit seiner großen Hand umschloß.

»Laß die Vergangenheit ruhen, Clete. Hast du noch nicht genug gebüßt?« sagte ich.

»Wolltest du nicht was über Sonny Boy hören? Drei Wochen später waren wir mit 'nem andern Haufen zusammen. Ich war so weggetreten, daß ich nicht mal mehr weiß, wer die waren. Kubaner möglicherweise, und ein paar Belgier, die für beide Seiten gearbeitet haben. Jedenfalls waren wir auf 'nem Pfad und sind mitten in 'nen Hinterhalt reingelaufen. L-förmig angelegt, mit M-60ern, Granatwerfern, schwerem Gerät. Die müssen in den ersten zehn Sekunden mindestens zwölf Jungs zerfetzt haben. Sonny hat die Vorhut gestellt ... Ich hab's gesehen ... das war keine Halluzination ... Zwei Jungs neben mir haben's ebenfalls gesehen ...«

»Wovon redest du überhaupt?«

»Er ist von 'nem M-60 erwischt worden. Ich hab gesehen, wie die Schüsse auf seine Klamotten eingeprasselt sind. Sein Hemd war blutgetränkt, als er zu Boden gegangen ist. Drei Wochen später kreuzt er in einer Bar in Guatemala City auf. Die Rebellen haben ihn danach den roten Engel genannt. Sie haben gesagt, er könne nicht sterben.«

Er nahm einen langen Zug. Die Sonne spiegelte sich wie eine gelbe Flamme in der Flasche.

»Okay, Mann, vielleicht hab ich mir da drunten die Birne verorgelt. Aber ich halt mich von Sonny fern. Ich weiß nicht, wie ich's erklären soll. Es ist, als ob ihm der Tod auf den Leib geschrieben steht.«

»Klingt, als ob Sonny mal wieder seinen üblichen Schwindel abgezogen hat.«

»Wie ich das abkann, wenn einem jemand anders erzählt, was man mit eigenen Augen gesehen hat. Du erinnerst dich doch noch, was ein am Elastikgurt hängendes M-60 mit 'nem ganzen Dorf anrichten kann? Was ist, wenn ein Typ das auf zehn Meter Entfernung abkriegt? Nein, sag nichts dazu. Ich glaube, ich pack das nicht.«

In der Stille konnte ich das Surren der Autoreifen auf dem Highway hören, der auf Stelzen den Sumpf überspannte. Die sinkende Sonne malte Feuerseen zwischen die Wolken, und dann zog eine Regenbank über die Buchten und die mit Weiden bestandenen Inseln, und schwere Tropfen tanzten in dem gelben Dunst rund um uns. Ich holte das Fallfenstergewicht ein, das ich als Anker benutzte, warf den Motor an und steuerte das Boot zurück zum Deich. Clete öffnete eine weitere Flasche Dixie, griff dann tief in das zerstoßene Eis, stieß auf eine Dose Dr. Pepper und warf sie mir zu. »Sorry, Streak«, sagte er, und zumindest seine Augen sahen aus, als ob er lächelte.

Aber eigentlich hätte ich mich entschuldigen müssen.

An diesem Abend zog ich meine Jogginghose, ein Paar Laufschuhe und ein T-Shirt an und fuhr in Richtung Spanish Lake, hinaus zu der kleinen Gemeinde Cade. Ich kann nicht erklären, warum ich ausgerechnet dort joggen wollte, statt bei meinem Haus im Süden der Stadt um den Bayou zu laufen. Vielleicht deswegen, weil dieser Ort bislang der einzige Ansatzpunkt in diesem Fall war. Sonny Boy hatte ein Barracoon erwähnt, das Jean Lafitte in der Nähe des Sees gebaut hatte, und dann hatte Sweet Pea Chaisson, dem man allerlei Brutalität zutraute, aber keine Gefühlsduselei in Sachen Familie, die Überreste seiner Adoptivmutter exhumiert und mit einem Müllwagen von der Bertrandschen Plantage nach Breaux Bridge transportieren lassen. Beide Männer verkehrten in einer Welt aus Neon und Beton, in der Menschen einander täglich kauften und verkauften, und sie hielten sich ans gleiche Lebensprinzip, das auch einen Piranha umtreibt. Welchen gemeinsamen Nenner gab es zwischen den beiden und einer kleinen ländlichen Gemeinde, in der lauter arme Schwarze lebten?

Ich parkte meinen Pickup und trabte den Fahrweg zwischen den endlosen Zuckerrohrfeldern dahin, über die Bahngleise, vorbei an einem windschiefen, aus Brettern zusammengenagelten Laden und einer Reihe von Hütten. Hinter mir bog ein weißer Kleinwagen von der Straße ab, bremste ab, damit mir der Staub nicht ins Gesicht flog, und fuhr auf die erleuchteten Häuser am See zu. Ich konnte die Umrisse der beiden Insassen sehen, die miteinander redeten.

Der Wind war warm und roch nach Pferden und dem Duft der bei Nacht blühenden Blumen, nach frisch gepflügter Erde und dem Rauch, der von dem Stoppelfeuer unmittelbar neben einem Pecanhain aufstieg. Es sah aus, als tanzten unstete Schattengestalten im Feuerschein zwischen den Baumstämmen, und wenn man seiner Phantasie freien Lauf ließ, wirkte es fast so, als ob diejenigen, die früher auf diesem Land gewohnt hatten, sich nicht mit ihrer Vergänglichkeit abfinden mochten.

Ich habe oft das Gefühl, daß Geschichte möglicherweise gar keine Abfolge von Ereignissen ist – daß alle Menschen, egal, aus welchem Zeitalter, gleichzeitig leben, vielleicht in verschiedenen Dimensionen, unsichtbar für andere, so als hätten wir alle teil an einer großen geistigen Grundidee.

Indianer vom Stamm der Attakapas, spanische Eroberer, Sklaven, die den Schlamm aus dem See geschleift und daraus Ziegelsteine für die Häuser ihrer Herren hergestellt hatten, die Jungs aus Louisiana in ihrem nußbraunen Drillich, die sich geweigert hatten, nach Appomattox die Waffen zu strecken, die Unionssoldaten, bei deren Vormarsch schwarze Rauchwolken den Himmel verdüstert hatten, soweit das Auge reichte – vielleicht waren sie alle da draußen, unter uns, nur einen Atemzug entfernt, verbargen sich lediglich in dem unbestimmten Lichtschein, den man manchmal aus dem Augenwinkel wahrzunehmen meint.

Doch die Lichter, die ich weit weg in einem Gummibaumhain sah, waren durchaus von dieser Welt. Ich sah, wie sie von Baumstämmen zurückgeworfen wurden, und ich hörte das Mahlen und Röhren eines schweren Motors am anderen Ende des Fahrwegs, der an Bertie Fontenots Haus vorbeiführte.

Ich lief langsamer, atmete tief durch und blieb neben einem Viehgatter und einem mit Glyzinien überwucherten Torbogen stehen – dem Eingang zum Anwesen der Familie Bertrand. Durch die Luftfeuchtigkeit schimmerte der Fahrweg im Mondlicht, und in den Pfützen, die der Regen hinterlassen hatte, wimmelten die Insekten. Ich trabte auf die Lichter zwischen den Bäumen zu, hörte den steten Rhythmus meiner Schritte, und ich hatte das Gefühl, als dringe ich nächtens in eine Welt ein, die sich bislang dem Zugriff des zwanzigsten Jahrhunderts entzogen hatte.

Dann kam ich mir mit einem Mal nackt vor. Ich hatte weder eine Dienstmarke noch eine Waffe dabei, war nichts weiter als ein ganz gewöhnlicher Jogger. Es war ein seltsames Gefühl, und zugleich wurde einem dabei bewußt, mit welcher Selbstverständlichkeit man Tag für Tag aufgrund dienstlicher Vollmachten in das Privatleben anderer Menschen eindringen konnte, die einen bang und beklommen gewähren lassen mußten.

Das Mahlen des Motors hatte aufgehört, und die Scheinwerfer waren abgeblendet worden und dann ausgegangen. Ich spähte zwischen die Gummibäume, versuchte etwas zu erkennen und stellte dann fest, daß die Maschine, ein großer rechteckiger Klotz mit Führerhaus und riesigen eisernen Raupen, dessen Planierschild im Mondschein funkelte, in einem Feld hinter den Bäumen stehengeblieben war.

Die Häuser von Bertie und ihrem Neffen waren dunkel. Als ich auf den Hain zuging, sah ich, daß die Planierraupe regelrechte Fahrschneisen durch die Bäume gepflügt, das Wurzelgeflecht zerrissen, Äste abgeknickt, Gräben ausgefurcht und den Aushub auf das angrenzende Zuckerrohrfeld geworfen hatte, daß sie die Erde und alles, was darin hauste, zermalmt und zermahlen hatte, bis der gesamte Boden in und um den Hain aussah, als sei er in einen riesigen Sack gestopft und aus großer Höhe abgeworfen worden.

Weit und breit war niemand zu sehen.

Ich ging an der Planierraupe vorbei zum Feldrain. Der Mond stand hell über den Baumwipfeln, und das junge Zuckerrohr raschelte im Wind. Ich las eine Handvoll Erde auf und ließ sie durch die Finger rieseln, spürte die kleinen Knochensplitter, unscheinbar und zerbrechlich, die fauligen Holzstücke, porös und gewichtslos wie Balsa, die Überreste eines hohen Schnürschuhs, der von der Maschine plattgewalzt worden war.

50

Mit einem Mal legte sich der Wind, und die Luft roch plötzlich nach saurem Sumpf, Humus und toten Wasserkäfern. Der Himmel war schmutzig dunkel, die Wolken wirkten wie der schlierige Qualm von abgefackeltem Öl. Schweißtropfen liefen mir links und rechts am Körper hinab wie krabbelnde Insekten. Wer hatte das getan? Wer hatte eine Begräbnisstätte umgewühlt, als sei so was nicht mehr wert als ein unterirdischer Rattenbau?

Ich ging über den Fahrweg zu meinem Pickup. Ich sah, wie der weiße Kleinwagen über die Stichstraße zurückfuhr, leicht abbremste. Plötzlich, aus etwa vierzig Metern Entfernung, richtete die Gestalt auf dem Beifahrersitz einen Suchstrahler auf mich. Ich war vorübergehend geblendet, sah nur noch einen weißgeränderten roten Kreis, der auf meine Augen gerichtet war.

Ohne Waffe, ohne Dienstmarke, dachte ich, ein ganz gewöhnlicher Mann mittleren Alters, schwitzend und ausgepumpt, der vom Scheinwerferlicht eines Autos auf offener Landstraße erfaßt wird wie ein wechselndes Wild.

»Hey, Sie da, nehmen Sie das Licht von meinen Augen weg«, rief ich.

Der Wagen blieb stehen, der Motor tuckerte im Leerlauf. Ich hörte einen Wortwechsel – zwei Männer, die miteinander redeten. Dann wurde mir klar, daß sie es auf jemand anderen abgesehen hatten. Der Suchscheinwerfer strahlte die Umgebung ab, so daß ich nur noch bunte Kringel sah, und dann schoß der Wagen los, auf meinen Pickup zu, auf dessen Trittbrett ein Mann stand und sich durch das Fenster auf der Fahrerseite beugte.

Er rannte über die Bahngleise davon und verschwand wie eine Schimäre zwischen dem Schilf und den Rohrkolben. Der weiße Kleinwagen holperte über den Bahndamm, hielt kurz an, und wieder richtete der Mann auf dem Beifahrersitz den Suchscheinwerfer hinaus in die Dunkelheit. Ich wischte mir mit meinem T-Shirt die Augen trocken und versuchte das Nummernschild zu erkennen, aber irgendwer hatte die Ziffern mit Dreck verschmiert.

Dann gab der Fahrer Gas, wirbelte eine Wolke aus öligem Staub auf und jagte mit dem Kleinwagen zum Highway zurück.

Ich öffnete die Tür auf der Fahrerseite meines Pickup. Als die Innenbeleuchtung anging, sah ich etwas zusammengerollt auf dem Sitz liegen, wie eine tote Schlange – eine verdrehte Kette, mit Rost überzogen, der wie getrocknetes Blut wirkte. Ich hob sie auf, wog sie in der Hand und spürte die feinen Absplitterungen. An der einen Seite war eine runde eiserne Schelle angebracht, die aufklaffte wie ein schreiender Mund.

Ich hatte so etwas bislang nur im Museum gesehen. Es war ein Fußeisen, wie man es afrikanischen Sklaven auf dem Transport und beim Verkauf anlegte.

6

Am nächsten Tag war Sonnabend. Die Morgendämmerung war grau, und zwischen den Eichen und Pecanbäumen hingen Nebelschwaden, als ich den Hang hinabging, um Batist beim Öffnen des Bootsverleihs und Köderladens zur Hand zu gehen. Die Sonne war noch hinter den Bäumen im Sumpf versteckt, und die Stämme auf der anderen Seite des Bayou standen feucht und schwarz im Zwielicht. Man konnte die Klumpfische und Sonnenbarsche riechen, die in den Buchten laichten.

Batist war vor dem Köderladen und stieß mit einem Besenstiel das Regenwasser von der Segeltuchplane, die wir mit Drahtseilen über den Anlegeplatz gespannt hatten. Ich hatte nie sein Alter erfahren, aber als ich noch ein Kind war, war er bereits erwachsen und so schwarz und stattlich wie ein Holzofen gewesen, und noch heute waren sein Bauch und seine Brust flach wie eine Kochplatte. Er hatte sich als Farmer, Trapper und Fischer durchgeschlagen, sein Leben lang auf Austernbooten gearbeitet und konnte in jeder Hand einen Außenbordmotor die Rampe hinabtragen, als wären sie aus Plastik gestanzt. Er war Analphabet und wußte so gut wie nichts von der Welt außerhalb des Bezirks Iberia, aber er war einer der tapfersten und loyalsten Männer, die ich jemals kennengelernt habe.

Er wischte den Tau von den zu Tischen umfunktionierten Kabeltrommeln, in denen Cinzano-Schirme steckten, damit die Fischer Schatten hatten, wenn sie mittags zum Barbecue-Lunch vorbeikamen, das wir für 5,95 Dollar anboten.

»Weißt du, was 'n Nigger heut früh in einem Boot von uns verloren hat?« fragte er.

»Batist, du mußt dir dieses Wort abgewöhnen.«

»Das is'n *Nigger* gewesen, der eine Rasierklinge und eine Knarre dabeigehabt hat. Der hat sich kein Boot leihen wollen.«

»Könntest du das von Anfang an erzählen?«

»Es is'n heller Nigger mit einer schicken Hose und spitzen, glänzenden Schuhen gewesen«, sagte er und fuhr bei jedem Wort mit dem Finger durch die Luft, so als wäre ich beschränkt. »Er hat sich in unser Boot da drüben gesetzt und mit den Fingern *Boudin* aus einer Papierserviette gegessen. Dieser Nigger, der is im Gefängnis gewesen und hat 'ne Schnur mit einer Rasierklinge um den Hals gehabt. Ich frach ihn, was er sich eigentlich denkt. Er schaut zu mir auf und sagt: ›Machst du hier sauber?‹

›Ja‹, sag ich, ›ich räum den Abfall aus dem Boot. Das heißt, daß du deinen nichtsnutzigen Arsch hochheben und dich verziehn sollst.‹

›Ich will mich nicht mit dir streiten‹, sagt er. ›Wo is Robicheaux?‹

›Der is nicht da‹, sag ich, ›und alles andere geht dich nix an.‹ Ich sag: ›Vas t'en, neg.‹ Das is alles. Die Sorte können wir hier nicht gebrauchen, Dave.«

Er nahm eine aufgeschnittene Clorox-Flasche und schaufelte damit die Asche aus dem halbierten Ölfaß, das wir als Grill benutzten. Ich wartete darauf, daß er fortfuhr.

»Wie hat er geheißen?« sagte ich. »Was für ein Auto hat er gefahren?«

»Er hat kein Auto gehabt, und nach seinem Namen hab ich ihn nicht gefracht.«

»Wo ist er hin?«

»Was weiß ich, wo jemand hingeht, den man mit 'ner Holz-
latte davonjagt.«

»Batist, ich halte nichts davon, daß man Leute so behandelt.«

»So einer wie der arbeitet immer dem weißen Mann in die
Hände, Dave.«

»Wie bitte?«

»Wegen so einem glauben die Weißen, daß wir andern nicht
das Recht haben, mehr zu verlangen als das, was wir haben.«

Mir war in diesem Moment klar, daß ich seiner Logik und Erfahrung nichts entgegenzusetzen hatte.

»Da is noch was andres, das ich mit dir besprechen will«,
sagte er. »Schau mal rüber in den Laden, auf meine Schweins-
füße, mein *Graton*. Sag mir, was du davon hältst.«

Ich öffnete die Fliegendrahttür, traute mich aber kaum hinzuschauen. Der Krug mit den eingelegten Schweinsfüßchen
war am Boden zerschellt; angeknabberte Schokoriegel, hart-
gekochte Eier und knusprig gebratene Schwarte, oder *Graton*,
wie sie in Cajun-Französisch hieß, waren quer über die Theke
verstreut. Mitten drin, in einer mit Draht bespannten Krab-
benfalle gefangen, saß Tripod, Alafairs dreibeiniger Waschbär,
und glotzte mich an.

Ich nahm ihn auf den Arm und trug ihn hinaus. Er war ein
Prachtexemplar mit silbernen Fellspitzen und schwarzen
Schwanzringen, einem fetten Bauch und großen Vorderpfoten,
mit denen er Türknäufe umdrehen und Konservengläser auf-
schrauben konnte.

»Ich schick Alafair zum Aufräumen runter«, sagte ich.

»Es geht nicht, daß der Waschbär ständig den Laden versaut,
Dave.«

»Meiner Ansicht nach hat jemand ein Fenster offengelassen.«

»Das stimmt. *Jemand.* Weil ich sie nämlich alle zugemacht
hab.«

Ich war sprachlos.

»Ich bin letzte Nacht nicht hier drunten gewesen, Partner,
falls du darauf hinauswillst.«

Er richtete sich auf, das Wischtuch in der Hand. Sein Gesicht wirkte mit einemmal besorgt. Zwei Angler mit einem Köderfischeimer und einer Kühlbox fürs Bier standen unter der Ladentür und schauten ungeduldig zu uns her.

»Du bist letzte Nacht nicht hier drunten gewesen, Dave?« fragte er.

»Nein. Wieso?«

Er griff mit Daumen und Zeigefinger in die Uhrentasche der weiten Latzhose, die er trug.

»Das hat heut morgen auf dem Fensterbrett gelegen. Ich hab gedacht, du hast es vielleicht am Boden gefunden«, sagte er und drückte mir das längliche Metallplättchen in die Hand. »Wie heißen die Dinger?«

»Hundemarken.« Ich las den Namen, der darauf stand, dann las ich ihn noch mal.

»Stimmt was nicht?« sagte er.

Ich spürte, wie ich die Marke umklammerte, wie mir die Kante in den Handteller schnitt.

»Du weißt doch, daß ich nicht lesen kann. Ich wollt dir nix Schlimmes geben, bestimmt nicht.«

»Schon in Ordnung. Kümmer dich um die Herren dort, ja? Ich bin gleich wieder zurück«, sagte ich.

»Find ich nicht gut, daß du's mir nicht erzählst.«

»Da steht der Name eines Mannes drauf, mit dem ich beim Militär war. Ist nur ein seltsamer Zufall. Mach dir keine Gedanken.«

Doch ich sah ihm an den Augen an, daß er felsenfest davon überzeugt war, er habe mir aus Tolpatschigkeit oder Unwissenheit ein Leid angetan.

»Ich bin nicht bös wegen dem Waschbär, Dave«, sagte er. »So sind Waschbärn halt. Sag Alafair, daß niemand was dafürkann.«

Ich saß bei einer Tasse Kaffee an dem Zedernholztisch unter dem Mimosenbaum im Garten, wo es immer noch kühl und angenehm schattig war. Das Immergrün und die Weiden entlang des Entwässerungsgrabens raschelten im Wind, und zwei grünköpfige Wildenten, die das ganze Jahr über bei uns blieben, schwammen auf dem am anderen Ende unseres Grundstücks gelegenen Teich.

Auf der Hundemarke aus rostfreiem Stahl standen der Name Roy J. Bumgartner, seine Dienstnummer, Blutgruppe, Religionszugehörigkeit und Waffengattung – ein ganzes Menschenleben, einfach und praktisch auf einem Stück Metall zusammengefaßt, das man wie eine Rasierklinge zwischen die Zähne seines Besitzers schieben und mit einem harten Schlag ans Kinn festklemmen konnte.

Ich konnte mich nur zu gut daran erinnern, wie er, ein neunzehnjähriger Unteroffizier aus Galveston, Texas, mit dem Huey tief aus der glühenden Sonne kommend eingeflogen war, wie das Buschwerk und das Elefantengras unter den Rotorblättern flachgedrückt worden und die Kugeln aus den AK-47 wie Hammerschläge von der Zelle des Hubschraubers abgeprallt waren. Zehn Minuten später lag der Boden der Maschine voller verwundeter Infanteristen, auf deren Stirn man zum Zeichen dafür, daß sie Morphium erhalten hatten, mit Mercurochrom ein *M* aufgemalt hatte, und dann hoben wir von der Landezone ab und flogen mit knatterndem Rotor durch das gleiche Sperrfeuer aus automatischen Waffen zurück, deren Geschosse Löcher in die Fenster stanzten, so als platzten Blasen auf der Haut.

Mein Körper fühlte sich so trocken und ausgedörrt an wie Echsenhaut, so als wäre sämtliche Flüssigkeit von dem Blutverdünnungsmittel, das mir der Sanitäter im Laufe der Nacht gegeben hatte, aufgezehrt worden wie verschüttetes Wasser, das auf einer heißen Herdplatte verzischt. Der gleiche Sanitäter, ein Italojunge aus Staten Island, verschwitzt und nackt bis zur Taille, hielt mich jetzt in den Armen und sagte ein ums andere Mal, so als müsse er sich ebenso davon überzeugen wie mich: *Sie schaffen es, Lieutenant ... Sagen Sie good bye zu dem Scheißnest ... Sie sind lebendig und dürfen heim im Jahr fünfundsechzig ... Bum schaukelt die Kiste direkt zum Batail-*

lonsverbandsplatz. ... Dort gibt's was zur Erfrischung, Lieutenant ... Plasma ... Fassen Sie nicht da unten hin ... Ich mein's ernst ... Hey, kann mal jemand seine verdammte Hand festhalten!

Während die Maschine mit wirbelnden Rotorblättern schaukelnd über die Bäume dahinflog und schwarzer Qualm von einem Kabelbrand durchs Innere kräuselte, während Reisfelder, Erddämme und ausgebrannte Bauernhütten unter uns vorbeihuschten, starrte ich unverwandt auf den Kopf des Piloten, so als könnten meine Gedanken, die wie ein Schrei durch meinen Schädel hallten, zu ihm durchdringen: *Du kriegst das hin, Alter, du kriegst das hin, Alter, du kriegst das hin, Alter.*

Dann drehte er sich um und schaute nach hinten, und ich sah das schmale Milchgesicht unter dem Helm, den trockenen Klumpen Kautabak in seiner Backe, den roten Notverband über dem einen Auge, seinen wild entschlossenen Blick, und noch bevor ich die Wellen sah, die an den Strand des Südchinesischen Meeres rollten, wußte ich, daß wir es schaffen würden, daß jemand, der so tapfer war, nicht umkommen konnte.

Doch dieser Schluß beruhte auf politischer Unwissenheit und dem naiven Glauben eines Soldaten, daß er von seiner Regierung nie im Stich gelassen wird.

Bootsie brachte mir eine weitere Tasse Kaffee und eine Schale Studentenfutter mit Milch und Schwarzbeeren. Sie trug ausgeblichene Jeans und eine ärmellose beige Bluse, und ihr Gesicht wirkte im weichen Licht kühl und frisch.

»Was ist das?« sagte sie.

»Eine dreißig Jahre alte Hundemarke.«

Sie berührte sie mit den Fingerspitzen, drehte sie dann um.

»Sie hat jemandem gehört, der in Laos verschwunden ist«, sagte ich. »Er ist nicht wieder heimgekommen. Ich glaube, er ist einer der Jungs, die von Nixon und Kissinger abgeschrieben wurden.«

»Ich versteh nicht recht.«

»Batist hat sie heute morgen auf dem Fensterbrett des Köderladens gefunden. Es handelt sich um eine Art makabren

Scherz. Gestern abend hat jemand ein rostiges Fußeisen auf
den Sitz von meinem Pickup gelegt.«

»Hast du dem Sheriff Bescheid gesagt?«

»Ich red am Montag mit ihm.«

Ich kaute eine Portion Studentenfutter und ließ mir keine
Gefühlsregung anmerken.

»Alafair schläft noch. Wollen wir ein Weilchen reingehen?«

»Na klar.«

Ein paar Minuten später lagen wir auf den Laken in unserem
Schlafzimmer. Die hauchzarten, mit Rosen bedruckten weißen
Vorhänge bauschten sich im Wind, der durch die Azaleen und
Pecanbäume im Garten neben dem Haus wehte. Ich habe noch
nie eine Frau gekannt, die so küssen konnte wie Bootsie. Sie
schob ihr Gesicht dicht an meins, öffnete den Mund, legte dann
den Kopf leicht schräg, berührte mit trockenen Lippen die meinen, nahm sie wieder weg und schaute mir dabei unverwandt
in die Augen. Dann strich sie wieder mit den Lippen über meinen Mund, zeichnete mit den Fingernägeln langsam einen
Kreis am Haaransatz in meinem Nacken und ließ die rechte
Hand hinab zu meinem Bauch wandern, während ihre Zunge
über meine Zähne glitt.

Sie kannte keinerlei Hemmung oder Befangenheit, wenn wir
uns liebten, weder Grenzen noch Zurückhaltung. Sie setzte
sich auf mich, nahm mich in die Hand und schob mich tief in
sich hinein, während sich ihre Schenkel öffneten und ein leiser,
gurrender Laut aus ihrer Kehle drang. Dann stützte sie sich auf
beide Arme, so daß ihre Brüste unmittelbar vor meinem Gesicht waren, und ihr Atem ging jetzt schneller, und ein dünner
Schweißfilm glänzte auf ihrer Haut. Ich spürte, wie ihre Hitze
sich auf meine Lenden übertrug, als wäre sie es, die in diesem
Moment über uns beide gebot. Sie beugte sich tiefer herab, umschlang mich, schob die Füße unter meine Schenkel, während
sich ihr Gesicht rötete, kleiner wurde, nach innen gekehrt, und
ihr feuchtes Haar wie Honigkringel an der Haut lag. Vor meinem geistigen Auge sah ich einen großen strammen Tarpon,
dick und prall und voller Lebenslust, der durch rosa Korallen-

tunnel und über wogende Venusfächer glitt und dann in einem gleißenden Gischtschwall durch eine Welle brach.

Hinterher lag sie in meinem Arm und berührte all die Stellen, die für mich Zeichen meiner Sterblichkeit und meines fortschreitenden Alters waren – den weißen Haarstreifen an meiner Schläfe, meinen Schnurrbart, der jetzt silbern gesprenkelt war, die ausgezackte, von einer 38er Kugel stammende Vertiefung unter meinem linken Schlüsselbein, die graue, wie ein plattgedrückter Regenwurm wirkende Narbe an meinem Bauch, die ein Pungi-Stock hinterlassen hatte, und die pfeilförmigen Schrammen an meinem Schenkel, wo nach wie vor die Stahlsplitter einer Springmine im Fleisch steckten. Dann kuschelte sie sich an mich und küßte mich auf die Wange.

»Wofür ist das?« sagte ich.

»Weil du der Beste bist, *Cher.*«

»Du ebenfalls, Bootsie.«

»Aber du verschweigst mir etwas.«

»Ich habe ein ungutes Gefühl bei dieser Sache.«

Sie stützte sich auf einen Ellbogen und schaute mir ins Gesicht. In dem von draußen einfallenden Licht wirkte ihr nackter Hintern wie aus rosa Marmor gemeißelt.

»Es geht um diese beiden Morde«, sagte ich. »Wir haben's hier nicht mit den hiesigen Trotteln zu tun.«

»Sondern?«

»Es ist immer wieder die alte Geschichte, Bootsie. Wenn dort, wo sie herkommen, alles im Eimer ist, sind wir dran. Und bis wir draufkommen, daß wir es mit richtig schweren Jungs zu tun haben, haben die schon alles kurz und klein geschlagen.«

»Deswegen haben wir Cops wie dich«, sagte sie und versuchte zu lächeln. »Wir können Südlouisiana nicht von der übrigen Welt abkoppeln«, fügte sie hinzu, als ich nicht antwortete.

Sie schmiegte sich an mich und legte mir ihre Hand aufs Herz. Sie roch nach Shampoo und Blumen und der milchigen Hitze, die ihre Haut verströmte. Draußen hörte ich das aufgeregte Krächzen der Krähen in den Bäumen, als die Sonne wie ein gleißender Spiegel durch die Wolken brach.

7

Man kann getrost behaupten, daß es sich bei sogenannten Söldnern aller Wahrscheinlichkeit nach zum Großteil um verblendete, ungebildete Menschen handelt, die sich vor Frauen fürchten und irgendwelche körperlichen Mängel haben. Ihre politische Moral und ihr Wissen, das sie normalerweise aus paramilitärischen Zeitschriften beziehen, bewegen sich auf dem Niveau eines Comichefts. Manche von ihnen wurden wegen schlechter Führung unehrenhaft aus dem Militärdienst entlassen, andere sind weder körperlich noch geistig dazu in der Lage, die übliche Grundausbildung bei der US-Army durchzustehen. Sie zahlen Unsummen dafür, daß sie in einem Söldnerausbildungslager in den Pinienwäldern von Nordflorida Moskitos totschlagen dürfen, lassen sich mit Totenköpfen tätowieren, schwingen schwülstige Reden, für gewöhnlich in irgendwelchen Hinterwäldlerdialekten, und stimmen den klassischen, aber nichtsdestoweniger nihilistischen Kampfruf aller Legionäre an: »*Vive la guerre, vive la mort.*«

In Miami wimmelt es von diesen Gestalten.

Wenn man im Raum New Orleans Kontakt zu ihnen aufnehmen will, muß man über den Fluß, nach Algiers, in eine Gegend voller Pfandleihhäuser, vietnamesischer Lebensmittelläden und Billigbars, und Tommy Carrols *Guns & Surplus* aufsuchen, ein Geschäft, in dem man die nötigen Waffen und Ausrüstungsgegenstände kaufen kann.

Es war Sonntag abend, und Helen Soileau und ich waren außer Dienst und nicht in unserem Zuständigkeitsbereich. Tommy Carrol, dem ich bislang noch nie begegnet war, wollte gerade die Glasvitrinen mit den Schußwaffen absperren und den Laden schließen. Er hatte eine ausgebeulte Hose mit Tarnfarbenmuster, auf Hochglanz polierte Kampfstiefel und ein hellgelbes T-Shirt mit weitem Halsausschnitt an, wie es Bodybuilder tragen. Sein glattrasierter Kopf erinnerte mich an eine Bowlingkugel aus Alabaster. Er kaute hektisch auf einem Kaugummi herum, blickte ein ums andere Mal von seiner Arbeit auf und schaute zu Helen und mir, als wir hintereinander zwischen aufgestapelten Kartons mit allerlei Survival-Ausrüstung, Munition, Schlauchbooten, Schaukästen mit Messern und den mit Ketten gesicherten Gewehrständern voller Militärwaffen hindurchgingen.

»Dann hab ich also die gottverdammten Bälger wieder am Hals, läuft's darauf raus?« sagte Helen nach hinten gewandt zu mir. Sie trug eine hellbraune Hose, lackierte Strohsandalen und eine geblümte Bluse, die über ihren Gürtel hing. Sie nahm einen Schluck aus der Bierdose, die in einer braunen Papiertüte steckte.

»Hab ich das gesagt? Hab ich das auch nur mit einem Wort gesagt?« konterte ich.

»Brauchen Sie irgendwas?« sagte Tommy Carrol.

»Ja, ein paar Excedrin«, sagte ich.

»Is irgendwas nicht in Ordnung?« fragte Tommy Carrol.

»Ich suche Sonny Boy Marsallus«, sagte ich.

»Und komm uns nicht wieder mit der ambulanten Herpesklinik. Da sind wir nämlich schon gewesen«, sagte Helen.

»Schnauze, Helen«, sagte ich.

»Hab ich nu den großen Macker und Macher geheiratet oder nicht?« sagte sie.

»Worum geht's denn?« fragte Tommy kaugummikauend.

»Treibt Sonny sich nicht immer hier rum?«

»Manchmal. Ich meine, früher war's so. Jetzt nicht mehr.«

»Helen, warum wartest du nicht draußen im Auto?« sagte ich.

»Weil ich keine Lust hab, den gottverdammten Bälgern schon wieder die Windeln zu wechseln.«

»Ich war 'ne Weile nicht aktiv«, sagte ich zu Tommy. »Ich hätt gern wieder was zu tun.«

»Und zwar?«

»Entwicklungshilfe. Das hier ist doch die Meldestelle?« fragte ich.

Er zog die Augenbrauen hoch und blickte zur Seite. Dann

beulte er mit den Fingern seine Backe aus. Seine Augen wirkten wie blaue Murmeln.

»Wenn Sie mir unbedingt auf den Sack gehn wollen, nur zu«, sagte er. »Aber ich mach jetzt den Laden dicht, und ich hab keinen Kontakt zu Sonny, und mit dem Ehekrach anderer Leute hab ich auch nix am Hut.« Nachdrücklich riß er die Augen auf.

»Soll das der Typ sein, der die ganzen Söldner kennt?« sagte Helen und lachte höhnisch auf. Sie setzte die Bierdose an und trank sie aus. »Ich fahr zu dem Laden an der Ecke runter. Wenn du in fünf Minuten nicht da bist, kannst du von mir aus mit dem Bus heimfahren.«

Sie knallte die Glastür hinter sich zu. Tommy schaute ihr hinterher.

»Is das echt Ihre Frau?« fragte er und kaute auf seinem Gummi herum.

»Jo.«

»Was für Erfahrungen können Sie vorweisen? Vielleicht kann ich Ihnen weiterhelfen.«

»Eine Dienstzeit in 'Nam. Dazu der eine oder andere Kleinscheiß mit den Tomatenpflückern.«

Er schob einen Stift samt Block über den gläsernen Ladentisch.

»Schreiben Sie Ihren Namen und Ihre Nummer auf. Mal sehn, was ich auftun kann.«

»Mit Sonny können Sie mich nicht zusammenbringen?«

»Wie schon gesagt, ich seh ihn hier nicht mehr, wenn Sie wissen, was ich meine?« Seine Augen leuchteten wie blaue Seide, als er auf Blickkontakt ging, mit der Kinnlade mahlte.

»Er hat die Stadt verlassen, und keiner vermißt ihn?« Ich lächelte ihn an.

»Sie haben's erfaßt.«

»Wie wär's mit zwei Jungs, die wie Pat und Patachon aussehen?«

Er schüttelte unverbindlich den Kopf.

»Der Kleinere von den beiden hat einen Hals wie ein Feuerhydrant. Hat möglicherweise für Idi Amin gearbeitet. Sonny Boy hat eventuell seinen Bruder umgelegt«, sagte ich.

Er starrte mich unverwandt an, aber ich sah, wie er mit der Hand auf den Ladentisch trommelte, hörte, wie sein schwerer Ring auf die Glasplatte schlug. Er nahm den Notizblock und warf ihn hinter sich auf einen mit allerlei Müll übersäten Schreibtisch.

»Verarschen Sie mich nicht, Mann«, sagte er, ohne mit der Wimper zu zucken, und balancierte den Kaugummi auf den Zähnen.

»Meinen Sie, ich bin ein Cop?«

»Sie ham's kapiert, Mann.«

»Sie haben recht.« Ich schlug das Etui mit meiner Dienstmarke auf und legte es auf den Ladentisch. »Sie wissen, wer der Kerl mit dem zu kurz geratenen Hals ist, stimmt's?«

Er ließ seinen Schlüsselring in die Hosentasche fallen und rief dem Mann, der weiter vorn beim Eingang den Holzboden schrubbte, zu: »Schließ ab, Mack. Ich geh mal gucken, was die Alte zum Abendessen zu bieten hat. Der komische Kerl hier is'n Cop. Aber du brauchst nicht mit ihm zu reden, wenn du keine Lust dazu hast.« Dann spie er seinen Kaugummi zielsicher in einen Müllsack und verschwand durch eine scheppernde Eisentür in die Gasse hinter dem Haus.

Ich ging ihm hinterher. Er lief so rasch zu seinem Auto, daß der Schlüsselbund in seiner Hosentasche klapperte.

»Warten Sie, Tommy«, rief ich.

Helen hatte ihren Wagen am anderen Ende der Gasse geparkt, unmittelbar neben einem Müllcontainer und einer Reihe Bananenstauden, die entlang einer Ziegelmauer wuchsen. Sie hatte den Schlagstock in der Hand, als sie ausstieg.

»Bleib stehen, Arschgeige!« rief sie und rannte los. »Keine Bewegung! Hast du mich verstanden? Keine Bewegung, hab ich gesagt, verdammt noch mal!«

Aber Tommy wollte nicht hören, sondern versuchte zu seinem Auto zu gelangen. Sie zog ihm den Schlagstock von hinten in die Kniekehle, worauf sein Bein unter ihm wegknickte, als hätte sie ihm die Sehnen durchtrennt. Er prallte gegen die Autotür, umklammerte mit beiden Händen sein hochgezogenes Knie und hatte den Mund aufgerissen, als wolle er eine Feuersbrunst ausblasen.

»Verdammt noch mal, Helen«, stieß ich mit zusammengepreßten Zähnen hervor.

»Er hätte nicht weglaufen sollen«, sagte sie. »Stimmt's, Tommy? Wenn man nichts zu verbergen hat, braucht man nicht davonzulaufen. Gib zu, daß ich recht habe, Tommy.«

»Laß ihn in Ruhe, Helen. Ich mein's ernst.« Ich nahm seinen Arm und half ihm auf, öffnete seine Autotür und schob ihn auf den Sitz. Eine ältere Schwarze, die einen blauen Fetzen um den Kopf geschlungen hatte und einen Kinderwagen vor sich herschob, kam aus der Nebenstraße und wühlte in dem Müllcontainer herum.

»Ich zeig euch wegen Körperverletzung an«, sagte Tommy.

»Das ist Ihr gutes Recht. Wer ist der Kleine, Tommy?« fragte ich.

»Wissen Sie was? Ich verrat's Ihnen. Das ist Emile Pogue. Setzen Sie die Kuh auf ihn an. Der ihr Kopf macht sich ausgestopft bestimmt prima.«

Ich spürte, daß Helen sich hinter mir bewegte, hörte, wie der Kies unter ihren Schuhen scharrte.

»Nein«, sagte ich und gebot ihr mit der Hand Einhalt.

Tommy knetete mit beiden Händen seine Kniekehle. Eine dicke blaue Ader pochte auf seinem kahlrasierten Schädel.

»Und noch was könnt ihr euch hinter die Ohren schreiben«, sagte er. »Emile hat nicht für Idi Amin gearbeitet. Er hat ihn in einer israelischen Fallschirmjägerschule ausgebildet. Ihr Wichser habt doch nicht die geringste Ahnung, mit wem ihr euch da anlegt, stimmt's?«

Am Montag morgen begab ich mich zum Gerichtsgebäude des Bezirks Iberia und durchforstete die Grundbucheintragungen für die Bertrandsche Plantage draußen bei Cade. Bertie Fontenot behauptete, daß Moleen Bertrands Großvater vor fünfundneunzig Jahren mehreren schwarzen Familien, darunter auch ihre Vorfahren, das Stück Land geschenkt hatte, auf dem sie wohnten, aber ich konnte keinerlei Aufzeichnungen zu der Überschreibung finden. Der Angestellte im Grundbuchamt ebensowenig. Die alten Vermessungsunterlagen über den Besitz der Familie Bertrand waren ungenau, die Grundstücksgrößen in Arpents angegeben, dem alten französischen Flächenmaß, und bei der Grenzziehung hatte man sich an Wasserläufen und Fahrwegen orientiert. Die letzte Vermessung war vor zehn Jahren im Auftrag einer Ölfirma erfolgt, und anhand dieser Unterlagen, in denen alle Maße in amerikanischen Acres angegeben wurden, waren die Besitzverhältnisse eindeutig. Aber wie man's auch drehte und wendete – nirgendwo war ersichtlich, daß eine Abtretung von Ländereien der Plantage stattgefunden hatte, aufgrund derer Bertie und ihre Nachbarn einen Rechtsanspruch auf den Grund und Boden geltend machen konnten, auf dem sie wohnten.

Die Sekretärin in Moleens Rechtsanwaltskanzlei teilte mir mit, daß er hinaus zum Country Club gefahren sei, um seiner Frau beim Mittagessen Gesellschaft zu leisten. Ich entdeckte sie auf dem Golfplatz, wo er auf einer Holzbank saß, ein Glas Bourbon in der Hand, der so mit Wasser gestreckt war, daß die Flüssigkeit wie helles Eichenholz wirkte. Sie trug einen kurzen weißen Faltenrock und eine magentarote Bluse, die im Licht funkelte, und wirkte mit ihrem gebleichten Haar und dem von feinen Fältchen durchzogenen Gesicht wie der Inbegriff einer nicht mehr ganz jungen, aber vor Gesundheit und Energie strotzenden Frau aus dem sonnigen Süden der USA – ein trügerisches Bild.

Denn Julia Bertrand war jeden Tag im Club, spielte auf dem Achtzehnerkurs ebenso mittelmäßig wie beim Bridge, gab sich stets charmant und war häufig die einzige Frau inmitten der Männerrunde, die sich während der Abendessenszeit an der Bar aufhielt. Sie konnte erstaunlich viel vertragen, ohne jemals undeutlich zu sprechen oder ausfällig und ordinär zu werden. Aber ihr Führerschein war bereits zweimal eingezogen worden, und vor Jahren, lange vor meiner Zeit im Sheriff-Büro, war draußen im Bezirk ein Negerkind bei einem Unfall mit Fahrerflucht umgekommen. Julia Bertrand war vorübergehend festgenommen worden. Aber später war ein Zeuge von seiner ursprünglichen Aussage abgewichen, und die Eltern hatten auf eine Klage verzichtet und waren aus dem Staat fortgezogen.

Der Wind blies den Faltenrock an ihre muskulösen Schenkel, als sie sich über den Ball beugte und ihn aus drei Metern Entfernung sauber einlochte. Sie ging zur Bank, holte ihr mit Früchten und zerstoßenem Eis gefülltes Glas, um das eine mit Gummi befestigte Papierserviette geschlungen war, und kam mit ausgestreckter Hand auf mich zu. Ihre Augen wirkten durch die getönten Kontaktlinsen unnatürlich blaugrün, als sie mich strahlend anlächelte.

»Wie geht es, Dave? Ich hoffe, wir kriegen keinen Ärger«, sagte sie. Ihre Stimme war rauchig und kokett, ihr Atem roch nach Nikotin.

»Nicht mit mir. Wie geht's Ihnen, Julia?«

»Ich fürchte, Dave will sich für Bertie Fontenot einsetzen«, sagte Moleen.

»Wirklich wahr, Dave?« fragte sie.

»Es geht um ein bißchen mehr«, sagte ich. »Mir scheint, daß sich auf Ihrer Plantage ein paar merkwürdige Dinge zutragen, Moleen.«

»Oh?« sagte er.

»Ich war Freitag abend draußen auf Ihrem Land joggen. Ich hoffe, Sie haben nichts dagegen.«

»Überhaupt nicht.«

»Jemand hat ein rostiges Fußeisen auf den Sitz von meinem Pickup gelegt.«

»Ein Fußeisen? Tja, das ist interessant, nicht?« sagte Moleen und trank einen Schluck. Er hatte die langen Beine gekreuzt, und seine Augen waren durch die Sonnenbrille nicht zu erkennen.

»Jemand ist mit einer Planierraupe durch den Gummibaumhain am Ende des Fahrwegs zu Bertie Fontenots Haus gepflügt. Kommt mir so vor, als wären da einige alte Gräber gewesen.«

»Mir ist nicht ganz klar, was Sie damit sagen wollen, aber ich kann Ihnen verraten, was dort aller Wahrscheinlichkeit nach gewesen ist. Mein Großvater hat nach dem Bürgerkrieg Sträflinge als Arbeitskräfte eingesetzt. Vermutlich war dort, wo heute die Gummibäume stehen, früher ein Straflager.«

»Ohne Quatsch?« sagte ich.

»Ein dunkles Kapitel in der Geschichte der Familie, fürchte ich.«

»Ach, ist doch nicht wahr. Ihr Liberalen mit eurer ewigen Kollektivschuld«, sagte Julia.

»Warum sollte jemand ein Fußeisen in meinen Pickup legen?«

»Durchsuch mich.« Er nahm die Sonnenbrille ab, klappte sie auf dem Knie zusammen und schaute zu einer moosbehangenen Eiche drüben am Fairway.

»Vermutlich war ich in der Nacht einfach fällig für ein paar seltsame Andenken. Jemand hat auf dem Fenstersims von meinem Köderladen eine Hundemarke liegenlassen. Sie hat einem Jungen gehört, der mit einem Hubschrauber eine heiße Landezone angeflogen hat, als ich verwundet war.«

»Ist ja eine tolle Geschichte«, sagte er.

Er schaute den Fairway hinab, war anscheinend nicht an einem Gespräch interessiert, aber einen Moment lang hatten seine haselnußbraunen Augen aufgeleuchtet, so als habe er etwas zu verbergen, das ihm zu schaffen machte.

»Dieser Junge ist in Laos zurückgelassen worden«, sagte ich.

»Wissen Sie was, Dave?« sagte er. »Ich wünschte, ich hätte mich gegenüber den Farbigen schlecht benommen. Wäre Mitglied beim Klan oder hätte mich als Anwalt der Weißen hervorgetan, irgend so was. Dann hätte ich irgendwie eher das Gefühl, daß dieses Gespräch notwendig ist.«

»Dave ist doch nicht zu seinem persönlichen Vergnügen hier, Moleen«, sagte seine Frau lächelnd. »Stimmt's, Dave?

»Dave meint es ernst. Er ist nicht der Typ, der während seiner Arbeitszeit mit reichen Müßiggängern herumhängt«, sagte Moleen. Er steckte sich eine Zigarre in den Mund und holte ein Streichholz aus einer schmalen Schachtel, die aus dem Pontchartrain-Hotel stammte.

»Polizisten müssen Fragen stellen, Moleen«, sagte ich.

»Tut mir leid, daß wir sie nicht beantworten können.«

»Danke, daß Sie die Zeit erübrigen konnten. Sagen Sie mal, dieser Luke, der steht doch zu Ihnen, nicht wahr?«

»Wie bitte?«

»Bertie Fontenots Neffe. Der ist Ihnen treu ergeben. Ich würde schwören, der läßt eher zu, daß seine Schwester, seine Tante und er von Haus und Hof vertrieben werden, als daß Sie den Rechtsanspruch auf ein umstrittenes Stück Land verlieren.«

Moleen zog die Stirn straff. Seine Frau wirkte mit einem Mal überhaupt nicht mehr belustigt oder leutselig.

»Wovon redet er da, Moleen?« sagte sie.

»Ich habe keine Ahnung.«

»Was hat dieser Schwarze damit zu tun?« fragte sie.

»Wer weiß? Dave hat ein gewisses Talent dafür, sich seinen eigenen Bezugsrahmen zurechtzubasteln.«

»Na ja, jedenfalls haben Sie's fertiggebracht, uns den Morgen zu vermiesen«, sagte sie zu mir.

»Die Mitgliedschaft in einem exklusiven Club schützt nicht vor einer polizeilichen Ermittlung«, sagte ich.

»Ah, nun kommen wir zur Sache«, sagte Moleen.

»Kennen Sie jemanden namens Emile Pogue?« fragte ich.

Er nahm die Zigarre aus dem Mund und lachte leise vor sich hin.

»Nein, kenne ich nicht«, sagte er. »Wiedersehen, Dave. Die Morgenvorstellung ist vorbei. Beste Grüße an Ihre Frau. Wir sollten ein paar Tonscheiben schießen, bevor die Entenjagd beginnt.«

Er legte seiner Frau den Arm um die Taille und ging mit ihr zum Speisesaal des Clubs. Sie winkte mir über die Schulter gewandt mit den Fingern zu und lächelte wie ein kleines Mädchen, das niemandem zu nahe treten möchte.

Ein paar Stunden später ging ich in Helens Büro und setzte mich hin, während sie das Blatt zu Ende tippte, das in ihre Schreibmaschine eingespannt war. Draußen war blauer Himmel, und die Azaleen und Myrten standen in voller Blüte.

Schließlich drehte sie sich um, schaute mich an und wartete darauf, daß ich den Anfang machte. Ihre blaßblauen Augen wirkten unwillig, so als wäge sie ab, ob sie ihren allgemeinen Unmut über die Welt vorübergehend ruhen lassen oder wieder zu einem verbalen Rundumschlag ansetzen sollte.

»Ich hatte gestern nicht mehr die Gelegenheit, dir zu sagen, daß du eine großartige Schauspielerin abgibst«, sagte ich.

Sie schwieg, zeigte noch immer keinerlei Gefühlsregung, so als ob sie nicht recht begriffen habe, was ich meinte.

»Mich hast du als Ehefrau überzeugt«, sagte ich.

»Worauf willst du hinaus?«

»Ich habe mit zwei Bekannten bei der Polizei in New Orleans gesprochen. Tommy Carrol erstattet keine Anzeige. Er hat ein Verfahren am Hals, weil er gegen das Gesetz zum Vertrieb von automatischen Waffen verstoßen hat.«

»Is das alles?«

»So sieht's aus.«

Sie blätterte einen Aktenordner durch, als ob ich nicht anwesend wäre.

»Aber ich persönlich habe ein paar Vorbehalte gegen das, was gestern gelaufen ist«, sagte ich.

»Was könnte das wohl sein?« sagte sie, ohne von der Akte aufzublicken.

»Wir dürfen nicht gleich auf hundertachtzig gehen, Helen.«

Sie drehte sich auf ihrem Schreibtischstuhl um und schaute mich durchdringend und ebenso bestimmt an wie ein Spieß beim Strafexerzieren.

»Ich halte mich an zwei Regeln«, sagte sie. »Scheißkerle werden nicht wie frommes Kirchenvolk behandelt, und wenn sich jemand mit mir anlegt, sei es ein Zivilist oder ein anderer Cop, wird er auf der Stelle aus dem Verkehr gezogen.«

»Manchmal verheddern wir Menschen uns in den eigenen Vorsätzen.«

»Was?«

»Warum läßt du dich durch deine Regeln so beherrschen?«

»Wenn du nicht mehr mit mir arbeiten willst, Dave, mußt du dich an den Alten wenden.«

»Du bist ein guter Cop. Aber du kannst nicht lockerlassen. Das ist ein Fehler.«

»Hast du sonst noch was auf dem Herzen?«

»Nein.«

»Ich hab's mit diesem Emile Pogue überall probiert«, sagte sie, und damit war das vorherige Thema für sie erledigt. »Es gibt keinerlei Unterlagen über ihn.«

»Einen Augenblick.« Ich ging in mein Büro und kehrte wieder zurück. »Hier ist das Tagebuch mit den Aufzeichnungen, das mir Sonny Boy Marsallus gegeben hat. Möglicherweise hatten es Della Landrys Mörder darauf abgesehen, aber ich kann damit nichts anfangen.«

»Was soll ich damit machen?«

»Lies es oder gib's zurück, Helen. Ist mir egal.«

Sie legte es in ihre Schreibtischschublade.

»Hat dich das wirklich so aus der Fassung gebracht, wie ich mir den Waffenhändler vorgenommen habe?« sagte sie.

»Ich hab mich vermutlich auf meine Person bezogen.«

»Wie wär's, wenn du endlich mal Klartext reden würdest?«

»Ich habe im Laufe meiner Dienstzeit fünf Menschen erschossen. Sie haben's alle darauf angelegt. Aber ich träume immer noch davon. Ich wünschte, ich hätt's nicht getan.«

»Stell dir doch zur Abwechslung mal vor, wie den Opfern zumute gewesen ist«, sagte sie und vertiefte sich wieder in die Akte auf ihrem Schreibtisch.

Der Tanzschuppen, den Luke Fontenot leitete, lag auf der anderen Seite der Bahngleise, an einem Fahrweg, der durch grüne Zuckerrohrfelder führte und unverhofft an einem Entwässerungsgraben zwischen vereinzelten Zürgelbäumen und Eichen endete. Es war eine windschiefe, auf Bimssteinblöcken stehende Holzhütte, deren Wände aussahen, als habe man mehrere Schichten Versandhauskartons mit Latten übernagelt; an den trüben, zerbrochenen und mit Klebeband geflickten Fenstern hing noch die Weihnachtsbeleuchtung samt den grünroten Glocken aus Kreppapier. Über der Fliegengittertür am Eingang war ein verrostetes JAX-Schild mit zerbrochenen Neonröhren angebracht.

Hinter dem Haus standen zwei kleine Wohnwagen aus verbeultem Blech mit Vorhängen an Fenstern und Türen.

Die Bar in dem Lokal war aus Brettern zusammengenagelt und mit festgetackertem Wachstuch bespannt. Die Luft hing voller Zigarettenqualm, der zu dem riesigen Ventilator an der Rückwand zog, und roch nach verschüttetem Bier, Okra und Shrimps, die auf dem Butangasherd vor sich hin köchelten, nach Rum und Bourbon, Zucker und alten Cocktails, die irgendwo im Abfluß vergärten.

Die Frauen waren allesamt schwarz oder Mischlinge, aber unter den Männer waren einige Weiße, unrasierte Arbeitertypen, die einander ab und zu höhnisch angrinsten, so als ob ihre Anwesenheit in diesem Lokal eine Art Jux sei, etwas, das man nicht ernst nehmen oder ihnen gar vorhalten durfte.

Luke Fontenot packte langhalsige Bierflaschen in die Kühlbox und grüßte mich nicht, obwohl ich mir sicher war, daß er mich aus dem Augenwinkel bemerkt hatte. Statt dessen kam seine Schwester, die den gleichen goldenen Hautton hatte, am Stock über den Bretterboden zu mir gehumpelt und fragte, ob sie mir behilflich sein könne. Ihre Augen waren türkis, die glänzenden schwarzen Haare zu einem Pagenkopf frisiert, der seitlich zu den Wangen hochgelockt war, so wie ihn Hollywoodschauspielerinnen in den zwanziger Jahren trugen.

»Ich glaube, Luke wollte mich sprechen«, sagte ich.

»Er is grad beschäftigt«, sagte sie.

»Sagen Sie ihm, er soll sich losreißen.«

»Warum wollen Sie ihn belästigen, Mister Robicheaux? Er kann wegen Tante Berties Land nix tun.«

»Verzeihung, ich habe Ihren Namen nicht mitbekommen.«

»Ruthie Jean.«

»Vielleicht bringen Sie da was durcheinander, Ruthie Jean. Ich glaube, daß Luke am Samstag morgen in aller Frühe draußen bei meinem Haus war. Warum fragen Sie ihn nicht?«

Sie ging am Stock zum hinteren Ende der Bar, hatte mir den Rücken zugekehrt und sprach mit ihm, während er weiter Flaschen in die Kühlbox packte und vorsichtshalber jedesmal das Gesicht abwandte, falls eine heiße Flasche platzen sollte.

Er wischte sich die Hände an einem Tuch ab und griff zu einem offenen Softdrink. Als er trank, wandte er das Gesicht leicht ab, so daß die linke Seite im Dunkeln lag.

»Tut mir leid, daß Batist Ihnen draußen an meinem Bootssteg so übel mitgespielt hat«, sagte ich.

»Im Alter wird jeder griesgrämig«, sagte er.

»Was gibt's, Partner?«

»Ich brauch einen Teilzeitjob. Ich hab gedacht, Sie könnten vielleicht jemand in Ihrem Laden gebrauchen.«

»Das hätte ich mir denken können. Sie sind im Morgengrauen fünfzehn Meilen weit von der Stadt bis zu mir gelaufen, um mich nach einem Job zu fragen?«

»Ich bin ein Stück mitgenommen worden.«

Ein Weißer in Ölarbeiterkluft ging mit einer Schwarzen, die abgeschnittene Levi's und ein T-Shirt trug, unter dem sie keinen BH anhatte, durch die mit Fliegengitter bespannte Hintertür. Sie nahm ihn an der Hand, bevor sie in einem der Wohnwagen verschwanden. Lukes Schwester warf einen Blick in mein Gesicht, schloß dann die Brettertür hinter dem Fliegengitter und wischte den Boden an der Stelle, wo sie gewesen war.

»Was ist mit Ihrem Gesicht passiert?« fragte ich Luke.

»Hier drin geht's manchmal 'n bißchen rauh zu. Ich hab zwei Mann beruhigen müssen.«

»Einer von ihnen muß einen Ziegel in der Hand gehabt haben.«

72

Er stützte sich auf die Arme und atmete durch die Nase. »Was wollen Sie?« fragte er.

»Wer hat Freitag abend den Friedhof bei Ihrem Haus umgewühlt?«

»Ich hab Ihnen doch erzählt, daß ich nix von Gräbern auf der Plantage weiß. Ich bin in der Stadt groß geworden.«

»Okay, Partner. Hier ist meine Visitenkarte. Wir sehen uns wieder.«

Er steckte sie in seine Hemdtasche und fing an, in einer Blechspüle Gläser abzuwaschen.

»Ich hab nicht unhöflich sein wollen«, sagte er. »Bestellen Sie das auch dem alten Mann, der für Sie arbeitet. Ich kann bloß niemand beim Lösen seiner Probleme helfen.«

»Ich habe mir Ihre Akte vorgenommen, Luke. Aus Ihnen wird man nur schwer schlau.«

Er hielt die Hand hoch.

»Schluß jetzt, Sir«, sagte er. »Wenn Sie mir Fragen stellen wollen, müssen Sie 'n Wisch mitbringen oder mich in den Knast schaffen.«

Der Himmel war stahlgrau, als ich in meinen Pickup stieg, die Luft feucht und drückend wie ein nasser Lappen. Schwere Regentropfen prasselten auf die Zuckerrohrfelder.

Ruthie Jean kam durch die Seitentür und hinkte auf mich zu. Sie stützte eine Hand an den Fensterpfosten meines Wagens. Sie hatte volle Wangen und ein Mal neben dem Mund. Weiß hoben sich die Zähne von dem hellen Lippenstift ab.

»Ham Sie hier draußen irgendwas gesehn, was Sie gegen ihn verwenden wollen?« fragte sie.

Die Vorhänge an den Fenstern und Türen der Wohnwagen hinter dem Haus wehten im Wind.

»Mit der Sittenpolizei hatte ich nie was zu tun«, sagte ich.

»Warum kommen Sie dann hier raus und erzähln ihm einen Haufen Blödsinn?«

»Ihr Bruder hat zehn Jahre gesessen. Wegen allem möglichen, vom heimlichen Mitführen einer Waffe bis zu vorsätzlichem Mord.«

»Ham Sie gesehn, daß er irgendwas gestohlen hat?«

»Nein.«

»Hat er irgend jemand was getan, der ihn nicht zuerst angemacht hat, der ihn nicht um seinen Lohn hat bescheißen wollen, nicht am Bourre-Tisch die Waffe auf ihn gerichtet hat?«

»Meines Wissens nicht.«

»Aber ihr dreht alles so hin, wie's euch paßt.«

»Ich würde sagen, Ihr Bruder hat die Nase vorn. Wenn Moleen Bertrand ihn nicht drei Stunden vor Ultimo aus der Todeszelle geholt hätte, wäre er längst gegrillt und vergessen.«

Ich zuckte innerlich zusammen, als mir die Härte meiner Worte bewußt wurde.

»Sie wissen immer alles besser, ham immer 'n schlauen Spruch drauf«, sagte sie.

»Sie lassen Ihren Ärger am Falschen aus.«

»Wenn ihr an diejenigen, die wirklich was gemacht ham, nicht rankommt, geht ihr runter ins Quartier, sucht euch die kleinen Leute, die ihr in die Finger kriegen könnt, schreibt eure Berichte und schickt uns rauf nach Angola.«

Ich ließ den Motor meines Pickup an. Sie nahm die Hand nicht vom Fensterpfosten.

»Sag ich etwa nicht die Wahrheit?« sagte sie.

Ihre goldene Haut war in dem dunstigen Licht feucht und geschmeidig, ihr Haar dick und pechschwarz und mit lauter kleinen leuchtenden Punkten übersät.

»Wer versorgt euch mit Mädchen?« fragte ich.

Sie ließ den Blick über mein Gesicht wandern. »Sie können das nicht besonders gut, wenn Sie mich frang«, sagte sie und humpelte auf den Vordereingang des Schuppens zu.

An diesem Nachmittag erhielt ich kurz vor fünf einen Anruf von Clete Purcel. Im Hintergrund konnte ich die Möwen schreien hören.

»Wo bist du?« fragte ich.

»Beim Krabbenfischerhafen in Morgan City. Weißt du, wo man als Cop die beste Auskunft kriegt, Streak? Bei den billigen

Kautionsadvokaten. In diesem Fall bei 'nem fetten kleinen Typ namens Butterbean Reaux.«

»Ja, den kenn ich.«

»Gut. Dann fahr her, mein Bester. Wir gehn einen heben, quatschen übers Leben. Besser gesagt, ich geh einen heben, während du mit deinem Kumpel Sonny Boy Marsallus plauderst.«

»Weißt du, wo er ist?«

»Im Augenblick mit Handschellen an den D-Ring am Rücksitz von meinem Auto festgekettet. Soviel zu dem Quatsch von wegen alte Waffenbrüder.«

8

Clete erklärte mir, wie ich in Morgan City fahren mußte, und eine Stunde später sah ich sein zerbeultes Cadillac-Kabrio unter einer einsamen Palme bei einer Bier- und Würstchenbude unweit der Kais stehen. Der Himmel war mit grauen Wolken verhangen, und vom Golf wehte ein strammer Wind, der weiß gekrönte Wellen quer über die Bucht trieb. Sonny saß ohne Hemd auf dem Rücksitz des Cadillac, so daß sich die blauen Hosenträger über die weiße Schulter spannten. Sein rechter Arm war unten gestreckt und mit Handschellen an einen im Boden eingelassenen D-förmigen Ring gekettet.

Clete saß auf einer Holzbank unter der Palme, hatte den Porkpie-Hut in die Stirn geschoben und trank ein Bier.

»Du solltest mal die Hot dogs hier probieren«, sagte er.

»Willst du, daß man dich wegen Freiheitsberaubung drankriegt?« sagte ich.

»Hey, Sonny! Hast du vor, mich zu verpfeifen?« brüllte Clete zum Auto hin. Dann schaute er wieder mich an. »Siehst du, Sonny steht seinen Mann. Der beschwert sich nicht.«

Er rieb an einem blutverkrusteten Fleck an seinem Nasenloch.

»Was ist passiert?« fragte ich.

»Er hat sich in einer Kammer über 'nem Poolsalon verkrochen, der eigentlich eher 'ne Mischung aus Poolsalon und Puff ist. Er hat gesagt, er will nicht mitkommen. Also hab ich ihm ein paar verpaßt, und er hat sich an mir ausgetobt. Folglich mußte ich ihn die Treppe runterschmeißen.«

Er massierte unwillkürlich die Knöchel seiner rechten Hand.

»Warum bist du stinkig auf ihn, Clete?«

»Weil er aus dem gleichen Grund wie wir alle da drunten im Bongo-Bongo-Land war. Bloß daß er so tut, als hätt er irgendwie 'nen blauen Strahlenkranz ums Haupt oder so was Ähnliches.«

Ich ging zum Wagen. Sonnys linkes Auge war fast zugeschwollen. Er grinste zu mir auf. Seine Kämmelgarnhose war am Knie zerrissen.

»Wie steht's, Streak?« sagte er.

»Mir wär's lieber, wenn du von dir aus gekommen wärst.«

»Ist 'ne lange Geschichte.«

»So wie immer.«

»Hast du vor, mich festzunehmen?«

»Vielleicht.« Ich drehte mich zu Clete um. »Gib mir deinen Schlüssel«, rief ich.

»Frag Sonny, ob ich 'ne Tollwutspritze brauche«, sagte er und schmiß ihn mir zu.

»Du kommst mir doch nicht auf die Dumme, nicht wahr, Sonny?« sagte ich, öffnete die Tür und befreite seine Hand. Dann richtete ich den Finger auf sein Gesicht. »Wer waren die Typen, die Della Landry umgebracht haben?«

»Ich bin mir nicht sicher.«

»Lüg mich ja nicht an, Sonny.«

»Es könnten allerhand Typen gewesen sein. Kommt drauf an, wer sie geschickt hat. Habt ihr keine Fingerabdrücke gesichert?«

»Mach du dir keine Gedanken darüber, was wir tun oder lassen. Beantworte einfach meine Fragen. Wer sind sie?«

»Dave, von diesem Zeug verstehst du nichts.«

»Allmählich stinkst du mir, Sonny.«

»Kann ich dir nicht verübeln.«

»Steig aus.« Ich drückte ihn über den Kotflügel und tastete ihn ab; dann griff ich ihn am Arm und führte ihn zu meinem Pickup.

»Wohin geht's?« fragte er.

»Du bist ein wichtiger Zeuge. Und als solcher bist du nicht zu einer Aussage bereit. Das heißt, daß wir dich eine Weile festsetzen müssen.«

»Ein Fehler.«

»Damit kann ich leben.«

»Verlaß dich nicht drauf, Dave. Und ich mach dir da auch nichts vor.«

»Isser nicht süß«, rief Clete von der Bank aus. Dann rieb er sich wieder die Knöchel der rechten Hand und musterte sie.

»Tut mir leid, daß ich dich verdroschen habe, Cletus«, sagte Sonny.

»Desgleichen, Sonny«, sagte Clete.

Wir fuhren an etlichen Werften vorbei, dann an einigen Krabbenkuttern, die gegen die Poller an ihren Liegeplätzen schlugen. Die Luft war warm und roch nach Messing und totem Fisch.

»Können wir kurz bei mir vorbeifahren, damit ich mir ein paar Sachen holen kann?« fragte Sonny.

»Nein.«

»Bloß ein Hemd.«

»Ne.«

»Du bist ein harter Brocken, Dave.«

»Diese Frau mußte wegen dir dran glauben, Sonny. Willst du dir die Bilder von der Leiche anschauen?«

Er schwieg eine ganze Weile und schaute geradeaus in den Regen, der an die Windschutzscheibe peitschte.

»Hat sie sehr gelitten?« fragte er.

»Die haben sie in Stücke gerissen. Was denkst du denn?«

Sein Mund stach rot aus dem weißen Gesicht hervor.

»Die waren hinter mir her, vielleicht auch hinter dem Notizbuch, das ich dir gegeben habe«, sagte er.

»Ich hab's kapiert. Du hast einen möglichen Bestseller geschrieben, und deswegen werden Menschen umgebracht.«

»Dave, wenn du mich einsperrst, kriegen mich diese Jungs.«

»Jetzt mach mal einen Punkt, Partner.«

Er schwieg wieder, war in sich gekehrt.

»Ist das hier eine CIA-Geschichte?« fragte ich.

»Nicht direkt. Aber wenn du das falsche Zeug über Computer oder per Fax durchgibst, dann hast du diese Jungs auf dem Hals. Ich garantier's dir, Dave.«

»Was sagt dir der Name Emile Pogue?« fragte ich.

Er atmete leise aus. An seinem flachen Bauch zeichneten sich harte Muskelstränge ab.

»Eine Kollegin hat's überall mit seiner Personalie versucht, ohne daß was dabei rausgekommen ist«, sagte ich.

Er rieb sich mit dem Daumenballen über die Lippen. »Ich hab noch nichts gegessen«, sagte er dann. »Wann wird im Knast serviert?«

Das verstehe, wer will.

Zwei Stunden später rief mich Clete zu Hause an. Es regnete so heftig, daß die Fluten durch die Abwassergräben schäumten und zahllose Blätter auf dem Rasen hinter dem Haus schwammen.

»Was hast du aus ihm rausgekriegt?« fragte Clete.

»Nichts.« Im Hintergrund konnte ich Country-Musik und Stimmengewirr hören. »Wo bist du?«

»In 'ner Bumskneipe am Stadtrand von Morgan City. Dave, der Typ macht mir zu schaffen. Irgendwas an dem ist nicht ganz echt.«

»Er ist ein Zocker. Er ist von Natur aus schräg drauf.«

»Er wird nicht älter. Er sieht immer gleich aus.«

Ich versuchte mich zu erinnern, wie alt Sonny ungefähr sein mußte. Konnte es nicht.

»Da is noch was anderes«, sagte Clete. »Als ich ihm eine verpaßt hab. Ich hab einen roten Fleck hinten auf den Fingern. Das tobt, als ob ich 'ne Blutvergiftung hätte oder so was Ähnliches.«

78

»Sieh zu, daß du aus der Bar abhaust, Clete.«

»Du weißt eben, wie man es einem beibringt.«

Ich konnte in dieser Nacht nicht schlafen. Der Regen hörte auf, dichter Dunst hing draußen zwischen den Bäumen, und ich konnte die großen Barsche, die bei Nacht auf Nahrungssuche gingen, draußen im Sumpf springen hören. Ich saß in Unterhosen auf der Bettkante und schaute auf die Vorhänge, die sich im Wind bauschten.

»Was ist los, Dave?« sagte Bootsie hinter mir.

»Ich habe bloß schlecht geträumt.«

»Worum ging's?« Sie legte mir die Hand auf die Wirbelsäule.

»Um einen Captain, den ich in Vietnam gekannt habe. Er war ein sturer und verbiesterter Typ. Hat einen Haufen Jungs bei Vollmond durch ein Reisfeld geschickt. Sie sind nicht zurückgekommen.«

»Das ist dreißig Jahre her, Dave.«

»In dem Traum ging es um mich. Ich fahr mal in die Stadt. Ich ruf dich später an«, sagte ich.

Ich holte zwei Papiertüten aus dem Küchenschrank, packte in die eine ein sauberes Hemd, schaute beim Köderladen vorbei und fuhr dann auf der unbefestigten Straße unter den Eichen hindurch und über die Zugbrücke.

Es war noch dunkel, als ich beim Bezirksgefängnis ankam. Kelso saß an seinem Schreibtisch, trank eine Tasse Kaffee und las ein Comicheft. Im Licht der Schreibtischlampe sah er aus wie ein Walroß, und die Warzen an seinem Hals wirkten groß wie Rosinen.

»Ich möchte Marsallus mitnehmen.«

»Ihn mitnehmen? Wie ein Buch aus der Bibliothek, willst du darauf raus?«

»Es ist mitten in der Nacht. Warum also ein großes Gewese drum machen?«

Er reckte sich und gähnte. Das Licht spiegelte sich in seiner dicken Brille. »Der Typ muß nach vierundzwanzig Stunden eh rausgelassen werden, stimmt's?«

»Kann sein.«

»Ich glaub, du solltest ihn zum Hirndoktor bringen.«

»Was hat er gemacht?«

»Er hat in seiner Zelle ein Gespräch geführt.«

»Na und?«

»Da is niemand anders drin gewesen, Robicheaux.«

»Wie wär's, wenn du ihn herbringst, Kelso. Dann kannst du dich wieder deiner Lektüre widmen.«

»Hey, Robicheaux, wenn du ihn zum Birneneinrenker schaffst, kannst du dir auch gleich 'n Termin geben lassen.«

Ein paar Minuten später stiegen Sonny und ich in meinen Pickup und fuhren über die East Main Street. Er hatte seine Kämmelgarnhose und ein Drillichhemd aus dem Gefängnis an. Tief im Osten hingen rosa Wolken, und die Eichen entlang der Straße waren grau und dunstverhangen.

»In der Tüte neben der Tür ist ein Hemd«, sagte ich.

»Was ist das da, in der andern? Schleppst du etwa Alteisen mit dir rum, Dave?« Er zog die rostige Kette mit der Fußschelle aus der Tüte. Ich antwortete nicht. »Ich dachte mir, ein Menü zum Mitnehmen von Victor's schmeckt dir vielleicht besser als das Essen im Knast«, sagte ich und hielt vor einer kleinen Cafeteria an der Main Street, gegenüber vom Bayou. »Willst du es holen gehn?«

»Hast du keine Angst, daß ich durch die Hintertür abhaue?«

»Es gibt keine.« Ich drückte ihm acht Eindollarscheine in die Hand. »Bring mir Rühreier, Würstchen, Hafergrütze und Kaffee mit.«

Ich schaute ihm hinterher, als er hineinging, sah, wie er mein ausgeborgtes Tropenhemd in seine zerschlissene Hose steckte. Er grinste, als er wieder herauskam und in den Pickup stieg.

»Es gibt doch eine Hintertür, Streak. Hast du das nicht gewußt?« fragte er.

»Was?« sagte ich und fuhr über die Zugbrücke und den Bayou Teche hinweg in den Stadtpark. Das Wasser des Bayou stand hoch und war schlammig gelb, und das Kielwasser eines Schleppkahns, der rote und grüne Positionslichter gesetzt hatte, schwappte über das Ufer ins Gras. Wir aßen an einem Picknicktisch unter einem Baum, in dem die Nachtigallen zirpten.

»Hast du so ein Fußeisen schon mal gesehen, Sonny?«

»Ja, im Museum am Jackson Square.«

»Woher willst du eigentlich wissen, daß Jean Lafitte in der Nähe von New Iberia ein Barracoon angelegt hatte?«

»Della hat's mir erzählt. Sie hat sich für so ein Zeug interessiert.« Dann wischte er sich mit der Hand über das Gesicht. »Es wird schon wieder heiß.«

»Ich habe dein Notizbuch gelesen. Kommt mir nicht allzu einleuchtend vor, Sonny.«

»Vielleicht bin ich ein mieser Schreiber.«

»Warum bringen diese Gorillas wegen deines Notizbuchs Menschen um?«

»Die werden die Aufräumer genannt. Die putzen einen samt allem Drum und Dran einfach weg von dieser Welt.«

»Eins will ich dir sagen, Partner: Das Mädchen ist elendiglich zu Tode gekommen. Willst du mir helfen, daß ich sie dafür drankriege, oder nicht?«

Sein Gesicht wirkte mit einemmal bedrückt. Er umklammerte mit einer Hand die Tischkante. Schaute hinaus zum Bayou.

»Ich weiß nicht, wer die waren«, sagte er. »Schau, das, was ich dir sagen kann, nützt dir nicht viel. Aber du bist ein Cop, und letzten Endes wirst du es bei irgendeiner Bundesbehörde über Computer laufen lassen. Genausogut kannst du 'ne Glasscherbe schlucken.«

Ich holte Roy Bumgartners Hundemarke aus meiner Hemdtasche und legte sie neben Sonnys Styroporbecher auf den Tisch.

»Was sagt dir das?« fragte ich.

Er schaute auf den Namen. »Nichts«, sagte er.

»Er hat in Vietnam einen Hubschrauber geflogen und ist in Laos verschollen. Jemand hat sie bei meinem Köderladen für mich hinterlegt.«

»War das einer der Jungs, die vermißt wurden oder in Kriegsgefangenschaft geraten sind?«

»Ja, und ein Freund von mir.«

»Es gibt da ein Netz, Dave. Altgediente Geheimdienstler, Söldner, Cowboys, Schwachköpfe, wie immer du sie nennen magst. Die haben mit den Opiumbauern im Goldenen Dreieck unter einer Decke gesteckt. Manche Leute glauben, daß unsere Jungs deshalb da drüben zurückgelassen worden sind. Sie wußten zuviel über die Verbindungen zwischen den Drogenbaronen und der amerikanischen Regierung.«

Ich schaute ihn eine ganze Weile an.

»Was ist?« fragte er.

»Du erinnerst mich an meine Wenigkeit, als ich an der Flasche hing, Sonny. Ich habe niemandem getraut. So hab ich mir und anderen Leuten das Leben gründlich versaut.«

»Tja, na ja, dieses Frühstück wird mir allmählich zu teuer.«

»Ich muß in der Stadt ein paar Sachen erledigen. Findest du von allein wieder in den Knast zurück?«

»Ich soll allein wieder …«

»Ja, melde dich einfach zurück. Kelso hat Sinn für Humor. Sag ihm, du hättest gehört, daß es im Bezirksgefängnis von Iberia so ähnlich zugeht wie in der Leihbücherei.« Ich steckte ihm meine Visitenkarte in die Hemdtasche. »Ruf mich an, wenn du den schwülstigen Scheißdreck satt hast.«

Ich nahm meinen Kaffeebecher und ging zu meinem Pickup.

»Hey, Dave, das stimmt so nicht«, sagte er hinter mir.

»Wenn du unbedingt am Kreuz hängen willst, mach es. Aber ohne mich, Partner«, sagte ich.

Um ein Uhr nachmittags rief ich bei Kelso im Gefängnis an.

»Ist Marsallus zurückgekommen?« fragte ich.

»Ja, wir haben ihn in 'ne Spezialzelle mit 'nem Drehkreuz an der Tür gesteckt. Du bist vielleicht lustig«, sagte er.

»Laß ihn laufen.«

»Weißt du, was du mir damit für einen Papierkrieg aufhalst?«

»Du hast recht gehabt, Kelso. Die Staatsanwaltschaft sagt,

wir dürfen ihn nicht festhalten. Er sei kein Zeuge oder irgend-was. Entschuldige, daß ich dir die Arbeit mache.«

»Weißt du, was mit dir los ist, Robicheaux? Du hast keine Lust, dich mit dem alltäglichen Kleinkram rumzuplagen wie alle andern – Formulare ausfüllen, nach Stechuhr arbeiten, Kaffeepause um zehn und nicht dann, wenn dir danach zumute ist. Deshalb läßt du dir ständig irgendwas einfallen, wie du jemand andern triezen kannst.«

»Sonst noch was?«

»Ja, sieh zu, daß der Sack von hier fortbleibt.«

»Was hat er denn schon wieder gemacht?«

»Hat Ansprachen an die Matschbirnen in der Ausnüchterungszelle gehalten. So 'n Scheiß kann ich in meinem Gefängnis nicht gebrauchen. Moment mal, ich hab mir die Namen von den Typen aufgeschrieben, von denen er den Jungs erzählt hat. Wer sind Joe Hill und Woody Guthrie?«

»Jungs aus einer anderen Zeit, Kelso.«

»Ja, nun, zwei oder drei von der Sorte wie dein rothaariger Freund könnten die ganze Stadt in Aufruhr versetzen. Sämtliche Matschbirnen und Suffköpfe versuchen jetzt so zu gehen und zu reden wie der, so als wärn's lauter gewiefte Stenze, die an der Canal Street aufgewachsen sind. Es ist einfach zum Heulen.«

Zwei Tage darauf meldete sich Helen Soileau krank. Eine Stunde später klingelte das Telefon auf meinem Schreibtisch.

»Kannst du raus zu meinem Haus kommen?« fragte sie.

»Was ist los?«

»Kannst du rauskommen?«

»Ja, wenn du willst. Ist alles in Ordnung?«

»Beeil dich, Dave.«

Ich konnte ihren Atem hören, der heiß und trocken klang, und ein jähes Rasseln tief in ihrer Kehle.

9

Sie wohnte allein in einem einstöckigen Holzhaus, das sie von ihrer Mutter geerbt hatte. Das Haus stand in einer gemischtrassigen Gegend, hatte eine mit Fliegengitter umgebene Veranda und war ansonsten spartanisch, aber schmuck – nagelneues Blechdach, ein frischer metallgrauer Anstrich, die Zementtreppe und die Stützpfosten weiß getüncht, die im Schatten eines Maulbeerbaums liegenden Blumenbeete ein Meer aus rosa und blauen Hortensienblüten.

Meines Wissens gönnte sie sich keinerlei Vergnügen, gehörte weder einem Club an, noch besuchte sie eine Kirche. Einmal im Jahr ging sie auf Urlaubsreise; außer dem Sheriff wußte niemand, wohin sie fuhr, und keiner erkundigte sich je danach. Tiere waren anscheinend das einzige, was sie neben dem Polizeidienst interessierte.

Sie war ungeschminkt, als sie die Tür aufmachte. Sie schaute an mir vorbei, runter zur Straße. Ihr Gesicht wirkte hart und glänzend, wie Porzellan.

»Komm rein«, sagte sie.

Ihre in einem geflochtenen Lederholster steckende Neun-Millimeter-Automatik lag neben einem zwanzig mal dreißig Zentimeter großen gelbbraunen Briefumschlag auf der Couch. Das Haus war innen blitzblank, sonnendurchflutet und roch nach verbranntem Toast und übergekochtem Kaffee.

»Du hast mich ein bißchen beunruhigt, Helen«, sagte ich.

»Ich hatte letzte Nacht Besucher«, sagte sie.

»Du meinst Einbrecher?«

»Sie sind nicht reingekommen.« Dann zuckten ihre Mundwinkel. Sie wandte sich ab und winkte mir mit dem Finger zu.

Ich folgte ihr durch die Küche in den Garten, der im Schatten einer auf dem Nachbargrundstück stehenden Eiche lag, deren Äste über den Zaun hingen. Am anderen Ende des Rasens befand sich eine Reihe erhöhter, mit Drahtgitter versehener Käfige, in denen Helen Kaninchen, Opossums, Gürteltiere,

Kampfhähne und allerlei andere verletzte oder kranke Tiere hielt, die ihr Leute vom Tierschutzverband oder Nachbarskinder brachten.

Die über die Käfige gebreiteten Abdeckplanen waren zurückgeschlagen.

»Es war gestern abend so warm, und weil kein Regen angekündigt war, hab ich sie aufgedeckt gelassen«, sagte sie. »Als ich heut morgen raus bin, waren die Planen runtergeschlagen. Und dann hab ich den Eimer am Boden stehen sehen.«

Ich hob ihn auf und roch daran. Die Innenseite war mit einem weißen Pulver verklebt. Ich riß unwillkürlich den Kopf zurück, und meine Nase brannte, als sei ein Gummiring hinter meinen Augen losgeschnellt.

»Sie haben es durch den Draht gestreut und dann die Segeltuchplane runtergezogen«, sagte sie.

Die Vögel, die leblos am Boden der Käfige lagen und deren Gefieder sich im Wind plusterte, sahen aus wie im Flug abgeschossen. Doch ein Blick auf die steifen Kadaver der Opossums und Waschbären verriet, wie sämtliche Tiere zu Tode gekommen waren. Ihre Mäuler waren weit aufgerissen, die Hälse und Leiber verkrümmt, die Klauen ausgestreckt, als ob sie sich gegen unsichtbare Feinde wehren wollten.

»Das tut mir leid, Helen. So was bringt nur ein richtiger Mistkerl fertig.«

»Zwei waren's. Schau dir die Fußspuren an. Einer von denen muß Bleischuhe tragen.«

»Warum hast du das nicht gemeldet?«

Dann sah ich ihre Miene, in der sich wieder die Feindseligkeit und das Mißtrauen widerspiegelten, die so bezeichnend waren für ihren Umgang mit anderen Menschen.

»Ich brauch einen guten Rat«, sagte sie. Ich konnte ihre Atemzüge hören. Ihre rechte Hand öffnete und schloß sich krampfhaft. Schweißtropfen standen auf ihrer Oberlippe.

»Schieß los, Helen.«

»Ich zeig dir was, das heut morgen unter meiner Tür gelegen hat«, sagte sie und ging vor mir her ins Wohnzimmer zurück.

Sie setzte sich auf die Rattancouch und nahm den braunen Briefumschlag zur Hand. Das durch die Jalousien dringende Sonnenlicht zeichnete hellgelbe Streifen auf ihr Gesicht. »Würdest du mit einem Homo arbeiten?« sagte sie.

»Was soll denn diese Frage?«

»Antworte mir.«

»Was andere Menschen in ihrem Privatleben machen, geht mich nichts an.«

»Wie wär s mit 'ner Lesbe oder einer Doppeltgestrickten?«

»Ich weiß nicht, worauf du hinauswillst, aber notwendig ist das nicht.«

Sie hatte die Hand in den Umschlag gesteckt und biß sich mit den Zähnen auf die Lippe. Sie zog ein großes glänzendes Schwarzweißfoto heraus und reichte es mir.

»Das wurde vorgestern nacht aufgenommen. Er hat kein Blitzlicht benutzt, daher die starke Körnung. Anhand der Einstellung würde ich sagen, es wurde durch das Fenster an der Seitenwand aufgenommen.«

Ich schaute mir das Bild an und spürte, wie mein Hals rot anlief. Sie hatte die Augen auf die hintere Wand gerichtet.

»Meiner Meinung nach ist das nichts Weltbewegendes«, sagte ich. »Frauen küssen sich hin und wieder. So zeigt man anderen, daß man sie mag.«

»Willst du die andern sehn?«

»Tu dir das nicht an.«

»Jemand hat's schon getan.«

»Ich habe nicht vor, mich in irgendeiner Weise in dein Privatleben einzumischen, Helen. Ich respektiere dich. Diese Fotos ändern daran gar nichts.«

»Erkennst du die andere Frau?«

»Nein.«

»Sie war mal eine von Sweet Pea Chaissons Miezen. Ich wollte ihr helfen, damit sie da rauskommt. Bloß daß wir ein bißchen weiter gegangen sind.«

»Wen schert's?«

»Ich muß das Zeug abliefern, Dave.«

»Den Teufel mußt du.«

Sie schwieg, wartete.

»Mußt du beweisen, daß du ein ehrlicher Mensch bist?« fragte ich. »Dadurch kommst du den miesen Kreaturen, die dich verletzen wollen, doch nur entgegen. Das hat nichts mit Integrität zu tun, Helen, das ist Hochmut.«

Sie steckte das Foto in den Umschlag zurück, musterte dann ihre Handrücken. Keinerlei Ring zierte ihre dicken, stumpf zulaufenden Finger.

»Der einzige Typ, der mir in den Sinn kommt, ist dieser paramilitärische Sack – wie heißt er doch? –, dieser Tommy Carrol«, sagte sie.

»Kann sein«, sagte ich. Aber ich mußte an Sonny Boys Warnung denken.

»Aber warum sollte der diese Nachricht auf dem Umschlag hinterlassen?« Sie drehte ihn um, so daß ich den Satz lesen konnte, den jemand mit Filzstift geschrieben hatte – *Bleib lieber bei deinen Strafzetteln, Muffie.* »Was guckst du so?«

»Sonny Marsallus. Er hat gesagt, ich soll in Zusammenhang mit diesem Emile Pogue nichts über Bundescomputer laufen lassen. Auf all diesen Bitten um Auskunft stand dein Name, Helen.«

Sie nickte, und dann nahm ihr Gesicht einen Ausdruck an, den ich im Lauf der Jahre nur allzuoft, bei zu vielen Menschen gesehen hatte. Mit einemmal wird ihnen klar, daß sie, sei es von Einzelpersonen oder Gruppierungen, von denen sie nichts wissen und denen sie persönlich nie etwas zuleide getan haben, willkürlich als Opfer auserwählt worden sind. In diesem Moment fühlt man sich sehr einsam, und es geht einem überhaupt nicht gut.

Ich zog den Umschlag unter ihren Händen hervor.

»Wir könnten mit den Fotos allerlei Trara anstellen, aber aller Wahrscheinlichkeit nach würde uns das kein Stück weiterhelfen«, sagte ich. Ich zog die Fotos mit der Rückseite nach oben aus dem Umschlag und ging damit in die Küche. »Und jetzt verfahre ich nach einem alten Rezept von Clete Purcel, das da lautet: Wenn die Regeln, an die du dich hältst, dem Abschaum zugute kommen, mußt du dir ein paar neue zulegen.«

Ich nahm ein Streichholz aus der Schachtel, die auf dem Fenstersims über der Spüle lag, riß es an und hielt die Flamme an die untere Ecke der Fotos. Ringelnd und leckend breitete sich das Feuer über das Papier aus. Ich zog die einzelnen Bogen auseinander, damit die Hitze auf die Unterseite übergreifen konnte, bis die Bilder und alles, was darauf zu sehen gewesen sein mochte, zusammengeschrumpelt und zu schwarzen Aschehäufchen verkohlt waren, aus denen schmutzig braune Rauchfäden aufstiegen und durch das Fliegengitter abzogen. Dann drehte ich den Wasserhahn auf und spülte die Asche in den Abfluß, wischte das Becken mit einem Papiertuch sauber und warf es in den Mülleimer.

»Hast du Lust, zeitig zu Mittag zu essen und anschließend ins Büro zu gehen?«

»Moment, ich muß mich nur rasch umziehen.« Dann sagte sie: »Vielen Dank für alles, was du getan hast.«

»Geschenkt.«

»Ich sag das nur einmal«, sagte sie. »Männer sind nur aus zweierlei Gründen nett zu Frauen. Entweder wollen sie ihn einem reinschieben, oder sie haben echten Mumm und brauchen einem nichts beweisen. Ich hab's ehrlich gemeint, als ich mich bedankt habe.«

Es gibt Komplimente, die man nicht mehr vergißt.

Bevor ich wegfuhr, steckte ich den Kadaver eines toten Waschbären in einen Plastikmüllsack und legte ihn auf die Ladefläche meines Pickup.

Seit der Nacht, in der Della Landry ermordet worden war, waren wir mit unseren Ermittlungen noch keinen Schritt weitergekommen. Ich hatte den Fehler gemacht und auf Sonny Boy gehört, als er sich geringschätzig über den Mob geäußert und seine Beziehung dazu heruntergespielt hatte. Wieder war Sweet Pea Chaissons Name gefallen, und Sweet Pea tauschte nicht mal die Klopapierrollen aus, ohne vorher die Erlaubnis der Familie Giacano einzuholen. Wenn die Spaghettis in den siebziger Jahren drauf und dran gewesen waren, den Bach runterzugehen, dann hatte außer Sonny keiner was davon gemerkt.

Der Erbe des fetten alten Didoni Giacano, auch bekannt als Didi Gee, dessen Erkennungszeichen ein blutiger Baseballschläger gewesen war, der stets auf dem Rücksitz seines Cadillac-Kabrios lag, und der gelegentlich die Hand eines Widersachers in ein Aquarium voller Piranhas gehalten hatte, war sein Neffe, ein Geschäftsmann in erster Linie und erst in zweiter ein Gangster, der aber über die befremdliche Fähigkeit verfügte, je nach Lust und Laune in psychotische Zustände zu verfallen – John Polycarp Giacano, auch bekannt als Johnny Carp oder Polly Gee.

Am Freitag morgen traf ich ihn in seinem Büro bei einer Müllkippe im Bezirk Jefferson an. Seine Augen, die Nase und der spitze Mund lagen unnatürlich eng in der Mitte des Gesichts, alles auf eine Fläche zusammengedrückt, die nicht größer war als ein Handteller. Seine Stirn war zerfurcht und faltig, obwohl er sie nicht runzelte. Die lackschwarzen Haare waren oben und an der Seite gewellt und sahen aus wie Plastik, das geschmolzen, ausgegossen und abgekühlt war.

Ich kannte ihn aus meiner Zeit im First District, als er noch ein kleines Licht in der Organisation gewesen war, Boxkämpfe verschoben und Geld an die Jockeys draußen auf den Jefferson Downs und den Fairgrounds verliehen hatte. In jungen Jahren hatte er angeblich für hundert Dollar als Fahrer bei zwei Auftragsmorden der Calucci-Brüder mitgewirkt. Doch trotz seiner langen kriminellen Vergangenheit war er erst einmal eingefahren – eine einjährige Haftstrafe wegen Besitzes von gestohlenen Essensmarken, die er Ende der Sechziger in einer laxen Bundeshaftanstalt verbüßte, wo er Golf und Tennis spielen konnte und am Wochenende Ausgang hatte.

Johnny Carp war schlau. Er hielt sich an die Gepflogenheiten und gab jedem das Seine, haderte nicht mit der Welt und ihrem Lauf. Prominente ließen sich mit ihm fotografieren. Er verlieh zinslos Geld an Polizisten und war niemals unangenehm aufgefallen. Diejenigen, die ihn von einer anderen Seite kennenlernten, so behaupteten seine Fürsprecher, hätten gegen die Regeln verstoßen und ihr Schicksal verdient.

»Sie sehn klasse aus«, sagte er und kippte sich auf seinem Drehstuhl zurück. Durch das Fenster hinter ihm sah ich die Möwen durch die Luft kurven und auf die Müllberge herabstoßen, die von Planierraupen systematisch verteilt, untergegraben und mit Erde abgedeckt wurden.

»Seit wann stecken Sie denn im Müllgeschäft, Johnny?«

»Ach, ich bin bloß zwei Tage die Woche hier und sorg dafür, daß der Laden läuft«, sagte er. Er trug einen beigen Anzug mit schmalen braunen Streifen, dazu ein lila Hemd mit einem braunen Strickbinder und hatte eine kleine Rose am Revers stecken. Er zwinkerte mir zu. »He, ich weiß, daß Sie nichts mehr trinken. Ich auch nicht. Ich hab was gefunden, das mir drüber weghilft. Ich mach Ihnen nichts vor. Aufgepaßt.«

Er öffnete einen kleinen Kühlschrank an der Wand und holte eine ungeöffnete Literflasche Milch heraus. Der Rahm stand gut fünf Zentimeter dick im Hals. Dann holte er eine schwere schwarze Flasche Scotch mit einem roten Wachssiegel aus der unteren Schublade seines Schreibtisches. Er goß vier Fingerbreit davon in ein dickes Wasserglas, füllte es mit Milch auf und lächelte die ganze Zeit. Der Scotch wallte auf, vermischte sich mit der Milch und der Sahne und färbte sie in einem weichen Karamelton.

»Ich werd nicht besoffen, ich krieg keine Magengeschwüre, ich krieg keinen Kater. Es is einfach klasse, Dave. Wollen Sie 'n Schuß?«

»Nein, danke. Wissen Sie, warum jemand möchte, daß Sonny Boy Marsallus erledigt wird?«

»Vielleicht haben wir die Woche der geistigen Genesung. Sie wissen schon – steh deinen Nachbarn bei, bring den größten Spinner im Viertel um. Der Typ hat so einen Knall in der Birne, daß sein Kopf im Dunkeln leuchtet.«

»Wie steht's mit Sweet Pea Chaisson?«

»Der und Sonny – ausknipsen? Sweet Pea ist ein Würstchen. Wieso fragen Sie mich überhaupt so ein Zeug?«

»Sie sind der Mann, der das Sagen hat, Johnny.«

»Onkel Didi war der Mann. Wir reden hier von den alten Zeiten.«

»Eine Menge Leute respektieren Sie, Johnny.«

»Ja? An dem Tag, wo ich pleite geh, bin ich wieder der letzte Dreck. Wollen Sie was über Marsallus wissen? Der is mit 'nem Ständer aus dem Mutterleib geschlüpft.«

»Was soll das heißen?«

»Der hat so viel Bücher gelesen, dasser wie jemand klingt, der er nicht is, aber er hat den Kopf voller Sperma. Der benutzt die Bräute wie andere Leute ihre Taschentücher. Lassen Sie sich von dem Sack nicht in die Irre führen. Der stellt sich notfalls bei seiner eigenen Mutter an … hab ich was Falsches gesagt?«

»Nein«, sagte ich mit ausdrucksloser Miene.

Er faltete die Hände, spreizte die Ellbogen ab und beugte sich vor. »Mal ernsthaft«, sagte er. »Will jemand Sonny alle machen?«

»Kann sein.«

Nachdenklich drehte er den Kopf zur Seite und schaute aus dem Fenster. Seine Jacke bauschte sich am Hals auf. »Jemand aus der Stadt isses nicht. Sonny hat niemals die Geschäfte von irgendwem gefährdet, falls Ihnen klar is, was ich damit sagen will. Das Dumme mit ihm is bloß, dasser meint, sein Scheiß stinkt nicht. Der glaubt, er schwebt über dem Boden, steht über uns allen.«

»Tja, war schön, Sie zu sehen, Johnny.«

»Jawoll, wie immer ein Vergnügen.«

Ich stand auf, zupfte an meinem Ohrläppchen.

»Schon komisch, was Sie mir da über Sonnys Umgang mit Frauen erzählt haben. War mir bislang unbekannt«, sagte ich.

»Die Leute, die in den Sozialsiedlungen leben, arbeiten nicht. Was glauben Sie, was die den ganzen Tag treiben, warum, meinen Sie denn, haben die so viele Kinder? Er is ein

mickriger Straßenstrolch. Der denkt nicht oberhalb der Gür-
tellinie. Hab ich mich halbwegs klar ausgedrückt?«

»Bis zum nächsten Mal, Johnny.«

Er schnippte mir mit dem Finger zu und trank einen Schluck
Scotch mit Milch. Sein Gesicht verschwand fast hinter der
Hand mit dem Glas.

Ich weiß nicht mehr, wie der psychologische Fachausdruck
dafür lautet, aber jeder Polizist und Staatsanwalt kennt den
Vorgang nur zu gut. Es geht um das Eingeständnis einer Schuld
durch nachdrückliches Leugnen. Als Lee Harvey Oswald nach
dem Mord an Präsident Kennedy in Haft saß, schien er viele der
Fragen, die ihm die Polizei und die Presse stellten, wahrheits-
gemäß zu beantworten. Aber er leugnete beharrlich, daß er der
Besitzer des 6,5-Millimeter-Gewehres sei, das man im fünften
Stock des Texas Book Depository gefunden hatte, jenes Be-
weisstücks also, mit dem man ihn eindeutig überführen konnte.

Della Landry war aller Wahrscheinlichkeit nach wegen ihrer
Beziehung zu Sonny ermordet worden. Und Johnny hatte in
seiner ersten Stellungnahme darüber gelästert, daß Sonny
Frauen schlecht behandle, so als wolle er sagen, daß Sonny und
niemand anders für das Schicksal derer verantwortlich sei, die
sich mit ihm einließen.

Aber vielleicht war das nur eine weitere Sackgasse, und ich
deutete nur etwas hinein, das gar nicht vorhanden war.

Als ich in meinen Pickup stieg, standen drei von Johnnys
Gorillas am Heck seines Lincoln. Sie trugen Hosen mit mes-
serscharfen Bügelfalten, Slipper, kurzärmlige Tropenhemden,
hatten Goldkettchen um den Hals und leicht geölte Brikettfri-
suren. Aber Steroide waren auch beim Mob in Mode gekommen, und ihre Oberkörper und Arme waren so mit Muskeln
bepackt, daß es aussah, als platze jeden Moment die Haut.

Sie schossen abwechselnd mit ihren 22er Revolvern auf
Blechbüchsen und die Vögel, die sich an dem zwischen Müll-
halden hindurchführenden Fahrweg zum Fressen eingefunden
hatten. Sie schauten kurz zu mir her, dann schossen sie weiter.

»Ich würde ganz gern wegfahren, ohne beschossen zu werden«, sagte ich.

Niemand antwortete. Einer der Männer klappte seinen Revolver auf, schüttelte die Hülsen heraus und lud nach. Er warf mir einen vielsagenden Blick zu.

»Besten Dank«, sagte ich.

Kuhreiher flogen zu beiden Seiten auf, als ich hupend die Straße entlangfuhr. Im Rückspiegel sah ich, daß Johnny Carp aus dem Büro kam und sich zu seinen Männern gesellte, worauf sie mir alle ruhig, gelassen und, dessen war ich mir sicher, lauernd hinterherschauten – Wesen, deren Gedanken man wahrlich nicht wissen wollte.

Am Freitag abend ging ich in die Bezirksbibliothek und las alles, was über Jean Lafitte vorlag. Die meisten Texte käuten auf die eine oder andere Weise die altbekannten Geschichten über den Piraten wieder, der sich mit Andrew Jackson verbündet und dazu beigetragen hatte, daß die Briten in der Schlacht von New Orleans mit vereinten Kräften geschlagen wurden, berichteten von den Schiffen, die er auf hoher See gekapert, den Horden von Halsabschneidern, unter denen er in Barataria und Galveston gelebt hatte, und von seinem Tod irgendwo auf Yucatán.

In der sogenannten guten Gesellschaft von New Orleans galt er als eine romantische und faszinierende Gestalt, vermutlich, weil ihm dort niemand zum Opfer gefallen war. Doch in der Bibliothek lag auch ein Artikel vor, den ein Historiker um die Jahrhundertwende verfaßt hatte und in dem Lafitte nicht so gut wegkam. Seine Verbrechen beschränkten sich keineswegs auf Piraterie und Mord. Er war auch ein Menschenhändler gewesen, der noch nach dem Einfuhrverbot von 1809 afrikanische Sklaven in die Vereinigten Staaten geschafft hatte. Die Beute aus seinen Raubzügen wie auch die menschliche Fracht hatte er an den Ufern des Bayou Teche verkauft.

Sowohl Milton als auch Shakespeare haben geschrieben, daß in der Welt der Träume Klarheit und Kraft liegen. Für mich hat das stets bedeutet, daß einem unterbewußt und im Schlaf manches deutlich wird, das sich bei Tageslicht und im Wachzustand dem Verständnis entzieht. In dieser Nacht, als der nach Salz, nassem Sand und Humus riechende Wind über den Sumpf wehte, träumte ich davon, wie es am Bayou Teche gewesen sein mußte, als das Land noch jung war, als die wichtigsten Waffen und Werkzeuge aus Stein gefertigt waren, als der Waldboden mit Zwergpalmen überwuchert war und die moosbehangenen Bäume so dick und hoch aufragten, daß die Stämme im einfallenden Sonnenlicht wie die grauen Säulen einer gotischen Kathedrale wirkten.

Die Luft war stickig wie heißer Dampf unter einer Glasglocke, ein gelber, von einem schwarzen Wolkenstreifen durchschnittener Herbstmond stand am Himmel, und dann sah ich ein langes Holzschiff mit eingerollten Segeln, das von Negern, die sich torkelnd durch das Schilfrohr und den Schlamm am Ufer schleppten und deren schweißnasse Leiber im Feuerschein glitzerten, an Tauen den Bayou hinaufgezogen wurde. An Deck des Schiffes befanden sich ihre Frauen und Kinder, die Kleiderbündel um sich gelagert hatten und nach vorn starrten, in die Finsternis über dem Wasser, so als lasse sich dort eine Erklärung für ihre Angst und ihr Elend finden.

Der Auktion fand zu Füßen der Eichen unterhalb des alten Voorhies-Anwesens statt. Da die Neger weder Englisch noch Französisch oder Spanisch sprachen, erfand man kurzerhand Geschichten über ihre Herkunft und Abstammung. Bei den anderen Gütern konnte man sich diese Mühe sparen. Das Gold- und Silbergeschirr, die Kisten voller Kleidung nach der neuesten europäischen Mode, die juwelenbesetzten Halsbänder, die Zierschwerter und verschnörkelten Flintenschlösser hatten allesamt Menschen gehört, die irgendwo in der Karibik von ihrem Schicksal ereilt worden waren.

Ein, zwei Generationen später würden die Ufer des Spanish Lake und des Bayou Teche von Plantagen gesäumt sein und die Menschen von goldenen Tellern speisen, deren Herkunft nur mehr der Reiz des Absonderlichen umgab. Die Sklaven, die in den Sägewerken, auf den Zuckerrohrfeldern und den Salzhalden draußen in den Marschen arbeiteten, beherrschten die Landessprache und hatten sich die Namen ihrer Besitzer zugelegt. Und nur noch in der mündlichen Überlieferung, durchsetzt mit biblischen Geschichten und allerlei christlichen Allegorien, sollte von dem Tag die Rede sein, da auf einem Fluß in Westafrika, inmitten grüner Hügel und Tausender Vögel, ein großes Schiff mit weißen Segeln auftauchte. Bis man ihn schließlich ganz vergaß.

Ich glaubte an diesen Traum. Ich erinnerte mich an die Eichen unterhalb des alten Voorhies-Anwesens, aus deren Borke die mit mächtigen Nägeln an den Stämmen festgehauenen Muringketten wucherten wie kalkverkrustete rostige Schlangen. Im Lauf der Jahre waren die Ketten immer tiefer in die Stämme eingewachsen, wie orange Zysten inmitten von lebendem Gewebe – wie uneingestandene, unverziehene Sünden.

Beim Frühstück am Samstag morgen sagte Bootsie: »Oh, hab ich ganz vergessen, Dave. Julia Bertrand hat gestern abend angerufen. Sie hat uns für nächsten Samstag in ihr Camp draußen auf Pecan Island eingeladen.«

Das Küchenfenster stand offen, und der Himmel war voller weißer Wolken.

»Was hast du gesagt?« fragte ich.

»Ich fand die Idee ganz nett. Wir sehen uns nicht allzuoft.«

»Hast du ihnen zugesagt?«

»Nein, hab ich nicht. Ich hab gesagt, ich muß mich erst erkundigen, ob du irgendwas vorhast.«

»Wie wär's, wenn wir's sausenließen?«

»Das sind nette Leute, Dave.«

»Irgend etwas ist da draußen auf Moleens Plantage nicht in Ordnung.«

»Na schön, ich ruf sie zurück.« Sie versuchte sich ihre Enttäuschung nicht anmerken zu lassen.

»Vielleicht liegt es bloß an mir, Bootsie. Mit deren Welt bin ich noch nie recht klargekommen.«

»*Deren* Welt?«

»Sie glauben, daß sie niemandem Rechenschaft schulden. Moleen macht meiner Meinung nach immer den Eindruck, als ob er in höheren Sphären schwebt.«

»Was willst du damit sagen?«

»Gar nichts. Ruf Julia an, und sag ihr, daß wir rauskommen.«

»*Dave*«, sagte sie, und ihre Stimme wurde einen Ton schärfer.

»Glaub mir, es gehört einfach dazu. Also probieren wir's aus.«

»Ich glaub, ich arbeite heut morgen lieber ein bißchen im Garten«, sagte sie.

In dieser Nacht regnete es heftig, und kurz vor dem Einschlafen meinte ich ein Motorboot zu hören, das am Bootssteg vorbeifuhr. Als der Regen aufhörte, war die Luft feucht und drückend, und eine Nebelschicht hing dick wie Watte über dem Bayou. Kurz nach Mitternacht klingelte das Telefon. Ich schloß die Schlafzimmertür hinter mir und meldete mich von dem Apparat im Wohnzimmer aus. Im Haus war es kühl und dunkel, und das Wasser tröpfelte vom Blechdach auf die Veranda.

»Mister Robicheaux?« meldete sich eine Männerstimme.

»Ja. Wer spricht da?«

»Jack.«

»Jack?«

»Sie haben eine Hundemarke gefunden. Wir haben versucht, Ihren Freund rauszuholen. Wollen Sie was drüber hören?« Er sprach völlig akzentfrei, ohne jede Gefühlsregung.

»Was wollen Sie, Partner?«

»Ein paar Sachen erklären, die Sie wahrscheinlich nicht begreifen.«

»Kommen Sie am Montag ins Büro. Und rufen Sie mich nicht noch mal zu Hause an.«

»Schaun Sie mal vorne aus Ihrem Fenster raus.«

Ich zog den Vorhang auf und starrte in die Dunkelheit. Ich sah lediglich den Dunst, der auf dem Bayou lag, und ein verwaschenes rotes Glühen draußen im Sumpf, wo eine Ölförderstelle das Gas abfackelte. Dann schaltete unten am Bootssteg ein großer, knochiger Mann mit Regenmantel und Hut eine Taschenlampe ein und richtete sie auf sein Gesicht. Er hatte ein Funktelefon am Ohr, und sein Gesicht wirkte weiß und von tiefen Furchen durchzogen, wie Pappmaché, das jeden Moment bricht. Dann schaltete er das Licht aus. Ich nahm den Hörer wieder in die Hand.

»Sie halten sich unbefugt auf meinem Anwesen auf. Ich möchte, daß Sie gehen«, sagte ich.

»Kommen Sie runter zum Bootssteg.«

Laß dich nicht drauf ein, dachte ich.

»Richten Sie die Lampe auf Ihr Gesicht und halten Sie die Arme vom Körper weg«, sagte ich.

»Einverstanden.«

»Ich lege jetzt auf. In etwa zwei Minuten bin ich unten.«

»Nein. Unterbrechen Sie die Verbindung nicht.«

Ich ließ den Hörer auf den Tisch fallen und kehrte ins Schlafzimmer zurück. Ich zog meine Khakihose und Slipper an und holte das Holster mit meiner 45er Automatik aus der Kommodenschublade. Bootsie hatte den Kopf teilweise unter dem Kissen vergraben und schlief. Leise schloß ich die Tür hinter mir, zog den Schlitten der 45er zurück und lud durch, brachte den Hammer wieder in Ruhestellung, sicherte die Waffe und steckte sie mir hinten in den Hosenbund.

Ich griff zum Hörer.

»Sind Sie noch da, Partner?« sagte ich.

»Ja.«

»Schalten Sie die Taschenlampe ein.«

»Eine großartige Idee.«

Ich trat aus der Tür und ging zwischen den Bäumen die Böschung hinab. Er hatte jetzt den Fahrweg verlassen, so daß ich ihn deutlicher sehen konnte. Er war weit über eins achtzig groß, breitschultrig, aber seine Arme wirkten viel zu dünn für die Ärmel des Regenmantels, und das Gesicht sah so zerfurcht, verwittert und rissig aus wie trockener Fensterkitt. Die linke

Manteltasche wurde vom Gewicht des Funktelefons nach unten gezogen, und die Taschenlampe hatte er jetzt in der linken Hand. Seine Lippen wirkten im Lichtstrahl lila, wie Pflaumenschalen. Er betrachtete mich mit zusammengekniffenen Augen, so als spähe er durch Rauchschwaden.

»Legen Sie die rechte Hand in den Nacken«, sagte ich.

»Das ist nicht anständig.«

»Das gilt auch für Ihre nichtswürdigen Spielchen auf Kosten eines tapferen toten Soldaten.«

»Ihr Freund könnte noch leben.«

Er hob die rechte Hand, hakte sie unter das Mantelrevers und ließ sie dort. Ich beobachtete ihn, ohne darauf einzugehen.

»Sonny Marsallus ist ein Verräter«, sagte er.

»Ich glaube, es wird Zeit, daß wir mal einen Blick auf Ihren Ausweis werfen.«

»Sie hören nicht zu.«

»Sie haben einen Fehler gemacht, als Sie hierhergekommen sind.«

»Glaub ich nicht. Sie haben sich im Krieg ausgezeichnet. Marsallus nicht. Der ist käuflich.«

»Ich möchte, daß Sie sich umdrehen, zurück zum Bootsanleger gehen und die Hände aufs Geländer legen ... Machen Sie's einfach, Partner. Und keine Widerrede.«

Aber er rührte sich nicht. Ich spürte, wie mir der Schweiß wie Ameisen über die Rippen lief, doch der Mann, der sich Jack nannte, der Hut und Regenmantel trug, war trocken wie Pergament. Seine Augen, die wie braune Achate mit goldenen Einsprengseln wirkten, waren weiter auf mich gerichtet.

Dann hörte ich draußen in der Dunkelheit ein Geräusch.

»Hey, Jack, wie läuft's?« meldete sich eine Stimme.

Jack drehte den Kopf zur Seite und starrte in die Finsternis.

»Ich bin's, Sonny«, sagte die Stimme. »Hey, Dave, gib acht auf den ollen Jack hier. Der hat unter der rechten Achselhöhle 'ne abgesägte Zwölfer-Schrotflinte an einer Elastikschnur hängen. Schlag den Regenmantel zurück, Jack, und lass Dave mal gucken.«

Aber Jack dachte nicht daran. Er warf die Taschenlampe weg und stürmte an mir vorbei den Weg hinauf. Dann sah ich Sonny, der unter den tiefen Zweigen einer immergrünen Eiche hervorkam und mit beiden Händen eine aufwärtsgerichtete Neun-Millimeter-Smith & Wesson hielt.

»Geh mir aus dem Weg, Dave!« rief er.

»Bist du verrückt? Laß das sein!«

Doch Sonny drehte sich von mir weg und legte mit ausgestreckten Armen an. Dann drückte er ab, ein-, zwei-, drei-, viermal, und ich sah das Mündungsfeuer, das aus dem Lauf zuckte, und hörte das Klirren der ausgeworfenen Messinghülsen auf dem Weg.

Er hob die Taschenlampe des Mannes auf, der sich Jack nannte, und leuchtete den Fahrweg ab.

»Schau auf den Boden, Dave, gleich neben der Bresche im Gebüsch«, sagte er. »Ich glaube, Jack hat sich grade ein Loch eingefangen.« Dann rief er in die Dunkelheit: »Hey, Jack, was für ein Gefühl ist das?«

»Gib mir die Waffe, Sonny.«

»Tut mir leid, Streak … Und es tut mir auch leid, daß ich dir das antun muß … Nein, nein, rühr dich nicht von der Stelle. Ich will dir bloß die Wumme abnehmen. Und nun gehen wir runter zum Bootssteg und ketten dich an.«

»Es gibt Grenzen, Sonny, und du gehst zu weit.«

»Es gibt nur eine Grenze, die zählt, Dave, und das ist die zwischen den Guten und den Scheißkerlen.« Er holte ein Paar offene Handschellen aus der hinteren Tasche seiner Bluejeans. »Leg die Hände übers Geländer. Machst du dir Sorgen wegen der Vorgehensweise? Der Typ hat das Loch verdient, das ich ihm verpaßt habe, kapiert? Schon mal den Witz von der fliegenden Nonne gehört, den sich die Falangisten drunten im Pfefferfresserland erzählen? Und ich erzähl dir jetzt keinen Stuß. Ein paar Arschlöcher von der Militärjunta in Argentinien wollten, daß an zwei Nonnen, beides Menschenrechtlerinnen, ein Exempel statuiert wird. Der Typ, der sie in dreihundert Metern Höhe aus dem Hubschrauber geschmissen hat, war unser Freund Jack. Bis demnächst, Streak. Ich sorg dafür, daß du deine Knarre zurückkriegst.«

Dann verschwand er zwischen den abgebrochenen Zweigen in dem Gebüsch, durch das der angeschossene Mann geflohen war. Ich rasselte mit der Handschellenkette am Geländer des Bootsanlegers, während mir die Moskitos um den Kopf schwirrten, und meine Augen brannten, teils wegen des Schweißes, teils aus Schmach und Wut über meine eigene Dummheit.

10

Nachdem ich am Sonntag morgen ins Büro gegangen war und meinen Bericht geschrieben hatte, rief ein Angestellter aus dem Postamt den Diensthabenden an und teilte mit, daß jemand über Nacht eine 45er Automatik, eine Militärwaffe, in den Briefkasten geworfen habe. Die 45er sei in eine Papiertüte gepackt, auf der mein Name stehe.

Es war heiß und strahlend schön, und ein leichter Wind wehte von Süden, als ich mittags mit Clete Purcel den Fahrweg entlang zu der Stelle ging, wo sich Sonny und der Mann namens Jack in die Büsche geschlagen hatten und am Ufer des Bayou in Richtung Four Corners gelaufen waren. Das Blut auf den Blättern war mit dem Staub vom Fahrweg verkrustet.

»Sieht so aus, als hätte Sonny dem Typ echt ein Loch verpaßt. Im Krankenhaus isser bislang nicht aufgekreuzt?«

»Noch nicht.«

Wir gingen durch das Gestrüpp hinunter zum Ufer. Die tiefen Spuren im Schlamm, die Sonny und der Mann namens Jack hinterlassen hatten, waren mittlerweile kreuz und quer von den Fußspuren der Deputies durchzogen, die Jacks Blutstropfen bis zu einer Lücke zwischen den Rohrkolben verfolgt hatten, wo ein flachbödiges Boot mit dem Bug voran auf den Sand gezogen worden war.

Clete ging in die Hocke, schob sich ein Stück Pappkarton unter ein Knie und schaute am Ufer des Bayou entlang, in Richtung des Bootsanlegers. Er trug weite Shorts mit Gummizug, die mit tanzenden Zebras bedruckt waren. Er nahm seinen Porkpie-Hut ab und ließ ihn auf dem Zeigefinger kreisen.

»Hast du die Abgesägte gesehen?« fragte er.

»Nein.«

»Meinst du, er hat eine dabeigehabt?«

»Ich weiß es nicht, Clete.«

»Aber du weißt, daß so ein Typ irgendeine Knarre bei sich hat? Stimmt's?«

Wir schauten einander an.

»Folglich stellt sich die Frage, warum er Sonny damit nicht einfach abgeknallt hat? Er hätte ihm doch in der Dunkelheit auflauern und eine vor den Latz ballern können«, sagte er.

»Weil er sie fallen gelassen hat«, sagte ich. »Aber warum hat sie dann letzte Nacht keiner gefunden?«

Er ließ den Hut jetzt um den Finger wirbeln. Seine grünen Augen funkelten im Licht.

»Weil sie ins Wasser gefallen ist«, sagte er und stemmte sich hoch.

Es dauerte nicht lange. Etwa zwanzig Meter von der Sandbank entfernt, dort wo das Wasser um eine halb versunkene und verfaulte Piroge strudelte, die mit pelzig-grünem Moos überwuchert war, sahen wir im Kielwasser eines vorbeifahrenden Bootes den Lauf der Schrotflinte zwischen dem Schilfrohr glitzern. Er war unmittelbar vor der Repetiervorrichtung am Vorderschaft abgesägt und mit Sand verstopft. Der Kolben war abgehobelt und mit einer Holzraspel zu einem Pistolengriff zurechtgefeilt. Eine Schlaufe aus einer etwa einen halben Meter langen Elastikschnur, wie man sie zum Festschnallen von Gepäck benutzt, war am Holz angeschraubt.

Clete schüttelte den Sand aus dem Lauf und klappte den Verschluß auf. Gelbes Wasser quoll aus dem Mechanismus, in dem eine nicht abgefeuerte Patrone steckte. Dann hebelte er vier weitere Schuß Munition heraus. Sie waren feucht, mit Schmutz bedeckt und lagen schwer in meiner Hand, als ich sie vom Boden aufhob.

»Unser Freund benutzt keine Sportsicherung«, sagte Clete. Er musterte die Patronen in meiner Hand. »Sind das Flintenlaufgeschosse?«

»Ja, die sieht man heutzutage kaum mehr.«

»Vermutlich stellt er seine Patronen selber her. Der Typ stinkt geradezu nach einem Mechaniker, Streak.« Nachdenklich pulte er mit einer Hand ein Stück Kaugummi ab und steckte es in den Mund. »Ich sag's ja ungern, aber womöglich hat dir der Hirnie das Leben gerettet.«

Drunten am Bootsanleger hielt ein halbwüchsiger Junge eine Schnur mit aufgezogenen Barschen hoch und zeigte sie seinen Freunden. Er trug ein hell verchromtes Uhrarmband am Handgelenk.

»Glaubst du etwa nicht, daß der Typ ein Killer ist, der mit dem Mob zusammengluckt?« fragte Clete.

»Ich mußte grade an Sonny denken ... an die Handschellen ... wie er mich überrumpelt hat.«

Clete blies in den offenen Verschluß der Schrotflinte, klappte sie zu und ließ den Schlagbolzen auf die leere Kammer schnellen. Er musterte mein Gesicht.

»Hör mal, Sonny is'n Wichser, wie er im Buch steht. Hör auf, dir solche Gedanken zu machen.«

»Und warum denkst du dann genau dasselbe?«

»Tu ich nicht. Ein Typ wie Sonny ist nicht geboren, der is in die Welt geschissen worden. Ich hätt ihn schon längst mit 'nem Gummisauger ins Klo stampfen sollen.«

»Die gleichen Handschellen habe ich mal bei Bundespolizisten gesehen.«

»Der Typ is kein Cop. Wenn du dich auf dem seine Tour einläßt, schifft er dir in die Schuhe«, sagte er und drückte mir die Schrotflinte in die Hände.

Clete aß bei uns zu Mittag, und danach ging ich hinunter zum Köderladen und holte eine Styropor-Kühlbox, die ich am Freitag nachmittag mit Eis gefüllt hatte. Der Zipfel eines schwarzen Plastikmüllsacks ragte unter dem Deckel hervor. Ich ging wieder den schattigen Hang hinauf und stellte die Kühlbox auf die Ladefläche meines Pickup. Clete las Pecannüsse unter den Bäumen auf und knackte sie mit den Händen.

»Hast du Lust, mit nach Breaux Bridge zu fahren?« fragte ich.

»Ich dachte, wir wollten angeln gehn«, sagte er.

»Ich habe gehört, daß Sweet Pea Chaisson draußen beim alten Priesterseminar ein Haus gemietet hat.«

Er grinste breit.

Wir nahmen den vierspurigen Highway nach Lafayette und fuhren dann auf der Landstraße nach Breaux Bridge, vorbei an der Holy Rosary, der alten katholischen Schule für Schwarze, an einem Friedhof mit oberirdischen Gräbern, dem Kloster der Karmeliterinnen und dem Seminar. Das von Sweet Pea gemietete Haus war ein gelber Ziegelbau mit flachem Dach, der im Schutz einer absterbenden Azaleenhecke stand. Das Grundstück daneben lag voller alter Baumaterialien und Eisenteile, die von Unkraut und Purpurwindenranken überwuchert waren.

Niemand war daheim. Ein älterer Schwarzer putzte mit einer Schaufel die Hundekacke auf dem Hof weg.

»Er is mit den Ladies zu einem Restaurant an der Cameron in Lafayette, drunten bei den Four Corners«, sagte er.

»Welches Restaurant?« fragte ich.

»Das, wo hinten der Rauch rauskommt.«

»Ist es ein Grillhaus?« fragte ich.

»Der Mann, dem's gehört, verbrennt da draußen ständig Abfall. Sie riechen's, bevor Sie's sehn.«

Wir fuhren auf der Cameron Street durch das Schwarzenviertel von Lafayette. Vor uns lag ein Areal, das Four Corners genannt wurde, eine Gegend, in der die Sitte noch so viele Verhaftungen vornehmen konnte, ohne daß die Nutten von den Gehsteigen oder aus den Motels verschwanden.

»Dort ist sein Caddy«, sagte Clete und deutete aus dem Fenster. »Schau dir den Laden an. Dem seine Bräute müssen Magenwände aus Gummi haben.«

Ich hielt auf dem unbefestigten Parkplatz neben einem Holzgebäude, hinter dem ein Plumpsklo und ein rauchender Brennofen standen.

»Wir sind nicht nur außerhalb deines Reviers, Großer, wir sind auch mitten im Herzen der schwarzen Stadt. Ist dir dabei wohl zumute?« fragte Clete, als wir ausgestiegen waren.

»Die hiesige Polizei stört's nicht«, sagte ich.

»Hast du's mit denen abgesprochen?«

»Eigentlich nicht.«

Er schaute mich an.

»Sweet Pea ist ein Profi. Da ist nichts weiter dabei.«

Ich griff in die Styropor-Kühlbox und holte den Müllsack heraus. Eis und Wasser tropften herunter, als er schwer in meiner Hand hing.

»Was hast du vor?« fragte Clete.

»Ich glaube, daß Sweet Pea dabei geholfen hat, Helen Soileau eins auszuwischen.«

»Der Muffenleckerin? Sind etwa der ihre Viecher umgebracht worden?«

»Laß sie in Frieden, Clete.«

»'tschuldigung. Ich meine die Dame, für die ich nichts weiter als Spucke auf dem Gehsteig bin. Was is in dem Sack?«

»Mach dir darüber keine Gedanken.«

»Ich nehm an, ich hab's rausgefordert.« Mit einem lauten Ploppen spie er den Kaugummi aus.

Wir gingen hinein. Es war ein trostloser Laden, in dem man es vermutlich nur sinnlos besoffen aushalten konnte, wenn einem alles egal war. Der Innenraum war dunkel, der Boden mit Linoleum ausgelegt, und an den grünen Wänden rundum waren lauter helle Rechtecke, wo einst Bilder gehangen hatten. Menschen, deren Rasse sich nur schwer feststellen ließ, trieben sich an der Bar, in den Sitzecken und am Pooltisch herum. Alle schauten erwartungsvoll in das gleißende Licht, das durch die Tür fiel, so als kündige sich ein interessantes Ereignis an.

»Mann, dieser Sweet Pea hat vielleicht einen Geschmack, was? Ich frag mich, ob die hier die Schaben im Kartoffelstampf extra berechnen«, sagte Clete.

Im Lichtschein, der aus der Küche fiel, sahen wir Sweet Pea mit einem weiteren Mann und vier Frauen an einem Tisch sitzen. Der andere Mann erklärte gerade irgendwas; er hatte die Unterarme auf die Tischkante gestützt und fuhrwerkte mit den Fingern herum. Die Frauen wirkten gelangweilt, verkatert, teilnahmslos.

»Kennst du den Kerl, den er dabeihat?« murmelte Clete.

»Nein.«

»Das ist Patsy Dapolito, auch Patsy Dap, Patsy Bones oder Patsy der Bäcker genannt. Er macht für Johnny Carp den Ausputzer.«

Der Mann, der Patsy Dapolito hieß, trug eine Krawatte und ein Hemd mit gestärktem Kragen, das bis zum Hals zugeknöpft war. Sein Gesicht wirkte irgendwie verkniffen – die Nase zu schmal und zu scharf, der Mund nach unten gezogen, so daß ständig die Zähne zu sehen waren.

»Laß dich zu nichts hinreißen, Dave. Dapolito is'n Irrer«, sagte Clete leise.

»Das sind sie alle.«

»Er hat die Knochen von 'nem andern Gorilla in 'ne Torte verbacken und sie 'nem Gewerkschaftsboß zum Geburtstag geschickt.«

Sweet Pea saß am Kopfende des Tisches und hatte eine Serviette um den Hals gebunden. Der Tisch stand voller Teller mit gekochten Flußkrebsen und großen gläsernen Bierkrügen. Sweet Pea nahm einen Krebs, brach den Schwanz ab, saugte das Fett aus dem Kopf und pulte dann die Schale ab. Er tunkte das Fleisch in eine rote Soße und steckte es, ohne auch nur einmal aufzublicken, in den Mund.

»Besorgt euch 'n paar Teller, Mister Robicheaux«, sagte er. Er trug eine cremefarbene Hose, eine Schnurkrawatte und ein graues Seidenhemd, das metallisch glitzerte. Sein Mund schimmerte, als habe er Lippenstift aufgetragen.

Ich zog den toten Waschbär an den Hinterläufen aus dem Müllsack. Der Kadaver war steif und ledrig, das Fell feucht vom Eis in der Kühlbox. Ich schleuderte ihn quer über den Tisch, mitten auf Sweet Peas Teller. Krebsschalen und Tunke, Bier und Kohlsalat spritzten ihm auf Hemd und Hose.

Er starrte auf seine Kleidung, dann auf den verkrümmten Waschbärenkadaver mitten auf seinem Teller, dann auf mich. Aber Sweet Pea ließ sich nicht so leicht aus der Ruhe bringen. Er wischte sich mit dem Handrücken die Wange ab und wollte etwas sagen.

»Halt's Maul, Sweet Pea«, sagte Clete.

Sweet Pea lächelte und kniff die faltigen Augen zusammen.

»Womit hab ich das verdient?« sagte er. »Sie versaun mir mein Essen, Sie schmeißen tote Tiere auf mich, und ich soll nicht mal was dazu sagen dürfen?«

Ich hörte das Surren der Klimaanlagen an den Fenstern, hörte, wie eine Poolkugel über den Linoleumboden rollte.

»Ihre Kumpane haben einer Freundin von mir etwas angetan, Sweet Pea«, sagte ich.

Er wickelte eine Serviette um den Schwanz des Waschbären, hielt ihn mit ausgestrecktem Arm von sich weg und ließ ihn fallen.

»Wollt ihr nix essen?« fragte er.

»Scheiß drauf«, sagte Clete mit gesenkter Stimme neben mir.

Dann sah ich den Gesichtsausdruck des Mannes, der Patsy Dap genannt wurde. Er grinste, so als ob er sowohl verdutzt als auch dankbar für die Situation sei, die uns allen hier beschert wurde. Ich spürte, wie Clete mich mit dem Schuh anstupste, mit den Fingern an meinem Arm zupfte.

Aber jetzt ging alles viel zu schnell.

»Was läuft hier eigentlich?« sagte Dapolito. »Der Auftritt der Irren, Scheißclowns, die andern Leuten ihr Sonntagsessen verderben?«

»Mit dir hat niemand was am Hut, Patsy«, sagte Clete.

»Und was soll dann das hier? Warum macht ihr einen

Scheißstunk, saut die Leute mit Essen voll? Verflucht, wer is der Typ überhaupt?«

»Gegen dich haben wir überhaupt nichts, Patsy. Du kannst es mir glauben«, sagte Clete.

»Wieso schaut er mich so an?« sagte Dapolito. »Hey, ich mag das nicht. Was glotzt du mich so an, Mann? … Hey …«

Ich wandte mich wieder an Sweet Pea.

»Sag den zwei Typen – du weißt schon, wen ich meine –, daß sie meine Freundin nicht mehr belästigen sollen. Das ist alles, was ich loswerden wollte«, sagte ich.

»Hey, ich hab gefragt, wieso du mich so beschissen anstierst. Krieg ich vielleicht 'ne Antwort?« sagte Dapolito.

Dann griff er unter dem Tisch hindurch und packte meine Hoden wie mit einer Schraubzwinge.

Ich kann mich dunkel entsinnen, daß die Frauen am Tisch aufschrien und Clete beide Arme um mich schlang und mich durch die umgestürzten Stühle zurückzerrte. Aber ich weiß noch genau, wie ich den Henkel des Bierkrugs ergriff, weit ausholte und mit voller Wucht zuschlug, wie Glas und Bier in einer Wolke aus glitzernden Tropfen und Scherben zerbarsten – wie schartige, rotglühende Splitter aus einem trunkenen Traum, so hat sich das in mein Gedächtnis eingeprägt. Dann war Dapolito auf den Knien, hatte das Gesicht in den Händen vergraben, und seine blutroten Finger zitterten, so als ob er weinte oder krampfhaft ein peinliches Geheimnis verbergen wollte, während ringsum atemloses Schweigen herrschte.

11

»Warum hast du das gemacht, Mann?« fragte Clete, als wir wieder draußen waren. Wir standen zwischen meinem Pickup und Sweet Peas Cadillac.

»Er hat's drauf angelegt.« Ich wischte mir mit dem Ärmel den Schweiß aus dem Gesicht und versuchte so ruhig wie möglich zu atmen. Mein Herz hämmerte wie verrückt. Bislang hatten wir noch keine Sirenen gehört. Einige Gäste waren aus dem Restaurant gekommen, aber offenbar wollte keiner auf den Parkplatz.

»Okay … meiner Meinung nach sieht's folgendermaßen aus«, sagte Clete. »Du bist provoziert worden, was du wahrscheinlich mit der hiesigen Polizei regeln kannst. Patsy Dap steht auf einem andern Blatt. Vermutlich müssen wir uns da mit Johnny Carp zusammensetzen.«

»Vergiß es.«

»Du hast grad den größten Scheiß aller Zeiten gebaut. Ab jetzt gehn wir's auf meine Weise an, Streak.«

»Das haut nicht hin, Clete.«

»Vertrau mir, Großer«, sagte er und zündete sich eine Zigarette an. »Wo bleiben die Bullen?«

»Vermutlich hat man lediglich gemeldet, daß es in einer Bar im Schwarzenviertel irgendwelchen Stunk gibt«, sagte ich.

Ich hatte ein Summen in den Ohren, das sich anhörte wie Meeresrauschen in einer Muschel. Der Schweiß lief in Strömen an mir herab. Clete stützte sich mit dem Arm auf das Stoffverdeck von Sweet Peas Wagen und warf einen Blick auf den Rücksitz.

»Dave, schau dir das an«, sagte er.

»Was?«

»Da unten. Unter den Zeitungen. Da ist irgendwas am Teppichboden.«

Die freiliegende Stelle am Boden, wo das Zeitungspapier von den Füßen der Insassen zusammengeschoben und zerknüllt war, sah aus, als sei dort jemand mit Bürste und Staubsauger am Werk gewesen, doch auf dem grauen Stoff befanden sich Flecken, die wie geschmolzene Schokolade aussahen und sich offenbar nicht hatten entfernen lassen.

»Wenn wir schon so weit sind. Hast du ein schmales Stemmeisen in deinem Werkzeugkasten?« fragte Clete.

»Nein.«

»Er braucht sowieso ein neues Verdeck«, sagte er, klappte

ein Taschenmesser auf, stieß es in den Stoff und schlitzte ihn bis zur Oberkante des hinteren Fensters auf. Er steckte den Arm tief in das Loch und löste die Türverriegelung.

»Fühl mal«, sagte er kurz darauf und trat beiseite, damit ich den Teppichboden im Fond abtasten konnte.

In der Hitze, die in dem Wagen herrschte, war der Fleck klebrig geworden. Ein süßlicher Geruch, der mich entfernt an einen Bataillonsverbandsplatz erinnerte, hing wie schwerer Dunst über dem Teppichboden.

»Irgend jemand hat da drin mächtig geblutet«, sagte Clete.

»Schließ ihn wieder ab.«

»Einen Moment.« Er ergriff einen zusammengeknüllten Zettel, offenbar ein Kohlepapierdurchschlag, der in einer Ritze zwischen den Ledersitzen steckte, und las den Text. »Sieht so aus, als ob Sweet Pea nicht nur Käsefüße, sondern auch 'n Bleifuß hat. Hundertfünfzig bei einer achtziger Beschränkung.«

»Laß mal sehen«, sagte ich.

Er reichte mir den Zettel. Dann schaute er mich wieder an.

»Hat das was zu bedeuten?« fragte er.

»Er hat gestern auf einer unbefestigten Straße draußen bei Cade einen Strafzettel gekriegt. Warum treibt der sich bei Cade herum?« In der Ferne hörte ich die Sirene eines Notarztwagens, so als versuche er sich an einer Kreuzung durch den Verkehr zu schlängeln.

»Warte hier. Das kommt alles wieder in Ordnung«, sagte Clete.

»Geh nicht noch mal da rein.«

Er ging mit raschen Schritten über den Parkplatz, betrat das Restaurant durch die Seitentür und kam kurz darauf wieder heraus, die Hand in der Hosentasche.

»Warum besorgen sich die dummen Typen ihr Zeug eigentlich immer am Klo? Der Wirt hat extra Sandpapier oben auf den Spülkasten geklebt, damit die Rotznasen ihre Lines nicht drauf zurechthacken«, sagte er.

Er stand zwischen meinem Pickup und dem Cadillac und

zupfte die Cellophanhülle von einer kleinen Schachtel ab, auf der ein Liebespaar im Schattenriß abgebildet war.

»Du bist wirklich einmalig, Clete«, sagte ich.

Er rollte ein Kondom auf, holte dann einen Talkumbrocken aus seiner Hosentasche, zerbröselte ihn, kippte das Pulver und die übriggebliebenen Körnchen aus dem Handteller in den Pariser und verknotete die Latexhülle.

»Man muß dafür sorgen, daß die Scheißkerle im Auge behalten werden. Die haben Patsy übrigens ein aufrollbares Handtuch aus dem Automaten um den Kopf gewickelt. Mußt du dir wie ein dreckiges Q-Tip vorstellen, das auf einem Stuhl hockt«, sagte er. Er ließ das Kondom und zwei leere Crackröhrchen auf den Boden des Cadillac fallen und schloß gerade noch rechtzeitig die Tür, ehe ein Sanitätswagen, gefolgt von einem Streifenwagen der Stadtpolizei von Lafayette, auf den Parkplatz einbog.

»Jetzt geht's rund«, sagte er. Er kniff die Augen zusammen und rieb sich die Hände.

Der Sheriff war vor seiner Wahl nie Polizist gewesen, aber er war ein guter Verwaltungsmensch, und die anfänglichen Schwierigkeiten sowohl im Umgang mit den Häftlingen als auch mit dem eigenen Personal hatte er mit viel Anstand und einem ausgeprägten Gerechtigkeitssinn überwunden. Er hatte sich während des Koreakrieges zur Marineinfanterie gemeldet und war an vorderster Front gewesen, wollte aber unter keinen Umständen darüber sprechen, und ich hatte immer den Verdacht, daß sein unbedingter Wille, auf keinen Fall seine Amtsvollmachten zu mißbrauchen, etwas mit den Erfahrungen zu tun hatte, die er beim Militär gemacht hatte.

Draußen schien gelb und strahlend die Sonne, und die auf seinem Fensterbrett stehenden Topfpflanzen zeichneten sich als dunkle Silhouetten vor dem Licht ab. Sein Gesicht war rot und großporig und von blauen Äderchen durchzogen, das kleine rundliche Kinn mit der markanten Kerbe war typisch französisch.

»An einem Montagvormittag kann ich so was nicht gebrauchen«, sagte er.

»Die Sache ist aus dem Ruder gelaufen.«

»Aus dem Ruder gelaufen? Lassen Sie mich mal eins feststellen, mein Freund. Clete Purcel hat hier nichts zu schaffen. Der stiftet Unfrieden, wo immer er geht und steht.«

»Er hat es verhindern wollen, Sheriff. Außerdem kennt er Sonny Marsallus besser als jeder andere in New Orleans.«

»Auf so einen Kuhhandel lass ich mich nicht ein. Was sollte eigentlich der tote Waschbär?«

Ich räusperte mich. »Das steht nicht in meinem Bericht«, sagte ich.

»Letzte Nacht hat mich der Polizeichef von Lafayette zu Hause angerufen. Mal sehen, wie hat er sich doch ausgedrückt? ›Könnten Sie Ihrem fahrenden Volk vielleicht bestellen, daß es seine Zirkusclownspiele in seinem eigenen Bezirk abziehen soll?‹ Wollen Sie hören, wie's weitergeht?«

»Eigentlich nicht.« Weil ich genau wußte, daß es dem Sheriff nicht um meinen Auftritt in einem anderen Amtsbezirk ging, auch nicht darum, daß ich Patsy Dapolito einen Bierkrug ins Gesicht geschmettert hatte.

»Was haben Sie mir vorenthalten?« fragte er.

Ich schaute ihn mit ausdrucksloser Miene an, ohne zu antworten.

»Sie sind nicht der einzige, der sich aussucht, was er in seine Berichte reinschreibt und was nicht, stimmt's?« fragte er.

»Wie bitte?«

»Ich bin am Samstag einem Freund von mir über den Weg gelaufen, der beim Tierschutzverein ist. Er ist wiederum ein Freund von Helen Soileau. Er hat da ein gewisses Vorkommnis erwähnt, weil er dachte, ich wüßte was davon.«

Der Sheriff wartete.

»Ich halte nichts von Wahrheitsliebe, wenn dadurch gute Menschen zu Schaden kommen«, sagte ich.

»Woher nehmen Sie sich das Recht, darüber zu entscheiden?«

Meine Hände, die auf den Armlehnen des Sessels lagen, fühlten sich feucht an. Ich spürte, wie mir ein Hitzeschwall aus dem Bauch aufstieg.

»Ich habe mich noch nie gern schurigeln lassen«, sagte ich.

»Kommen Sie sich ungerecht behandelt vor?«

Ich wischte meine Hände an den Schenkeln ab und faltete sie im Schoß. Ich schaute aus dem Fenster auf die Palmwedel, die sich im Wind wiegten.

»Jemand hat ihre Tiere getötet. Sie haben es gewußt, aber Sie haben es nicht gemeldet, und Sie haben sich auf eigene Faust Sweet Pea Chaisson vorgenommen«, sagte er.

»Ja, Sir, das stimmt.«

»Warum?«

»Weil sie von ein paar Scheißkerlen erpreßt werden sollte.«

Er wischte sich mit der Fingerspitze den Augenwinkel aus.

»Irgendwie hab ich das Gefühl, daß man sie nicht mit einem Mannsbild in der Kiste erwischt hat«, sagte er.

»Das Thema ist für mich erledigt, Sheriff.«

»Erledigt? Interessant. Nein, erstaunlich.« Er drehte seinen Stuhl zur Seite, kippte ihn zurück und klopfte sich mit ausgestreckten Fingern auf den Bauch. »Vielleicht sollten Sie ein bißchen mehr Vertrauen zu den Leuten haben, für die Sie arbeiten.«

»Sie hat ein paar Anfragen über Bundescomputer laufen lassen. Jemand möchte nicht, daß sie der Sache weiter nachgeht«, sagte ich.

Er hatte die Augen auf die Teekanne gerichtet, mit der er seine Pflanzen goß, dann blickte er auf, so als sei ihm noch etwas eingefallen. »Das FBI wollte mich über Sonny Marsallus aushorchen. Warum interessieren die sich für einen Dummschwätzer von der Canal Street?«

»Ich weiß es nicht.«

»Die wissen allerhand über ihn, und ich glaub nicht, daß es aus einer Strafakte stammt. Vielleicht ist er aus einem Zeugenschutzprogramm abgesprungen.«

»Sonny ist kein Spitzel«, sagte ich.

112

»Ein großartiges Leumundszeugnis, Dave. Ich wette, er ist auch mit seiner Großmutter zur Messe gegangen.«

Ich stand auf. »Haben Sie vor, Helen von unserem Gespräch zu unterrichten?«

»Ich weiß es nicht. Vermutlich nicht. Aber versuchen Sie nicht noch mal, mich hinters Licht zu führen. Hatten Sie jemals irgendwas mit dem militärischen Geheimdienst zu tun?«

»Nein, warum?«

»Diese ganze Sache stinkt nach Bundesregierung. Können Sie mir erzählen, warum die ihren Scheiß bis in eine Stadt verfolgen, die so klein ist, daß es hier bis vor ein paar Jahren grade mal zwei Friseursalons gegeben hat?«

Ich setzte mich wieder hin. »Ich möchte einen Durchsuchungsbefehl für Sweet Pea Chaissons Wagen.«

»Weshalb?«

»Im Fond ist getrocknetes Blut am Boden.«

»Woher wissen Sie das?«

»Clete und ich haben reingeschaut … Clete hat den Wagen präpariert, aber die Cops in Lafayette wußten nicht, worauf sie achten sollten.«

»Ich glaube, ich höre nicht recht.«

»Sie haben gesagt, daß Sie Klartext hören wollen.«

»Das ist das letzte Mal, daß wir so ein Gespräch führen, Sir.«

Ich holte meine Post ab und ging in mein Büro. Fünf Minuten später öffnete der Sheriff die Tür einen Spaltbreit, so daß er gerade den Kopf hereinstecken konnte.

»Sie sind doch nicht heil davongekommen«, sagte er. »Sweet Peas Anwalt, dieser Schleimer aus Lafayette – wie heißt er doch gleich? –, dieser Jason Darbonne, hat gerade Anzeige gegen Sie und unsere Dienststelle erstattet. Und noch was anderes, Dave, nur damit hier Klarheit herrscht. Ich möchte, daß dieser Scheiß bereinigt wird, und zwar schleunigst.«

Ich konnte ihm seinen Unmut nicht verübeln. Unsere Schränke waren voller Akten, die von so viel menschlichem Leid, roher Gewalt, Perversion und dem Versagen öffentlicher Einrichtungen kündeten, daß wir durchaus mit einem Land der Dritten Welt konkurrieren konnten. Mit den polizeilichen Unterlagen verhielt es sich genauso wie mit den Akten der Sozialämter – wenn man sie einmal aufschlug, wurden sie nie mehr geschlossen. Sie wuchsen sich vielmehr von einer Generation zur nächsten aus; immer wieder tauchten dieselben Familiennamen auf, dazu die Anschuldigungen und Ermittlungsergebnisse, in denen sich der Werdegang eines jeden einzelnen von seiner Geburt über die Pubertät bis zu seinem Tod niederschlug – Tatortfotos, erkennungsdienstliche Aufnahmen, ein vergilbtes Blatt ums andere, so als würden irgendwelche Abwässer aus einem Rohr geleitet und lagerten sich Schicht um Schicht ab.

Kinder, die mit Drahtkleiderbügeln abgetrieben werden, cracksüchtig zur Welt kommen, unter heißen Wasserhähnen verbrüht werden. Halbwüchsige Mütter mit spindeldürren Beinen, die ihr Leben zwischen Entzug, Sozialamt und dem Anschaffen auf der Straße fristen. Oberschüler, die beim Tanzabend eine 44er Magnum aus nächster Nähe auf ihre Klassenkameraden abdrücken und allen Ernstes behaupten dürfen, sie hätten aus Notwehr gehandelt, weil draußen auf dem Parkplatz Knallfrösche losgegangen seien. Bewaffnete Räuber, die sich dadurch auszeichnen, daß sie ihren Opfern mit Kugelschreibern die Trommelfelle durchstechen, bevor sie sie hinter einem Schnellimbiß exekutieren. Und dazu das Alleraberwitzigste – die unverbesserlichen Pädophilen, die immer wieder auf Bewährung freikommen, bis sie eines Tages ein Kind nicht nur schänden, sondern es auch umbringen.

Einstmals kamen zu den Treffen der Anonymen Alkoholiker hauptsächlich alternde Säufer wie ich. Heutzutage werden Kids, die eigentlich in die Schule gehören, in Kleinbussen von den Sozialstationen zu den Versammlungen gekarrt.

Sie sind für gewöhnlich weiß, haben schrille Frisuren, tragen ausgelatschte Tennisschuhe und viel zu große Baseballkappen, die sie verkehrt herum aufsetzen, und sehen aus, als wären sie einer Familienserie im Fernsehen entsprungen. Bis sie den

Mund aufmachen und sich in ihrem abgebrühten Straßenjargon
darüber auslassen, wie man sich Crack beschafft und von seinem Bewährungshelfer einen Persilschein bekommt. Man hat
dabei das Gefühl, daß ihre Odyssee gerade erst begonnen hat.

Wir können uns damit soviel Mühe geben, wie wir wollen –
es nützt nichts. Manchmal, wenn mich der Trübsinn über-
mannt, bin ich der Meinung, daß wir sämtliche Kriminellen in
einen unbewohnten Landstrich verfrachten und wieder von
vorn anfangen sollten.

Aber jeder Polizist, der halbwegs ehrlich ist, wird zugeben,
daß es keine Kriminalität gibt, die nicht in irgendeiner Weise
durch die Gesellschaft geduldet wird. Und die großen Fische
wird man ohnehin nicht los – den Mob und die Glücksspielin-
dustrie, die von der schlechten Wirtschaftslage und der Gier
der Politiker und einheimischen Geschäftsleute profitieren, die
Ölfirmen, die die Austernbänke verseuchen und Salzwasser-
kanäle in die Süßwassermarschen graben, die Chemie- und
Müllkonzerne, die sich aufführen, als sei Louisiana eine riesige
natürliche Klärgrube, und Seen und Wasserläufe in giftige Lachen verwandeln.

Sie alle hatten sich hier mit allgemeinem Einverständnis niederlassen dürfen, weil sie mit dem Schlagwort *Arbeitsplätze*
hausieren gingen, als handle es sich um eine Lobpreisung aus
der Heiligen Schrift. Dabei hätten sie die Täuschungsmanöver
gar nicht nötig gehabt. Es gab immer jemanden, der sich kaufen ließ, förmlich auf den Knien darum bettelte, alles schluckte, so bitter es ihm auch aufstoßen mochte – Hauptsache, das
Geld stimmte.

Sweet Pea hatte sich den Strafzettel wegen Geschwindigkeitsübertretung, den Clete in seinem Wagen entdeckt hatte,
auf dem Fahrweg eingefangen, der vom Highway zu dem Tanzschuppen führte, in dem Luke und Ruthie Jean Fontenot arbeiteten. Bevor ich das Büro verließ, holte ich die zehn Jahre
umfassende Akte heraus, die wir über Luke vorliegen hatten.

Er war aus der Todeszelle freigekommen, als ein Sträflingsfriseur gerade dabei war, ihm den Kopf einzuseifen und zu rasieren – von Staats wegen die letzte Vorbereitung für den Moment, da Luke auf einem Eichenstuhl sitzen würde, während Männer, die er nicht kannte, eine Metallkappe auf seinem schwitzenden Schädeldach befestigten und seine Arme und Beine so fest an das Holz schnallten, daß er so steif und starr dasaß, als sei er ein Teil des Stuhls. Der erlösende Anruf war aus dem Büro des Gouverneurs gekommen, nachdem Moleen Bertrand höchstpersönlich die eidesstattlichen Aussagen zweier Zeugen vorgelegt hatte, die beide beschworen, daß das Opfer, ein weißer Pachtbauer, eine Pistole unter dem Bourre-Tisch hervorgeholt habe. Den Zeugen zufolge hatte einer der umstehenden Zechbrüder die Waffe gestohlen, bevor die Deputies des Sheriffs eintrafen.

Luke bekam nicht nur einen Aufschub gewährt, sondern auch einen neuen Prozeß, bei dem sich die Geschworenen nicht auf einen Schuldspruch einigen konnten, worauf die Staatsanwaltschaft beschloß, daß man ihn freilassen sollte. Er schuldete Moleen eine ganze Menge.

Der Morgen war warm und feucht, und der Wind wirbelte auf dem mit Muschelschalen bestreuten Parkplatz feinen Staub auf, der sich wie Puder auf die Blätter der Eichen und Zürgelbäume unmittelbar neben dem Tanzschuppen legte. Ich fuhr über den leeren Platz und parkte im Schatten des Gebäudes. Ein Müllfeuer kokelte in einem rostigen Ölfaß neben einem der Wohnwagen. Daneben lag, wie eine tote Schlange, ein langer Streifen verkrusteter Gaze am Boden. Eine Schwarze in lila Shorts und einem olivgrünen Pulli mit V-Ausschnitt schaute durch das Fliegengitter an der Hintertür und verschwand wieder. Ich trat das Müllfaß um, rollte es über die Muschelschalen und stocherte mit einem Stock die kokelnden Stapel aus Zeitungspapier, die mit Essensresten verklebten Pappteller, die verkohlten *Boudin*-Schachteln und Schweineschwarten auseinander, bis ich am Boden des Haufens die glimmenden und schwarz verbrannten Überreste des Verbandsmaterials fand, das in einzelne Fasern zerfiel, als ich es berührte.

Ich ging durch die Fliegengittertür und setzte mich an die einsame Bar. Staubfäden tanzten im gleißenden Licht, das durch die Fenster fiel.

Die Frau hatte feiste Arme und große Brüste, eine Figur wie eine Ente, und um ihren dicken, glänzenden schwarzen Hals hingen Ketten aus Goldimitat. Ihre großen Ohrreifen schaukelten, als sie, eine Zigarette zwischen zwei Finger ihrer in Kopfhöhe erhobenen Hand geklemmt, auf ihren Gummilatschen zu mir herkam.

»Jetzt erzählst du mir bestimmt, daß du der Mann vom Finanzamt bist«, sagte sie.

»Nein.«

»Du bist nicht der Biermann.«

»Der bin ich auch nicht.«

»Wenn du die Schnecken ausprobiern willst, tut's mir leid. Dafür isses noch zu früh.«

»Ich wollte Sie aufsuchen«, sagte ich und lächelte.

»Hab ich doch gleich gewußt, als du reingekommen bist.«

»Ist Luke da?«

»Siehst du ihn?«

»Was ist mit Ruthie Jean?«

»Die kommen erst abends. Worum geht's denn?« sagte sie und verschränkte die Arme auf der Bar, so daß ihre Brüste wie Kürbisse aus dem Pulli quollen. Ein Goldzahn glitzerte in ihrem Mundwinkel. »Wenn du groß genug bist, kannst du alles ham, was du willst. Du bist doch groß, nicht wahr?«

»Wie wär's mit einem Doctor Pepper?« Ich sah zu, wie sie die Flasche aufschraubte. Ihre Gedanken, ihre wahre Einstellung zu Weißen, die Absichten und Ziele, die ihren Alltag bestimmten, ihre Gefühle für einen Liebhaber oder ein Kind, ihr gesamtes Leben, all das war ein Geheimnis, verborgen hinter einem koketten Zynismus, der so undurchdringlich wie Porzellan war.

»Ihr habt nicht zufällig einen angeschossenen Weißen in einem der Wohnwagen untergebracht, oder?« fragte ich und trank einen Schluck aus meinem Glas.

»Von Schießen will ich nix wissen.«

»Kann ich Ihnen nicht verübeln. Von wem stammen die blutigen Verbände?«

Ihr Mund war mit lila Lippenstift bemalt. Sie schürzte die Lippen, so daß sie wie ein großer dicker Knopf wirkten, und summte vor sich hin. »Hier's 'n roter Quarter. Kannste den in die Musikbox stecken?« fragte sie. »Da is Nagellack drauf, damit ihn der Musikboxmann nicht behält, wenn er das Geld abholt.«

Ich schlug das Etui mit meiner Dienstmarke auf der Bar auf.

»Was dagegen, wenn ich mich in den Wohnwagen mal umsehe?« sagte ich.

»Ich hab gedacht, ich hätt 'n neuen Freund. Aber Sie sind bloß im Dienst, stimmt's?«

»Ich glaube, daß da hinten ein verletzter Mann steckt. Daher habe ich das Recht, diese Wohnwagen zu betreten. Wollen Sie mir helfen?«

Sie drückte mit der Fingerspitze auf einen Kartoffelchipskrümel auf der Theke, betrachtete ihn und schnippte ihn weg.

»Ich verschenk mein Herz, und jedesmal putzt sich 'n Mann die Füße drauf ab«, sagte sie.

Ich ging wieder hinaus. Die Fenster der Wohnwagen waren offen, die Vorhänge wehten im Wind, doch die Türen waren mit Vorhängeschlössern abgesperrt. Als ich wieder in die Bar kam, war die Frau am Münztelefon weiter hinten, hatte mir den Rücken zugekehrt und redete mit jemandem. Sie beendete das Gespräch und hängte auf.

»Hab mir 'n neuen Mann suchen müssen«, sagte sie.

»Kann ich den Schlüssel haben?«

»Klar. Warum ham Sie denn nicht danach gefracht? Wissen Sie, wie man ihn reinstecken muß? Nicht jeder Mann kriegt'n immer von allein rein.«

Ich schloß die Tür auf und betrat den ersten Wohnwagen. Es stank nach Insektenvertilgungsmittel und feuchtem Müll. Kakerlaken, so groß wie mein Daumen, rasten über das rissige Linoleum. Mitten in dem Raum stand eine Doppelpritsche mit einer Gummiluftmatratze und einem zusammengeknüllten,

118

mit grauen Flecken übersäten Laken. Die kleine Blechspüle war voller leerer Bierdosen, der Abfluß mit Zigarettenkippen verstopft.

Ganz anders der zweite Wohnwagen. Der Boden war gewischt, das kleine Bad und die Duschkabine waren sauber, die beiden Mülleimer ausgeleert. Im Kühlschrank befanden sich eine Dreieinhalbliterflasche Orangensaft, eine Schachtel mit Marmeladendonuts und eine Packung Rinderhacksteaks. Auf dem Bett lag eine blanke Matratze ohne Laken und Kissen. Ich packte sie auf der einen Seite und drehte sie um. Mitten auf dem Rayonüberzug war ein etwa kuchentellergroßer brauner Fleck, der so aussah, als sei viel Flüssigkeit in das Gewebe eingesickert.

Ich klappte mein Schweizer Offiziersmesser auf, schabte einige verkrustete Flocken ab und streifte sie in eine verschließbare Plastiktüte. Dann sperrte ich den Wohnwagen ab und wollte wieder in meinen Pickup steigen, überlegte es mir aber anders und ging zurück zur Bar. Die Frau war auf der Damentoilette und wischte den Boden, daß ihr Bauch unter dem Pulli wabbelte.

»Es war ein großer Weißer mit lauter Runzeln im Gesicht«, sagte ich. »Vermutlich mag er Schwarze nicht besonders, aber er hatte mindestens eine Neunmillimeterkugel im Leib, so daß ihm nicht nach Streiten zumute war, als Sweet Pea ihn hier rausgefahren hat. Wie mach ich mich bislang?«

»Ich hab damit nix zu schaffen, Schätzchen.«

»Wie heißen Sie?«

»Glo. Wenn man gut zu mir ist, fang ich nämlich an zu strahlen. Ich bring auch Sie zum Strahlen.«

»Ich glaube nicht, daß Sie jemandem etwas zuleide tun können, Glo. Aber dieser Mann, der mit den Runzeln im Gesicht, so daß es aussieht wie eine rissige alte Tapete, der ist eine Sorte für sich. Er denkt sich Sachen aus, die er den Leuten antun kann – jedem, Ihnen, mir, möglicherweise sogar katholischen Nonnen. Ich habe gehört, daß er zwei davon aus einem Hubschrauber geworfen hat. War der Mann in dem Wohnwagen ein Typ, dem man so etwas zutrauen könnte?«

Sie stellte den Schrubber in einen Eimer mit schmutzigem Wasser und fummelte ihre Lucky Strikes aus den Shorts. Ihr rechtes Auge wirkte aufgequollen und wäßrig, als sie die Zippo-Flamme an die Zigarette hielt. Sie atmete aus, drückte den Handrücken an die Augenhöhle, räusperte sich und spie irgendwas Braunes in den Abfallkorb.

Sie reckte mir das Kinn entgegen, und plötzlich wirkte ihr Gesicht zum erstenmal offen und aufrichtig. »Is das wahr, was Sie über den Kerl sagen?«

»Soweit ich weiß, ja.«

»Ich schließ jetzt ab, Süßer. Muß heut mit meinem Kleinen zum Doktor. Zur Zeit geht mal wieder die Grippe um.«

»Hier ist meine Visitenkarte, Glo.«

Aber sie ging von mir weg, die Arme steif an den Oberkörper gepreßt, die Hände rechtwinklig ausgestreckt, so als schwebten sie auf warmen Luftströmungen, den Mund zu einem tonlosen O gespitzt, wie eine lila Rose.

Ich passierte den Viehzaun, fuhr unter dem mit Wisterien überwucherten eisernen Torbogen am Eingang zur Bertrandschen Plantage hindurch, folgte der unbefestigten Straße und parkte auf dem Hof vor Ruthie Jean Fontenots kleinem weißem Holzhaus. Die Sonne war hinter einer Wolke verschwunden, die die Felder in Schatten tauchte, und der über das Zuckerrohr streichende Wind fühlte sich feucht und warm an.

Ruthie Jean öffnete die Tür, ließ aber die Kette vorgelegt.

»Was wollen Sie?« sagte sie.

»Anworten auf ein paar Fragen.«

»Ich bin nicht angezogen.«

»Ich lass mich nicht abwimmeln.«

»Brauchen Sie dafür nicht 'ne Vollmacht oder so was Ähnliches?«

»Nein.«

Sie verzog das Gesicht, schlug die Tür zu und ging in den hinteren Teil des Hauses. Ich wartete zehn Minuten lang unter den Gummibäumen, wo die Erde von der Planierraupe aufgewühlt und plattgewalzt worden war. Ich las die eingerollte Zunge eines alten Schuhs auf. Sie fühlte sich trocken und leicht an, wie ein dürres Blatt. Ich hörte, wie Ruthie Jean die Sicherungskette an der Tür aushakte.

Ihr kleines Wohnzimmer war mit einer Rattangarnitur eingerichtet. Die auf dem Kaminbock gestapelten Scheite waren aus Gips, und dahinter war eine glutrote Cellophanfolie geklebt, damit es so aussah, als brenne dort ein Feuer. Ruthie Jean, die ein weißes Kleid mit Spitzenbesatz am Halsausschnitt, schwarze Pumps und eine rote Glasperlenkette trug, stützte sich auf ihren Stock. Ihre Haut wirkte in dem weichen Licht gelb und kühl.

»Hübsch sehen Sie aus«, sagte ich und spürte augenblicklich, wie meine Wangen glühten, als mir klar wurde, welche Dreistigkeit ich mir herausnahm.

»Was wollen Sie um diese Zeit hier?«

Bevor ich antworten konnte, klingelte hinten im Haus das Telefon. Sie ging in die Küche und nahm ab. Auf einem Bord über der Couch standen allerlei golden gerahmte Familienfotos. Auf einem davon nahm Ruthie Jean von einem Schwarzen, der Anzug und Krawatte trug, eine zusammengerollte Urkunde oder eine Art Diplom in Empfang. Beide lächelten. Sie hatte keinen Stock und war in Schwesterntracht. Am Ende des Bords war eine dreieckige staubfreie Stelle, an der bis vor kurzem ein weiteres Foto gestanden haben mußte.

»Sind Sie Krankenschwester?« fragte ich, als sie wieder ins Zimmer kam.

»Ich war Schwesternhelferin.« Ihre Augen wurden stumpf.

»Wie lange ist das her?«

»Was geht Sie das an?«

»Darf ich mich hinsetzen?«

»Wie Sie wollen.«

»Sie haben ein Telefon«, sagte ich.

Sie schaute mich an, als verstünde sie nicht recht.

»Ihre Tante Bertie hat mir erzählt, ich müßte meine Nachrichten im Laden hinterlassen, weil sie kein Telefon hat. Aber

Sie wohnen gleich nebenan. Warum hat sie nicht gesagt, daß ich bei Ihnen anrufen soll?«

»Sie und Luke kommen nicht miteinander klar.« Ihre Wange zuckte leicht, als sie sich hinsetzte. Das Bord mit den gerahmten Fotos war genau hinter ihrem Kopf.

»Weil er zuviel mit Moleen Bertrand zu tun hat?« fragte ich.

»Frang Sie sie.«

»Ich suche einen Weißen namens Jack«, sagte ich.

Sie schaute auf ihre Nägel, dann auf ihre Armbanduhr.

»Dieser Kerl ist ein Mörder, Ruthie Jean. Er läuft mit einer abgesägten Schrotflinte unter der Achsel rum, wenn er nicht blutend in einem Ihrer Wohnwagen liegt.«

Sie verdrehte die Augen, zog eine spöttische Schnute und schaute mit flatternden Lidern auf einen Vogel, der auf einem Ast vor dem Fenster saß. Ich spürte, wie sich mein Gesicht verkrampfte, wie mich eine eigenartige Wut packte, die ich nicht recht einzuordnen wußte.

»Ich verstehe Sie nicht«, sagte ich. »Sie sind attraktiv und intelligent, Sie haben eine abgeschlossene Berufsausbildung, haben vermutlich im Krankenhaus gearbeitet. Was haben Sie mit einem Haufen Abgehalfterter und weißem Gesocks in einem Puff zu schaffen?«

Ihr Gesicht wurde blaß.

»Tun Sie nicht so eingeschnappt. Sweet Pea Chaisson liefert die Mädchen für Ihren Club«, sagte ich. »Warum lassen Sie sich von diesen Leuten benutzen?«

»Was soll ich denn jetzt machen? Sie um Hilfe bitten, denselben Mann, der sagt, dasser keine Vollmacht braucht, bloß weil er drunten im Quartier is?«

»Ich bin nicht Ihr Feind, Ruthie Jean. Sie haben schlimme Leute um sich, und die werden Ihnen noch ganz übel zusetzen. Ich garantier's Ihnen.«

»Sie wissen überhaupt nix«, sagte sie. Aber ihre Stimme klang jetzt belegt, müde, so als poche eine schwere Prellung an einer empfindlichen Stelle tief in ihr.

Ich versuchte es ein weiteres Mal. »Sie sind zu klug, um sich von jemandem wie Sweet Pea oder Jack einspannen zu lassen.«

Sie schaute wieder aus dem Fenster. Ihre Augen schimmerten hitzig.

»Jack hat einen Freund, der gebaut ist wie ein Schrank. Ist Ihnen jemand untergekommen, der so aussieht?«

»Ich bin höflich gewesen, aber jetzt bitt ich Sie zu gehen.«

»Was glauben Sie denn, wie das alles ausgehen wird?«

»Was meinen Sie damit?«

»Glauben Sie etwa, daß Sie mit diesen Typen allein klarkommen? Wenn die die Stadt verlassen, putzen sie alles weg. Möglicherweise auch Sie und Ihren Bruder. Vielleicht auch Glo und Ihre Tante. So was nennen die eine Säuberungsaktion.«

»Sie tun so, als wärn Sie anders als die andern Polizisten, aber das sind Sie nicht«, sagte sie. »Sie tun bloß so, damit Ihr Gerede tiefer geht und den Leuten mehr weh tut.«

Ich machte den Mund auf, brachte aber kein Wort heraus.

»Ich versprech Ihnen, daß wir diesen Kerl an den Kanthaken kriegen und daß ich Sie dabei raushalte«, sagte ich schließlich. Aber innerlich war ich immer noch aus dem Gleichgewicht und konnte kaum einen klaren Gedanken fassen.

Sie beugte sich seitlich über die Couch, hatte die Hand fest um den Stock geschlossen, so als ziehe ein jäher Schmerz durch ihr Rückenmark hoch bis in die Augen.

»Ich hatte nicht vor, Sie zu beleidigen oder Ihnen weh zu tun«, sagte ich. Ich versuchte mich so verständlich wie möglich auszudrücken. Mein Blick fiel auf das Mal neben ihrem Mund und den sanften Schwung der Haare an ihrer Wange. Sie rührte mich derart an, daß ich sie kaum anschauen konnte. »Dieser Jack gehört womöglich irgendeiner internationalen Organisation an. Ich weiß nicht genau, was er ist, aber ich bin davon überzeugt, daß er uns etwas ganz Übles antun will. Uns allen meine ich damit, Ruthie Jean. Ob weiß oder schwarz, das spielt keine Rolle. Für jemanden wie den ist ein anderer Mensch bloß ein Haufen Innereien mit einem Stück Haut außen herum.«

Doch es nützte nichts. Ich wußte nicht, was der Mann, der

sich Jack nannte, ihr gesagt oder womöglich auch getan hatte, und ich vermutete, daß er über mannigfaches Handwerkszeug verfügte. Aber hier erlebte ich einmal mehr mit – wie es nur allzuoft der Fall war –, daß die Angst, die Kretins bar jeder Moral ihren Opfern einzuimpfen vermögen, weit größer ist als die Furcht vor den Folgen, die eine Aussageverweigerung bei Polizei oder Justiz nach sich zieht.

Ich hörte draußen einen Wagen vorfahren, stand auf und schaute aus dem Fenster. Luke, der in einem alten Spritschlucker aus den siebziger Jahren saß, hatte den Rückwärtsgang eingelegt, sobald er meinen Pickup sah, und raste jetzt mit Vollgas, so daß die Erde wie Hagelschauer von den Reifen aufgeschleudert wurde, auf die Einfahrt der Plantage zu.

»Allmählich komme ich mir hier vor wie die Pestilenz in Person«, sagte ich.

»Die was?«

»Gar nichts. Ich will bloß nicht mit anschauen müssen, wie ihr euch bös in die Bredouille bringt. Ich meine damit Beihilfe und Mittäterschaft bei einer Straftat, Ruthie Jean.«

Sie schloß die Hand fest um den geschwungenen Griff ihres Stockes und stand auf.

»Ich kann nicht lang sitzen. Ich muß rumlaufen, ein paar Übungen machen und mich danach hinlegen«, sagte sie.

»Was ist Ihnen zugestoßen?«

»Ich hab nix mehr zu sagen.«

»Na schön, tun Sie von mir aus, was Sie wollen. Hier ist meine Visitenkarte, nur für den Fall, daß Ihnen oder Luke irgendwann danach zumute sein sollte, mit mir zu reden«, sagte ich, müde vom vergeblichen Versuch, ihre Angst zu überwinden, beziehungsweise das tief eingefleischte Mißtrauen, das aus dem generationenlangen Rassenkonflikt entstanden war. Und im nächsten Moment ließ ich mich zu etwas hinreißen, das beides nur untermauern sollte. »Könnte ich vielleicht ein Glas Wasser haben?« fragte ich.

Als sie das Zimmer verließ, schaute ich hinter und unter die Couch. Doch insgeheim wußte ich bereits, wo ich es finden würde. Wenn Kriminelle Dope, Diebesgut oder eine Waffe besitzen, mit der ein Raubüberfall oder Mord begangen wurde, und sie wittern, daß man ihnen demnächst auf die Schliche kommt, schaffen sie das Zeug so weit weg, wie es nur geht. Aber Ruthie Jean war keine Kriminelle, und wenn ihresgleichen etwas, das ihm teuer ist, verbergen oder vor neugierigen Blicken schützen will, dann versteckt er es entweder in Reichweite, oder er verbirgt es am eigenen Leib.

Ich hob die Polster hoch, an die sie sich gelehnt hatte. Das Foto mit dem Goldrahmen stand aufrecht an dem Bambusgeflecht zwischen dem Rattangestänge.

Ich hatte ihn noch nie mit braungebranntem Gesicht gesehen. Schmuck schaute er aus mit seinem schiefsitzenden blauen Air-Force-Käppi, den goldenen Ärmelstreifen, der Pilotensonnenbrille, dem offenstehenden Hemdkragen und dem jungenhaften Grinsen, und er wirkte hagerer, eher wie ein schneidiger Jagdflieger aus dem Zweiten Weltkrieg, der Luftschlachten über dem Südpazifik ausficht, als wie ein Geheimdienstoffizier aus den sechziger Jahren, der meines Wissens nie einen Kampfeinsatz erlebt hatte.

Ich hörte die Dielenbretter knarren. Sie stand in der Tür, mit einem Glas Wasser in der Hand, und jetzt wirkte sie nicht mehr trotzig, sondern völlig wehrlos. Denn von nun an konnten die Bullen über ihre intimsten Geheimnisse tratschen, während sie mit ihren Autos an der Kreuzung standen, lässig den Kautabak aus dem Fenster spien und die schwarzen Frauen betrachteten, die die Straße überquerten.

»Das muß vom Bord gefallen sein«, sagte ich, und es kam mir vor, als werde mir die Haut um den Schädel zu eng. Ich wollte das Foto auf die staubfreie Stelle am Rand des Bords zurückstellen. Doch sie ließ den Stock fallen, stürzte ungelenk auf mich zu, riß mir das Bild aus der Hand und kippte mir das Wasser ins Gesicht.

An der Haustür drehte ich mich noch einmal um, wischte mir mit dem Ärmel das Wasser aus den Augen und wollte noch etwas sagen, mich rechtfertigen, dafür entschuldigen, daß ich sie

hintergangen hatte, oder ihr vielleicht noch einen Stich versetzen, weil sie mich so aus der Fassung gebracht und blamiert
hatte. Aber in so einem Moment muß man lockerlassen können, sich eingestehen, daß alle anderen wie auch man selbst
mit Fehlern behaftet und unvollkommen sind und daß man
nicht so tun darf, als ließe sich mit Worten alles beheben.

Ich wußte, warum ihre Augen vor Scham und Wut glühten.
Mit mir hatte das, glaube ich, wenig zu tun. *Das wurde an
einem gottverlassenen Ort aufgenommen, dessen Namen ich
glücklicherweise vergessen habe – Auf immer, Moleen*, hatte
er in schwungvoller Schönschrift unter das Foto geschrieben.
Ich fragte mich, wie einer Schwarzen, die auf einer Plantage
aufgewachsen war, zumute sein mußte, wenn ihr klar wurde,
daß ihr weißer Liebhaber, der so großspurige Reden schwang,
weder den Anstand noch die Aufrichtigkeit oder den Mut
hatte, oder was immer auch dazu gehören mochte, ihren Namen zu Papier zu bringen und ihr das Foto persönlich zu widmen.

12

Am nächsten Tag rief mich Clete von seinem Büro aus an.

»Ich lad dich nach der Arbeit zum Abendessen nach Morgan
City ein«, sagte er.

»Worum geht es, Clete?«

»Ich nehm mir 'n Tag frei von den Stinksäcken. Ist kein
Trick. Komm runter und iß 'n paar Krabben mit.«

»Hat Johnny Carp etwas damit zu tun?«

»Ich kenn zwei Jungs, die früher mal Dope aus Panama und
Belize rausgeschafft haben. Die haben mir 'n paar interessante
Sachen über unsern Blödkopf erzählt.«

»Über wen?«

»Marsallus. Ich will am Telefon nicht mit dir drüber reden.
Bei mir klickt's manchmal in der Leitung.«

»Wirst du abgehört?«

»Weißt du noch, wie wir den Schmalzkopf und seinen Bodyguard auf dem Rücksitz von ihrem Auto alle gemacht haben? Ich weiß, daß mich die interne Untersuchungsabteilung damals angezapft hatte. Klingt ganz genauso. Kommst du runter?«

»Clete ...«

»Sei frohgemut.«

Er nannte mir den Namen des Restaurants. Es lag auf der anderen Seite von Morgan City, unmittelbar am Highway und an einem Bootshafen, der von Docks, Bootsrampen und über das Wasser hinausragenden Schuppen mit Blechdächern gesäumt war. Clete saß an einem mit einem Leinentuch gedeckten und mit Blumen geschmückten Tisch am Fenster. Am Horizont konnte man den Regen sehen, der wie eine Wolke aus lila Rauch vor der Sonne fiel. Er hatte einen kleinen Krug mit Faßbier, ein geeistes Schnapsglas und einen Teller voller gefüllter Pilze vor sich stehen. Sein Gesicht glühte, teils vom Alkohol, teils wegen des frischen Sonnenbrandes, den er sich zugezogen hatte.

»Greif zu, mein Bester. Ich hab 'n paar gebratene weichschalige Krabben in Auftrag gegeben«, sagte er.

»Was gibt's Neues über Sonny?« Ich ließ die Jacke an, damit meine 45er verdeckt blieb.

»Ach ja«, sagte er, so als hätte er den Grund unseres Treffens vergessen. »Diese zwei Mulis. Ich kenn sie, weil sie jetzt Kautionsadvokaten sind und mit allerhand Kotzbrocken zu tun haben, die in Saint Bernard Crack vertickern, wo ich wiederum etwa drei Ausgebüxte pro Woche aufspür. Die haben früher Gras und Koks aus Belize ausgeflogen, was so 'ne Art Zwischenstation für 'n ganzen Haufen Lieferungen nach und aus Kolumbien und Panama gewesen ist. Die Typen sagen, daß es da drunten allerhand schräge Verbindungen gegeben hat – CIA, Militär, womöglich 'n paar Typen, die Kontakt zum Weißen Haus hatten. Jedenfalls haben sie den Arschsack gekannt und sagen, daß ihn jeder für 'n Drogenfahnder gehalten hat.«

»Der ›Arschsack‹ ist Sonny Boy?«

Seine Augen zuckten. »Nein, ich red über 'n Katholenmissionar. Komm schon, Dave, lass dich von dem Typ nicht einwickeln. Dem seine Eltern hätte man sterilisieren oder ein Leben lang mit extra dicken Gummis versorgen sollen.«

»Glaubst du, was diese Winkeladvokaten sagen?«

»Eigentlich nicht. Marsallus hat nicht mal 'n richtigen Schulabschluß. Die DEA stellt nur College-Absolventen ein, weil die hochheilige Drogenfahndung nämlich auf Köpfchen setzt, nicht auf tätowierte Straßenstreuner mit allerlei Vorstrafen.«

»Warum hast du mich dann hierherkommen lassen?« fragte ich.

Aber ich wußte bereits Bescheid, noch während er den Blick zur Tür gerichtet hatte. John Polycarp Giacano, der seinen Regenmantel wie ein Filmstar über die Schulter hängen hatte, kam gerade durch den mit Teppichboden ausgelegten Vorraum. Er redete mit einem Mann hinter ihm, den ich nicht sehen konnte.

»Ist schon gut. Wart im Auto«, sagte er und hob beschwichtigend die Hände. »Mach dir was zu trinken. Danach fangen wir noch 'n paar Fische.«

Er ließ den Mantel von der Schulter gleiten und reichte ihn einer Kellnerin, ohne ein Wort zu sagen, so als setze er es als selbstverständlich voraus, daß man ihm zu Diensten war. Er trug weiße Segelschuhe, eine vanillefarbene Bundfaltenhose und ein Tropenhemd, marineblau mit großen, knallig roten Blumen. Lächelnd kam er auf uns zu, wie das Grinsegesicht mitten auf einer Geburtstagstorte – die engstehenden Augen, die dichten Brauen, Nase und Mund, alles auf kleinstem Raum zusammengedrängt.

»Das hättest du nicht tun sollen, Clete«, sagte ich.

»Die Sache muß bereinigt werden, Streak. Patsy Dap hört nur auf einen Mann. Laß mich mit ihm reden, dann geht schon alles klar.«

»Wie läuft's, Jungs?« sagte Johnny Carp und setzte sich hin.

»Was steht an, John?« fragte ich.

Er nahm einen gefüllten Pilz und stopfte ihn sich in den Mund. Schaute mich weiter lächelnd an, während er kaute.

»Er fragt mich, was ansteht«, sagte er. »Dave, ich steh auf Sie, Sie verfluchter Wildling.«

»Schön, daß du's geschafft hast, Johnny«, sagte Clete.

»Ich steh aufs Angeln«, sagte er. »Egal, ob Rotbarsch oder Seewels, Regenbogen- oder Bachforelle, Hauptsache, ich bin an der frischen Luft, und die Wellen schwappen ans Boot. Dave, Sie sind ein verfluchter Blödmann. Wir leben nicht mehr im Wilden Westen. Klar, worauf ich hinauswill?«

»Ich weiß nicht, was ich dazu sagen soll, Johnny«, sagte ich.

»Hey, Clete, bestell uns was zu trinken, dazu ein paar Krabbenscheren und 'ne Portion Austern, aber sieh zu, dasse frisch sind. Ich muß mit dem Irren hier reden«, sagte Johnny.

»Ich glaub nicht, daß das geht, John«, sagte ich.

»Was will er damit sagen, Clete?«

»Streak mag andere Leute nicht mit seinem Zoff behelligen, das ist alles, Johnny.«

»In diesem Fall hab ich seinen Zoff am Hals. Bringen wir die Sache also hinter uns. Draußen in meinem Auto sitzt ein Typ, der in Houston zum Schönheitschirurgen gehn muß. Ein Typ, der's nicht drauf angelegt hat, daß er so zugerichtet wird. Ich will damit sagen, daß sein Gesicht ausschaut wie ein Basketball, der hinten und vorne geflickt is. Der Typ findet nicht mal mehr in der Blindenschule was zum Ficken. So was können Sie nicht einfach so tun, bloß weil Sie ein Cop sind, Dave.«

»Sie gehen sehr großzügig mit Ihrer Zeit um, Johnny«, sagte ich. »Aber ich habe nicht um dieses Stelldichein gebeten.«

»Was denn, hock ich etwa hier und spiel heimlich an meinem Schwanz rum?«

Eine Familie, die in der Nähe saß, stand auf und ging.

»Ihr Mann ist zu weit gegangen«, sagte ich.

»Ich glaub, hier geht's um falschen Stolz. Das bringt nix.«

»Ich kenn ein paar Cops in New Orleans, die ihm dafür das Licht ausgeblasen hätten.«

»Wir sind nicht in New Orleans. Sie haben den Mann fertiggemacht. Er arbeitet für mich. Ich bin hier bloß der Fürsprecher.«

»Ich glaube, Sie haben nicht zugehört. Ich war außerhalb meines Reviers. Bloß deswegen ist Ihr Mann nicht wegen Widerstands gegen die Staatsgewalt eingefahren. Thema beendet, Johnny«, sagte ich.

»Sie kosten mich eine Menge guten Willen, Dave«, sagte er. »Und darauf kommt's an, wenn alles wie geschmiert laufen soll. Sie sind ein gebildeter Mensch. So was muß ich Ihnen doch nicht eigens erklären«, sagte Johnny. »Der Typ da draußen in meinem Auto, der macht nichts aus gutem Willen, der macht es aus Respekt vor mir. Wenn ich das nicht honoriere, bringt mir auch niemand anders mehr Respekt entgegen.«

»Was glauben Sie denn, was Sie hier und heute erreichen können?« fragte ich.

»Ich hab 'n Kuvert mit zehn Riesen dabei. Geben Sie's dem Typ für seine Krankenhauskosten und sagen Sie einfach, daß Sie nichts gegen ihn haben. Sie brauchen nicht mal zu sagen, dasses Ihnen leid tut. Das Geld spielt keine Rolle, weil ich seine Krankenhausrechnung sowieso bezahle, und die zehn Scheine muß er mir wiedergeben. So springt für jeden was bei raus, jedem geht's hinterher besser, und wir kriegen später keine Probleme.«

»Meinen Sie das ernst?« fragte ich.

»Ich nehm 'n Typ, der manchen Leuten schon beim Aufwachen den kalten Schweiß aus dem Körper treibt, an die kurze Leine, pump ihn voll Demerol, daß er sich nicht durchs Fenster davonmacht, bloß damit ich ihn Ihnen vom Leib halten kann, verflucht noch mal, und Sie haben die Stirn, mich zu fragen, ob ich's ernst meine?«

Er holte einen Kamm aus der Brusttasche seines Hemds, fuhr sich damit durch die Haare und strich gleichzeitig mit den Fingern über die Wellen, furchte die faltige Stirn und schaute mich mit bohrendem Blick an. Die Zähne seines Kamms glänzten ölig.

»Komm schon, Johnny, Dave will niemand anfegen. Die Sache ist einfach aus dem Ruder gelaufen. So was kommt vor.«

»Er will was nicht?« sagte Johnny.

»Niemand anfegen. Er hat nicht vor, jemanden zu verprellen.«

»Ich weiß, was es heißt, aber warum redest du wie'n Nigger mit mir?«

Clete ließ langsam Luft ab und lupfte sein Hemd mit dem Daumen vom Schlüsselbein. »Ich bin heut draußen in meinem Boot gebraten worden, Johnny«, sagte er. »Manchmal drück ich mich nicht besonders gut aus. Ich bitte um Entschuldigung.«

»Lass ich mich etwa von dir zum Essen einladen, damit du mich anreden kannst, als wär ich ein gottverdammter Nigger?«

Der Kellner stellte Johnny einen Scotch mit Milch hin, brachte einen weiteren Krug Bier für Clete, einen Eistee für mich und eine runde Platte mit frischgeöffneten Austern, auf denen Eissplitter glitzerten. Johnny langte über den Tisch und klopfte Clete auf den Handrücken.

»Bist du taubstumm?« sagte er.

Clete ließ den Blick durch den Raum schweifen, so als mustere er mit seinen grünen Augen die Fischnetze und die Rettungsringe an der Wand. Er nahm eine Auster, saugte sie aus der Schale und zwinkerte Johnny Carp zu.

»Was, verflucht noch mal, soll das denn heißen?«

»Du machst mir vielleicht Spaß, John«, sagte Clete.

Johnny nahm einen großen Schluck Scotch mit Milch. Seine Augen wirkten wie schwarze Murmeln, die über dem Glas zusammenkullerten. Er rieb sich mit einem Fingerknöchel über den Mund, spitzte dann die Lippen wie ein Tropenfisch, der einen aus seinem Aquarium anglotzt. »Ich hab dich was gefragt, nett und anständig, und du gibst mir irgendwelche schwuchteligen Zeichen, machst mich lächerlich. Du meinst wohl, du kannst den Klugscheißer markieren, bloß weil wir in der Öffentlichkeit sind, was?«

»Ich will damit ausdrücken, daß das hier keine gute Idee

war«, sagte Clete. »Schau, ich war dabei. Patsy Dap hat meinen Freund persönlich angegriffen, falls du weißt, worauf ich hinauswill. Er hat es verdient. Wenn du das nicht so siehst, Johnny, dann hast du nicht alle beisammen. Und faß mich nie wieder an, verflucht noch mal.«

Fünf Minuten später standen wir unter dem Vordach und sahen zu, wie Johnny Carp seinen Lincoln durch den leichten Regen zur Ausfahrt des Parkplatzes steuerte. Er hatte die getönten Fensterscheiben heruntergekurbelt, damit die kühle Luft ins Innere gelangte, und auf dem Beifahrersitz konnten wir Patsy Dapolito sehen, dessen Gesicht und rasierter Schädel aussahen wie eine mit Stacheldraht verzierte Warzenmelone.

»Hey, Patsy, das sieht besser aus als vorher! Ich zieh dich nicht auf«, brüllte Clete.

»Du bist ja ein toller Vermittler, Clete«, sagte ich.

»Die Giacanos sind doch sowieso bloß Abschaum. Pfeif drauf. Los, komm schon, wir gehn raus unter den Schuppen und legen die Ruten aus. Hui, spürst du die Brise«, sagte er, atmete tief ein, und seine Augen funkelten im schwindenden Licht eines herrlichen Tages vor Vergnügen.

Clete war vermutlich der beste Ermittler, den ich je kannte, aber im Umgang mit Unterwelttypen verhielt er sich so schelmisch und ausgelassen, als habe er es mit Zootieren zu tun.

Entsprechend oberflächlich war oftmals seine Einstellung zu ihnen.

Die Giacanos unternahmen nie etwas, wenn es nicht um Geld oder einen persönlichen Vorteil ging. Wiederholt war die Familie in Verbindung mit den Morden an einem Präsidenten und einem berühmten Bürgerrechtler gebracht worden, aber obwohl ich ihnen beide Taten durchaus zutraute, war für mich nicht ersichtlich, wie sie finanziell davon hätten profitieren sollen, und aus diesem Grund bezweifelte ich, daß sie etwas damit zu tun hatten.

Aber Johnny setzte sich nicht mit dem Ermittler eines Landsheriffs zusammen, nur weil er verhindern wollte, daß ein durchgeknallter Typ wie Patsy Dapolito aus dem Ruder lief. Dapolito war moralisch verkommen, aber er war nicht blöde. Wenn seinesgleichen nicht mehr auf Befehle hörte und statt dessen eine persönliche Vendetta austrug, wurde er zu Fischfutter zermahlen und an der Barataria Bay ins Meer gestreut.

Johnny Carp hatte etwas anderes im Sinn gehabt, als er nach Morgan City gekommen war. Ich wußte nicht, was es war, aber von einem war ich überzeugt: Auf die eine oder andere Art mischte Johnny im Bezirk Iberia mit.

Jason Darbonne galt als der beste Strafverteidiger von Lafayette. Er war fit und durchtrainiert, spielte tagtäglich Handball und hatte eine Statur wie ein Gewichtheber, mit dicken Oberarmen und Sehnen, die sich wie Taue an seiner Schulter spannten. Aber es war vor allem sein eigenartiger Kopf, der sich einem einprägte – er war völlig kahl, erinnerte von Form und Farbe her an ein in braunem Tee gekochtes Ei, und weil er praktisch keinen Hals hatte, sah es so aus, als sitze der Schädel wie bei Quasimodo unmittelbar auf dem hochgeschlossenen Kragen.

Am frühen Mittwoch morgen war eine Kaltfront durchgezogen, und trotz des Sonnenscheins war die Luft frisch, als ich ihm und Sweet Pea Chaisson auf der Treppe vor dem Gerichtsgebäude über den Weg lief.

»Hey, Dave«, sagte Sweet Pea. »Moment mal, ich hab was vergessen. Isses Ihr Vor- oder Ihr Nachname, mit dem ich Sie nicht anreden soll?«

»Was treibt Sie denn heut morgen um?« fragte ich.

»Reden Sie nicht mit ihm«, sagte Darbonne zu Sweet Pea.

»Ich hab nicht mal gemerkt, daß ihr mein Verdeck aufgeschlitzt habt, bis ich durch die Waschanlage gefahren bin. Der ganze Innenraum von meim Auto is unter Wasser gesetzt worden. Und dann hat die Frau, die die Anlage bedient, auch noch 'n Gummi aufgelesen, der unterm Sitz rumgeschwommen is. Ich bin mir vorgekommen wie der letzte Mensch.«

»Worauf wollen Sie hinaus?« fragte ich.

»Ich hab vergessen, meine Pacht an den Staat zu bezahlen. Ich steh mit viertausend Dollar in den Miesen. Rumlaufen und andere Leute anzeigen is ja normalerweise nicht meine Art.« Er schob Darbonnes Hand weg. »Geben Sie mir einfach das Geld fürs Verdeck, und wir vergessen die Sache.«

»Sie wollen die Sache vergessen? Wollen Sie mir etwa sagen, daß ich eine Anzeige an den Hals bekomme?« sagte ich.

»Jawoll, ich will mein verdammtes Geld. Mein Auto is innen total ruiniert. Es is, als ob man in 'nem vollgesaugten Schwamm rumfährt.«

Ich wollte in das Gerichtsgebäude gehen.

»Was is'n los? Drück ich mich irgendwie falsch aus, daß Sie mich nicht verstehn?« sagte er.

Ernst schaute er mich mit seinen verwachsenen, vogelähnlichen Augen an.

»Mit dem Schaden an Ihrem Wagen habe ich nichts zu tun. Bleiben Sie mir vom Leib, Sweet Pea«, sagte ich.

Er drückte die wenigen Haarsträhnen auf seinem Schädel mit der flachen Hand platt, verzog ungläubig den Mund und starrte mich an, als spähe er durch dichten Dunst. Darbonne legte die Hand auf Sweet Peas Arm.

»Ist das eine Drohung, Sir?« fragte er.

»Nein, bloß eine Bitte.«

»Wenn Sie's nicht gewesen sind, dann war's der fette Arsch«, sagte Sweet Pea.

»Ich werde Ihre Bemerkung an Purcel weiterleiten«, sagte ich.

»Sie sind ein öffentliches Ärgernis, das sich hinter einer Dienstmarke verschanzt«, sagte Darbonne. »Wenn Sie sich auch nur noch einmal in die Nähe meines Mandanten begeben, werden sämtliche himmlischen Heimsuchungen über Sie hereinbrechen.«

Zwei Frauen und ein Mann kamen vorbei, drehten sich zu uns um und wandten dann den Blick ab. Darbonne und Sweet Pea gingen zu einem am Straßenrand stehenden weißen Chrysler. Die Sonne spiegelte sich wie ein Bündel goldener Nadeln auf der getönten Rückscheibe. Darbonne stand neben dem Chrysler, als nehme er irgendeine Witterung in der Luft auf, während er auf eine Lücke im Verkehr wartete, damit er die Tür aufmachen konnte.

Ich ging zu ihm hin und schaute über das Dach des Chrysler hinweg in sein erstauntes Gesicht.

»Als ich noch Streifenpolizist in New Orleans war, sind Sie Bundesanwalt in Diensten des Justizministeriums gewesen«, sagte ich.

Er hatte die Hand halb erhoben und ließ die Sonnenbrille zwischen den Fingern herabbaumeln.

»Was ist bloß aus Ihnen geworden, Sir?« sagte ich.

Er wandte sich ab und schob sich die Sonnenbrille auf die Nase, aber dem Blick nach zu urteilen, den ich vorher noch wahrnahm, war er in einem Maße verletzt, wie ich es nicht erwartet hatte.

Helen Soileau saß auf der Kante meines Schreibtisches. Sie trug eine braune Hose und eine kurzärmlige rosa Bluse.

»Ich hab Marsallus' Tagebuch gestern abend mit nach Hause genommen und bis zwei Uhr früh drin gelesen«, sagte sie. »Er kann ziemlich gut mit Worten umgehen.«

»Sonny läßt sich nicht so leicht in eine Schublade stecken«, sagte ich.

»Hast du sämtliche Unterlagen über ihn?«

»Weitestgehend. Aber allzu ergiebig ist das nicht. Ich hab die Familienakte vom Sozialamt, falls du mal einen Blick reinwerfen willst.«

»Wozu?«

»Aus keinem besonderen Grund, genaugenommen.«

Sie nahm die Akte von meiner Schreibunterlage und überflog sie.

»Seine Mutter war Prostituierte?« sagte sie.

»Ja, sie starb, als er noch klein war. Sein Vater war ein blinder Messer- und Scherenschleifer, der seine Karre die Villere Street rauf- und runtergeschoben hat.«

Helen legte die Akte wieder hin.

»In seinem Tagebuch läßt er sich über ein paar Songschreiber aus. Er zitiert einen Haufen Texte«, sagte sie. »Von Joe Hill und Woody Guthrie. Ist Woody Guthrie mit Arlo verwandt?«

»Woody war sein Vater. Woody Guthrie und Joe Hill haben Songs über Wanderarbeiter geschrieben, über die Anfänge der Gewerkschaftsbewegung und ähnliche Sachen.«

»Ich kapier's nicht«, sagte sie.

»Was?«

»Marsallus, der ist kein Mafiatyp. Er denkt nicht wie einer. Das Zeug in dem Tagebuch, das macht mir zu schaffen.«

»Meinst du die Massaker in den Dörfern?«

»Isses da drunten wirklich so zugegangen?« fragte sie.

»Jeder, der dort war, erzählt die gleichen Geschichten.«

»Marsallus sagt da etwas über die Erinnerung, das mir nicht mehr aus dem Kopf gegangen ist. ›Mein Zellengenosse hat mir heute erklärt, daß mein Kopf eine schlechte Gegend wäre, in die ich mich nicht alleine begeben sollte.‹ In meinem Leben gab's mal 'ne Zeit, wo ich ganz genauso drauf war. Ich hab bloß nicht gewußt, wie ich's ausdrücken soll.«

»Aha«, sagte ich und konzentrierte mich auf einen Punkt irgendwo zwischen uns in der Luft.

Sie tippte mit den Fingerspitzen auf den Aktenordner.

»Hast du Lust, was mit essen zu gehen?«

»Nein, danke. Sag mal, wo steckt denn der wandelnde Quadratarsch derzeit?«

»Wie bitte?«

»Clete Purcel.«

»Oh, der treibt sich irgendwo rum … Soll ich ihm etwas bestellen?«

»Reine Neugier.«

Ich nickte mit ausdrucksloser Miene. Sie stand von der Schreibtischkante auf, reckte die Schulter, zog den Bauch ein und stopfte ihre Bluse mit beiden Daumen unter den Hosengürtel.

»Hast du irgendwas?« fragte sie.

»Ich nicht.«

»Ich war zu hart zu dem Typ, das ist alles. Ich mein, als er seinerzeit in deinem Büro gewesen ist«, sagte sie.

»Er hat's vermutlich schon vergessen, Helen.«

»Ihr zwei geht viel fischen?«

»Ab und zu. Hast du Lust, mal mitzukommen?«

»Ich steh da nicht so drauf. Aber du bist ein Schatz«, sagte sie, ließ ihre Finger über meine Schulter wandern und ging hinaus.

Moleen Bertrands Camp lag auf einem sogenannten Chenier drunten in den Marschen, einem Stück Schwemmland aus Muschelschalen, die vom Meer zu Pulver zermahlen und vom Gezeitenstrom abgelagert und wie ein Wallriff geformt worden waren. Von dem Anwesen einmal abgesehen, einem Holzhaus mit vier Schlafzimmern, einem Blechdach und einer mit Fliegengitter umgebenen Veranda, war das Chenier, auf dessen schwarzem Erdreich Pilze, Butterblumen und blaue Lupinen wucherten, völlig unberührt, nicht anders als zu der Zeit, da die ersten spanischen und französischen Entdecker nach Louisiana gekommen waren. Die Wälder waren wie Parks, mit weiten Abständen zwischen den Bäumen, deren Stämme und Zweige von Ranken, dick wie eine Boa constrictor, umschlungen waren, und der Boden unter den moosverhangenen, himmelhoch aufragenden immergrünen Eichen war mit Zwergpalmen bestanden und lag voller verrottender Pecanschalen. Am Rande des Chenier war Sumpf, bewachsen mit Alligatorgras und Gummibäumen, aus denen sich Blaureiher über die blühenden Wasserhyazinthenfelder aufschwangen, die kein Boot passieren konnte, und im Süden sah man die graugrünen, schaumgekrönten Wogen des Golfs und das Wetterleuchten, das über dem Wasser tanzte wie Stromfunken in einem Metallkasten.

Moleen und seine Frau Julia waren tadellose Hausherren. Ihre Gäste waren lauter sympathische Leute, Anwälte, der Besitzer einer Zuckerfabrik, ein Manager, dessen Firma scharfe

Soßen herstellte, dazu ihre Frauen und Kinder. Moleen bereitete an einer Bar auf der Veranda Drinks zu, hatte eine riesige Eisbox mit Selters und Importbier bereitstehen, grillte in einem mit Blech gedeckten Schuppen Schwein am Spieß und briet ganze Ofenbleche voller tiefgekühlter Wildenten. Wir ballerten mit seinen Schrotflinten auf Tontauben, die Kinder spielten Volleyball und ließen Frisbees segeln; die Luft roch nach wilden Blumen, salziger Gischt und dem brenzligen Kupferdunst eines fernen Gewitters. Es war ein herrlicher Frühlingstag, ideal für ein Beisammensein unter Freunden auf einem unberührten Stück Land im alten Süden, das sich irgendwie dem Einfluß des zwanzigsten Jahrhunderts entzogen hatte.

Bis auf Julias unnatürlich strahlende, allzu selbstsichere Miene, ihr hektisches Augenzucken, wenn sie bestimmte Worte oder Aussagen nicht gleich verstand, und Moleens ununterbrochenes Geschwafel, das allem Anschein nach nur vom Elend seiner Frau ablenken sollte. Ein ums andere Mal kehrte sie zur Bar zurück, goß sich vier Fingerbreit Scotch in ihr Glas, ohne Wasser oder Soda, gab eine halbe Tasse Eis, einen Teelöffel Zucker und frische Minze hinzu. Wir saßen im Wohnzimmer beim Essen, als sie unverhofft sagte: »Kann mir mal einer erklären, warum diese schwarze Kongreßabgeordnete durchsetzen konnte, daß die Daughters of the Confederacy ihr Emblem nicht mehr verwenden dürfen?«

»Das war doch nicht sie allein«, sagte Moleen ruhig und tupfte sich mit dem Taschentuch die Lippen ab.

»Man hat sich ihrer Meinung angeschlossen, aber sie hat dahintergestanden. Das hab ich gemeint, Moleen. Meiner Ansicht nach ist das lächerlich«, sagte Julia.

Die anderen Leute am Tisch lächelten, wußten nicht genau, worum es ging, erinnerten sich allenfalls dunkel an einen Zeitungsartikel.

»Julia spricht von dieser Geschichte, als die Daughters of the Confederacy das Anrecht auf ihr Vereinszeichen erneuern lassen wollten«, sagte Moleen. »Der Antrag wurde abgelehnt, weil das Emblem die konföderierte Flagge aufweist.«

»Diese Frau ist eine üble Demagogin. Ich weiß nicht, wieso die Leute das nicht einsehen«, sagte Julia.

»Ich glaube, wir sind selber daran schuld«, sagte eine Frau am Fußende des Tisches und beugte sich über ihren Teller. »Wir haben zugelassen, daß man die konföderierte Flagge mit allerlei widerwärtigen Vereinigungen identifiziert. Ich kann's den Farbigen nicht verübeln, wenn sie so darauf reagieren.«

»Ich hab nicht gesagt, daß ich's den Farbigen verüble«, sagte Julia. »Ich hab nur von dieser speziellen Schwarzen gesprochen.«

»Julia will auf etwas hinaus«, sagte Moleen. »Die DOCs sind wohl kaum der Feind im eigenen Land.«

»Tja, meiner Meinung nach sollten wir was dagegen tun«, sagte Julia. Sie trank einen Schluck, und ihre künstlich grünen Augen strahlten unter den Kontaktlinsen einen Funken heller.

»Oh, da hätten die in Washington aber was zu tun«, sagte Moleen.

»Das ist kein Witz, Moleen«, sagte Julia.

»Ich muß euch erzählen, was *die* mal gemacht hat«, sagte Moleen, schlug seine Serviette wieder auf und breitete sie über seinen Schoß. »Als sie noch Cheerleader an der LSU war. Sie und ein anderes Gör haben den leeren Käfig von Mike dem Tiger, dem Mannschaftsmaskottchen, mit sperrangelweit offener Tür hinten an einen Pickup gehängt und sind damit am Samstag nachmittag quer durchs Schwarzenviertel gefahren.« Er lachte schallend auf. »Vor irgendeiner Bar oder Grillbude haben sie angehalten und gesagt: ›Entschuldigen Sie, wir wollen niemanden erschrecken, aber hat hier jemand einen Tiger rumlaufen sehen?‹ Sämtliche Schwarzen in ganz Baton Rouge sind im Nu auf die Bäume geklettert.«

Ich schaute ihn an.

»Erzähl doch nicht diese alte Geschichte. Ich hab damit nichts zu tun gehabt«, sagte Julia, die sich allerdings sichtlich freute.

»Der typische Studentenulk. Heutzutage macht man viel zu viel Gewese um diese Rassengeschichte«, sagte er.

»Moleen, das ändert nichts an dem, was diese Frau gemacht

hat. Darauf will ich hinaus, aber anscheinend versteht mich
hier keiner«, sagte sie.

»Um Himmels willen, Julia, lass uns das Thema wechseln«,
sagte er.

Rundum herrschte Stille. Jemand hustete, ein Messer scharrte über einen Teller. Julias weiße Augäpfel waren von feinen
roten Äderchen durchzogen, die Wimpern mit Maskara verklebt. Ich mußte an ein aufgemaltes Gesicht auf einem rosa
Luftballon denken, der vom Wind gebeutelt wird, an der
Schnur zerrt und jeden Moment platzen kann.

Später fragte mich Moleen, ob ich Lust hätte, mit ihm hinaus
zum Rand des Marschlandes zu laufen, wo ein verwitterter
Picknicktisch stand, auf dem seine Schrotflinte und das Ton-
taubenwurfgerät lagen. Er trug Schnürstiefel, eine Khakihose
mit Druckknopftaschen an Ober- und Unterschenkeln und
eine Jagdweste mit aufgenähten Patronentaschen voller Zwöl-
ferschrot. Er klappte seine Doppelläufige auf und schob zwei
Schuß in die Kammern.

»Waren Sie mal in Thailand stationiert, Moleen?« fragte ich.

»Eine Zeitlang. Wieso fragen Sie?«

»Allerhand Leute vom Nachrichtendienst waren da. Reine
Neugier.«

Er kratzte sich mit dem Fingernagel am Mundwinkel. »Haben Sie Lust, ein paar abzuballern?« fragte er.

»Nein, danke.«

»Sie haben vorhin bei Tisch ein bißchen verbissen gewirkt.«

Ich sah einer Nutria zu, die sich von einem Baumstamm fallen ließ und auf einen Wasserhyazinthenteppich zuschwamm.

»Hat Sie diese kleine Anekdote aus Julias ruhmreicher Stu-
dienzeit gestört? Das ist doch harmloses Zeug.«

»Von Ihrer Warte aus nicht.«

»Sie haben eine unangenehme Angewohnheit. Sie machen
ständig Andeutungen, ohne etwas offen auszusprechen, und
lassen Ihren Mitmenschen raten, was gemeint ist«, sagte er. Er
wartete. »Könnten Sie das bitte genauer erklären, Dave?«

»Von mir aus gibt's da nichts zu erklären, Sir.« In der Ferne, draußen bei der Zufahrtsstraße, sah ich einen Jogger, einen stämmigen, gedrungenen Mann in Shorts und T-Shirt, der ein Handtuch um den schweißglänzenden Hals geschlungen hatte.

»Ich finde dieses ständige Herumorakeln irgendwie lästig«, sagte er. Er legte die Schrotflinte an, folgte mit dem Lauf einer fliegenden Seeschwalbe und ballerte im letzten Moment die Köpfe eines Büschels Pampagras ab. Er klappte die Flinte auf, nahm die leeren Hülsen heraus und warf sie in den Schlamm.

»Ich glaube, ich geh lieber wieder rein«, sagte ich.

»Sie haben eine Andeutung gemacht, die ich alles andere als angenehm finde. Ich bestehe darauf, daß wir das klären.«

»Ich war diese Woche noch mal auf Ihrer Plantage. Ich weiß nicht genau, was da draußen vorgeht, aber es hat zumindest teilweise etwas mit Ruthie Jean Fontenot zu tun.«

Er schaute mir in die Augen. »Könnten Sie sich vielleicht deutlicher ausdrücken?«

»Sie wissen ganz genau, was ich meine. Wenn Sie eine persönliche Beziehung verheimlichen wollen, ist das Ihre Sache. Aber Sie verheimlichen auch noch was anderes, Moleen, etwas, das mit der Plantage zu tun hat. Ich weiß bloß nicht was.«

Er riß die Flinte an die Schulter und schoß auf eine hinter einem halbversunkenen Baumstamm schwimmende Nutria, so daß rundum das Wasser unter den Schrotkugeln aufspritzte. Die Nutria tauchte ab und kurz darauf wieder auf, aber sie war eindeutig verletzt, schwamm krampfhaft aufs Ufer zu. Moleen klappte die Flinte auf und warf die Hülsen ins Wasser.

»Ich lasse mich ungern auf meinem eigenen Grund und Boden beleidigen«, sagte er.

»Wenn hier jemand beleidigt sein darf, dann ist es die Frau auf der Plantage. Sie hatten nicht einmal den Anstand, Ihren Namen unter das Foto zu schreiben, das Sie ihr geschenkt haben.«

»Sie gehen zu weit, mein Freund.«

»Und zu Tieren sind Sie genauso grausam wie zu Menschen. Sie können mich mal«, sagte ich und ging zurück zum Camp.

141

Bootsie war auf der Veranda.

»Wir müssen los«, sagte ich.

»*Dave*, wir haben grade erst gegessen.«

»Ich habe mich bereits verabschiedet. Ich hab daheim noch am Bootsanleger zu tun.«

»Nein. Das gehört sich nicht.«

Zwei Frauen, die in unmittelbarer Nähe ihren Kaffee tranken, versuchten unser Gespräch tunlichst zu überhören.

»Okay, ich zieh mir jetzt Turnhosen und Tennisschuhe an und geh ein bißchen joggen. Du kannst mich am Fahrweg auflesen.« Sie schaute mich mit gequälter Miene an. »Ich erklär's dir später.«

Wir waren mit Bootsies Toyota hergefahren. Ich schloß den Kofferraum auf, holte meine Turnschuhe und die Shorts heraus und zog mich im Schutz des Wagens um. Dann trabte ich los, über eine Lichtung voller Butterblumen, an einer Reihe Persimonbäume vorbei, die am Waldrand standen, und hinaus auf den Fahrweg aus festgebackener Erde, der zu dem Chenier führte.

Der Wind war warm, und der mit gelben und rotbraunen Wolken gesprenkelte Nachmittagshimmel wirkte wie aus Marmor. Ich wandte mein Gesicht in den Wind, lief steten Schrittes eine Viertelmeile und legte dann zu, bis mir der Schweiß über die Stirn lief und das Blut in meinen Adern sang – bis Moleen Bertrands Worte, all die Hochmütigkeit und Arroganz, die darin lagen, in weite Ferne gerückt waren.

Ich lief an einem Hain aus Pecanbäumen vorbei, in deren Schatten dicht an dicht Zwergpalmen wuchsen. Dann nahm ich aus dem Augenwinkel einen anderen Jogger wahr, der auf den lichtgesprenkelten Fahrweg trat und neben mir in Gleichschritt fiel.

Ich roch ihn, bevor ich ihn sah. Seine Ausdünstung war wie Nebel – muffig, penetrant, so als schieden seine Drüsen tierische Sekrete aus. Sein Kopf war braungebrannt und kugelrund, die Schulter so breit wie ein Axtstiel, die Hüfte war schmal und ging in einen kleinen Hintern über, den eine Frau vermutlich mit beiden Händen hätte umfassen können. Sein T-Shirt war zerfranst, aus den dunklen Achselhöhlen troff der Schweiß, und auf der flachen Brust wucherte ein Pelz aus nassen schwarzen Haaren.

Seine Zähne sahen aus wie bei einem Totenschädel, als er grinste.

»Sie legen zwischendurch Spurts ein, stimmt's?« sagte er. Seine Stimme war tief und kratzig, so als hätte er Kehlkopfkrebs. »Ich auch.«

Seine Schulter war nur Zentimeter entfernt, seine Tennisschuhe schlugen den gleichen steten Rhythmus wie meine, und jetzt atmete er sogar im gleichen Takt wie ich. Er schlang sich das Handtuch um den Kopf und verknotete es unter dem Kinn.

»Wie geht's Ihnen?« fragte ich.

»Großartig. Sind Sie mal auf der Tretmühle in Quantico gelaufen?« Er wandte mir das Gesicht zu. Seine tief in den Höhlen liegenden Augen sahen aus wie Bleikugeln.

»Nein, ich war nicht bei den Marines«, sagte ich.

»Sie sehn aus wie jemand, den ich mal gekannt hab. Deswegen hab ich gefragt.«

Ich antwortete nicht. Draußen über dem Meer stieß eine einmotorige Maschine aus der Sonne, legte sich in die Kurve und wackelte leicht, als sie vom Wind erfaßt wurde.

»Warn Sie in Benning?« fragte der Mann.

»Ne.«

»Ich kenn Sie irgendwoher.«

»Ich glaube nicht.«

»Vielleicht war's in Bragg. Nein, jetzt fällt's mir wieder ein. Saigon, fünfundsechzig. Bring Cash Alley. Für zwanzig Kröten Rauchen und Bumsen nach Herzenslust. Große Klasse. Ich vergess nie ein Gesicht.«

Schwer atmend trabte ich aus, spürte, wie mir der Schweiß über die Brust lief. Er wurde ebenfalls langsamer.

»Was steht an, Partner?« fragte ich.

»Es is'n kleiner Verein. Nix steht an. Jemand, der zwei Verwundetenabzeichen hat, gehört meiner Ansicht nach von Haus

aus dazu.« Er zog das Handtuch vom Kopf und wischte sich das Gesicht ab, dann bot er es mir an. Ich sah Bootsies Toyota den Fahrweg entlang auf uns zukommen.

Ich rückte von ihm ab, ohne ihn aus den Augen zu lassen.

»Lassen Sie's jetzt ruhig angehen«, sagte ich.

»Sie auch, Chef. Probiern Sie's mal mit flüssigem Proteinmalz. Das ist, als ob man sich Kupferdraht um die Eier wickelt. Da legt man beim Laufen echt einen Zahn zu.«

Ich hörte, wie Bootsie hinter mir bremste. Ich stieg ein und setzte mich auf den Beifahrersitz. Mein bloßer Rücken hinterließ einen feuchten, dunklen Abdruck auf der Lehne.

»Dave, zieh dein Hemd an«, sagte sie.

»Fahr schon.«

»Was ist los?«

»Gar nichts.«

Sie warf einen Blick in den Rückspiegel. Der Mann mit dem kugelrunden braunen Kopf wischte sich mit dem Handtuch die Innenseiten seiner Schenkel ab.

»Jesses«, sagte sie. »Wer war denn das?«

»Ich habe das Gefühl, daß ich grade Mister Emile Pogue begegnet bin«, antwortete ich.

13

»Das darf doch nicht wahr sein«, sagte der Sheriff, während er, die Hände in die Hüfte gestemmt, die auf dem Boden verstreuten Aktenordner und Papiere und die mit einem Schraubenzieher aufgebrochenen Schlösser an den Schubladen meines Schreibtisches und Aktenschranks betrachtete. »Wir müssen wegen eines Einbruchs in unsere eigene Dienststelle ermitteln.«

Es war Montag morgen, acht Uhr, und draußen regnete es heftig.

Der Sheriff war gerade in mein Büro gekommen. Ich war seit sieben da.

»Was fehlt?« fragte er.

»Nichts, soweit ich sehen kann. Die Akten über Marsallus und Della Landry sind quer über den Boden verstreut, aber die Täter haben nichts mitgehen lassen.«

»Was ist mit Helens Akten?«

»Sie kann den Ersatzschlüssel für ihr Haus nirgendwo finden. Sie will heute noch die Schlösser austauschen lassen«, sagte ich.

Er setzte sich auf meinen Drehstuhl.

»Was dagegen?« fragte er.

»Überhaupt nicht.« Ich hob die herumliegenden Papiere und Fotos auf und ordnete sie wieder in die Aktenschuber ein.

Er atmete tief durch. »Na schön. Wally sagt, der Putztrupp ist gestern nacht gegen elf Uhr gekommen. Sie haben gesaugt, die Böden gebohnert, abgestaubt, die Toiletten geputzt und sind gegen zwei Uhr morgens wieder gegangen. Er ist sich sicher, daß es die übliche Mannschaft war.«

»Vermutlich war sie's auch.«

»Und wer ist dann hier eingedrungen?«

»Meiner Meinung nach ist jemand, der die gleiche Uniform anhatte, hier eingedrungen, unmittelbar nachdem der Putztrupp gegangen war, und hat die Schlösser geknackt. Niemand achtet groß auf diese Jungs, und die einzigen, denen der Schwindel aufgefallen wäre, waren schon weg.«

Der Sheriff griff zu meinem Telefon und tippte eine Nummer ein.

»Kommen Sie mal kurz runter in Daves Büro«, sagte er. Nachdem er aufgelegt hatte, stützte er den Ellbogen auf den Schreibtisch und drückte den Daumen an die Stirn. »Bei so was werd ich stinksauer. Was soll aus diesem Land bloß werden?«

Wally öffnete die Tür zu meinem Büro. Er war groß und fett, hatte ein rotes Gesicht, zu hohen Blutdruck, und die Brusttasche seines Hemds steckte immer voller Zigarren, die in Cellophan gewickelt waren. Seine Schicht war fast vorbei, und er hatte dunkle Ringe unter den Augen.

»Sind Sie sicher, daß der ganze Putztrupp um zwei Uhr morgens weg war?« fragte der Sheriff.

»Ziemlich sicher. Ich mein, der Flur war dunkel, und ich hab nichts mehr gehört, nachdem sie aus der Tür waren.«

»Denken Sie mal nach, Wally. Wie spät war es genau, als der letzte Mann der Putzkolonne gegangen ist?« fragte der Sheriff.

»Hab ich doch schon gesagt. Zwei Uhr, vielleicht ein, zwei Minuten hin oder her.«

»Sind alle gemeinsam gegangen?« fragte der Sheriff.

»Der letzte, der raus ist, hat um zwei gute Nacht gesagt.«

»War das der letzte Mann oder der ganze Trupp?« fragte ich.

Er befingerte die Zigarren in seiner Hemdtasche und starrte ins Leere, versuchte sich zu konzentrieren.

»Ich weiß es nicht mehr«, sagte er.

»Hast du den Typ gekannt, der gute Nacht gesagt hat?« fragte ich.

»Er ist mit 'ner Brotzeitbüchse und 'ner Thermosflasche an mir vorbei. Zwei Minuten vorher ist 'ne Schießerei gemeldet worden. Deswegen weiß ich, wie spät es war. Ich hab mir keine Gedanken über den Kerl gemacht.«

»Mach dir nichts draus«, sagte ich.

Wally schaute zum Sheriff.

»Ist nicht Ihre Schuld, Wally. Danke für Ihre Hilfe«, sagte der Sheriff. Im nächsten Moment wandte er sich an mich. »Hinter was sind diese Kerl her?«

»Sie wissen nicht, daß mir Marsallus sein Notizbuch gegeben hat. Aber ich wette, daß die glauben, wir hätten eine Kopie davon gefunden, die sie in Della Landrys Haus übersehen haben.«

»Aber was steht da drin? Sie haben gesagt, es liest sich wie die ›Bekenntnisse‹ des heiligen Augustinus unter Bananenstauden.«

»Da bin ich überfragt. Aber meiner Meinung nach muß es sich eher um irgendwelche Mitteilungen handeln, die sie brauchen, als um etwas, das sie vor uns verbergen wollen. Können Sie mir folgen?«

»Nein.«

»Wenn wir es haben, dann wissen die auch, daß wir es gelesen haben, uns vielleicht Kopien davon gemacht haben. Und das bedeutet, daß dieses Notizbuch irgendwas enthält, das für sie unentbehrlich ist, mit dem nur sie etwas anfangen können.«

»Der Typ, dem Sie gestern beim Joggen begegnet sind, den Sie für einen Söldner halten – wie heißt er doch gleich, Pogue?«

»Er wußte, in welchem Jahr ich in Vietnam war. Er wußte sogar, wie oft ich verwundet worden bin.«

Der Sheriff schaute hinaus in den peitschenden Regen und betrachtete einen Mimosenzweig, der vom Wind ans Fenster gedrückt wurde.

»Meiner Ansicht nach gibt's hier nur eine Möglichkeit, wie wir weiterkommen«, sagte er. »Wir greifen diesen Marsallus wieder auf und belangen ihn wegen der Schüsse auf den Mann bei Ihrem Haus. Dann kann er entweder mit uns reden oder droben in Angola Sojabohnen anbauen.«

»Wir haben aber kein Opfer.«

»Finden Sie es.«

»Ich brauche einen Durchsuchungsbefehl für Sweet Peas Cadillac.«

»Den werden Sie nicht kriegen. Warum machen Sie nicht der Schwarzen draußen auf der Bertrandschen Plantage ein bißchen Dampf.«

»Das wird schwer«, sagte ich.

»Sie steckt da mit drin, die hat Dreck am Stecken. Tut mir leid, wenn Sie da ein bißchen empfindlich sind.«

»Auf diese Weise haben wir's seit jeher gemacht«, sagte ich. »Sir?«

Die Klimaanlage lief auf Hochtouren, aber die Luft in meinem Büro war trotzdem schwül und stickig, wie ein feuchter Baumwollhandschuh auf bloßer Haut.

»Leute aufgreifen, die sich nicht wehren können, und ihnen tüchtig Druck machen. Sollen wir Moleen Bertrand vielleicht auch ein bißchen Feuer unter dem Hintern machen, wenn wir schon mal dabei sind? Ich glaube, er hat ebenfalls Dreck am Stecken. Ich weiß bloß noch nicht, inwiefern«, sagte ich.

»Tun Sie, was nötig ist«, sagte der Sheriff. Er stand auf, reckte sich und schaute mich mit ausdruckslosem Blick an.

Aber bei Moleen hat er nicht so gedrängt, dachte ich.

Er sah es mir am Gesicht an.

»Wir haben zwei ungeklärte Morde, und in einem Fall geht es um ein Opfer, das aus unserem Gefängnis entführt wurde«, sagte er. »Wir stehen ganz schön beschissen da, und zwar teilweise auch deswegen, weil Sie und Purcel eigenmächtig gehandelt und womöglich einen guten Ansatzpunkt für unsere Ermittlungen verhunzt haben. Mit Ihren Bemerkungen stellen Sie meine Toleranz auf eine wirklich harte Probe.«

»Wenn Sie Moleen etwas anhängen wollen, wüßte ich eine Möglichkeit«, sagte ich. Der Sheriff wartete mit verkniffener, unfreundlicher Miene. »Setzen Sie jemanden ernsthaft darauf an und rollen Sie diesen tödlichen Unfall von seiner Frau noch mal auf.«

»Würden Sie das tun?« fragte er.

»Nein. Aber wenn Sie jemandem Dampf machen wollen, dann ist das der Zündstoff, den sie ihm vorhalten sollten, Sheriff. Es ist bloß einfacher, wenn man nicht Bertrand heißt.«

»Ich habe Ihnen nichts mehr zu sagen«, sagte er und ging hinaus.

Manchmal hat man Glück.

In diesem Fall handelte es sich um den Anruf eines alten Kreolen, der mit einem Drillingshaken, einer Eisenschraube als Senkblei und Hühnergedärm als Köder an einem sumpfigen Flußarm drunten an der Vermilion Bay gefischt hatte.

Helen und ich fuhren auf einem Damm durch die weite, mit Riedgras bestandene Senke und trafen noch vor den Tauchern und dem Gerichtsmediziner ein. Der Regen hatte inzwischen aufgehört, die Sonne stand hoch und gleißend am Himmel, und das Wasser tropfte von den Zypressen, unter denen der alte Mann geangelt hatte.

»Wo ist es?« fragte ich ihn.

»Ganz da drüben, gleich hinter den Rohrkolben«, sagte er.

Seine Hautfarbe erinnerte an staubige Ziegelsteine, die Augen waren trüb vom Star. »Meine Schnur hat geruckelt, und ich hab erst gedacht, ich hätt 'n Alligatorhecht am Haken. Ich hab dran gezerrt, und auf einmal hab ich gemerkt, daß es kein Alligatorhecht is. Dann bin ich rauf zum Laden gefahren und hab euch angerufen.«

Seine von Schlick und Algen dunkelgrün verfärbte Wurfleine war um einen Zypressenstrunk gebunden und spannte sich über das Altwasser. Bei einem Teppich aus Wasserlilien und Schilf tauchte sie unter.

Helen kauerte sich hin, legte den Finger um die Schnur und prüfte die Spannung. Die Leine hatte sich in etwas verheddert, das von der Strömung auf den Abfluß des Altwasserarms zugetrieben wurde.

»Erzählen Sie uns noch mal, was Sie gesehen haben«, sagte sie.

»Ich hab dem Mann, der sich am Telefon gemeldet hat, doch schon alles erzählt«, sagte er. »Es is aus'm Wasser aufgetaucht. Ich hab gemeint, mir bleibt das Herz stehn.«

»Haben Sie eine Hand gesehen?« fragte ich.

»Das hab ich nicht gesacht. Es hat ausgesehn wie eine Schwimmflosse. Oder wie der Fuß von 'nem großen Alligator. Aber das war kein Gator«, sagte er.

»Sie sind nicht auf die andere Seite gegangen?« fragte Helen.

»Ich hab dort nix verlorn«, sagte er.

»Eine Schwimmflosse?« sagte ich.

»Es is so 'n Stummel gewesen, wie 'ne Hand ohne Finger. Ich weiß nicht, wie ich's euch erklärn soll«, sagte er.

Helen und ich gingen zum oberen Ende des Altwasserarms und liefen auf der anderen Seite hinunter bis zum Abfluß, der in einen Kanal führte. Bei Ebbe strömte das Wasser in dem Kanal gen Süden, hinaus in die Bucht. In der glühenden Sonne flimmerte über dem toten Flußarm dampfig heiße Luft, die nach abgelagertem Schlamm und fauligen Pflanzen roch.

Helen stieß mit einem Stock in den Teppich aus Wasserlilien und bewegte darunter etwas Weiches hin und her. Eine

149

Schlickwolke quoll auf. Sie stocherte noch einmal in dem Was-
serlilienteppich herum, und diesmal förderte sie ein dichtes
Geflecht zutage, ein rostiges gelbes Eisenrohr, das rundum mit
einer dünnen Nylonangelschnur umwickelt war. Sie ließ es
wieder ins Wasser gleiten. Dann tauchte ein heller Fleck auf,
ein runzliges Stück Haut, und verschwand wieder.

»Wieso kriegen eigentlich immer wir die Wasserleichen?«
sagte sie.

»Hier schmeißen die Leute alles mögliche ins Wasser«, sagte
ich.

»Bist du schon mal beim Psychologen gewesen?«

»Ist schon 'ne ganze Weile her«, sagte ich. In weiter Ferne
sah ich zwei Notarztwagen und den Kleinbus eines Fernseh-
teams, die auf dem Damm näher kamen.

»Ich bin mal bei einem in New Orleans gewesen. Ich war innerlich darauf vorbereitet, daß er mich fragt, ob mein Vater vor
den Kindern an seinem Schniedel rumgefummelt hat. Statt
dessen hat er mich gefragt, warum ich bei der Mordkommission arbeiten will. Ich hab ihm gesagt, daß es um Gut und Böse
geht, daß ich an den Zuständen was ändern will, daß es mir na-
hegeht, wenn ich ein totes Kind aus der Kanalisation ziehe,
nachdem ein Lustmörder mit ihm fertig ist. Und er lächelt mich
die ganze Zeit an, und sein Gesicht sieht aus wie ein Brotpud-
ding voller Rosinen. Ich sag: ›Schaun Sie, Doc, es gibt schlimme
Typen, die ihre Opfer quälen, vergewaltigen und umbringen.
Wenn wir die nicht für immer hinter Gitter bringen oder ins
Jenseits befördern, machen sie das immer wieder.‹

Er lächelt mich weiter an. Ich sag: ›Ehrlich gesagt, hab ich das
Politessendasein satt.‹ Er hat das ziemlich komisch gefunden.«

Ich wartete darauf, daß sie fortfuhr.

»Ende der Geschichte«, sagte sie. »Ich bin da nie wieder
hin.«

»Warum nicht?«

»Das weißt du ganz genau.«

»Immer noch besser als im Kaffeesatz lesen.«

Sie zog einen Kamm aus der hinteren Tasche ihrer Jeans und

fuhr sich damit durch die Haare. Ihre Brüste zeichneten sich wie kleine Bälle unter ihrer Bluse ab.

»Rück deinen Schlips zurecht. Du wirst in den Abendnachrichten zum Jux der Woche«, sagte sie.

»Helen, würdest du das bitte lassen?«

»Sei frohgemut, Streak.«

»Genau das sagt Clete Purcel auch immer.«

»Der Quadratarsch? Ohne Scheiß?« sagte sie und grinste.

Zwanzig Minuten später durchtrennten zwei Taucher, die Gummianzüge, Sauerstoffflaschen und OP-Handschuhe trugen, die verheddarte Nylonschnur, die kreuz und quer um den im Wasser versenkten Körper geschlungen und durch eine Kette aus Alteisenteilen gefädelt war. Sie hielten die Leiche an den Armen, so daß das verweste Hinterteil durch das Schilf schleifte wie ein eingesunkener kittfarbener Ballon, und schleppten sie mühsam ans Ufer.

Ein junger Fernsehreporter wandte bei laufender Kamera das Gesicht vom Sucher und würgte.

»Entschuldigung«, sagte er verlegen und schlug die Hand vor den Mund. Dann drehte er sich zur Seite und übergab sich.

Die Taucher legten die Leiche bäuchlings auf eine schwarze Plastikplane. Die Rückseite der Oberschenkel wimmelte von Blutegeln. Einer der Taucher ging weg, nahm einem Deputy in Uniform die Zigarette aus dem Mund und rauchte sie, während er uns den Rücken zukehrte.

Der Pathologe war ein großer weißhaariger Mann mit Fliege, Hosenträgern und einem Strohhut mit breiter Krempe und schmalem schwarzem Hutband.

»Ich frag mich, wieso sie ihn nicht gleich ausgeweidet haben«, sagte er.

Der Leichnam war nackt. Die Finger und Daumen an beiden Händen waren an den Gelenken glatt abgetrennt, vermutlich mit einem Bolzenschneider. Der Kopf war rund zwei Zentimeter über dem Schlüsselbein abgesägt worden.

Helen biß einen Niednagel an ihrem Daumen ab. »Was meinst du?« fragte sie.

151

»Schau dir an, wie groß er ist. Wie viele Jungs mit so einer Statur enden als Wasserleiche?« sagte ich.

Selbst im Tod und im Zustand fortgeschrittener Verwesung, bei dem sich in tropischen Gewässern die Haut gräulich verfärbt, sah man anhand der Muskelstränge an Schulter, Rücken und Hüfte, daß es sich um einen kräftigen, sehnigen Mann gehandelt hatte, jemanden, dessen Körper durch jahrelanges Training gestählt war, der es gewohnt war, vierzig Kilo schwere Tornister durch den Busch zu schleppen, das jähe Rucken der Fallschirmgurte abzufedern und keine Miene zu verziehen, während der Stahlhelm die Nase zerschrammt.

Ich streifte mir ein Paar weiße OP-Handschuhe über und kniete mich neben die Leiche. Ich versuchte die Luft anzuhalten, aber der Geruch legte sich wie klamme Wolle auf die Haut – ein alles durchdringender Gestank nach salzigem Tanggeschling, auf heißem Sand vertrocknetem Fischlaich und altem Schweinefleisch, das grünlich angelaufen und vergammelt ist.

»Sie müssen das nicht machen, Dave«, sagte der Pathologe.

»Bis fünf Uhr hab ich ihn auseinandergenommen.«

»Ich suche bloß die Einschußwunde, Doc«, sagte ich.

Ich schob beide Hände unter den Oberkörper und wälzte die Leiche auf den Rücken.

»O Scheiße«, sagte der Nachrichtenmann.

»Vielleicht hat sich der Typ weibliche Organe einpflanzen lassen wollen«, sagte ein Deputy in Uniform.

»Halt's Maul, du Arschloch«, sagte Helen.

Unmittelbar über der Leistengegend war eine Wunde. Ein Aal hatte sich hineingefressen, so daß sein Kopf tief im Fleisch steckte, während der Schwanz wie eine silberne Peitsche durch die Luft schlug.

»Möglicherweise stoßen Sie auf eine Neunmillimeterkugel, Doc«, sagte ich.

»Kennen Sie den Mann?« fragte er.

»Meiner Meinung nach handelt es sich um einen gewissen Jack«, sagte ich.

Helen strich mit einem zusammengefalteten Stück Pappkarton über seinen Schenkel. »Da ist 'ne Tätowierung, die seine Freunde übersehen haben«, sagte sie.

Es war der verblichene, an einem aufgeblähten Fallschirm hängende grün-rot-goldene Globus mit dem Anker, das Abzeichen des Marine Corps.

»Der arme Blödmann hat beim Wäscheappell wahrscheinlich nicht mal gewußt, wer er war«, sagte Helen.

Helens Therapeut hatte ihr eine der Fragen gestellt, auf die eine ehrliche Antwort entweder unmöglich oder aber so selbstentlarvend ist, daß man sich hinterher eine ganze Weile in seiner eigenen Haut nicht wohl fühlt.

Es kam mir vor, als träumte ich die ganze Nacht hindurch, von dem Augenblick an, da ich eingeschlafen war, bis zum Morgengrauen, aber es war immer dieselbe Handlung mit den gleichen Beteiligten.

Ich stehe an einer Mahagonibar mit Messinggeländer, während draußen ein rosiger Abendhimmel über den Philippinen hängt und die Palmwedel im Hof sich sanft im Wind wiegen. Ich kippe mir ein Schnapsglas mit Jim Beam hinter die Binde und spüle mit einer Flasche San Miguel nach, stütze die Unterarme auf das kühle Holz und warte auf den Rausch, der wie ein alter Freund ist, der einen nie im Stich läßt, der sich stets mitten in die Nerven an der Schädelbasis brennt, in die Lenden fährt, längst verschüttete Gedankengänge freilegt und einem nach all dem Kleinmut und der Beklommenheit endlich wieder wohlig ums Herz werden läßt.

Eine Zeitlang.

Der Barkeeper hat ein gelbes Gesicht, und die Haut spannt sich so straff um seinen Schädel, daß die Falten um den schmalen, schlitzartigen Mund wie Schnurrhaare wirken. Die Abendluft ist erfüllt vom Rascheln der Perlenvorhänge und dem seidigen Geflüster der Asiatinnen, die zwischen ihnen hindurchschweben; rundum hängt dichter, süßer Opiumduft, wie wenn man Honig und braunen Zucker auf einem Löffel verbrennt, dazu der rauchige Geruch nach Whiskey, der in alten Holzfässern gereift ist, und die Schwarzkirschen, Orangen- und Limonenscheiben, die man mit geradezu sinnlicher Lust zwischen den Backenzähnen zerquetscht, als ob man durch sie irgendwie in einen tropischen Garten versetzt würde, statt in einem Loch unter der Erde zu landen.

Der Traum endet immer auf die gleiche Weise, aber mir ist nie ganz klar, ob die Szene nur symbolischen Charakter hat oder ob ich mich tatsächlich an etwas erinnere, das sich in weggetretenem Zustand zugetragen hat. Ich sehe machtlos zu, wie mich gesichtslose Männer vom Boden hochheben und mich aus der Tür in eine mit Kopfsteinen gepflasterte Gasse werfen, die vom Geschepper der Mülltonnen widerhallt, in denen alte Weiber nach verwertbaren Abfällen kramen. Ein Zuhälter und eine Hure durchwühlen meine Hosentaschen, und ich starre sie nur an, so hilflos wie ein Querschnittsgelähmter. Dann sitze ich auf einem Stuhl in irgendeinem Polizeirevier in der dritten Welt, meine Hände sind auf den Rücken gefesselt, das Delirium tremens beutelt mich, und Schweißtropfen, so groß wie abgeplattete Murmeln, perlen über mein Gesicht.

Mit rasselndem Atem wache ich aus diesem Traum auf, und die Luft im Zimmer kommt mir vor wie mit Alkoholausdünstungen geschwängert. Ich setze mich auf die Bettkante und gehe die ersten drei Entwöhnungsschritte der Anonymen Alkoholiker durch. Aber jetzt gehen mir andere Eindrücke durch den Kopf, die beunruhigender sind als meine Traumgesichte. Es ist, als ob aus einer glühenden Stelle unmittelbar außerhalb meines Gesichtsfelds eine rote Blase aufsteigt und in meinem Hinterkopf zerplatzt, und dann sehe ich Leuchtspurmunition durch die Nacht zucken wie flackernde Neonreklame, und mein Mund schmeckt bitter nach Kordit. Es ist genauso wie ein Whiskeyrausch, der die Erinnerung bannt und flirrende Alptraumwesen in harmlose Phantasiegebilde verwandelt.

Meine Plakette und die 45er Automatik, das offizielle 1911er Army-Modell, liegen im Mondlicht auf der Kommode. Meiner Meinung nach ist es kein Zufall, daß ich an sie gekommen bin.

Ich war eine Stunde daheim, als das Telefon in der Küche klingelte.

»Wir haben zwei Kugeln rausgeholt«, sagte der Gerichtsmediziner. »Eine davon ist gut erhalten. Aber ich würde sagen, es handelt sich in beiden Fällen um Neunmillimetermunition, beziehungsweise Kaliber achtunddreißig.«

»Zwei?« sagte ich.

»Unter der Achselhöhle war ein zweiter Einschuß. Die Kugel hat den meisten Schaden angerichtet. Sie ist durch irgendwas abgelenkt und plattgedrückt worden, bevor sie in den Brustkorb eindrang. Jedenfalls hat sie beide Lungenflügel durchschlagen. Sind Sie immer noch der Meinung, daß es sich um den Kerl handelt, der draußen bei Ihrem Haus war?«

»Ja. Der Typ hatte eine abgesägte Schrotflinte unter dem rechten Arm. Vermutlich ist eine der Kugeln daran abgeprallt.«

»Dann war er vermutlich ziemlich aufgedreht.«

»Ich verstehe Sie nicht recht«, sagte ich.

»Er hat ein Menge Adrenalin ausgeschüttet, bevor es ihn erwischt hat. Ich weiß nicht, wie er ansonsten von dort weggekommen ist. Morgen werden wir jedenfalls sehen, ob sein Blut mit den Proben übereinstimmt, die sie in Cade und im Gebüsch vor Ihrem Haus eingesammelt haben.«

»Danke für Ihre Hilfe, Doc.«

»Halten Sie mich auf dem laufenden, ja?«

»Klar.«

»Das mit dem vielen Adrenalin im Herzen des Mannes war nicht einfach so dahingesagt. Ich habe in medizinischen Fachzeitschriften Berichte über hohe Adelige gelesen, die während der Französischen Revolution hingerichtet wurden. Manchmal hat man ihnen gesagt, wenn der Streich des Henkers nicht richtig säße und sie hinterher noch aufstehen und laufen könnten, würde man ihnen das Leben schenken. Ein paar von ihnen haben sich tatsächlich vom Block aufgerafft und sind etliche Meter weit gegangen, eh sie zusammengebrochen sind.«

»Ziemlich gruslig.«

»Sie verstehen nicht, worauf ich hinauswill. Ich glaube, daß der Mann, den ich auseinandergenommen habe, total entsetzt war. Was könnte einen Söldner dermaßen in Angst und Schrecken versetzen?«

Nicht schlecht, Partner, dachte ich.

Nach dem Abendessen saß ich auf der Veranda und sah zu, wie Alafair draußen auf dem eingezäunten Stück Land bei dem Schuppen, den wir eigens gebaut hatten, ihren Appaloosa-Hengst namens Tex striegelte. Tripod, der von der Kette befreit war, saß oben auf dem Kaninchenstall und ließ den Schwanz wie eine gestreifte Standarte seitlich am Maschendraht herunterhängen. Mein Nachbar war aus seinem Haus weggezogen und hatte es zum Verkauf ausgeschrieben, aber jeden Abend kehrte er zurück und drehte sämtliche Wasserschläuche und Rasensprinkler auf, so daß ein schillernder Dunst in der Luft hing, der über seine Hortensien auf unseren Rasen trieb. Die untergehende Sonne stand wie ein abgeflachter roter Ball am westlichen Horizont, die überfluteten Baumstämme im Sumpf wirkten wie in Flammen getaucht, und auf dem reglosen schwarzen Wasser auf der anderen Seite des Bayou konnte man ein vertäutes Ruderboot sehen, dessen Holz so trocken und weiß wie Knochen war.

Bertie Fontenots verbeulter und im wahrsten Sinne des Wortes farbloser Pickup holperte durch die Spurrillen auf der Straße und bog in unsere Auffahrt ein. Sie stieg aus, schlug die Tür zu und walzte, die große gelackte Strohtasche mit den Plastikblumen wie eine Munitionskiste unter den Arm geklemmt, die Steigung herauf, so daß ihre ausladenden Hüften unter dem bedruckten Kattunkleid wogten.

»Was ham Sie wegen meinem Anspruch unternommen?« fragte sie.

»Nichts.«

»Is das alles, was Sie dazu zu sagen ham?«

»Meiner Meinung nach hören Sie eh nicht auf mich. Daher hab ich's aufgegeben, mich zu erklären.«

Sie schaute zu dem Pferdegatter.

»Ich hab Sie bei Ruthie Jeans Haus gesehn. Ich hab gedacht, Sie befassen sich vielleicht mit meinem Rechtsanspruch.«

»Es ging um eine Ermittlung in einem Mordfall.«

»Ruthie Jean weiß nix über einen Mord. Wovon reden Sie da überhaupt?«

»Möchten Sie sich nicht hinsetzen, Bertie?«

»Endlich ham Sie gefracht«, sagte sie.

Ich half ihr die Treppe zur Schaukel hinauf. Sie schlang eine Hand um die Haltekette, stieß sich ab und wiegte mit sanftem Schwung hin und her.

»Ein hübsches Zuhause ham Sie da für Ihre Kleine, was?« sagte sie.

»Ja, bestimmt.«

»Wie lang besitzt das Ihre Familie schon?«

»Der Grund und Boden gehörte mal zur Farm meines Großvaters. Mein Vater hat das Haus 1933 gebaut.«

»Was würden Sie davon halten, wenn es Ihnen einfach jemand wegnimmt, Ihnen sagt, Sie hätten keinen Beweis dafür, daß es mal zu Ihrem Opa seiner Farm gehört hat? Ihnen mit dem Bulldozer die Wände einreißt und den Boden umgräbt, als wär hier keiner von euch je gewesen?«

»Sie müssen mir ein bißchen Zeit lassen, Bertie. Ich tu, was ich kann.«

Sie ließ das große Schloß an ihrer Tasche aufschnappen und griff hinein.

»Weil Sie ja nicht glauben wollen, daß Moleen hinter einem Schatz auf unserm Land her ist, hab ich Ihnen was mitgebracht«, sagte sie.

»Das hier hab ich im Frühjahr ausgegraben, draußen in mei'm kleinen Garten.«

Sie packte eine Reihe schmaler, etwa zwanzig Zentimeter langer Gegenstände aus, einen nach dem anderen, Stück für Stück einzeln in Papierservietten eingeschlagen und mit Gummis umwickelt. Dann pellte sie den Gummiring von einem ab, rollte die Serviette auf und drückte sie mit der anderen Hand platt.

»Was halten Sie davon?« fragte sie.

Der Löffel war schwarz angelaufen, wie ein angekokelter Topf, aber offensichtlich hatte sie die Erde abgeputzt und das Metall mit einem Lappen glattgerieben, so daß man deutlich das eingravierte Wappenzeichen und den Buchstaben *S* auf dem gebördelten Stiel sehen konnte.

»Ziemlich beeindruckend«, sagte ich. »Wie tief war das vergraben?«

»Von meinen Ellbogen bis zu den Fingerspitzen.«

»Haben Sie das noch jemand anderem gezeigt?«

»Nein, und ich mach's auch nicht. Nicht bevor ich ein Papier in der Hand hab, auf dem steht, daß das mein Grund und Boden ist.«

»In New Orleans gibt es einen Laden speziell für alte Waffen und Münzen. Cohen's, an der Royal Street. Darf ich den Löffel dort hinbringen, wenn ich nicht verrate, woher ich ihn habe?«

»Geben Sie mir Ihr Wort drauf?«

»Ja, Ma'am.«

»Wie lang dauert das?« fragte sie und befächelte sich mit einem geblümten Taschentuch.

14

Am Dienstag nachmittag machte ich im Büro früh Schluß und fuhr quer durchs Atchafalaya-Becken über Baton Rouge nach New Orleans. Zuerst ging ich zu Cohen's an der Royal Street, dessen Sammlung alter Waffen, Münzen und militärischer Ausrüstungsgegenstände aus dem Bürgerkrieg sich mit jedem Museum messen konnte. Danach traf ich mich mit Clete in seinem Büro an der St. Ann Street, und anschließend gingen wir über den Jackson Square zu einem kleinen italienischen Restaurant an der Decatur Street, ein paar Schritte hinter Tujague's.

Wir setzten uns hinten an einen Tisch, der mit einem karierten Tuch gedeckt war, und bestellten. Dann ging Clete zur Bar und kam mit einem Schnapsglas voll Bourbon und einem Humpen Faßbier zurück. Er tauchte den Stamper mit den Fingerspitzen ins Bierglas und sah zu, wie er klirrend am Rand entlang zu Boden sank und der Whiskey in einer bernsteinbraunen Wolke aufstieg.

»Warum kippst du nicht gleich einen Schuß flüssiges Rohrfrei rein?« sagte ich.

Er nahm einen tiefen Schluck und wischte sich mit der Hand über den Mund.

»Heut nachmittag mußt ich 'n Typ, der auf Kaution abgängig war, aus 'nem Motel am Airline Highway rausholen. Er hat seine beiden Kinder bei sich gehabt. Ich muß diesen Detektivjob loswerden.«

»Mit Dienstmarke hast du das doch auch gemacht.«

»Das ist aber nicht dasselbe, Mann. Die Kautionsadvokaten lösen den einen Typ aus, bloß um 'n andern dafür reinzureiten. Die armen Scheißer sind doch bloß das Melkvieh.« Er genehmigte sich einen weiteren Schluck von seinem Magenwärmer, und allmählich nahmen seine Augen einen anderen Glanz an. »Hat euer Gerichtsmediziner einen Blutprobenvergleich mit der Wasserleiche vorgenommen?«

»Ja, es ist der Typ, dieser Jack. Aber wir haben die Medien dazu gebracht, daß sie die Story zurückhalten.«

Er langte über den Tisch und zog den in eine Papierserviette geschlagenen Löffel, den mir Bertie Fontenot gegeben hatte, aus der Brusttasche meines Hemds. Er wickelte das Papier von dem gravierten Stiel.

»Was haben sie bei Cohen's dazu gesagt?«

»Es ist Tafelsilber aus dem achtzehnten Jahrhundert, vermutlich in Spanien oder Frankreich hergestellt.«

Er rieb mit dem Daumenballen über das Wappenzeichen und steckte mir dann den Löffel wieder in die Tasche.

»Der stammt von der Bertrandschen Plantage, hast du gesagt?«

»Jo.«

»Ich glaub, du zettelst da einen Riesenstunk an, Streak.«

»Danke.«

»Siehst du das denn nicht?«

»Was?«

»Ich glaub, du hast diesen Bertrand auf dem Kieker.«

»Er taucht in dem Fall ständig auf. Was soll ich denn machen?«

»Darum geht's doch nicht. Mit dem Scheiß von dem Typ hast du nichts am Hut.«

»Er ist nicht sauber.«

»Das gilt für die ganze Welt. Für dich geht's um Marsallus, die Söldner und womöglich noch um Johnny Carp. Du mußt den Überblick behalten, Mann.«

»Hast du was von Patsy Dapolito gehört?« fragte ich, um das Thema zu wechseln.

»Ich dachte, ich hab's dir erzählt. Er sitzt in Houston im Knast. Hat zu dem Schönheitschirurgen gesagt, er rupft ihm das Auge raus, wenn er die Sache vermasselt.«

»Der Gerichtsmediziner sagt, daß dieser Jack vermutlich völlig verängstigt war, als er sich die zwei Neunmillimeterkugeln eingefangen hat.«

»Du meinst, er hatte Angst vor Sonny Boy?« fragte er.

»So hab ich es verstanden.«

»Der Typ hat auch noch 'ne andere Seite, Streak. Ich hab gesehen, wie er zwei Gefangene alle gemacht hat, Typen vom Militär. Ich mein, das waren echte Schmalztollen, Jungs, deren Stiefel voller Kinderblut waren. Sie hatten's also vermutlich verdient, aber so was vergißt du trotzdem nicht so leicht. Er hat sie mit Backblechen mitten auf dem Weg ein Grab ausheben und am Rand niederknien lassen, und dann hat er ihr Hirn aus fünfzehn Zentimeter Abstand mit 'ner 44er Magnum quer übers Gebüsch verteilt.«

Clete schüttelte sich; dann winkte er dem Barkeeper.

Er hatte sechs Magenwärmer intus, als wir mit dem Essen fertig waren. Er wollte eine weitere Runde bestellen. Sein Hals war rot und grieselig, so als sei er vom Wind wundgescheuert.

»Komm, wir bestellen uns im Café du Monde Kaffee und Beignets«, sagte ich.

»Mir ist nicht danach zumute.«

»Doch, ganz bestimmt.«

»Der olle Streak, schießt wie 'ne Kanonenkugel durch die Stadt und tut so, als hätter alles im Griff. Aber ich mag dich trotzdem, du Saftsack«, sagte er.

Wir gingen unter den Kolonnaden am French Market entlang, setzten uns dann an einen Tisch im Freien und ließen uns Kaffee und Gebäck bringen. Auf dem Gehsteig gegenüber, am Jackson Square, standen nach wie vor die Straßenkünstler, und am anderen Ende des spitzen Eisenzaunes, der den Park umgibt, unmittelbar neben der Kathedrale, konnte man eine Band sehen, die für klingende Münze tüchtig in die Saiten griff. Ich begleitete Clete in sein Büro und saß mit ihm auf dem Rand eines steinernen Brunnens im Hof, während er mir lang und breit erzählte, wie er mit seinem Vater auf dessen Milchauslieferungstour durch den Garden District gefahren war. Dann wurde der lavendelfarbene Himmel nach und nach dunkler, und die Schwalben schossen durchs Zwielicht, und als im Obergeschoß der umliegenden Häuser das Licht anging und ich Clete an den Augen ansah, daß er den Alkohol allmählich verdaut hatte, schüttelte ich ihm die Hand und fuhr zurück nach New Iberia.

Als ich am nächsten Tag vom Dienst nach Hause kam, saß Alafair in der Schaukel auf der Veranda und schnitt Bohnen in einen Topf. Ihr Gesicht war zerkratzt, auf ihrer Jeans waren Grasflecken und Lehm.

»Du siehst aus, als wärst du mit Tex durch 'ne Dornenhecke geritten, Alf«, sagte ich.

»Ich bin in den Wassergraben gefallen.«

»Wie hast du denn das fertiggebracht?« Ich lehnte mich an die Brüstung der Veranda und stützte mich aufs Geländer.

»Ein Hund war hinter Tripod her. Ich wollte rüber in Mister LeBlancs Garten laufen und bin an der Böschung ausgerutscht. Ich bin in ein Dornengestrüpp gefallen.«

»Die Böschung ist da drüben ziemlich steil.«

»Das hat der Mann auch gesagt.«

»Welcher Mann?«

»Derjenige, der mich rausgezogen hat. Er ist runtergeklettert und hat sich voller Dreck gemacht. Er kauft vielleicht Mister LeBlancs Haus.«

Ich schaute zum Garten unseres Nachbarn. Ein Immobilienmakler, den ich aus der Stadt kannte, kam mit einem Klemmbrett in der Hand hinter dem Haus hervor. Er deutete auf das Obergeschoß, wandte den Kopf zur Seite und sagte irgendwas, und dann sah ich den Mann hinter ihm.

»Hat der Mann irgendwas zu dir gesagt?« fragte ich.

»Er hat gesagt, ich soll vorsichtig sein. Dann hat er Tripod von der Weide runtergeholt.«

»Wo ist Bootsie?« fragte ich.

»Die mußte noch was einkaufen gehen. Stimmt was nicht, Dave?«

»Nein. Entschuldige mich einen Moment.«

Ich ging ins Haus, rief in der Zentrale an und bestellte einen Streifenwagen. Dann ging ich wieder hinaus auf die Veranda.

»Ich geh mal nach nebenan. Aber du bleibst hier, verstanden?« sagte ich.

»Er hat doch gar nichts gemacht, Dave.«

Ich lief quer über den Rasen zum Nachbargrundstück, hin zu dem Mann mit dem kleinen Hintern, der axtstielbreiten Schulter und dem Blick, der wie Bleikugeln wirkte.

Er trug ein hellblaues Sommersakko, ein weißes Hemd mit offenem Kragen und allerlei Kugelschreibern in der Brusttasche, eine graue Hose und glänzende Schuhe mit Lochmuster an den Spitzen, deren Sohlen mit Lehm verkrustet waren. Von den Flecken auf seiner Kleidung einmal abgesehen, wirkte er wie ein berufstätiger Mann, der sich einen schönen Abend auf der Rennbahn machen will.

Der Makler drehte sich um und schaute mich an.

»Oh, hallo, Dave«, sagte er. »Ich zeige Mister Pogue grade das Anwesen hier.«

»Ich möchte mich bei dem Herrn dafür bedanken, daß er meine Tochter aus dem Wasserlauf gezogen hat«, sagte ich.

»War mir ein Vergnügen«, sagte der Mann mit den schrotkugelartigen Augen grinsend und neigte den Kopf.

»Mister Andrepont, könnte ich kurz mit ihm unter vier Augen sprechen?« sagte ich.

»Wie bitte?« fragte er.

»Dauert nur einen Moment. Besten Dank«, sagte ich.

»Aha. Nun denn. Sagen Sie mir Bescheid, wenn Sie fertig sind, Sir.« Er wandte das Gesicht ab, um seinen Unmut zu verbergen, und ging zu seinem Wagen.

»Sie sind Emile Pogue«, sagte ich.

»Warum auch nicht?« Die Stimme klang, als komme sie aus einem rostigen Rohr.

»Sie kommen allerhand rum. Sie joggen draußen auf Pecan Island, kreuzen im Haus nebenan auf. Was haben Sie im Sinn, Mister Pogue?«

»Ich bin im Ruhestand, ich mag das Klima, das Haus ist günstig zu haben.«

»Warum finde ich Sie bloß so rundum beschissen?«

»Verflucht, wenn ich das bloß wüßte.« Er grinste.

»Ich möchte Sie um einen Gefallen bitten. Fahren Sie mit mir zu unserem Gefängnis. Wir hatten da einen kleinen Vorfall.«

»Ich hatte vor, mit einer guten Freundin zeitig zu Abend zu essen«, sagte er.

»Treffen Sie sich mit ihr bei Kerzenlicht. Legen Sie bitte die Hände hinter den Kopf.«

»Dafür brauchen Sie einen Haftbefehl, nicht wahr, Chef?«

»Ich halte nicht viel von Formalitäten. Drehen Sie sich um.«

Er war so muskulös, daß beinahe sein Sakko platzte, als er die Hände im Nacken verschränkte. Ich nahm seine linke Hand, drehte sie im Uhrzeigersinn nach unten, auf den Rücken, und schob sie zwischen die Schulterblätter, bis ich den Druckpunkt spürte. Sein Oberarm fühlte sich so zäh und elastisch an wie eine Wagenfeder.

»Nehmen Sie die rechte Hand ein Stück höher, nein, nein, hinter das Ohr, Mister Pogue. So ist's gut«, sagte ich.

Ich legte ihm die Handschellen ums rechte Handgelenk, schob es im Uhrzeigersinn zum Rückgrat und fesselte auch seine Linke. Dann sah ich den Streifenwagen unter den Eichen auf uns zukommen. Ich führte ihn den abschüssigen Rasen hinab, vorbei an dem Makler, der uns mit offenem Mund anglotzte.

»Stimmt es, daß Sonny Marsallus Ihren Bruder umgebracht hat?« fragte ich.

»Ich glaub, Sie haben Ihre Grütze zu lang auf dem Ofen gelassen«, antwortete er.

Ich fuhr hinten im Streifenwagen mit ihm zur Dienststelle, brachte ihn in mein Büro und schloß ihn an den im Fußboden eingelassenen D-Ring an. Dann rief ich den Sheriff und Kelso, den Beschließer, zu Hause an. Als ich den Hörer auflegte, starrte mich Pogue, dessen eine Schulter durch die Fessel schief nach unten gezogen wurde, abschätzend an. Er sonderte einen eigenartigen Geruch ab, so als schwitze er Testosteron aus.

»Wir müssen ein bißchen warten«, sagte ich.

»Auf was?«

Ich holte meinen Dienstplan aus der Schublade und fing an, ihn auszufüllen. Nachmittags hatte es einen Stromausfall gegeben, und die Klimaanlage war zwei Stunden außer Betrieb gewesen.

»Auf was warten wir?« fragte er.

Ich hörte, wie er auf dem Stuhl herumrutschte, wie die Handschellen an dem stählernen D-Ring klirrten. »Was soll das hier?« sagte er fünf Minuten später. »Psychospielchen im Kuhkaff?« Sein Sportsakko war zerknittert, sein Gesicht glänzte vor Schweiß.

Ich legte meinen Dienstplan beiseite, schlug einen gelben Notizblock auf und legte ihn auf meine Schreibunterlage. Ich schraubte meinen Füller auf und tippte damit lässig auf den Block. Dann schrieb ich ein paar Zeilen.

»Sie waren Ausbilder an einer israelischen Fallschirmjägerschule?« sagte ich.

»Kann schon sein. Bin dreißig Jahre dabei. Da macht man allerhand Jobs.«

»Anscheinend haben Sie's irgendwie fertiggebracht, daß Sie in keinem Computer auftauchen.«

Er bewegte das gefesselte Handgelenk hin und her.

»Ich knack hier gleich ein, Chef«, sagte er.

»Reden Sie mich nicht noch mal so an.«

»Schon mal mit 'nem Dupont-Spezial fischen gewesen, daß die Viecher bis rauf in die Bäume fliegen? Absägen bis zum Schloß, so wird das gemacht. Was meinen Sie denn, wer das Land hier schmeißt?«

»Warum klären Sie mich nicht auf?«

»Sie sind doch ein schlaues Kerlchen. Tun Sie nicht so, als wärn Sie's nicht.«

»Aha. Machen Sie und Ihre Freunde das?«

Er lächelte gequält. »Sie haben keine schlechte Tour drauf. Ich wette, die Hiesigen stehn da drauf.«

Durch das Fenster konnte ich den Sheriff, Kelso und den Mann von der Nachtschicht im Gefängnis draußen auf dem Gang stehen sehen. Sie betrachteten Emile Pogue. Kelsos Augen wirkten durch die dicke Brille groß wie Austern. Er und der Mann von der Nachtschicht schüttelten den Kopf.

»Gibt's irgendwo Eintrittskarten? Was läuft hier überhaupt?« fragte Pogue.

»Haben Sie jemals für das CID gearbeitet oder irgend etwas mit einer Bundespolizeibehörde zu tun gehabt?« fragte ich.

»Nein.«

»Jemand, der sich genau auskennt, hat einen Mann aus unserem Gefängnis entführt. Er wurde draußen am Lake Martin ermordet.«

Sein Lachen klang wie das Röcheln eines Heizbrenners im tiefsten Keller einer Mietskaserne.

»Sagen Sie nichts. Der Schwarze, der aussieht, als ob er durch ein Aquarium schaut, muß der Knastwächter sein«, sagte er.

Kelso und der Mann von der Nachtschicht gingen weg. Der Sheriff öffnete die Tür zu meinem Büro und steckte den Kopf herein.

»Schaun Sie beim Rausgehen kurz bei mir vorbei, Dave«, sagte er und schloß die Tür wieder.

»Sieht nicht so aus, als ob Sie unser Mann wären«, sagte ich.

»Ich bin nicht stinkig, Hauptsache, wir bringen die Sache hier hinter uns … Was schreiben Sie da?«

»Nichts Besonderes. Bloß ein, zwei Spekulationen.« Ich stützte den Notizblock auf die Schreibtischkante und schaute darauf. »Wie klingt das? Sie sind vermutlich in jungen Jahren zum Militär gegangen, haben sich freiwillig zu etlichen Eliteeinheiten gemeldet und sind dann drüben in 'Nam in irgendwelche dreckigen Sachen reingeraten, womöglich ins Phoenix-Programm – bei Nacht in Charlies Dörfer reinschleichen, ihm im Schlaf die Kehle aufschlitzen, sein Gesicht gelb anmalen, damit seine Frau weiß, daß er ein Vietcong und Verräter war, wenn sie ihn findet. Sie wissen ja, wie das gelaufen ist.«

Er lachte wieder, faßte sich an sein Hemd und schüttelte es, um sich abzukühlen. Ich konnte die Speichelfäden in seinem Mund und die Amalgamfüllungen in seinen Backenzähnen sehen.

»Danach haben Sie sich womöglich um den Mohnanbau bei den Hmongs drüben in Laos gekümmert. Wäre das möglich, Emile?«

»Mögen Sie kaltes Bier? Im White Rose war's dermaßen gekühlt, daß einem der Hals weh getan hat. Da konntst du dir ein eiskaltes Bier genehmigen und dir gleichzeitig einen blasen lassen, kein Scheiß. Aber du hast drauf stehn müssen, wenn Sie wissen, was ich meine.«

»Sie hätten rüber in den Staat Washington gehen sollen«, sagte ich.

»Ich bin heut ein bißchen langsam. Helfen Sie mir auf die Sprünge.«

»Dort zieht es Ihresgleichen letztlich doch immer hin. Entweder ihr landet in einem Kellerloch irgendwo in den Bergen, oder ihr geht in die dritte Welt und versaut anderen Leuten das Leben. Sie hätten nicht hierherkommen sollen, Emile.« Ich riß das Blatt von meinem Notizblock, das eine Auflistung diverser Gegenstände enthielt, die ich für meinen Köderladen brauchte, mir aber nicht leisten konnte, und warf es in den Papierkorb. Dann schloß ich die Handschellen auf, mit denen er an den D-Ring gekettet war.

Schniefend stand er auf.

»Ich komm mir vor, als ob ich von Kopf bis Fuß stinke.«

»Falls Sie irgendwo hinwollen, kann Sie ein Deputy fahren«, sagte ich.

»Danke, ich nehm mir ein Taxi. Darf ich mal auf euer Klo gehn? Ich muß mich waschen.«

Ich deutete auf die Tür zur Herrentoilette und sagte: »Ich möchte Sie noch um einen Gefallen bitten, Emile.«

»Genehmigt.«

»Sie sind doch ein Profi. Kommen Sie nicht dem Falschen in die Quere.«

»Meinen Sie, wegen dem Haus von Ihrm Nachbarn? Verflucht, wer will schon in so 'nem mückenverseuchten Loch leben?«

Er ging den Flur entlang und stieß die Tür zur Herrentoilette auf. Im Lichtschein, der von drinnen herausfiel, wirkte er wie ein affenähnliches Wesen, das von einem Fotografen angeblitzt wird.

Ich riß das Fenster auf, damit der Geruch abziehen konnte, den Pogue hinterlassen hatte – wie eine warme Turnhalle, die tagelang nicht gelüftet wurde. Dann rief ich daheim an und ging auf die Herrentoilette. Normalerweise ist sie sauber und aufgeräumt, doch jetzt waren die Wand und der Spiegel rund um das eine Waschbecken mit Wasser und Seife eingesaut, und der Boden lag voller zerknüllter Papierhandtücher. Ich ging durch den dunklen Flur zum Büro des Sheriffs.

»Wo ist Pogue?« fragte er.

»Weg.«

»Weg? Ich hab Sie doch gebeten vorbeizuschaun, bevor ...«

»Das haben Sie nicht gesagt.«

»Ich wollte den Kerl beschatten lassen. Ich hab grade beim FBI in Lafayette angerufen.«

»Das ist Zeitverschwendung.«

»Könnten Sie das vielleicht näher erklären?« fragte er.

»Seinesgleichen verschwindet eben nicht so einfach. Ich wünschte, es wäre so.«

»Was reden Sie da, Dave.«

»Er ist der Inbegriff des Bösen, Sheriff.«

Bootsie, Alafair und ich saßen zum Abendessen bei Sandwiches mit Hühnchensalat, Bohnensalat und Pfefferminztee an dem Zedernholztisch im Garten hinter dem Haus. Das junge Zuckerrohr auf dem Feld meines Nachbarn wogte hellgrün im Abendrot. Er hatte seinen Bewässerungskanal aufgemacht, und man konnte den schweren, feuchten Duft riechen, als das frische Naß zwischen die Pflanzenreihen sickerte.

»Oh, ich hab was vergessen, Dave. Ein Mann namens Sonny hat angerufen, als du weg warst«, sagte Alafair. Sie hatte geduscht, Make-up aufgelegt, den Hals gepudert und trug dunkle Bluejeans und eine lavendelfarbene Bluse mit aufgenähten Schlüsselblumen an den Ärmeln.

»Was hat er gesagt?«

»Gar nichts. Er hat gesagt, er ruft noch mal an.«

»Hat er keine Nummer hinterlassen?«

»Ich hab ihn danach gefragt. Er hat gesagt, er ruft von einem Münztelefon aus an.«

Bootsie achtete auf mein Gesicht.

»Wo gehst du heut abend hin?« fragte ich Alafair.

»Lernen. In die Bibliothek.«

»Du willst fünfzehn Meilen weit laufen, bloß um zu lernen?«

»Danny holt mich ab.«

»Welcher Danny? Wie alt ist der Junge?«

»Danny Bordelon, und er ist sechzehn Jahre alt, Dave«, sagte sie.

168

»Großartig«, sagte ich und schaute zu Bootsie.

»Was ist denn da groß dabei?« sagte Alafair.

»Morgen ist wieder Schule«, sagte ich.

»Deswegen gehn wir ja in die Bibliothek«, sagte sie.

Bootsie legte mir die Hand aufs Knie. Als Alafair mit dem Essen fertig war, ging sie hinein, verabschiedete sich durch das Fliegengitterfenster und wartete mit ihrer Büchertasche auf der Veranda.

»Nimm's locker, Skipper«, sagte Bootsie.

»Warum nennst du mich so?« fragte ich.

»Ich weiß es nicht. Ist mir grad eingefallen.«

»Aha.«

»Ich mach's nicht wieder«, sagte sie.

»Tut mir leid. Ist schon gut«, sagte ich. Aber ich hörte immer noch, wie Annie, meine tote Frau, mich so genannt hatte, wie sie es mir von dem Bett aus zugerufen hatte, auf dem sie ermordet worden war.

»Was bedrückt dich, Dave?« fragte Bootsie.

»Es geht um Marsallus. Wir haben die Geschichte über die Leiche unterdrückt, die wir aus einem Altwasser an der Vermilion Bay gezogen haben. Es war der Kerl, dem Sonny zwei Kugeln verpaßt hat.«

Sie wartete.

»Er weiß nicht, daß wir ihn wegen Mordes belangen wollen. Kann sein, daß ich ausgerechnet denjenigen reinreiten muß, der mir womöglich das Leben gerettet hat.«

Später fuhr Bootsie zum Red Lerille's Health & Racquet Club in Lafayette, und ich versuchte mich mit irgend etwas zu beschäftigen, Hauptsache, ich war außer Haus und weitab vom Telefon, falls Sonny noch mal anrufen sollte. Statt dessen schaltete ich das Licht im Baum an, breitete ein Stofftuch über den Zedernholztisch und reinigte und ölte ein AR-15-Gewehr, das ich dem Sheriff abgekauft hatte, und eine Neun-Millimeter-Beretta, die Clete mir zum Geburtstag geschenkt hatte. Aber die Luft war so feucht, daß die Glühbirne nur einen trüben Schein warf, und nach dem anstrengenden Tag brannten meine Augen vor

169

Müdigkeit. Ich konnte mich nicht konzentrieren, ließ ein ums andere Mal die Schrauben und Federn in die Stoffalten fallen und gab es schließlich auf, als in der Küche das Telefon klingelte.

»War das deine Kleine, mit der ich vorhin geredet habe?« sagte Sonny.

»Ja.«

»Klingt, als wär's ein nettes Mädchen.«

Im Hintergrund konnte ich Autos und das Klingeln der Straßenbahn hören.

»Was gibt's?« fragte ich.

»Ich dachte, ich sollte mich mal melden. Irgendwas nicht in Ordnung?«

»Nicht bei mir.«

»Ich hab gehört, was du mit Patsy Dap angestellt hast«, sagte er.

»Bist du in New Orleans?«

»Klar. Schau, ich hab gehört, daß Patsy in Houston aus dem Knast rausgekommen ist. Der Typ hat soviel Verstand wie ein tollwütiges Eichhörnchen.«

»Ich muß mit dir reden, Sonny.«

»Schieß los.«

»Nein, persönlich. Wir müssen ein paar Sachen klären.«

»Du hast mich schon mal eingebuchtet, Dave.«

»Ich hab dich auch wieder laufenlassen.«

Er schwieg. Ich hörte, wie die Straßenbahn klingelnd auf dem Mittelstreifen vorbeifuhr.

»Ich bin morgen früh um zehn im Pearl«, sagte ich. »Entweder du bist da, oder du läßt es bleiben, Sonny. Liegt ganz bei dir.«

»Hast du irgendwas über den Mord an Della rausgekriegt?«

»Wie sollte ich, solange du mir nicht hilfst?«

»Ich frühstücke bei Annette's an der Dauphine Street«, sagte er.

Ich stand frühmorgens auf und half Batist, den Laden aufzumachen, das Feuer für den Grill anzuschüren und die Boote auszuschöpfen, die über Nacht voller Regenwasser gelaufen waren. Der Himmel war klar und samtblau, ein kühler, süßlich riechender Wind blies aus Süden, und ich versuchte innerlich abzuschalten, so wie man es macht, wenn man sich einer Operation unterziehen muß oder in eine Situation gerät, bei der einem von vornherein klar ist, daß man mit dem schieren Verstand nicht weiterkommt.

Gut sah er aus, wie er an dem Tisch bei Annette's saß, die Haare frisch geschnitten, mit einem lavendelblauen Hemd und einem braunen Anzug mit dunklen Streifen, vor sich einen dicken weißen Teller mit einem üppigen Frühstück aus Rühreiern mit blutrotem Ketchup, Wurstpastetchen und Hafergrütze. Er lächelte sogar mit vollem Mund, als Helen und ich, gefolgt von einem Cop der Mordkommission aus dem First District des New Orleans Police Department, mit einem Haftbefehl wegen Mordes durch die Tür kamen.

Er kaute weiter und schaute amüsiert drein, als ich ihn sich an die Wand lehnen ließ und ihn abtastete, die Neun-Millimeter-Smith & Wesson hinten aus seinem Hosenbund zog und ihm Handschellen anlegte.

»Entschuldigung«, sagte er dann. »Beinah hätt ich mich an meinem Essen verschluckt. Mach dir darüber keinen Kopf, Streak. Auch ein Lockvogel muß seine Pflicht tun.«

15

Am Donnerstag morgen kam Julia Bertrand, deren braungebranntes Gesicht geradezu vor Entschlossenheit glühte, in mein Büro. Sie setzte sich hin, ohne zu fragen, so als träfen wir uns in beiderseitigem Einvernehmen.

»Kann ich Ihnen irgendwie behilflich sein, Julia?«

»Ich möchte Anzeige erstatten«, sagte sie mit einem liebenswürdigen Lächeln. Sie hielt sich kerzengerade, aber ihre Hände waren unruhig.

»Worum dreht es sich?«

»Um Prostitution, wenn Sie mich fragen. Draußen bei Cade, das meine ich.« Sie zupfte mit einer Hand an ihrem Schenkel herum, dann hielt sie sie ruhig.

»Bei Cade?«

»Ich hab unser Hausmädchen gestern heimgefahren. Sie wohnt an dem Feldweg bei dieser Bar. Sie wissen bestimmt, welche ich meine.«

»Ich glaube schon, Julia.«

»Da sind weiße Männer mit schwarzen Frauen in die Wohnwagen gegangen.«

»Dave«, sagte sie, als ich nichts erwiderte, »ich bin nicht prüde. Aber hier geht's um unsere Gemeinde.«

»Zwei Türen weiter sind zwei Jungs, mit denen Sie drüber reden können.«

»Ich nehm an, einer davon ist der Herr, mit dem ich bereits geredet habe. Er konnte sich kaum das Gähnen verkneifen.«

»Manche Menschen sind der Meinung, daß es besser ist, wenn man weiß, wo die Halbseidenen sind, als daß sie sich in der ganzen Gemeinde breitmachen«, sagte ich.

»Das Hausmädchen hat mir erzählt, daß die Prostitution in diesem Nachtclub, oder wie immer man das auch nennen mag, von einer Schwarzen namens Ruthie Jean Fontenot organisiert wird.«

Ich schaute sie an, sah ihr hektisches, verkniffenes Gesicht, die gebleichten Haare, die Augen, die unter den Nachwirkungen des Alkohols oder irgendeines Aufputschmittels glitzerten, und ich hatte keinerlei Zweifel, daß die Furien jeden Morgen auf Julia warteten, sobald sie in den Spiegel schaute.

»Ich werde jemanden bitten, daß er sich die Sache mal anschaut«, sagte ich.

»Wie nett.«

»Habe ich Sie mit irgendwas beleidigt?«

»Natürlich nicht. Sie sind ein Schatz, Dave. Ich wünschte bloß, ich wär bei Ihnen mal zum Zug gekommen, bevor Bootsie aufgekreuzt ist.«

»Ist mir stets eine Freude, Sie zu sehen, Julia.«

Ein paar Minuten später sah ich vom Fenster aus zu, wie sie in ihr gelbes Kabriolett stieg und davonraste – vorübergehend wieder mit sich im reinen an diesem Morgen, so als ob die Welt von einem großen Übel befreit wäre, weil sie eine verkrüppelte Schwarze bei der örtlichen Polizei gemeldet hatte.

Ich trank eine Tasse Kaffee, öffnete meine Post und ging dann zum Zellenblock. Kelso kaute auf einem Strohhalm herum und las in einem aufgeschlagenen Aktenordner auf seinem Schreibtisch. Am Kopf der Seite konnte ich Sonnys Namen erkennen.

»Robicheaux, mein Bester, lass dir irgendwas einfallen. Sieh zu, daß seine Kaution runtergesetzt wird, stell die Kaution selber, lass ihn in deinem Köderladen Würmer eintüten. Er gehört nicht hierher«, sagte Kelso.

»Manchmal ergibt es sich halt so, Kelso.«

»Ich hab ihn in Isolation gesteckt, wie von dir gewünscht. Ich hab ihm sogar Essen von daheim mitgebracht. Und was sagt der? Er will wieder in die Sammelzelle.«

»Keine gute Idee.«

»Er sagt, es is egal, wo ich ihn hinsteck, weil's für ihn eh gelaufen is, aber er mag keine kleinen Räume. Er will wieder in die Sammelzelle, sonst rührt er sein Essen nicht mehr an.«

»Hast du schon mal mit schwierigen Häftlingen zu tun gehabt?«

»Es geht ja noch weiter. Mein Mann von der Nachtschicht, der hat den Kerl, diesen Pogue, doch nicht wiedererkannt, aber jetzt sagt er, dasser ihn vorher in der Nähe vom Gefängnis gesehn hat, möglicherweise mit 'n paar andern Typen. ›Verflucht, warum hast du mir das nicht erzählt?‹ sag ich. Und jetzt sagt er, er kann sich an nix mehr erinnern, und außerdem hat seine Frau ihn krank gemeldet. Bei mir im Knast is noch keiner umgebracht worden, Robicheaux. Schaff die Arschgeige hier raus.«

Ich hinterließ meine Waffe bei Kelso, und ein uniformierter Wachmann betätigte den Hebel und öffnete die vergitterte

Schiebetür, durch die man auf einen Gang mit den Einzelzellen gelangte. Der Wachmann führte mich an drei leerstehenden Zellen vorbei zur letzten und ließ mich ein.

Sonny saß in Unterhosen auf der Kante seiner Pritsche und hatte einen bloßen Fuß auf die dünne Matratze hochgezogen. Sein Oberkörper war hart und weiß, die Narben auf seinem Brustkorb wirkten wie ein Geflecht vertrockneter lila Wundmale.

Ich klappte die an einer Kette aufgehängte Pritsche an der gegenüberliegenden Wand herunter und setzte mich.

»Willst du die Sache mit mir regeln?« fragte ich.

»Ich hab nicht den richtigen Kragen dafür, falls du Absolution willst.«

»Wer sagt denn, daß ich so was brauche?«

»Du arbeitest für den Staat, Dave. Du weißt, wie es wirklich zugeht, aber du arbeitest trotzdem für den Staat.«

»Eins will ich dir mal in aller Härte sagen, Sonny. Ich glaube, daß diese Frau in Saint Martinville wegen dir gestorben ist. Wie wär's also, wenn du deine Nase mal eine Zeitlang ein bißchen weniger hoch trägst?«

Er stellte beide Füße auf den Betonboden und nahm einen Apfel von einem Pappteller, auf dem sich außerdem zwei unberührte Sandwiches und ein Schlag Kartoffelsalat befanden.

»Willst du ihn? Kelso hat ihn von daheim mitgebracht«, sagte er.

»Willst du wirklich in Hungerstreik treten?«

Er zuckte mit den Achseln, ließ den Blick über die Graffiti an den Wänden schweifen, schaute auf ein Kreuz, das jemand mit einem Feuerzeug an die Decke gebrannt hatte. »Du bist kein übler Kerl, Streak«, sagte er.

»Hilf uns. Vielleicht kann ich dir ein paar Vergünstigungen verschaffen.«

»He, wir wär's mit 'm bißchen Pflaumengeist? Der Putzmensch hat mir welchen zugesteckt.« Er schaute mich an, sah meinen Gesichtsausdruck. »Ich kann dir nicht helfen, weil ich nichts weiß. Aber du hörst ja nicht zu.«

»Was steht in dem Notizbuch?«

Er schaute mich einen Moment lang an, als überlege er, wie er es in Worte fassen sollte, nur um sie wieder zu verwerfen. »Wo sitzen unsere nächsten Nachbarn?« fragte er.

»Die nächsten drei Zellen sind leer.«

»Ich hab mal einen Job für die DEA gemacht. Nicht etwa, weil die auf mich standen. Die haben bloß gedacht, mein Büchereiausweis bedeutet eventuell, daß ich zwei, drei graue Zellen mehr habe als die Pfeifenköpfe und Rotznasen, die sie normalerweise für ihre Drecksarbeit engagieren. Jedenfalls kann ich es mir nicht leisten, vor allem, wenn man die Umgebung bedenkt, daß so was an die große Glocke gehängt wird, falls du weißt, was ich damit sagen will.«

»Komm schon, Sonny.«

»Wenn du der Kokainroute drunten in den Tropen folgst, stößt du immer auf Waffen. Ich bin Jungs begegnet, die in Laos gewesen sind, im Goldenen Dreieck, Jungs, die mitgeholfen haben, das Opium in Hongkong zu Heroin weiterzuverarbeiten. Dann hab ich nach und nach Geschichten von Kriegsgefangenen gehört, die von der Regierung einfach abgeschrieben wurden. Ich hab ein Haufen Schuldgefühle gehabt, und daher hab ich gedacht, ich könnt's wiedergutmachen, indem ich mich mit den Familien dieser Vermißten und Kriegsgefangenen in Verbindung setze. Ich hab mitgeholfen, ein Telefonnetz aufzubauen, mit allerlei Leuten, die ich nicht mal gekannt hab. Mir war nicht klar, daß ein paar davon wahrscheinlich ehemalige Nachrichtendienstler waren, die mit den Opiumbauern in Laos unter einer Decke gesteckt hatten. Kommst du mit?«

»Ja, ich glaub schon«, sagte ich.

»Ihr Gewissen hat sie geplagt, und so haben sie den Familien nach und nach erzählt, was da drüben vor sich gegangen ist. Ich hab eine Todesliste zusammengestellt, ohne es zu wissen. Das ist zumindest das einzige, was mir dazu einfällt. Ich hab die Fotokopie verbrannt. Mach mit dem Original dasselbe, Dave, bevor noch mehr Menschen zu Schaden kommen.«

»Schuldgefühle weswegen?« fragte ich.

»Ich hab Leute benutzt – Indianer, Bauernmädchen, Menschen, denen es schon seit jeher dreckig gegangen ist.«

Er strich über die Oberseite seines bloßen Schenkels.

»Wir sind in einen Hinterhalt geraten. Ich hatte eine Flakweste an. Alle um mich rum sind niedergemäht worden«, sagte er.

»Manchmal fühlt man sich schuldig, wenn es den Mann neben einem erwischt. So ist das nun mal, Sonny.«

»Ich wurde zweimal getroffen. Als ich zu Boden gegangen bin, sind eine Handvoll Jungs unmittelbar über mir zu Hackfleisch zerfetzt worden. Hinterher haben die Indianer gedacht, ich hätte übersinnliche Kräfte oder wäre vielleicht ein Erzengel oder irgend so was. Ich hab's ausgenutzt, was das Zeug hält, Streak. Schau, ich hab mein ganzes Leben lang meinen Arsch verhökert und mit den Leuten meine Spielchen getrieben. Jungs wie ich sehn nicht schlagartig ein Himmelslicht und ändern ihren Lebenswandel.«

Er griff unter das Kopfteil der Matratze, holte eine Flasche hervor und schraubte den Deckel ab. Es roch wie weiches Obst, das mit Feuerzeugbenzin vermischt und in einem verschlossenen Gefäß auf der Heizung stehengelassen worden war.

Er trank einen Schluck, und es kam mir so vor, als ob sich die Haut um seinen Schädel zusammenzog.

»Du hast mich als Lockvogel bezeichnet. Damit kann ich mich nur schwer abfinden, Sonny.«

»Tja, ich mag die Zelle hier auch nicht so besonders.«

»Glaubst du, ich hätte dich in die Schußlinie gelockt?«

»Nein, eigentlich nicht«, sagte er.

Ich nickte, konnte ihm aber nicht ins Gesicht schauen. Wir wußten beide, daß er vermutlich in einem luftigen Straßenbahnwagen durch die St. Charles Avenue fahren würde, wenn er mich nicht zu Hause angerufen und vor Patsy Dap gewarnt hätte.

»Ich will dir noch was sagen, Dave«, sagte er. »Ich hab fünf Jungs kaltgemacht, seit ich aus den Tropen fort bin. Dieser Jack und Pogues Bruder sind bloß zwei davon gewesen.«

»Du hast eine seltsame Art, für deine Sünden einzustehen.«

»Ich will dich ja nicht verletzen, denn für eine Ratte bist du ganz in Ordnung, aber stell lieber Strafzettel aus, erledige Papierkram oder führ ein paar von den Rotary-Jungs zum Essen aus und lass sie unter dem Tisch an dir rumfummeln. Ich geh diesmal wahrscheinlich endgültig den Bach runter. Also komm mir in meiner Zelle nicht mit deinem Gesülze. Hier, an dieser Stelle, ist das wirklich eine Beleidigung.«

Ich schlug mit der Handkante an die Gitterstäbe und rief den Wachmann, damit er mich herausließ. Als ich mich, verbissen wie ich war, noch einmal zu ihm umdrehte, zupfte er an einer Schwiele an seinem Fuß herum. Die blaue Madonna mit dem nadelspitzen orangen Heiligenschein, die auf seine rechte Schulter tätowiert war, wirkte wie ein Gemälde auf geschliffenem Mondstein. Ich wollte noch etwas sagen, aber er wandte den Blick von mir ab.

Rufus Arceneaux war mit dreiundzwanzig Sergeant bei der Marineinfanterie gewesen. In den zehn Jahren, die er bei unserer Dienststelle weilte, war er uniformierter Streifenpolizist gewesen, zum Zivilfahnder aufgestiegen und wieder in Uniform gesteckt worden. Er war ein großer, vierschrötiger Mann mit einer langen Nase und blondem Stoppelkopf, und der blankgewienerte Waffengürtel samt Holster saß wie angeschmiedet um seinen strammen Leib. Rufus trug eine dunkle Pilotensonnenbrille und lächelte selten, aber man hatte immer das Gefühl, als ob er einen heimlich beobachtete, abschätzig musterte, daß er hämisch die Mundwinkel verzog, sobald man ihm den Rücken zukehrte.

Am Freitag morgen rief Luke Fontenot an und teilte mir mit, daß Ruthie Jean, seine Schwester, im Gefängnis sitze. Rufus habe sie festgenommen.

Ich ging zu seinem Büro und trat ein, ohne anzuklopfen. Er telefonierte gerade, hatte ein Bein über eine aufgezogene Schreibtischschublade gelegt. Er warf mir einen schiefen Blick zu und widmete sich dann wieder seinem Gespräch. Ich wartete eine Weile. Aber er hörte nicht auf.

Er sperrte den Mund auf, als ich ihm den Hörer aus der Hand riß und auf die Gabel legte.

»Was zum Teufel denken Sie sich eigentlich, Robicheaux?«

»Haben Sie Ruthie Jean wegen Kuppelei eingebuchtet?«

»Na und wenn?«

»Sie greifen in die Ermittlungen in einem Mordfall ein.«

»Donnerwetter. In dem Laden da draußen wimmelt's von Niggernutten. Da hätt längst mal jemand mit aufräumen sollen.«

»Meinen Sie, daß Julia Bertrand Sie befördern kann?«

»Schwingen Sie sich gefälligst aus meinem Büro.«

Ich deutete mit dem Finger auf ihn. »Sehen Sie lieber zu, daß sie bis heute nachmittag um fünf auf freiem Fuß ist. Und unterschätzen Sie nicht den Ernst der Lage, Rufus.«

»*Leck* mich«, sagte er, als ich hinausging.

Ich sprach mit dem Sheriff und der Staatsanwaltschaft. Rufus hatte seine Sache gut gemacht. Er hatte einen Deputy als Zeugen dabeigehabt, als er einer Nutte Geld zuschob, weil er angeblich mit ihr nach hinten gehen wollte, hatte gewartet, bis sie die Scheine wiederum an Ruthie Jean weiterreichte, die an der Bar stand, und hatte dann sowohl die Nutte als auch Ruthie Jean festgenommen, nachdem er ihnen ihre Rechte vorgelesen hatte.

Um elf Uhr morgens bekam ich einen überraschenden Anruf.

»Was können Sie tun?« fragte Moleen.

»Ich weiß es nicht. Womöglich gar nichts«, sagte ich.

»Sie ist keine Kupplerin. Was für einen Irrsinn laßt ihr euch denn da einfallen?«

»Sie hat das Geld genommen, sie hat's in die Kasse gelegt.«

»Sie wissen doch, wie es in solchen Läden zugeht. Sie kann doch nicht nachprüfen, ob jeder Geldschein, den sie in die Finger bekommt, sauber ist.«

»Sie wenden sich in diesem Fall an den Falschen, Moleen.«

»Aha?«

Ich sagte nichts. Ich konnte beinahe spüren, wie ihm am anderen Ende der Leitung der Kamm schwoll.

»Verdammt noch mal, Dave, hören Sie auf, mich an der Nase herumzuführen.«

»Ihre Frau war gestern hier. Ich habe ihr erklärt, daß ich für Sittlichkeitsdelikte nicht zuständig bin. Aber ich glaube, sie hat den Richtigen gefunden.«

»Wollen Sie etwa sagen ...« Er brachte den Satz nicht heraus.

»Sie wurde von Rufus Arceneaux festgenommen. Reden Sie mit ihm, Moleen. Wenn Sie in der Zwischenzeit etwas Gutes tun wollen, dann holen Sie sie auf Kaution raus.«

»Sie selbstgerechter Mistkerl.«

»Danke für den Anruf«, sagte ich und legte auf.

Als ich zur Mittagspause aus der Dienststelle kam, scherte Luke Fontenot mit seinem farblosen, qualmenden alten Spritschlucker aus den siebziger Jahren aus der Fahrspur und hielt neben mir am Straßenrand.

Er beugte sich zur Beifahrerseite und schaute mich durch das Fenster an.

»Ich hab nix mehr zu verbergen«, sagte er. »Ich muß mit Ihnen reden. Wann sin Sie wieder da?«

»Über was wollen Sie reden?«

»Er hat das Baby nicht gewollt. Deswegen is alles schiefgelaufen, schon bevor ich den Mann erschossen hab, weil er über meine Schwester hergezogen is und gleichzeitig Mister Moleen erpreßt hat.«

Ich öffnete die Wagentür und stieg ein.

»Wie wär's mit einem Poor-Boy für uns beide?« sagte ich.

16

Hier ist die Geschichte, die Luke mir erzählte, jedenfalls so gut ich sie wiedergeben kann.

Die Bertrands hielten es wie die Großgrundbesitzer seit jeher. Sie weilten fernab von ihren Ländereien und überließen die Bewirtschaftung der Plantage einem Verwalter namens Noah Wirtz, einem Pachtbauern aus der Gegend am Red River, der je nachdem, wie es die Situation erforderte, als Farbiger durchgehen konnte oder auch nicht. Von ein paar Lehrern auf der Dorfschule einmal abgesehen, hatte Ruthie Jean, damals elf Jahre alt, kaum Kontakt zu erwachsenen Weißen gehabt, bis zu jenem dunstigen Wintermorgen, als Moleen mit seinen Freunden vom College in Springhill zum Taubenschießen auf die Plantage kam.

Er hatte am Rande des Wassergrabens gekniet, die doppelläufige Schrotflinte an den Stamm einer kahlen Platane gelehnt, und sich aus seiner Thermoskanne eine Tasse Kaffee eingegossen, während sein Hund in den abgeernteten Zuckerrohrfeldern die Vögel apportierte, die Moleen gerade geschossen hatte. Dann hatte er sich plötzlich umgedreht und bemerkt, daß sie ihn beobachtete.

Ihre kurzen Zöpfe waren mit Gummiringen zusammengehalten, ihr pummeliger Körper verschwand in einem schweren Herrenwintermantel.

»Huch, Herr im Himmel, hast du mich erschreckt«, sagte er, aber sie wußte, daß das nicht stimmte. Er zwinkerte ihr zu. »Meinen Freunden und mir ist der Kaffee ausgegangen. Kannst du zu deiner Mama gehen und fragen, ob sie uns die Kanne hier auffüllt?«

Sie nahm ihm die Thermoskanne und die Tasse aus der Hand, guckte fasziniert auf sein hübsches Gesicht und die toten Vögel in seiner Segeltuchtasche, die er wie von Zauberhand vom Himmel geholt hatte.

»Einen Moment«, sagte er, schob den Daumen in seine Uhrtasche und drückte ihr einen Silberdollar in die Hand. Die Spitzen seiner schlanken Finger berührten ihre Haut. Sie hatte nicht gewußt, daß eine Münze so dick und schwer sein konnte. »Das ist für Weihnachten. Und jetzt lauf los und sag deiner Mama, daß der Kaffee für Mister Moleen ist.«

Sechs Jahre lang sah sie ihn nicht mehr, und dann, an einem kalten Neujahrsnachmittag, hörte sie Gewehrschüsse auf der anderen Seite des Zuckerrohrfeldes, drüben bei den Bäumen, und als sie hinaus auf die Veranda ging, sah sie vier Männer nebeneinander durch das gefrorene Stoppelfeld schreiten, während die Vögel vor ihnen wie verrückt durch die Luft schossen, als wollten sie sich am unerbittlich blauen Himmel unsichtbar machen.

Die Jäger luden Segeltuchstühle, eine Kühlbox und einen zusammenklappbaren Grill von der Pritsche ihres Pickup, tranken Whiskey und bereiteten fünf Zentimeter dicke, blutige Steaks auf einem Holzfeuer zu, dessen Rauch vom Wind verweht wurde wie ein zerfetztes Taschentuch. Als der Mann, der sich Moleen nannte, sie sah und ihr quer über das Feld hinweg zurief, ob sie ihnen Wasser bringen könnte, lief sie rasch in die Küche und füllte einen Plastikkrug, und das Herz schlug ihr dabei bis zum Hals, ohne daß sie wußte, weshalb.

Die Gesichter der Jäger waren vom Wind und vom Bourbon gerötet, in ihren Augen saß der Schalk, und ihre Gespräche verliefen teils tiefsinnig, teils hitzig vom Adrenalin in ihrem Blut, als sie die Waffen mit den ventilierten Laufschienen hochrissen, anlegten, eine donnernde Salve abfeuerten und ein, zwei, drei, vier, fünf Vögel erlegten, die wie zerfetzte Federknäuel vor der Wintersonne herabtaumelten. Sie füllte ihre Gläser, war sich nun bewußt, daß ihre Aufregung nicht nur unbegründet, sondern töricht war, daß sie sie eigentlich gar nicht wahrnahmen, von dem einen oder anderen Blick einmal abgesehen, wenn sie darauf achteten, daß sie ihnen kein Wasser über die Hände schüttete.

Doch als sie wegging, herrschte hinter ihr einen Moment lang Stille, ein Schweigen, das ihr förmlich in den Ohren dröhnte; dann ertönte eine tiefe Männerstimme, und sie hatte das Gefühl, als zögen sich ihre Rückenmuskeln zusammen und verkrampften sich unter dem Kleid, so als übten diese derben, unmißverständlichen Worte eine Macht aus, die sie sowohl körperlich als auch seelisch schrumpfen ließ.

»Innen drin ist alles rosa, Moleen.«

Sie schaute starr geradeaus, auf die Veranda, wo ihre Tante

und ihr Bruder saßen, Pecannüsse schälten und in einen Eimer warfen, auf die Weihnachtsbeleuchtung, die noch immer unter dem Vordach hing, auf ihre beiden Katzen, die in einer Mooreiche spielten, deren Äste nackt und kahl wie gebrochene Finger ins winterliche Licht ragten.

Sie wartete darauf, daß die Jäger laut loslachten. Statt dessen trat erneut Stille ein, und im Wind, der ihr in den Rücken blies, hörte sie deutlich die Stimme des Mannes namens Moleen.

»Du hast zuviel getrunken, mein Werter. Trotzdem kann ich eine derartige Unhöflichkeit gegenüber einer Frau auf meinem Anwesen nicht dulden.«

Diesen Moment vergaß sie nie.

Er kam erst lange nach der Heimkehr der anderen Soldaten vom Militärdienst zurück. Er erklärte weder, warum, noch verriet er jemandem, wo genau er gewesen war. Aber er war still und in sich gekehrt, wie jemand, der den Tod hautnah erlebt hat oder mit ansehen mußte, wie die Persönlichkeit, die er einst besaß, zerfressen wurde. Oft saß er allein in seinem Wagen bei dem Gummibaumhain, hatte die Türen offen, damit der Abendwind eindringen konnte, rauchte eine Zigarre, während rundum die Zikaden zirpten, und starrte auf die glutrote Sonne, die über den Zuckerrohrfeldern unterging.

Einmal schlug Ruthie Jean eine alte Ausgabe der Illustrierten *Life* auf und sah ein Bild, das in Indochina aufgenommen worden war – ein Tal voller grünem Elefantengras und dazu eine Sonne, die wie eine rote Hostie am wäßrigen Horizont versank. Sie ging damit zu Moleens Wagen, fast so, als habe sie den Schlüssel zu seinen Gedanken gefunden, drückte es ihm in die Hand und schaute in sein Gesicht, als wolle sie sagen, daß damit nicht die Schuld für den Silberdollar und die Zurechtweisung des betrunkenen Jägers beglichen, sondern offen eingestanden werde und daß sie ein Band zwischen ihnen darstelle, das aufgrund der Rassenzugehörigkeit und des gesellschaftlichen Standes unmöglich war.

Er wußte es ebenfalls. Trotz aller Sünden, die er seit Asien mit sich herumschleppte, des Blutes, das sich nicht aus seinen Träumen tilgen ließ, der beschämenden Erinnerungen an das Unaussprechliche, die er jeden Abend wiedererstehen ließ, wenn der Himmel im Westen in Flammen zu stehen schien, wußte er, daß sie in ihn hineinschaute und es dort sah und ihn nicht dafür verdammte, sondern ihm durch ihre Nähe mitteilte, daß er nach wie vor der gleiche junge Mann war, der im Dämmerlicht der morgendlichen Jagd freundlich zu einem Kind gewesen war und jemanden seinesgleichen zum Schweigen gebracht hatte, dessen Worte so mächtig waren, daß man meinte, sie stächen einem in die Seele.

Beim ersten Mal trafen sie sich hinter den Bäumen, in Richtung See, in einem Schuppen aus Zypressenholz, der einst zu den alten Sklavenunterkünften gehört und später als Maislager gedient hatte. Zu zweit zerrten sie den Rücksitz aus seinem Wagen, beide fiebrig von der ersten Liebkosung kurz zuvor, und trugen ihn hinein. Wortlos und beklommen zogen sie sich aus, und als er feststellte, daß er vor ihr nackt war, konnte er es nicht abwarten, sei es aus Scham oder aus Gier, und er küßte ihre Schulter und danach den Ansatz ihrer Brüste, während sie noch mit ihrem BH-Verschluß kämpfte.

Sie war nie zuvor mit einem Weißen zusammengewesen, und er fühlte sich seltsam sanft und zärtlich zwischen ihren Schenkeln an, und als sie beide gleichzeitig kamen, küßte sie sein feuchtes Haar und drückte ihm die Hand ins Kreuz und schmiegte sich mit Bauch und Unterleib an ihn, bis sie das Gefühl hatte, daß mit dem letzten heftigen Zucken seiner Muskeln der Sukkubus gebannt war, der an seinem Herzen zehrte.

Er kaufte ihr eine goldene Uhr mit einem Zifferblatt aus Obsidian, das mit weißen Saphiren besetzt war, schickte ihr Geschenkgutscheine für Kleider aus dem Maison Blanche in New Orleans, und dann bekam sie eines Tages ein Kuvert mit einem Flugschein nach Veracruz, Geld und einer Wegbeschreibung zu einem etwas weiter südlich an der Küste gelegenen Hotel.

Ihre Zimmer lagen nebeneinander. Moleen sagte, die Besitzer seien konventionelle Menschen, die er achte und denen er nicht vorlügen wolle, daß sie verheiratet seien.

Das gemietete Boot, auf dem er mit ihr hinausfuhr, war weiß und schimmerte wie Porzellan, hatte Ausleger, Schalensitze und eine fliegende Brücke. Sorgfältig und konzentriert wie ein Teppichknüpfer verknotete er das Vorfach an dem gefiederten Blinker, warf ihn dann im Kielwasser des Bootes aus und grinste dabei zuversichtlich und voller Erwartung. Die gekräuselten Haare an Brust und Schultern wirkten auf seiner braungebrannten Haut wie gebleichte Maisfasern.

Am ersten Morgen zeigte er ihr, wie man das Boot steuerte und die Instrumente las. Es war ein brütend heißer Tag auf dem Golf, dessen smaragdgrünes Wasser von blauen, wie Tintenwolken wirkenden Flecken durchsetzt war, und während sie am Ruder stand und die Spaken umfaßt hielt, fühlte sie seine Hände auf ihrer Schulter, an den Hüften, an Brüsten und Bauch, dann vergrub er den Mund in ihrem zerzausten Haar, und sie spürte, wie er sich an sie drückte, härter wurde.

Sie liebten sich auf einer Luftmatratze, waren schweißüberströmt, während das Boot unter ihnen rollte und stampfte und der Himmel über ihnen wie ein Gespinst aus Licht wirkte und rundum die Möwen schrien. Sie kam vor ihm, und dann, kurz darauf, kam sie erneut, was ihr bislang mit keinem anderen Mann passiert war.

Später mixte er Wodka-Collins, gab Eis in zwei Gläser, wickelte Servietten darum und umschlang sie mit Gummiringen, und dann saßen sie in Badesachen in den Schalensitzen und dümpelten über einem Korallenriff voller lila und oranger Venusfächer dahin, die sich in der Strömung wiegten.

Sie ging nach unten auf die Toilette. Als sie wieder nach oben in die Kabine kam, sah sie backbord voraus ein anderes Sportanglerboot. Der Mann und die Frau am Heck winkten Moleen zu. Er richtete das Fernglas auf sie, stand auf und kam in die Kabine.

»Wer ist das?« fragte sie.

»Ich weiß es nicht. Vermutlich halten sie uns für jemand anderen«, sagte er.

Er übernahm das Ruder und schob den Gashebel vorwärts. Sie sah, wie das andere Boot zurückfiel und die beiden Gestalten am Heck reglos hinter ihnen herstarrten. Sie nahm das Fernglas vom Instrumentenbrett und richtete es auf die Schriftzeichen am Bootsrumpf.

An den Namen des Bootes konnte sie sich später nicht mehr erinnern, aber die drei Worte, mit denen der Heimathafen angegeben war – *Morgan City, Louisiana* –, brachten sie zu einer bitteren Erkenntnis, die weder ein Stelldichein unter Palmen noch die nackte Gier, mit der er wieder und immer wieder auf die Plantage kam, auf Knien vor ihr in der Maishütte lag, die Hände um ihre Schenkel geschlungen, je wieder auslöschen konnten.

Noah Wirtz war ein kleiner, hagerer Mann, dessen Haut aussah, als sei sie von Schießpulver versengt worden. Selbst im Sommer trug er eine schwarze Lederkappe mit kurzem Schirm und lächelte stets, so als ob die Welt voller komischer Situationen sei, die nur er wahrnahm. Er wohnte mit seiner Frau, einer fundamentalistischen Sonntagsschullehrerin aus Mississippi, die ein Holzbein hatte, in einem aus Brettern gezimmerten Haus am oberen Ende der Straße. Die Schwarzen auf der Plantage sagten: »Mister Noah weiß, wie man's zu was bringt.« Er und seine Frau gingen nicht ins Kino, gönnten sich keinen Urlaub, gaben keinerlei Geld für Autos, Alkohol, Außenborderboote, Pickups oder Schrotflinten aus, und sie ernährten sich von nichts anderem als Maisbrot, Kohl, gequollenem Reis mit roten Bohnen, Büffelfisch, Sumpfkarpfen und minderwertigem Fleisch, wie es zumeist die Schwarzen aßen. Jeder Pfennig von seinem kargen Lohn wurde gespart und in das kleine Lebensmittelgeschäft gesteckt, das sie sich in Cade kauften, und die Erträge aus dem Laden wurden für landwirtschaftliche Geräte verwendet, die er wiederum an Zuckerrohrpflanzer in den Bezirken Iberia und St. Martin vermietete.

An einem schwülen Augustabend, als die Leuchtkäfer funkelnd zwischen den Bäumen tanzten, entdeckte Moleen die wahren Fähigkeiten seines Verwalters. Er und Ruthie Jean hatten sich in dem Schuppen hinter den Bäumen getroffen, und als er sich schweißtriefend und schlaff von ihr erhob und ihre Hände von seinen Hüften glitten, hörte er trockenes Laub knistern, dann knackte ein Ast, und ihm wurde klar, daß da draußen jemand war, schwer atmend durchs Unterholz ging.

Er schlüpfte in seine Khakihose, zog sich das Polohemd über und rannte hinaus in die Hitze. Durch die Bäume sah er, wie Noah Wirtz, dessen Cowboystiefel an den Spitzen wie Schnäbel nach oben gebogen waren und dessen langärmliges Drillichhemd unter den Achselhöhlen schweißnaß durchhing, in seinen am Feldrain stehenden Tieflader stieg.

»Sie da! Wirtz!« schrie Moleen. »Bleiben Sie stehen!«

»Ja, Sir?« Wirtz, dessen Haut so dunkel war, als sei sie über offenem Feuer geräuchert worden, grinste ihn unter seiner Lederkappe an.

»Was machen Sie hier draußen?«

»Den Abfall wegräumen, den die Nigger in der Mittagspause weggeschmissen ham.«

»Ich sehe keinen Abfall.«

»Weil ich ihn schon vergraben hab. Soll ich ihn etwa heim zu mir schaffen?« Mit seinem runzligen Gesicht wirkte er wie ein vergnügter Elf.

Sie musterten einander im schwindenden Licht.

»Schönen Abend noch, Chef«, sagte Wirtz und spie einen Strahl Kautabak aus, bevor er ins Führerhaus seines Lasters stieg.

Moleen ging zwischen den Bäumen hindurch zum Schuppen zurück. Das Abendrot fiel gelb und fahl durch das Blätterdach, doch er wußte, ohne hinzuschauen, was er unter der offenen Fensterhöhle finden würde. Klar und deutlich, so als habe ein bocksbeiniger Satyr seine Spur hinterlassen, hatten sich die Absätze der Stiefel durch das dürre Laub in den feuchten Boden gebohrt.

Die Erpressung begann erst viel später, nach Moleens Hochzeit mit Julia, doch die Forderungen waren nicht überzogen, stellten keine allzu große Belastung dar. Genaugenommen waren sie so bescheiden, daß Moleen sich nach einer Weile einredete, es sei besser, wenn Wirtz dahintersteckte, der ebenso unterwürfig wie widerlich war (der manchmal sogar den Zuhälter spielte und dafür sorgte, daß sie bei ihren Schäferstündchen nicht gestört wurden), als jemand anders, der womöglich durchtriebener und unberechenbarer wäre.

Moleen überließ ihm einen Traktor, der ansonsten nur auf der Wiese herumgestanden und vor sich hin gerostet hätte, schenkte ihm zu Weihnachten und an Thanksgiving einen Räucherschinken, gab ihm gelegentlich etwas Rehfleisch oder ein paar Wildenten ab, wenn er so viele hatte, daß sie nicht mehr in den Kühlschrank paßten, und er trat ihm fünf Acres Land ab, das erst urbar gemacht und bestellt werden mußte.

Die stillschweigende Übereinkunft scheiterte schließlich nicht etwa an Wirtz' Habgier, sondern an seiner allzu großen Zuversicht – weil er meinte, er sei nicht mehr auf Moleen angewiesen. Er verkaufte jetzt auch Alkohol in seinem Laden und verlieh Geld an die schwarzen Landarbeiter und Hausmädchen, auf das sie jeweils am ersten Sonnabend im Monat fünf Prozent Zinsen zahlen mußten, bis die Schuld getilgt war.

Sein Landmaschinenpark füllte inzwischen einen ganzen Wellblechschuppen oben am Bayou Teche.

Moleen hörte zunächst nur Gerüchte, dann erfuhr er die ganze Geschichte von dem sechzehnjährigen Mädchen persönlich. Sie sagte, Wirtz sei zu ihr nach Haus gekommen, als ihre Eltern weg waren, und wollte seine Wäsche abholen. Dann, nachdem er gezahlt und den Besenstiel, an dem die frisch gebügelten Hemden hingen, quer durchs Führerhaus des Lasters gesteckt habe, sei er in die Küche zurückgekommen, habe sie nur angeglotzt, wortlos, aus nächster Nähe, so daß sein Atem sie wie feuchter Dampf im Gesicht traf, dann habe er ihre Hand gepackt und gleichzeitig den Reißverschluß an seinem Overall aufgezogen.

187

Moleen fuhr von dem Mädchen aus sofort zu Wirtz und ging, ohne erst den Motor abzustellen oder die Tür des Buick zu schließen, mit weitausholenden Schritten zwischen dem ungestrichenen Staketenzaun hindurch und den schmalen, von Petunien gesäumten Weg zum Haus hoch. Wirtz, der im Schatten auf der Veranda saß und eine Schachtel Schokoplätzchen auf dem Schoß hatte, schaute ihm ruhig und gelassen entgegen. Die Lederkappe hing an einem Nagel über seinem Kopf.

»Das Mädchen traut sich aus lauter Angst und Scham nicht, Sie anzuzeigen, aber auf meinem Anwesen haben Sie nichts mehr verloren. Genaugenommen möchte ich sogar, daß Sie die Gegend verlassen.«

»Die Gegend verlassen, hä?« sagte Wirtz und grinste dabei so breit, daß seine Augen wie Schlitze wirkten.

»Warum, um Gottes willen, ich weißes Gesocks wie Sie überhaupt einstellen konnte, werde ich nie begreifen«, sagte Moleen.

»Weißes Gesocks, hä? Jetzt hör mir mal zu, Chef. Eh ich mein Ding in die Niggerbraut reinstecken tät, schneid ich ihn lieber ab und verfütter ihn an den Hund.«

»Räumen Sie das Haus. Ich möchte, daß Sie bis heute abend verschwunden sind.«

Moleen ging zu seinem Auto.

»Sie sind mir einer, Bertrand. Sie vögeln die Kleinen und heiraten die Großen und nehmen das alles wie selbstverständlich«, sagte Wirtz. Genüßlich zerbiß er ein Plätzchen.

Moleen stieg das Blut zu Kopf. Er beugte sich durch die offene Tür des Buick, zog den Zündschlüssel ab und schloß den Kofferraum auf.

Noah Wirtz rieb sich die Hände und schaute Moleen teilnahmslos an, als der mit der Reitgerte auf ihn zukam. Er wandte kaum das Gesicht, als die geflochtene Lederpeitsche durch die Luft pfiff und seine Wange traf.

»Wenn Sie noch einmal so mit mir sprechen, kostet es Sie das Leben«, sagte Moleen.

Wirtz preßte die Hand auf die Strieme, machte dann den

Mund auf und schloß ihn wieder. Er schaute auf einen Punkt unmittelbar vor seinem Gesicht, so als denke er über etwas nach, das er sogleich wieder verwarf. Dann verschränkte er die Hände, legte sie übers Knie und ließ seine Knöchel knacken.

»Ich hab einen Vertrag«, sagte er. »Der gilt, bis das Zuckerrohr eingefahren ist, und er gilt auch für das Haus hier. Sie begehen Hausfriedensbruch, Chef. Steigen Sie in Ihr Auto ein und verschwinden Sie von meinem Wendeplatz.«

»Die Schießerei«, sagte ich zu Luke, der mir an einem Picknicktisch in dem Pavillon im Park gegenübersaß.

»Ich will nicht drüber reden«, sagte er. Er versuchte sich eine Zigarette anzuzünden, aber das Streichholz war so feucht von seinem Schweiß, daß es sich nicht anreißen ließ. »Die hätten mich beinah auf den elektrischen Stuhl gebracht. Ich wach nachts immer noch auf, bin in die Laken verheddert und spür, wie mir der Mann den Rasierer über die Kopfhaut zieht.«

»Erzählen Sie mir, was in dem Saloon passiert ist, Luke.«

»Er hat's vor den ganzen Männern gesagt. Is über 'ne Frau hergezogen, die ihm nie was getan hat, die niemand je was zuleid getan hat.«

»Wer?«

»Noah Wirtz. Er hat am Bourre-Tisch über sie geredet, wie wenn's nicht mal 'n Nigger gibt, der auf sie steht.«

»Was hat er gesagt, Luke?«

»›Das Luder hat'n Braten im Rohr, und ich weiß, wie die Mistsau heißt, die ihn da reingesteckt hat.‹ Das hat er gesagt, Mister Dave, und er hat mir dabei in die Augen geschaut und noch ein bißchen gegrinst.«

Dann schilderte er den Winterabend in dem Saloon – beinahe zusammenhanglos, so als ob sich ihm ein paar Sekunden seines Lebens so tief und heftig eingeprägt hätten, daß er inzwischen allen Ernstes glaubte, der Tod, der ihm erspart geblieben war, sei das einzige Mittel, um jeglichen Gedanken daran zu vertreiben, die Erinnerung für immer zu tilgen, die ihn jede Nacht im Schlaf heimsuchte.

Es ist der erste Sonnabend im Monat, und an der Bar und den Tischen drängen sich Schwarze, Mulatten, Indianermischlinge und Menschen, die weiß wirken, sich aber niemals dafür halten würden. Die Luft riecht nach ausgespienem Kautabak und Schnupftabak, nach Moschus, öligem Holz, mit Chemikalien behandeltem Sägemehl, abgekochten Okraschoten, Rauch und ungewaschenen Haaren. Videoautomaten zum Pokerspielen säumen die schmucklose Preßspanwand wie geheimnisvoll flackernde Instrumente im Cockpit eines Raumschiffes, das den Spieler in eine elektronische Galaxie voller Reichtum und Macht befördern kann. Doch die hohen Einsätze steigen an dem mit Filztuch bespannten Bourre-Tisch, wo man alles verlieren kann – die Lebensmittel, die Miete für eine jämmerliche Hütte, die Ratenzahlung für den alten Spritschlucker, den wöchentlichen Beitrag zur Sterbeversicherung, sogar die Essensmarken, die man einlösen und auf der Stelle zu Geld machen kann.

Der Mann, der an diesem Tisch die Kohle hat, ist Noah Wirtz, und er nimmt auch Schuldscheine in Form von ungedeckten Schecks an, die er aufbewahrt, bis das Darlehen getilgt ist, und die er an den Sheriff weitergeben kann, falls der Schuldner mit der Rückzahlung in Verzug gerät. Mitunter setzt er beim Spiel auch einen Schlepper ein, einen gedungenen Mann, der einen Glücklosen oder Betrunkenen dazu verleitet, weiterzuspielen und noch mehr zu verlieren, denn beim Bourre führen Leichtsinn und Ungestüm so gut wie immer zu hohen Verlusten.

Wirtz tröstet diejenigen, die ihren ganzen Lohn verspielt haben, spendiert ihnen etwas zu trinken und sagt: »Komm morgen zu mir in den Laden. Wir lassen uns schon was einfallen.« Er weiß genau, wo er Druck machen und wann er lockerlassen muß. Bis zu diesem Abend, da die Zuckerrohrernte eingebracht und sein Vertrag mit Bertrand abgelaufen ist und an dem vermutlich seine ganze Wut durchbricht, all der heimlich aufgestaute Zorn, den seinesgleichen (und mit genau diesem Ausdruck war die Gesellschaftsschicht, der er angehörte, stets belegt worden) hegt, der wie ein häßliches Erbteil von einer Generation an die nächste weitergegeben wurde und der ihn jetzt ebenso umtreibt wie der schmachvolle Peitschenhieb ins Gesicht. Und in diesem Moment werden der Name Moleen Bertrand und die Welt, die er für Wirtz darstellt und die Wirtz verachtet und ihm zugleich neidet, wichtiger als alles Geld, das er durch Schufterei, Verzicht und Selbsterniedrigung angehäuft hat, dadurch, daß er unterwürfig gewesen ist und sich auf die gleiche Ebene wie die Schwarzen begeben hat, mit denen er wetteifert.

»Was sagst du dazu, Luke?« fragt Wirtz.

Luke kann kaum klar sehen, bringt kein vernünftiges Wort hervor. Äußerlich wirkt er gefaßt, auch wenn sein Gesicht glüht.

»Ein ganz bestimmter Weißer hätt dich nicht abservieren solln, bloß damit er selber rankommt, nicht wahr?« sagt Wirtz.

Lukes kleiner vernickelter 38er Revolver, der keinen Abzugsbügel hat und dessen Griffschalen mit Isolierband zusammengehalten werden, ist kaum mehr als ein Stück Alteisen. Aber seine Durchschlagskraft und Treffsicherheit auf kurze Distanz sind phänomenal. Er drückt nur einmal ab, doch das Stahlmantelgeschoß dringt durch Tischplatte und Filzbezug und bohrt sich in Wirtz' Kinn, als sei dort mit einem harten Meißel ein rotes Loch geschlagen worden.

Wirtz torkelt zur Toilettentür, drückt einen zerknautschten Fedora auf die Wunde, hat den Mund, der wie eine rote Blume wirkt, weit aufgerissen, so als wolle er um Hilfe bitten oder um Gnade, vielleicht sogar um Vergebung, doch er bringt nur unverständliche Laute heraus, die nicht von einem Menschen zu stammen scheinen. Er zieht die Knie an die Brust und rollt sich hinter dem Spülkasten ein wie ein Ei, hält mit zitternder Hand den Fedora und schaut mit flehendem Blick auf.

Luke drückt ab, doch der Hammer schlägt dumpf auf eine defekte Patrone. Er zieht den Hammer wieder zurück, und diesmal achtet er darauf, daß die Federspannung stimmt und die Trommel richtig einrastet, aber seine Wut ist verflogen,

191

wie ein Vogel mit scharfen Klauen, der plötzlich von seiner Beute abläßt und sich in die Lüfte schwingt. Er wirft den Revolver in die Toilettenschüssel und geht hinaus in die Gaststube, wo ihn sämtliche Anwesenden anstarren, als hätten sie Luke Fontenot nie richtig gekannt.

Der Mann indes, den er zurückläßt, macht noch einmal die Augen auf und wieder zu, dann quillt eine rote Speichelblase aus seinem Mund, und er starrt blicklos auf einen obszönen Spruch, den jemand an die Wand geschmiert hat.

»Was ist mit Wirtz' Waffe?« fragte ich. »Moleen hat doch Zeugen aufgetrieben, die gesehen haben, daß Wirtz eine Waffe gezogen hat.«

»Mister Moleen hat Geld. Wenn man Geld hat, treibt man jeden auf, alles, was man braucht.«

»Verstehe«, sagte ich. Draußen auf dem Bayou fing es an zu tröpfeln. Eine Mutter, die mit ihrem Kind unterwegs war, klappte den Regenschirm auf, dann rannten beide los und suchten Schutz unter den Bäumen. »Sie haben ein Baby erwähnt«, sagte ich.

»Ich hab Ihnen doch schon gesagt, dasser's nicht gewollt hat.« Sein Gesicht wirkte mit einem Mal unbeschreiblich traurig, völlig offen, ohne jeden Vorbehalt oder Hintergedanken. »Wie sagt man dazu? Ein ›Trimester‹? Ja, genau. Im dritten Trimester war's, da hat sie's von einem Mann in Beaumont wegmachen lassen. Er hat das Baby in ihr zerstückelt, hat sie verpfuscht, und seither geht sie am Stock, hört seither immerzu das Baby in ihrem Kopf schrein.«

Er räumte seinen Teller weg und ging im Regen auf seinen Wagen zu.

17

Nachdem Luke mich an der Dienststelle abgesetzt hatte, ging ich meine Post durch und fand eine Benachrichtigung, daß Clete Purcel angerufen hatte. Ich erreichte ihn in seinem Büro in New Orleans.

»Hast du Marsallus immer noch im Kahn?« fragte er.

»Ja, er ist derzeit im Hungerstreik.«

»Es geht das Gerücht, daß Johnny Carp nicht will, daß jemand Kaution für ihn stellt.«

»Dann habe ich also recht gehabt. Johnny ist von Anfang an hinter ihm hergewesen.«

»Womöglich hat er schon jemand reingeschmuggelt, oder er besorgt sich 'n Hiesigen, der ihn auslöst. Wie du's auch drehst, ich glaub, daß Sonny schwer in der Scheiße steckt.«

»Worauf hat es Johnny deiner Meinung nach abgesehen?«

»Muß irgendwas mit Geld zu tun haben. Ich hab gehört, daß seine Klositze mit Goldpesos ausgelegt sind. Dem hat mal ein Grundstück gehört, auf dem ein zehn Meter hoher indianischer Begräbnishügel gestanden hat. Er hat ihn abtragen lassen und die Erde als Aufschüttmaterial verkauft. Ist doch ein klasse Leben, nicht wahr, Mann?«

Danach saß ich eine ganze Weile da und schaute durch das Fenster hinaus auf einen Regenbogen, der sich quer über den Himmel bis zu einer grauen Wolkenbank spannte, aus der feine Regenschleier fielen. Sonny Boy war praktisch auf dem Präsentierteller, eingesperrt und abgestempelt wie ein Schwein, das man nur noch zur Schlachtbank führen muß, und ausgerechnet ein Polizeibeamter hatte das alles in die Wege geleitet.

Ich knüllte den Brief zusammen, in dem man mich einlud, eine Rede vor dem Rotary Club zu halten, und warf ihn an die Wand.

Moleens Kanzlei befand sich in einem restaurierten, im Schatten alter Eichen stehenden viktorianischen Haus mit weißem

Säulenportal, das nur ein paar Schritte von den Shadows an der East Main Street entfernt war.

Ich mußte eine halbe Stunde warten, ehe ich ihn sprechen konnte. Dann ging die Tür auf, das heißt, sie wurde sperrangelweit aufgerissen, und heraus kam Julia Bertrand, als ob sie aus einem heißen Backofen flüchtete.

»Ach, Sie sind's, Dave«, sagte sie und verzog das Gesicht, so daß es aussah, als habe sie ein Blinder geschminkt. »Sie kommen grade recht. Ihr zwei könnt euch ja über den Krieg auslassen. Moleen hat ständig Schuldgefühle, dabei hat er noch nie jemanden umbringen müssen. Die Götter sind ungerecht.«

Sie stob an mir vorbei, ehe ich antworten konnte.

Ich nahm die Papiertüte, die neben meinen Füßen stand, und zog Moleens Bürotür hinter mir zu. Er saß an einem großen, dunkelroten Eichenschreibtisch und hatte den Knoten an seiner braunen Strickkrawatte heruntergezogen. Sein Gesicht war knallrot, so als habe er Fieber.

»Wie läuft's, Moleen?«

»Was wollen Sie?«

»Sie ist immer noch im Gefängnis.«

Er kaute an seinem Daumennagel.

»Moleen?«

»Ich kann nichts unternehmen.«

»Sie wohnt auf Ihrer Plantage. Holen Sie sie auf Kaution raus. Niemand wird Sie nach dem Grund fragen.«

»Woher zum Teufel nehmen Sie sich das Recht, so mit mir zu sprechen?« rief er.

Ich setzte mich unaufgefordert hin. Stellte die Papiertüte mit dem Fußeisen auf seinen Schreibtisch. Die Schelle, mit der man einst Sklaven aneinandergekettet hatte, sah aus wie ein weitaufgerissener, rostiger Mund.

»Luke hat zugegeben, daß er das hier in meinen Pickup gelegt hat. Er sagt, ihm sei es egal, ob ich es Ihnen erzähle oder nicht.«

»Ich glaube, Sie sollten mal zum Therapeuten gehen. Und das ist nicht bös gemeint«, sagte er.

»Luke ist ziemlich gewieft für jemanden, der nicht mal einen

Hauptschulabschluß hat. Er hat einen Artikel in einer Illustrierten gelesen, in dem es darum ging, daß eine Baustelle stillgelegt wurde, weil sich ein indianischer Grabhügel auf dem Gelände befand. Er hat mir die entsprechende Handhabe liefern wollen, damit ich Ihnen das Geschäft verderbe, worum es dabei auch gehen mag.«

»Ich habe einen anstrengenden Tag hinter mir, Dave.«

»Geht's um ein Spielcasino?«

»Auf Wiedersehen.«

»Wollen Sie deshalb den Friedhof verschwinden lassen?«

»Haben Sie sonst noch etwas auf dem Herzen?«

»Ja. Es ist Freitag nachmittag um dreiviertel fünf, und sie ist immer noch hinter Gittern.«

Er schaute mich verwirrt an, atmete mit offenem Mund und saß mit eingesunkener Brust da, so daß sein Bauch wie ein Wulst Brotteig über den Gürtel hing. Als ich aufstand, blinkten drei grellrosa Lämpchen an seinem Telefon, als warteten dort körperlose, schrille Stimmen darauf, von allen Seiten zugleich auf ihn einzuschreien.

An diesem Abend zog ich nach dem Essen meine kurze Turnhose und die Laufschuhe an, joggte drei Meilen auf dem Fahrweg entlang des Bayou und zog dann im Garten hinter dem Haus drei Trainingseinheiten mit meinen Hanteln durch, jeweils eine Runde Stemmen, Reißen und Drücken. Der Himmel im Westen war feurig rot gestreift, die Luft warm und drückend und voller Insekten. Ich dachte über den Tag nach, über die Woche, den Monat, meine Beziehung zu Sonny Boy Marsallus und Ruthie Jean, Luke und Bertie Fontenot und Moleen Bertrand.

»Was beschäftigt dich so, Dave?« sagte Alafair hinter mir.

»Ich hab dich gar nicht gesehen, Alf.«

Sie setzte Tripod auf ihre Schulter. Er neigte mir den Kopf zu und gähnte.

»Worüber machst du dir Sorgen?« fragte sie.

»Weil jemand im Gefängnis sitzt, der meiner Meinung nach nicht dorthin gehört.«

»Warum isser dann drin?«

»Es handelt sich um diesen Marsallus.«

»Derjenige, der geschossen hat …«

»Ganz genau. Auf den Kerl, der es auf mich abgesehen hatte. Besser gesagt, auf uns alle.«

»Oh«, sagte sie und setzte sich auf die Bank, hatte die Hand reglos auf Tripods Rücken liegen und schaute mich mit fragender Miene an.

»Der Mann, auf den er geschossen hat, ist tot, Alf«, sagte ich. »Sonny sitzt folglich wegen eines Tötungsdelikts ein. Es geht nicht immer so aus, wie es eigentlich sollte.«

Sie wich meinem Blick aus. Ich nahm meinen Körpergeruch wahr, hörte meine lauten Atemzüge in der Stille.

»In diesem Fall ist mir gar nichts anderes übriggeblieben, kleiner Kerl«, sagte ich.

»Du hast gesagt, daß du mich nicht mehr so nennen willst.«

»'tschuldigung.«

»Ist schon gut«, sagte sie, nahm Tripod auf den Arm und ging weg.

»Alafair?«

Sie antwortete nicht.

Ich zog mir ein T-Shirt über, ohne mich zu duschen, und harkte das Unkraut aus dem Gemüsegarten beim Wasserlauf. Die Luft war feucht und malvenfarben, und rundum schwirrten aufgeregte Vögel.

»Mach eine Pause, es gibt Eistee«, sagte Bootsie.

»Ich komm gleich rein.«

»Laß Dampf ab, Streak.«

»Was ist mit Alf los?«

»Du bist ihr Vater. Für sie bist du der Inbegriff der Vollkommenheit.«

Ich hackte mit dem Harkenblatt auf das Unkraut ein. Der Stiel fühlte sich hart und trocken an, voller Spreißel und scharfer Kanten.

»Dir macht Moleen zu schaffen, Dave. Nicht Sonny.«

»Was?«

»Du hältst ihn für einen Feigling und Scheinheiligen, weil er die Frau im Gefängnis sitzen läßt. Und nun fragst du dich, wie das mit dir und Sonny Boy aussieht.«

Blinzelnd, weil mir der Schweiß in die Augen lief, schaute ich zu ihr hoch. Am liebsten hätte ich die Harke mit aller Kraft tief in die Erde gehauen, auf Durchlauf geschaltet, weil ihr Gerede unsinnig war, nicht mal einen halben Hintergedanken wert. Aber ich hatte ein flaues Gefühl im Bauch.

Ich stützte mich auf den Harkenstiel und wischte mir mit dem Unterarm über die Augen.

»Ich bin Polizist«, sagte ich. »Ich kann das, was vorgefallen ist, nicht rückgängig machen. Sonny hat jemanden getötet, Boots. Er sagt, er hat auch noch andere umgebracht.«

»Dann brauchst du dich ja nicht mehr damit zu beschäftigen«, sagte sie und ging ins Haus.

Ich schaute über den Zaun hinweg und sah über dem Feld meines Nachbarn eine Eule, die im Tiefflug aus der letzten roten Sonnenglut einschwebte, dann ein jähes Aufflattern, als sie zupackte und die Fänge in eine Feldmaus schlug. Ich konnte den gellenden Schrei der Maus hören, als die Eule sich wieder ins Abendrot schwang.

Ich arbeitete den ganzen Samstag morgen in meinem Köderladen, zählte das Wechselgeld zweimal ab, tat so, als wäre ich an Gesprächen interessiert, die ich kaum wahrnahm. Dann packte ich ein Dr. Pepper, zwei Flaschen Bier und zwei Sandwiches mit Schinken und Zwiebeln in eine Papiertüte, rief den Sheriff an und fragte ihn, ob er Lust hätte, zu den Four Corners rauszufahren und sich dort mit mir zu treffen.

Er trug weite Khakishorts mit Reißverschlußtaschen, einen weißen Cowboyhut und ein Baumwollhemd mit abgeschnittenen Ärmeln, als er zum Ufer herunterkam. Die Angelrute, die er dabeihatte, sah aus, als gehöre sie einem Kind.

»Herrlicher Tag für so was«, sagte er und reckte sein Gesicht in den Wind.

Das Boot schwankte gefährlich, als er sich nach vorne zum

Bug begab. Seine Oberarme waren von der Sonne rot verbrannt und ungewöhnlich kräftig für jemanden, der hauptsächlich Verwaltungsarbeit erledigte.

Ich steuerte durch einen schmalen Kanal in den Sumpf, stellte den Motor ab und ließ das Boot in eine kleine dunkle Lagune inmitten versunkener Zypressen treiben. Weiter hinten, zwischen den Bäumen, stand eine verlassene, auf Pfählen gebaute Hütte. Ein Ruderboot, blaugrau vor Fäulnis und halb im Wasser versunken, war an den Stützpfählen vertäut.

Der Sheriff biß in ein Schinkensandwich. »Ich muß zugeben, daß das hier besser ist, als ständig Golfbälle in Sandbunker zu schlagen.«

Aber er war ein intelligenter, verständiger Mann, und bei aller Witzelei war sein besorgter Blick nur allzu offenkundig.

Und dann erzählte ich ihm alles, mühsam, Stück für Stück, während ich meine wirren Gedanken zu ordnen suchte, wie ein Kind bei der Beichte, ihm etwas erklären wollte, das ich nicht erklären konnte, weil mir die Worte fehlten und ich mich so unsäglich verloren fühlte. Nur daß ich jetzt, da ich ein Unrecht ungeschehen machen wollte –

Er sprach es aus.

»Sie lügen, Dave. So was hat es zwischen uns nie gegeben. Das macht mir schwer Kopfzerbrechen, Partner.«

»Der Typ ist ein Großmaul, ein billiger Jakob, der steht ständig unter Strom. Aber er sitzt zu Unrecht ein.«

»Das ist mir wurschtegal, verdammt noch mal. Sie verstoßen hier gegen Ihren Diensteid. Was Sie hier vorhaben, grenzt an Strafvereitelung.«

Ich schaute in das diffuse, grünlich gelbe Licht am Rand der Lagune. »Im nachhinein sieht man manchmal etwas mit anderen Augen«, sagte ich.

»Haben Sie die Schrotflinte unter seinem Mantel gesehen? Haben Sie sich bedroht gefühlt?«

»Ich habe heute nachmittag meine Aussage revidiert und schriftlich bei Ihnen hinterlegt.«

»Sie haben drüben in Vietnam ihre Berufung verfehlt, Dave.

Können Sie sich noch an die Mönche erinnern, die sich ständig selber verbrannt haben? Sie sind wie geschaffen für so was, Dave.«

»Marsallus gehört nicht ins Gefängnis. Jedenfalls nicht wegen dem Kerl, den er draußen bei meinem Haus umgelegt hat.«

Der Sheriff legte seine Angelrute über die Beine und holte den Anker ein, ohne daß ich ihn darum gebeten hätte. Er schaute ins Wasser, in den schwarzen Schlick, der von unten aufquoll, dann wischte er sich mit der Hand übers Gesicht, als wolle er zumindest für kurze Zeit jeden Gedanken an eine unvermeidliche Entscheidung vertreiben.

Am Montag morgen wurde ich ohne weitere Lohnfortzahlung vom Dienst suspendiert.

Am Montag abend fuhr ich hinaus zur Bertrandschen Plantage und gab Bertie Fontenot den Löffel zurück, den sie mir überlassen hatte. Breit und schwerbrüstig saß sie in ihrem Kattunkleid auf der Schaukel und fächelte sich mit einer zerfledderten Illustrierten Luft zu.

»Vom Alter her könnte es stimmen, aber ich glaube nicht, daß diese Löffel von Piraten in Ihrem Garten vergraben wurden.«

»Sind sie etwa von selber dort gewachsen?«

»Dem eingravierten S auf den Löffeln nach zu urteilen, würde ich meinen, daß sie von der Sequra-Plantage drüben am See stammen. Im Bürgerkrieg haben allerhand Leute ihr Gold und Tafelsilber vergraben, damit es den Yankees nicht in die Hände fiel, Bertie.«

»Die hätten sich selber gleich mit vergraben solln.«

Ich schaute zu den hellen Fenstern des Nachbarhauses. Zwei Schatten bewegten sich hinter den Jalousien.

»Ein Anwalt aus Lafayette is heut vormittag gekommen und hat sie rausgeholt«, sagte sie.

»Was für ein Anwalt?«

»Ich hab ihn nicht nach seim Namen gefracht. Aber ich hab ihn mal mit Moleen hier draußen gesehn. Schaut aus, als ob er sich die ganze Platte mit Krem vollgeschmiert hätt.«

»Jason Darbonne.«

»Ich geh jetzt rein. Sonst fressen mich noch die Moskitos auf.« Die Spitzen ihrer weißen Haare glänzten ölig im Licht, als sie unter der Tür kurz stehenblieb. »Die wolln uns vertreiben, nicht wahr?«

Mir lagen etliche Antworten auf der Zunge, aber letztendlich waren es alles nur Rechtfertigungen, und zutiefst beschämende obendrein. Daher sagte ich einfach gute Nacht und ging zu dem Gummibaumhain, bei dem mein Pickup stand.

Der Mond war untergegangen, und in der Dunkelheit wirkte das wogende Zuckerrohr wie ein gräsernes Meer am Grunde des Ozeans. Ich hatte die brennenden Stoppeln im Spätherbst vor Augen, den Qualm, der in dicken, schwefelgelben Wolken aus dem Feuer aufwallte, und nur allzugern hätte ich geglaubt, daß all die namenlosen Menschen, die einst auf diesem Feld begraben worden waren – Sklaven aus Afrika und der Karibik, Sträflinge, die zum Arbeitsdienst aus der Haftanstalt ausgelost worden waren, schwarze Arbeiter, die sich ein Leben lang für den Profit anderer abrackerten –, sich inmitten des Rauchs aus ihren Gräbern erhoben und uns zu dem Eingeständnis zwangen, daß auch sie Menschen waren, vom gleichen Schlag wie wir und untrennbar mit uns verbunden.

Aber sie waren tot, ihre Zähne von Pflugscharen verstreut, ihre Gebeine von Eggen und Bulldozerschaufeln zermahlen, und von all der Wut und dem Elend, die ihnen das Herz eingeschnürt und den Alltag vergällt hatten, war nur mehr ein Wirbelsplitter übriggeblieben, der gelegentlich in den Wurzeln einer Zuckerrohrpflanze hing.

18

Sonny Boy wurde freigelassen, und ich arbeitete jetzt hauptberuflich in meinem Köderladen und Bootsverleih, was in einem guten Jahr rund fünfzehntausend Dollar abwarf.

Er entdeckte mich in Red Lerille's Sportstudio in Lafayette.

»Der Knast ist dir nicht schlecht bekommen, Sonny. Klasse siehst du aus«, sagte ich.

»Bleib mir bloß mit deiner Gönnerhaftigkeit vom Leib, Dave.« Er hatte einen Kaugummi im Mund und trug einen maßgeschneiderten Anzug mit eng zulaufender Hose und blauem Wildledergürtel, darunter ein T-Shirt.

»Ich bin den Fall los, meinen Job ebenfalls, und den Ärger mit dir hab ich auch vom Hals, Sonny.«

Ich hatte die Handschuhe für den Punktball zu Hause vergessen, aber ich arbeitete trotzdem daran, führte die Fäuste kreisförmig zum Schlag und drosch den Ball immer härter an das runde Brett, an dem er aufgehängt war.

»Wer hat dich eigentlich zu meinem Aufpasser ernannt?« fragte er.

Ich zerschrammte mir die Knöchel an dem Ball, schlug immer härter zu, schneller. Er packte mich mit beiden Händen.

»Laß diese Faxen. Ich rede mit dir. Wer verflucht noch mal hat gesagt, daß du wegen mir deinen Job hinschmeißen sollst?« sagte er.

»Ich habe ihn nicht hingeschmissen, ich bin suspendiert. Hier geht's doch hauptsächlich um eins: Jemand hat dich von deinem Kreuz runtergeholt, und das kannst du nicht ertragen.«

»Ich habe einen gewissen Glauben, Dave, und derlei Gerede mag ich nicht.«

Ich ließ die Arme hängen, öffnete und schloß die Hände.

Meine Knöchel brannten, meine Handgelenke pochten bei jedem Pulsschlag. Das Sportstudio hallte von Geräuschen wider – Handschuhe, die klatschend auf Leder trafen, der helle Ton, wenn Basketbälle auf den Hartholzboden trafen. Sonnys Gesicht war unmittelbar vor mir. Ich spürte seinen heißen Atem auf der Haut.

»Würdest du bitte einen Schritt zurücktreten? Ich möchte nicht, daß dich der Ball trifft«, sagte ich.

»Ich lass nicht zu, daß jemand wegen mir den Bach runtergeht, Dave.«

»Das ist doch so üblich, Sonny. Ich könnte dir da was erzählen. He, ich will dir ja nichts vorhalten, aber eigentlich soll man hier drin keine Straßenschuhe tragen. Die verkratzen den Boden.«

»Von mir aus kannst du den Schlaumeier markieren, soviel du magst, Dave. Bei Emile Pogue hast du's mit jemand zu tun, der mal einen Flammenwerfer in ein Erdloch gehalten hat, das voller Zivilisten war. Und du meinst, du bist da raus? In welcher Welt lebst du denn?«

Damit ging er weg, drängte sich durch einen Trupp Basketballspieler, die aussahen, als hätten sie sich die Muskeln mit erstarrendem Beton vollgepumpt.

Ich schlug noch einmal auf den Punktball und spürte, wie sich ein Hautfetzen von meinem Knöchel schälte.

Am nächsten Morgen regnete es heftig. Der Blitz schlug in das Feld hinter meinem Haus – und durch die prasselnden Tropfen drang das Muhen der Kühe meines Nachbarn, die sich rund um den Wassergraben zusammendrängten. Ich saß auf der Veranda und las die Zeitung, ging dann hinein, als das Telefon klingelte, und meldete mich.

»Du mußt auf mich hören, Dave«, sagte Sonny. »Sobald sie mich aus dem Verkehr gezogen haben, bist du dran, dann die Polizistin – wie heißt sie doch gleich? –, Helen Soileau, danach womöglich Purcel und dann vermutlich deine Frau. Die lassen nichts übrig.«

»In Ordnung, Sonny, du hast deinen Standpunkt klargemacht.«

»Noch was anderes, und diesmal was Persönliches. Ich bin nicht der Typ fürs Kreuz. Im Mittelalter wär ich vermutlich einer von den Jungs gewesen, die Schweineknochen als Heiligenreliquien verhökert haben. Wenn man's genau betrachtet, hab ich das Blut unschuldiger Menschen an den Händen.«

»Ich weiß nicht, was ich dazu sagen soll, Partner.«

»Ich geh nicht weg, Dave. Wir sehn uns wieder.«

»Genau davor habe ich Angst«, sagte ich. Er antwortete

nicht. Aus irgendeinem Grund stellte ich mir vor, daß er an einem langen, einsamen Strand stand, an den vom Wind aufgepeitschte Wellen brandeten und lautlos ausrollten. »Wiederhören, Sonny«, sagte ich und legte den Hörer auf.

Eine Stunde später hörte es auf zu donnern, aber der Regen pladderte nach wie vor auf das Blechdach über der Veranda. Cletes giftgrüner Cadillac, der Flossen hatte und einen Kühlergrill wie ein Zackenmaul, holperte durch die Schlaglöcher auf dem Weg und bog in meine Einfahrt ein. Er hielt mit einer Hand den Porkpie-Hut auf dem Kopf fest, und in seinen Hosentaschen klingelten Schlüssel und Kleingeld, als er zwischen den Pfützen hindurch im Schutz der Bäume auf das Haus zurannte.

»Die haben dich abserviert, was, Großer?« sagte er. Er setzte sich in die Schaukel und wischte sich mit dem Ärmel über das Gesicht.

»Wer hat's dir erzählt?«

»Helen.«

»Seid ihr jetzt etwa auf du und du?«

»Sie hat mich gestern abend in meinem Büro aufgesucht. Anscheinend mag sie's nicht, wenn ihr Partner zurechtgestutzt wird. Ich auch nicht.« Er schaute auf seine Uhr.

»Laß die Finger davon, Clete.«

»Hast du etwa Angst, daß dein alter Partner größeren Flurschaden anrichten könnte?«

Ich blies die Backen auf.

»Willst du bei meiner Detektei einsteigen?« fragte er. »Hey, ich brauch Gesellschaft. Ich mach den Handlanger für Wee Willie Bimstine und Nig Rosewater. Meine Derzeitige is 'ne ehemalige Nonne. Meine besten Freunde sind die Strolche im städtischen Knast. Der diensthabende Sergeant vom First District würde mich nicht mal mehr anspucken.«

»Besten Dank, Clete. Ich will nicht wieder nach New Orleans ziehen.«

»Dann machen wir 'ne Filiale hier in Lafayette auf. Überlaß alles mir, ich regel das schon.«

Ich hatte etliche alptraumhafte Bilder vor Augen. Clete schaute erneut auf die Uhr. »Hast du irgendwas zu essen da?« fragte er.

»Bedien dich.«

Er ging quer durchs Haus zur Küche und kam mit einer Schale Studentenfutter und einem hohen Glas voller Milchkaffee auf die Veranda zurück. Wieder warf er einen Blick auf die Uhr.

»Erwartest du jemanden?« fragte ich.

»Ich will mich mit Helen in der Stadt treffen. Sie macht mir eine Fotokopie von Sonnys Tagebuch.«

»Keine gute Idee.«

Er hörte auf zu kauen und schaute mich mit angespannter Miene an.

»Niemand scheißt meinen Partner an. Entschuldige meine Ausdrucksweise in deinem Haus«, sagte er.

Ich kam mir vor wie ein Soldat, der sich bei Kriegsausbruch freiwillig gemeldet hat und dann, nachdem seine Begeisterung und Blutgier verflogen sind, feststellt, daß er von sich aus keinen Frieden schließen kann, daß er mitmachen muß bis zum letzten Tag, bis der letzte sinnlose Schuß gefallen ist. Sonny hatte recht. Es gibt keinen Freibrief, jedenfalls nicht mehr, wenn die Leuchtkugeln über einem hochgehen und die Welt in ein gespenstisches weißes Licht tauchen, in dem man dasteht wie ein nackter, kahler Baum.

Als der Regen vorbei war und der Himmel aufklarte und allmählich wieder blau wurde, nahm ich Alafairs Piroge und ruderte damit hinaus in den Sumpf. Das Regenwasser tropfte von den hellgrünen Zypressen, und auf jedem Stück Treibholz und sämtlichen grauen Sandbänken hockten Nutrias.

Ich ließ die Piroge in eine schmale Bucht gleiten, aß ein Schinkensandwich mit Zwiebeln und trank aus dem Krug mit kaltem Früchtetee, den ich mitgenommen hatte.

Wenn man an einem Fall arbeitet, bei dem einem die Beteiligten und die Ereignisse überlebensgroß vorkommen, setzt man sich oft über die Kleinigkeiten hinweg, die anfänglich wie Zutaten zu einem Kriminalroman anmuten. Mit den Spuren am Tatort lassen sich Verbrechen selten lösen. Die Masse der Gauner, mit deren Untaten wir uns per Computer und in den Kriminallabors befassen, schließen für gewöhnlich ihre Akte von selbst, indem sie sich und andere erschießen, sich eine Überdosis schlechter Drogen verpassen, sich Aids zuziehen, beim Begehen einer weiteren Straftat hopsgenommen werden oder unter Umständen einen Schnapsladen überfallen, dessen Besitzer es satt hat, sich ständig ausrauben zu lassen, und sie mit einem Produkt der Firma Smith & Wesson empfängt.

Vor etlichen Jahren verbreiteten die Medien Gerüchte, wonach Jimmy Hoffas Leichnam im Betonfundament unter den Torpfosten eines Footballstadions eingegossen worden sei. Jedesmal, wenn jemand den Punkt beim Zusatzkick erzielte, standen Hoffas alte Kollegen angeblich auf und schrien: »Der ist für dich, Jimmy!«

Eine gute Geschichte. Ich bezweifle bloß, daß sie stimmt. Der Mob hat nichts übrig für Poesie.

Ein Killer aus New Orleans, der zugab, daß er ab dreihundert Dollar aufwärts Menschen umgebracht hatte, erzählte mir, daß Hoffa zu Fischfutter zermahlen und eimerweise vom Heck eines Kabinenkreuzers gekippt worden sei, daß man danach das Deck und die Bordwände abgespritzt und gewischt habe, bis wieder alles blütenweiß und rein war. Und all das in Sichtweite von Miami Beach.

Ich glaubte ihm.

Der Leichnam des Mannes, der sich Jack genannt hatte, war vermutlich von einem Profi verstümmelt worden – zumindest hatte einer die entsprechenden Anweisungen dazu gegeben. Aber den Toten mit Angelschnur zu umwickeln und mit Alteisen beschwert in der Nähe eines schiffbaren Kanals zu versenken, das deutete ganz auf einen Amateur hin, und einen faulen zudem, sonst hätten wir ihn nämlich nie gefunden.

Ich rief Helen in der Dienststelle an.

»Was ist skrupellos, faul und durch und durch blöde?« fragte ich.

»Der Typ, der deine Anrufe entgegennimmt?«

»Was?« sagte ich.

»Der Alte hat Rufus Arceneaux auf deine offenen Fälle angesetzt.«

»Pfeif auf Rufus. Wir haben etwas übersehen, als wir die Wasserleiche rausgezogen haben. Sie war doch mit Angelschnur umwickelt und mit Alteisen beschwert.«

»Ich kann dir nicht ganz folgen.«

»Ich versuch's noch mal. Was ist pervers, für jede Schlechtigkeit gut, sieht ohnehin aus wie ein Leichenschänder und würde jeden feuchten Traum vermasseln?«

»Sweet Pea Chaisson«, sagte sie.

»Clete und ich sind bei seinem Haus an der Straße nach Breaux Bridge gewesen, bevor wir diesen Zusammenstoß mit ihm und Patsy Dap in Lafayette hatten. Mir ist eingefallen, daß auf dem Nachbargrundstück ein Haufen Baumaterial herumlag – möglicherweise auch Schrott von einem Installateur.«

»Ganz schön gut, Streak.«

»Das reicht für einen Durchsuchungsbefehl«, sagte ich.

»Danach nehmen wir seinen Caddy auseinander. Vielleicht stimmt das Blut auf dem Teppichboden ja mit den Proben überein, die du in dem Wohnwagen hinter der Kneipe aufgekratzt hast. Dave, sieh zu, daß du mit dem Alten ins reine kommst. Ich kann nicht mit Rufus zusammenarbeiten.«

»Das ist nicht meine Sache.«

»Hast du gehört, daß Patsy Dap in der Stadt ist?«

»Nein.«

»Hat dir niemand Bescheid gesagt?« fragte sie.

»Nein.«

»Er ist gestern wegen überhöhter Geschwindigkeit auf der East Main Street angehalten worden. Der Stadtpolizist hat ihm eine Anzeige verpaßt und uns anschließend angerufen. Tut mir leid. Ich dachte, jemand hätt's dir gesagt.«

»Wo ist er jetzt?«

»Wer weiß? Irgendwo, wo sich verunstaltete Paranoide eben rumtreiben.«

»Halt mich über den Durchsuchungsbefehl auf dem laufenden, ja?« sagte ich.

»Du bist ein guter Cop, Dave. Du landest wieder hier bei uns.«

»Du bist klasse, Helen.«

Ich ging hinunter zum Bootsanleger. Die Luft war heiß und stickig, und ein Stück die Straße runter ließ jemand einen elektrischen Unkrautjäter laufen, der so nervenzerreißend schrill wie ein Zahnarztbohrer klang. Patsy Dapolito ist in New Iberia, und keiner hat mir Bescheid gesagt, dachte ich. Aber warum auch? Wir machten das doch ständig. Wir setzten Sittenstrolche, Pädophile und Mörder gegen eine selbst ihrer Einschätzung nach geringe Kaution wieder auf freien Fuß und verständigten nur selten die Opfer oder die Zeugen ihrer Tat.

Man braucht nur jemanden zu fragen, der es schon mal mitgemacht hat. Oder noch besser, man frage die Opfer beziehungsweise die Überlebenden, wie ihnen zumute ist, wenn sie denjenigen, die ihnen soviel Leid angetan haben, auf der Straße begegnen, an der frischen Luft, mitten im üblichen Verkehrsstrom, im Alltag, und ihnen klar wird, wie ernst es die Gesellschaft im Umgang mit ihrem ganz speziellen Elend meint. Es ist ein Augenblick, den niemand so leicht vergißt.

Ich wälzte bittere und sinnlose Gedanken.

Aber mir war auch klar, woher meine Grübelei rührte. Das Wort *verunstaltet* wollte mir nicht mehr aus dem Kopf gehen. Ich versuchte mir vorzustellen, welche Gedanken Patsy Dap wälzte, wenn er sein Gesicht im Spiegel sah.

Ich half Batist, die Bier- und Colaflaschen in die Kühlboxen zu packen und die Asche aus dem Grill zu schaufeln. Dann setzte ich mich mit einem Glas Eistee an einen der Kabelrollentische im Schatten und dachte über Cletes Angebot nach.

19

Am nächsten Morgen fuhr ich hinaus zur Bertrandschen Plantage, um mit Ruthie Jean zu reden, doch sie war nicht daheim. Ich ging zum Nachbarhaus und klopfte an Berties Fliegengittertür.

Als sich niemand meldete, ging ich zur Rückseite und sah gerade noch, wie sie schwerfällig von der Verandakante aufstand. Ihr Bauch quoll zwischen der lila Stretchhose und dem überdimensionalen weißen T-Shirt heraus. Sie zog eine Sichel aus dem Boden und fing an, die dürren Blätter an der Bananenstaude abzuhacken, die dick und fett an der Hauswand wucherte.

Doch ich hatte den Eindruck, daß sie mit etwas anderem beschäftigt gewesen war, ehe sie mich gesehen hatte.

»Ich mach mir Sorgen um Ruthie Jean, Bertie«, sagte ich. »Ich glaube, sie hat einen Mann namens Jack verarztet, der in dem Wohnwagen hinter der Kneipe gestorben ist. Womöglich hat sie dort etwas gehört oder gesehen, über das sie nach Ansicht anderer Leute lieber nicht reden sollte.«

»Ham Sie ihr das schon gesagt?«

»Sie will nicht hören.«

»Man kann sich über zweierlei aufregen. Über das, was *vielleicht* passiert, und über das, was *tatsächlich* passiert is. Ihr Weißen macht euch immer Sorgen über das, was vielleicht passieren könnte. Das is nicht bei jedem so, nein.«

»Da komm ich nicht mit.«

»Es is nicht schwer«, sagte sie. Sie riß ein Büschel brauner Blätter ab und schlug dann einen Strunk glatt mittendurch. Aus dem Schnitt quoll grünes Wasser.

Auf dem Holzboden der Veranda sah ich ein viereckiges rotes Flanelltuch liegen, mitten darauf ein Wurzelstück und eine Handvoll Erde. Ich bemerkte, daß mich Bertie aus den Augenwinkeln beobachtete, als ich näher zu dem Flanelltuch ging.

Unter die Erdkrumen waren Haarsträhnen gemischt, dazu offenbar ein Hemdknopf und eine glänzende Nadel voller Blut.

»Ich will mal raten – Erde aus einem Grab, die Wurzel vom Giftbaum und die Nadel für Leid und Elend«, sagte ich.

Sie hackte auf die toten Strünke ein und warf das dürre Kraut hinter sich.

»Haben Sie Moleens Haare und den Hemdknopf aus dem Schuppen hinter den Bäumen?« fragte ich.

»Ich will ja nicht rumkritteln. Aber Sie kommen hier raus und führn sich dumm auf. Sie tun so, als ob Sie Bescheid wissen, dabei albern Sie bloß rum. Für uns is das kein Spaß.«

»Meinen Sie etwa, daß Ihr Problem gelöst ist, wenn Sie Moleen mit einem Gris-Gris belegen?«

»Ihn trifft's bloß deswegen, weil sie nix hier draußen gelassen hat, damit ich sie damit belegen kann.«

»Wer?«

»Julia Bertrand.« Sie spie den Namen förmlich aus. »Die is heut früh schon mal dagewesen. Mit dem Mann, der ein paar Türen neben Ihnen sitzt. Ruthie Jean hat aus ihrem Haus rausgemußt. Wie finden Sie das?«

Ich atmete laut aus.

»Das hab ich nicht gewußt«, sagte ich.

Sie schmiß die Sichel in das Blumenbeet.

»Genau das mein ich«, sagte sie und ging ins Haus.

Ein paar Minuten später, fast so, als habe Bertie vorgehabt, mir eine Lehrstunde über das wahre Leben auf einer Familienplantage zu erteilen, sah ich Julias roten Porsche vom Highway abbiegen und auf dem Fahrweg auf mich zukommen. Rufus Arceneaux, dessen marineblauer Anzug aussah wie aus Preßpappe, saß auf dem Beifahrersitz.

Als sie neben mir anhielt und mich durch das offene Fenster fröhlich anschaute, versuchte ich so freundlich wie möglich zu sein und tat unwissend, weil ich mir nicht anmerken lassen wollte, wie sehr ich mich für sie und die kleinliche Rachsucht schämte, der sie sich offenbar verschrieben hatte.

»Bertie läßt Sie doch nicht etwa nach Piratenschätzen graben, Dave?« sagte sie.

»Sie hat mir gerade etwas sehr Unangenehmes erzählt«, sagte ich, ohne meine Betroffenheit durchklingen zu lassen, so als unterhielten wir uns über einen unbeteiligten Dritten. »Ruthie Jean und Luke mußten offenbar ihr Haus räumen.«

»Wir brauchen das Haus für eine Pächterfamilie. Ruthie Jean und Luke arbeiten nicht auf der Plantage, und sie zahlen keine Miete. So leid's mir tut, aber sie müssen sich was Neues suchen.«

Ich nickte, ließ mir nichts anmerken. Ich registrierte, daß ich mit den Fingern auf das Lenkrad trommelte. Ich stellte den Motor ab.

»Sie haben Sie doch schon einmal angeschwärzt und hinter Gitter gebracht«, sagte ich. »Reicht das nicht?«

»Was meinen Sie damit?« fragte sie.

Ich öffnete die Tür einen Spalt und ließ den Wind ins Führerhaus meines Pickup. Ich spürte den Puls an meinem Hals pochen und wußte, daß ich die Worte, die mir auf der Zunge lagen, lieber nicht aussprechen sollte.

»Bei eurem Status und Bildungsgrad, bei dem vielen Geld, das Moleen hat, könnt ihr da nicht ein bißchen nachsichtiger sein, ein bißchen großzügiger gegenüber Menschen, die buchstäblich nichts haben?« sagte ich.

Rufus beugte sich vornüber, so daß ich sein Gesicht durch das Fenster sehen konnte. Er hatte die Pilotensonnenbrille abgenommen und schaute mich mit seinen hellgrünen, lidlosen Augen an, deren Pupillen so klein und schwarz waren wie bei einer Eidechse. Zwei rosa Abdrücke zeichneten sich auf seiner schmalen Nase ab.

»Sie sind ohne Dienstmarke unterwegs. Das darf die Disziplinarabteilung aber nicht erfahren«, sagte er.

Sie legte ihm die Hand auf den Arm, ohne ihn anzuschauen.

»Dave, nur damit Ihnen eins klar ist – mein Gatte ist ein reizender Mann und ein wunderbarer Anwalt, aber in finanzieller Hinsicht ist er leider völlig vertrottelt«, sagte sie. »Er hat kein Geld. Und wenn er welches hätte, würde er's vermutlich in ein Skigebiet in Bangladesch investieren. Ist Ruthie Jean daheim?«

210

Sie schaute mich fragend an, lächelte freundlich. Ihre geschminkten Lippen wirkten wie zwei verwackelte rote Striche auf Pergamentpapier.

Ich fuhr unter dem mit Glyzinien überwucherten Torbogen hindurch und fragte mich einmal mehr, ehrfürchtig fast, wozu dieses Menschengeschlecht imstande war.

Nachmittags rief mich Batist vom Telefon im Köderladen an.

»Dave, draußen auf dem Bootsanleger is ein Mann, der hier nix verlorn hat«, sagte er.

»Was ist denn mit ihm?«

»Ich frach ihn, ob er ein Boot will. Da sagt er: ›Gib mir 'n Bier und 'n Sandwich.‹ Eine Stunde später sitzt er immer noch unterm Sonnenschirm am Tisch, raucht eine Zigarette, hat das Sandwich nicht angerührt und keinen Schluck von dem Bier getrunken. Ich frach ihn, ob mit dem Essen was nicht in Ordnung is. Sagt er: ›Alles prima. Bring mir noch ein Bier.‹ Ich sag: ›Sie ham doch Ihr's noch gar nicht getrunken.‹ Sagt er: ›Da is'n Käfer drin. Hast du die Zeitung von heut nachmittag da?‹ Ich sag: ›Nein, ich hab keine Zeitung.‹ Sagt er: ›Was is mit 'ner Illustrierten?‹«

»Ich komme gleich runter«, sagte ich.

»Ich hätt ihm eine Papiertüte bringen solln.«

»Was meinst du damit?«

»Damit er sie sich über den Kopf stülpen kann. Er schaut aus, als ob jemand einen scharfen Löffel genommen und ihm damit richtig tief im ganzen Gesicht rumgestochen hat.«

»Bleib im Laden, Batist. Hast du verstanden? Halt dich von dem Mann fern.«

Ich legte auf, ohne seine Erwiderung abzuwarten, rief in der Dienststelle an und bestellte einen Streifenwagen, holte meine 45er aus der Kommodenschublade, steckte sie mir hinten in den Hosengürtel und ließ das Hemd drüberhängen. Als ich im Halbschatten unter den Pecanbäumen und Eichen die Böschung zum Bootsanleger hinabging, bot sich mir zwischen den Kabelrollentischen ein seltsames Schauspiel. Die Angler, die

211

gerade angekommen waren, um unter den Sonnenschirmen ein Bier zu trinken und dazu Räucherwürstchen und *Boudin* zu essen, hatten nur Augen für sich und ihresgleichen, unterhielten sich über Büffelfische und den glubschäugigen Barsch, aber inmitten von ihnen, ganz allein, saß Patsy Dapolito wie der Inbegriff eines wütenden Mannes, die Mundwinkel nach unten gekrümmt, das Gesicht wie eine Tonskulptur, die jemand mit einem Federmesser verhunzt hat, und rauchte voller Inbrunst eine Zigarette, so als ziehe er an einem Joint.

Ich mußte an eine Begebenheit auf dem Hof innerhalb des Zellenblocks der Strafanstalt Angola denken, eine Szene, auf die mich einst ein altgedienter Wachmann hingewiesen hatte. Die Häftlinge, nackt bis zur Taille, die stämmigen Oberkörper mit Tätowierungen übersät, stemmten Hanteln, stießen Kugeln und hämmerten derart wuchtig auf die schweren Sandsäcke ein, daß sie einen Elefanten hätten fällen können. Mitten auf dem Rasen kauerte ein zierlicher Mann, nicht mehr der Jüngste, mit schütter werdendem Haar und einer Brille mit Stahlgestell, biß wie wild auf seinen Kaugummi, hielt dann einen Moment lang inne, schaute mit hellwachem Blick auf und mahlte wieder wie entfesselt mit der Kinnlade. Als ein Football in der Nähe des hockenden Mannes landete, fragte ein riesiger schwarzer Häftling erst um Erlaubnis, bevor er hingehen und ihn zurückholen wollte. Der Kauernde sagte nichts, und der Ball blieb, wo er war.

»Die schweren Jungs können Sie vergessen«, erklärte mir der Wachmann. »Der kleine Furz hat 'n andern Sträfling umgebracht, als er an Bauch und Beinen angekettet war. Ich erzähl Ihnen nicht, wie er's gemacht hat, weil Sie noch nicht zu Mittag gegessen haben.«

Ich schaute in Patsy Dapolitos zerstörtes Gesicht. Er schlug die blaugrünen Augen auf und warf mir einen Blick zu, der mich an eine mißhandelte Puppe erinnerte.

»Sie haben einen Fehler gemacht, als Sie hierhergekommen sind«, sagte ich.

»Setzen Sie sich. Wolln Sie ein Bier?« fragte er. Er nahm einen Kronkorken, der auf dem Tisch lag, und warf ihn an die

Fliegengittertür des Köderladens. »Hey du da! Schwarzkopf! Bring uns noch zwei Bier raus!«

Ich starrte ihn mit offenem Mund an. Batists Kopf tauchte hinter dem Fliegengitter auf, verschwand dann wieder.

»Ich glaube, bei Ihnen sind ein paar Schrauben locker, Partner«, sagte ich.

»Was denn, darf ich in einem öffentlichen Lokal etwa kein Bier mehr trinken?«

»Ich möchte, daß Sie abhauen.«

»Machen wir lieber 'ne Bootsfahrt. Ich hab noch nie 'n richtigen Sumpf gesehn. Machen Sie Sumpftouren?« sagte er.

»Adios, Patsy.«

»Hey, ich mag das nicht. Ich rede hier.«

Ich hatte mich bereits zum Gehen gewandt. Er packte mich am Unterarm und drückte mir die Hand auf die Sehnen, so daß ich das Gleichgewicht verlor und gegen den Tisch torkelte.

»Ein bißchen höflicher, wenn ich bitten darf. Benehmen Sie sich zur Abwechslung mal anständig«, sagte er.

»Brauchst du Hilfe, Dave …?« sagte ein am Nebentisch sitzender Mann, der einen Pfriem Kautabak im Mund hatte.

»Ist schon gut«, sagte ich. Die Leute rundum starrten uns jetzt an. Meine 45er ragte unter dem Hemd hervor. Ich setzte mich auf einen Stuhl und stützte die Arme auf die Tischplatte. »Hören Sie mal zu, Patsy. Ein Streifenwagen ist unterwegs. Bislang haben Sie keinen Zoff mit der hiesigen Polizei. Und zwischen uns ist, soweit ich das sehe, auch alles paletti. Verschwinden Sie von hier.«

Seine Zähne waren schwarz wie Holzkohle und liefen spitz zu, fast so, als habe er sie zurechtgefeilt. Die kurzen hellbraunen Haare wirkten wie eine Perücke. Er schaute mir in die Augen. »Ich hab was Geschäftliches zu regeln.«

»Nicht mit mir.«

»Mit Ihnen.«

Die Angler an den anderen Tischen verzogen sich nach und nach zu ihren Pkws, Pickups und Bootstrailern.

»Ich will meinen Anteil haben«, sagte er.

»Welchen Anteil?«

»Von dem Deal auf der Plantage. Mir isses wurscht, worum's da geht, aber ich will was davon abhaben. Sie stehn bei Johnny Carp im Sold. Das heißt, daß Sie was von dem Deal abkriegen.«

»Ich soll bei …«

»Sonst wärn Sie schon tot. Ich kenn Johnny. Der läßt sich von niemand was bieten, außer es bringt Geld.«

»Sie sind mächtig durch den Wind, Patsy.«

Er kniff sich in die Nase, stieß laut die Luft aus, schaute zum Himmel auf, zu den herabhängenden Baumästen, dann zu einer von einem vorüberfahrenden Pickup aufgewirbelten Staubwolke, die durch die Zuckerrohrpflanzung zog. »Schau, bei dem Deal sin Jungs dabei, die nich mal aus der Stadt sin, Militärtypen, die meinen, sie wärn wer weiß wie klasse, weil sie 'n paar Gelbe und Rotbraune kaltgemacht ham. Ich hab mit elf Jahren einen erwachsenen Mann abgestochen. Schaun Sie in meiner Akte nach, wenn Sie's nicht glauben.«

»Sie wollen Johnny drankriegen, stimmt's?« sagte ich.

Er schniefte nach wie vor durch die Nase, holte dann ein zusammengeknülltes Taschentuch aus seiner Hosentasche und schneuzte sich.

»Johnny is'n Schlucker, auch wenn man's ihm nicht anmerkt«, sagte Dapolito. »Ein Schlucker schaut vor allen Dingen auf sich selber. Sonst wärst du Arschgeige schon längst Fischfutter.«

Ich ging dem Streifenwagen entgegen, den mir der Diensthabende geschickt hatte. Der Deputy, der ihn fuhr, war ein kräftig gebauter Halbindianer namens Cecil Aguillard, dessen Miene etwas Sumpfiges ausstrahlte, das den meisten Menschen ziemlich unheimlich war.

»Isser bewaffnet?« fragte Cecil.

»Nein, es sei denn, er trägt ein Knöchelhalfter.«

»Was hat er gemacht?«

»Bislang gar nichts«, sagte ich.

Sein Gürtel mit dem Waffenholster und dem Schlagstock knarrte wie altes Sattelleder, als er vor mir her zum Bootsanleger hinunterging. Der Sonnenschirm über Patsys Kopf bauschte und blähte sich im Wind. Cecil kippte ihn zur Seite, damit er ihm ins Gesicht schauen konnte.

»Zeit zum Aufbruch«, sagte Cecil.

Patsy hatte sich über die Tischplatte gebeugt und studierte mit finsterer Miene ein Magazin für Sportangler und Jäger. Er erinnerte mich an ein trotziges Kind, das an seinem Pult in der Schule hockt und nicht daran denkt, vor der Nonne klein beizugeben.

»Dave will Sie hier nicht haben«, sagte Cecil.

»Ich hab nix gemacht.« Krumm und bucklig saß er da, hatte die geballten Fäuste links und rechts auf dem Rand der Illustrierten liegen, den Blick zum Bootsanleger gewandt.

Cecil schaute mich an und deutete mit dem Kopf zum Köderladen hin. Ich folgte ihm.

»Schaff alle Leute von hier draußen weg, Dave. Ich kümmer mich drum«, sagte er.

»Das haut bei dem Typen nicht hin.«

»Es wird hinhaun.«

»Nein, der kommt wieder. Danke, daß du extra rausgefahren bist, Cecil. Ich melde mich wieder, wenn Not am Mann ist.«

»Halt ich nicht für klug, Dave. Wenn du jemand wie dem den Rücken zukehrst, schlitzt der dir sofort den Bauch auf.«

Ich sah Cecil hinterher, als er im länger werdenden Schatten der Bäume davonfuhr, half dann Batist dabei, die toten Elritzen aus den Köderfischbecken auszusieben und die Boote abzuspritzen, die wir an diesem Tag vermietet hatten. Patsy Dapolito saß immer noch an seinem Tisch, rauchte eine Zigarette nach der anderen, blätterte in der Illustrierten herum und wischte sich ab und zu einen Käfer oder eine Mücke aus dem Gesicht.

Die Sonne war hinter dem Haus versunken, und die Wipfel der Zypressen leuchteten gräulich rosa im Abendrot.

»Wir schließen jetzt, Patsy«, sagte ich.

»Dann schließt doch«, sagte er.

»Bei uns hier draußen gibt's folgenden Witz. Wacht jemand

eines Morgens auf seinem Hausboot auf und hört, wie zwei Moskitos über ihn reden. ›Komm, wir locken ihn raus und fressen ihn auf.‹ Sagt der andere: ›Lieber nicht. Dann nehmen ihn uns bloß wieder die ganz Großen weg.‹«

»Kapier ich nicht«, sagte er.

»Einen angenehmen Abend«, sagte ich und ging hinauf zum Haus.

Zwei Stunden später war es dunkel. Ich schaltete vom Haus aus die Lichterkette über dem Bootsanleger an. Patsy Dapolito saß nach wie vor an dem Tisch, über ihm der eingerollte Cinzano-Schirm. Die bleiche Gestalt drunten am Steg sah aus, als glühe sie in der feuchten Luft.

Etwas später bogen Bootsie und Alafair, die in Lafayette einkaufen gewesen waren und den Wagen voller Lebensmittel hatten, in die Zufahrt ein.

»Dave, drunten am Bootsanleger sitzt ein Mann«, sagte Bootsie.

»Das ist Patsy Dap«, sagte ich.

»Derjenige, dem du …« setzte sie an.

»Genau der.«

»Ich glaub es nicht. Er treibt sich bei unserem Bootssteg herum?«

»Der tut niemandem was zuleide«, sagte ich.

»Dazu wird er auch nicht kommen. Nicht, solange ich hier bin.«

»Ich glaube, Johnny Carp hat ihn fallenlassen. Deswegen ist er hier – nicht, weil er's auf mich abgesehen hat. Der weiß nicht mal, wie er mit seinem eigenen Schlamassel klarkommt, und dann gibt ihm auch noch der einzige Mensch, vor dem er je Respekt gehabt hat, den Laufpaß.«

Aber so leicht nahm sie es mir nicht ab.

»Ich werd ihn schon los«, sagte ich.

»Wie denn?«

»Manchmal muß man sie dazu bringen, daß sie sich innerlich winden.«

»Dave?«

Ich trug den Sack mit den Lebensmitteln ins Haus, wickelte dann meine 45er und die Neunmillimeter-Beretta in ein Handtuch, holte eine Tube Brandsalbe aus dem Medizinschrank und ging hinunter zum Bootsanleger. Patsy, dessen blasses Gesicht in der Hitze schweißnaß glänzte, hatte die Ellbogen breit auf den Tisch gestützt. Es war Ebbe, und der Bayou lag still und unbewegt da. Patsy kaute auf seinem Daumennagel herum und starrte mich an.

»Schmieren Sie das Zeug hier auf die Mückenstiche«, sagte ich.

Er überraschte mich. Er drückte sich die weiße Creme in beide Hände und verrieb sie über Unterarme, Gesicht und Nacken, reckte das runde Kinn in die Luft.

Ich legte das Handtuch auf den Tisch und schlug es auf. Er schaute auf die Pistolen und blickte dann zu mir.

»Was denn? Wolln Sie etwa saubere Wummen vertickern?« sagte er.

Ich zog die Magazine aus beiden Waffen heraus, damit er sah, daß sie bis oben geladen waren, schob sie wieder hinein, lud durch, sicherte sie und legte sie beide Griff an Griff mitten auf die Tischplatte. Dann setzte ich mich, während meine Augen vom Salz brannten, gegenüber von ihm hin. Oben, im Lichtschein auf der Veranda, sah ich Bootsie.

»Wenn Sie das, was ich Ihnen angetan habe, mit mir regeln wollen – jetzt ist die Gelegenheit dazu«, sagte ich. »Ansonsten können Sie mir den Buckel runterrutschen.«

Er lächelte mich an, schob sich eine neue Zigarette in den Mund und zerknüllte die leere Schachtel. »Ich hab immer gehört, daß Sie ein Schluckspecht wärn. Aber das is nicht der Haken bei Ihnen. Sie sind einfach bloß brunzblöd«, sagte er.

»Aha?«

»Wenn ich jemand totmachen will, brauch ich gar nicht erst aufzustehn. Komm mir bloß nicht auf die krumme, du Wurmhändler. Sag Johnny und den Militärpfeifen, die um ihn rum sin, daß sie mich beteiligen solln, sonst können sie sich von der Wand abkratzen.«

Er stand auf, ging federnden Schrittes zu seinem Auto, hob kurz die Arme und schnüffelte an seinen Achseln.

Manchmal winden sie sich eben doch nicht.

20

Selbst im Traum ist mir klar, daß ich eine sogenannte Weltzerstörungsphantasie erlebe, wie es mir ein Psychologe einmal erklärt hat. Doch die Erkenntnis, daß es sich um einen Traum handelt, nützt mir nichts. Ich kann mich nicht daraus befreien.

Als Kind sah ich, wie die Sonne am kobaltblauen Himmel schwarz wurde und für immer hinter dem Rand der Welt versank. Viele Jahre später veränderten sich die Bilder, und ich durchlebte noch einmal die kurze Zeitspanne, in der ich mich als Geokolonialist betätigt hatte, sah Victor Charlie im schwarzen Pyjama durch ein Reisfeld robben, ein französisches Repetiergewehr quer über den Rücken geschnallt. Oder zwei GIs, die im Schatten eines Banyanbaumes ihre eiserne Ration essen, nachdem sie aus purer Bosheit mit dem Maschinengewehr den Wasserbüffel eines Bauern niedergemäht haben. Oder drei unserer Verwundeten, die von Soldaten der nordvietnamesischen Armee gehäutet und wie Fleischstücke in die Bäume gehängt worden waren.

In dieser Nacht kann ich im Traum aus großer Höhe die Küste von Louisiana erkennen, sehe das Schwemmland, das frisch und ursprünglich ist, so wie es einst gewesen sein muß, nachdem Jehova das Sternbild des Schützen am Himmel erschuf und das Wasser vom Festland schied, sehe die Flüsse, die Bayous und die Marschen wie eine glänzende Folie im Mondschein schimmern. Doch der Anblick ist nicht von Bestand, denn jetzt erkenne ich, daß es sich bei dem kalten Mondlicht in Wirklichkeit um die Feuer der chemischen Fabriken und Raffinerien entlang des Mississippi handelt, daß die spiegelnde Folie, wie sie einst ein verstorbener Jesuitendichter be-

zeichnet hat, nichts anderes ist als die quecksilberhaltigen Abwässer der Industrie, die systematisch in den Kreislauf der Erde eingeleitet werden. Die Fahrwege und Gräben sind mit Abfall übersät, die Kanäle Lagerstätten für Autoreifen, Bierdosen und Vinylsäcke voller Hausmüll, die man kurzerhand von den Pickups geworfen hat. Die Kiemen eines Fisches sind von orangen Pilzen befallen.

Ich wache auf und sitze allein in der Küche. Ich kann den Donner draußen über dem Golf hören und das Scheppern von Tripods Laufkette an der Wäscheleine. Durch das Fenster dringt der nach Maisfasern und Milch riechende Duft vom frischgemähten Rasen meines Nachbarn. Ich setze mich auf die Treppe hinter dem Haus, bis sich die Bäume in der ersten trügerischen Morgendämmerung grau färben, gehe dann hinein und schlafe ein, als die ersten Regentropfen auf die Blätter des Fensterventilators fallen.

Bootsie und ich saßen beim Mittagessen in der Küche, als Ruthie Jean Fontenot anrief.

»Moleen is bei Dot's in Saint Martinville. Wissen Sie, wo das is? Ich mein den Laden im Schwarzenviertel«, sagte sie.

»Ich bin nicht sein Hüter, Ruthie Jean.«

»Sie können ihn da rausholen.«

»Holen Sie ihn doch selber raus.«

»Manche Geheimnisse sollten lieber geheim bleiben. Sie kennen doch die Regeln, die für bestimmte Sachen zwischen Schwarzen und Weißen gelten.«

»Sie rufen den Falschen an«, sagte ich.

»Der Mann, dem der Laden gehört, is ein Freund von Luke. Er hat gesagt, daß Moleen eine kleine Pistole in seiner Jacke stecken hat. Der Mann will nicht die Polizei rufen, wenn es nicht sein muß.«

»Vergessen Sie Moleen und kümmern Sie sich lieber um Ihre eigenen Angelegenheiten. Er ist es nicht wert ...«

Sie legte auf. Ich setzte mich wieder an den Tisch und aß weiter. Bootsie musterte mein Gesicht.

»Moleen ist ein erwachsener Mann«, sagte ich. »Außerdem ist er ein scheinheiliger Dreckskerl.«

»Er hat sie aus dem Gefängnis rausgeholt«, sagte Bootsie.

»Er hat jemand anderen dafür engagiert. Typisch Moleen. Immer gut absichern.«

»Du bist zu hart, Streak«, sagte sie.

Ich trank meinen Eistee aus, lutschte an dem Minzeblatt und drückte mir schließlich die Finger an die Schläfen.

»Bis fünf bin ich wieder da«, sagte ich.

»Paß auf dich auf, mein Bester«, sagte sie.

Ich nahm die alte Landstraße nach St. Martinville, die am Bayou Teche entlang durch Zuckerrohrfelder und Weideland führte, wo weiße Reiher wie Späher auf den Rücken der grasenden Kühe standen. Dot's war eine baufällige, aus Brettern zusammengezimmerte Bar am Ende der Hauptverkehrsader, die quer durch das Schwarzenviertel führte und schließlich in den Platz bei der alten französischen Kirche mündete, hinter der Evangeline und ihr Liebhaber begraben waren. Der Standort der Bar, die wie eine Wegstation zwischen zwei Welten lag, entsprach komischerweise dem eigenartigen Blut- und Gengemisch ihrer Kundschaft – Achtel- und Viertelneger, Halbindianer und Menschen, die kohlschwarz waren, deren Kinder aber manchmal strohblondes Kraushaar hatten.

Moleen saß vornübergebeugt auf einem Hocker im Zwielicht am anderen Ende der Bar, so daß sein Sakko um die Schultern spannte, und hatte einen ochsenblutfarbenen Slipper lässig unter die Aluminiumfußstütze geschoben. Aus einem Meter Entfernung nahm ich seinen strengen Körpergeruch wahr.

»Sie macht sich Sorgen um Sie«, sagte ich und setzte mich neben ihn.

Er trank einen Schluck aus dem Glas voller Bourbon und geschmolzenem Eis und schob dem Barkeeper zwei Dollarscheine vom Wechselgeld zu.

»Möchten Sie was trinken?« fragte er.

Ich antwortete nicht. Ich schob mit einem Finger sein Jackenrevers zurück. Er funkelte mich an.

»Ein 25er Derringer. Das ist doch Unsinn, Moleen«, sagte ich. »Die Dinger wirken doch allenfalls wie Vogelscheiße auf Bimsstein.«

Er machte den Barkeeper auf sich aufmerksam und deutete auf sein leeres Glas. Ein Strahl grelles Sonnenlicht fiel in die Bar, als ein mißgebildeter Mulatte mit einem Schuhputzkasten in die Bar kam und die Tür so heftig zufallen ließ, daß das Glas und die Jalousien schepperten. Der Schwachsinn stand ihm ins Gesicht geschrieben, er sabberte aus dem Mund, und seine Arme, die wie knorrige Eichenwurzeln wirkten, waren allenfalls halb so lang, wie sie sein sollten. Ich schaute weg.

»Möchten Sie sich die Schuhe putzen lassen?« fragte Moleen mit einem leichten Lächeln um die Mundwinkel.

»Ich finde, diese Bemerkung ist Ihrer nicht würdig«, sagte ich.

»Das war nicht witzig gemeint. Er hat denselben feinen Herrn zum Urgroßvater wie ich. Wenn Sie den für eine Augenweide halten, sollten Sie erst mal seine Mutter kennenlernen. Bleiben Sie hier. Sie kommt gegen sieben vorbei.«

»Ich kann Sie nicht dran hindern, Ihr Leben zu verpfuschen, Moleen, aber als Polizist wäre es mir lieb, wenn Sie mir Ihre Waffe aushändigen würden.«

»Nehmen Sie sie. Im Zorn habe ich ohnehin noch nie einen Schuß abgegeben.«

Ich zog sie aus seinem Gürtel, klappte unter dem Tresen den Verschluß auf.

»Sie ist leer«, sagte ich.

»Ach ja«, sagte er geistesabwesend, holte zwei Stahlmantelgeschosse aus seiner Jackentasche und ließ sie in meine Hand fallen. »Die wollen Ihren Freund Marsallus aus dem Verkehr ziehen.«

»Wer?«

Er setzte sein Glas an. Seine Augen waren rot gerändert, und das unrasierte Gesicht glänzte vor Schweiß.

»Was war das Schlimmste, was Sie drüben in Vietnam erlebt haben, Dave?« fragte er.

»Das ist doch Schnee von gestern.«

»Haben Sie jemals Ihre eigenen Leute zurückgelassen, sie verkauft, bei den Friedensverhandlungen ihre Namen von der Vermißtenliste getilgt, ihre Familien angelogen?«

»Hören Sie auf, sich darüber den Kopf zu zermartern. Gehen Sie damit an die Öffentlichkeit.«

»Es ist allgemein bekannt, Herrgott noch mal! Niemand schert sich drum.«

»Warum wollen diese Kerle Sonny umbringen?«

»Weil er wie ein einköpfiges Erschießungskommando ist. Sobald er sie vors Visier kriegt, lösen sie sich in roten Dunst auf.«

»Eine anständige Frau sorgt sich um Sie, Moleen. Es gibt Schlimmeres auf der Welt«, sagte ich.

»Welche Frau?«

»Bis demnächst, Partner. Und halten Sie sich den Rücken frei.« Ich wandte mich zum Gehen.

»Sie sind doch immer so ein Klugscheißer, Dave. Wie finden Sie denn das? Ruthie Jean hat ihre Tante Bertie zu einer Klage gegen die Plantage angestiftet. Sie haben sich einen mickrigen kleinen Anwalt von der Bürgerrechtsunion besorgt, der uns vor Gericht jahrelang hinhalten kann.«

»Hört sich ganz gewitzt an.«

»Na schön, wenn Sie das meinen. Ich kenne ein paar Herren, die Ihnen vermutlich nicht beipflichten. Sobald Marsallus abserviert ist, lernen Sie womöglich ein paar von ihnen kennen.«

»Hab ich bereits. Allzusehr beeindruckt haben sie mich aber nicht«, sagte ich, stand auf und prallte mit dem Mißgebildeten zusammen. Der hölzerne Schuhputzkasten fiel ihm aus der Hand, und sämtliche Bürsten, die Dosen mit Creme und Lederseife und die Flaschen voller Flüssigpolitur kullerten scheppernd und klirrend über den Boden. Gehetzt starrte er mich mit seinen starren, rotgeäderten Augen an. Er sabberte vor sich hin und stöhnte tief und kehlig auf, als er versuchte, eine zerbrochene Flasche mit Flüssigpolitur aufzuheben, deren Inhalt sich in einer schwarzen Pfütze über die Dielen ergoß. Aber sein Oberkörper war zu schwer, die Arme zu kurz und ungelenk, und hilflos stierte er auf die tropfende Farbe an seinen Fingern, als die Flasche weiter weg rollte und lauter schwarze Schnörkel auf dem Boden hinterließ.

Ich kniete mich hin und fing an, die Sachen wieder in dem Kasten zu verstauen.

»Tut mir leid, Partner. Wir gehn runter zum Laden und ersetzen alles, was ich kaputtgemacht hab. Das wird schon wieder«, sagte ich.

Sein Gesicht war völlig ausdruckslos, die Zunge lag schwer wie nasser Biskuit auf den Zähnen. Er versuchte Worte zu bilden, aber es klang lediglich, als ob jemand einen Brocken Schleim herauswürgen wollte.

Ich sah, wie Moleen mich angrinste.

»Mitgefühl mit der anderen Rasse kann eine ziemlich schmierige Angelegenheit sein, stimmt's, mein Lieber?« sagte er.

Ich hätte ihn am liebsten vom Hocker gefegt.

Bootsie war aufgebracht, fassungslos, wollte sich überhaupt nicht mehr beruhigen. Sie hatte weiße Flecken auf den Wangen, wie geschmolzenes Eis. Ich konnte es ihr nicht verübeln.

»Dave, sie ist grade mal dreizehn. Sie hätte jemanden umbringen können«, sagte sie.

»Hat sie aber nicht. Sie hat ja nicht mal durchgeladen«, sagte ich.

»Ein schwacher Trost, meiner Meinung nach.«

»Ich schließ sämtliche Waffen weg«, sagte ich.

Es war Freitag nacht um elf, und wir saßen in der Küche. Ich hatte die Strahler in dem Mimosenbaum im Garten eingeschaltet. Alafair war in ihrem Zimmer und hatte die Tür geschlossen.

Ich versuchte es andersherum.

»Ich weiß, daß es meine Schuld ist. Ich hab die Beretta nicht sicher vor ihr verstaut«, sagte ich. »Aber mal angenommen, der Typ hätte tatsächlich versucht einzudringen?«

Sie ging zum Spülbecken und wusch eine Tasse mit heißem Wasser aus. Ihre Hände wirkten blutrot. Steif und bretthart zeichnete sich ihr Rücken unter dem Kleid ab.

»Soll ich eine Alarmanlage einbauen lassen?« fragte ich.

»Ja.«

»Ich ruf morgen jemanden an«, sagte ich und ging in den Garten, wo ich eine ganze Weile teilnahmslos am Picknicktisch saß, ins Gras starrte und den sich hin- und herwiegenden Schatten des Mimosenbaums betrachtete. Die Nacht war nicht dazu angetan, sich abzukapseln und seinen Gedanken nachzuhängen, aber ich wußte nicht, wohin ich mich sonst damit hätte wenden sollen.

Am nächsten Morgen fuhr ich mit Alafair zum Bahnhof in New Iberia, wo wir am Frachtgutschalter einen neuen Außenbordmotor abholen wollten.

»Du hättest lieber die Finger von der Waffe lassen sollen, Alf«, sagte ich.

»Ich hatte doch schon den Notruf angerufen. Was hätt ich denn sonst machen sollen? Abwarten, bis er die Tür eingetreten hat?« Sie schaute starr geradeaus, aber ihre Augen zuckten.

»Ich habe keine Fußspuren gefunden.«

»Ist mir egal. Ich hab ihn gesehen. Er war draußen unter den Bäumen, Tripod hat Angst gekriegt und ist an der Kette auf und ab gerannt.«

»Aber es war nicht der Mann, der dich aus dem Wassergraben gezogen hat?«

»Er war dünner. Einmal ist ein Auto vorbeigefahren, und da hat seine Haut ganz weiß gewirkt.«

»Hatte er rote Haare?«

»Weiß ich nicht. Es war bloß ein kurzer Moment.«

»Vielleicht wird's höchste Zeit, daß wir lernen, wie man mit einer Waffe umgeht«, sagte ich.

»Wieso seid ihr alle so sauer auf mich? Das ist einfach nicht fair, Dave.«

»Ich bin nicht sauer auf dich, kleiner Kerl … Entschuldigung … Bootsie auch nicht. Wir sind bloß …«

»Doch, ist sie. Lüg mich nicht an. Das macht alles bloß noch schlimmer.«

»Das ist ziemlich hart, Alf.«

»Wieso laßt ihr mich dann überhaupt allein? Was soll ich denn machen, wenn üble Gestalten ums Haus schleichen?« Ihre Stimme wurde drängender, schnappte dann jählings über, und sie fing an zu weinen.

Wir waren an der East Main Street, unmittelbar vor den Shadows. Ich hielt im Schatten der alten Eichen an, unmittelbar hinter einem Reisebus voller älterer Touristen. Das Tuckern des Dieselmotors hallte auf dem Beton wider.

»Ich hab's verpatzt. Kommt nicht wieder vor«, sagte ich.

Aber sie weinte weiter, hatte beide Hände vors Gesicht geschlagen.

»Schau, vielleicht hab ich gar keine Lust mehr auf den Polizeidienst. Ich hab es satt, ständig für andere Leute den Sandsack zu spielen. Außerdem hab ich es satt, daß meine Familie alles abkriegt.«

Sie nahm die Hände vom Gesicht und schaute eine ganze Weile aus dem Seitenfenster. Sie schniefte nach wie vor und strich sich ab und zu mit dem Handrücken über die Augen. Dann richtete sie sich wieder auf und schaute mit großen trockenen Augen nach vorn, so als sei sie aus nächster Nähe angeblitzt worden.

»Das stimmt nicht«, sagte sie.

»Was stimmt nicht?«

»Du wirst immer Polizist sein, Dave. Immer und ewig.«

Ihre Stimme klang älter, viel älter, ganz anders als sonst, abgeklärt, so als wisse sie genau, was von den Versprechen Erwachsener zu halten war.

Am Sonntag morgen war die Sache immer noch nicht beigelegt. Ich wachte früh auf und klopfte an Alafairs Tür.

»Ja?«

»Ich bin's, Dave. Bist du zu sprechen?«

»Moment.« Ich hörte sie mit bloßen Füßen über den Boden tapsen. »Okay.«

Die Regale waren voller Stofftiere, die Wände mit allerlei

Katzenpostern beklebt. Alafair hatte sich ein Kissen hinter den Kopf geschoben und die Knie angezogen, so daß die Bettdecke wie ein Zelt aufragte. Die Vorhänge bauschten sich im Wind, und das Fliegengitterfenster war offen.

Ich setzte mich auf den Stuhl vor ihrem Schreibtisch, an dem sie ihre Hausaufgaben machte.

»Ich hab mich gestern aus einem ganz andern Grund aufgeregt. Aber das ist schwer zu erklären«, sagte ich. »Wenn hier jemand einen Fehler gemacht hat, dann bist nicht du das gewesen, sondern ich.«

»Das hast du schon mal gesagt.«

»Hör zu. Wenn du einen anderen Menschen tötest, dann hängt dir das ein Leben lang nach, so notwendig es dir zu dem Zeitpunkt auch vorgekommen sein mag. Ich möchte unter keinen Umständen, daß dir so was passiert. Ich träume immer noch vom Krieg und manchmal auch von den Menschen, mit denen ich mich als Polizist auseinandersetzen mußte. Ihre Gesichter vergehen nicht, selbst wenn sie längst tot und begraben sind.«

Sie zwinkerte einmal und wich dann meinem Blick aus.

Ich sah, wie sich das Laken am Fußende des Bettes bewegte und dann aufwölbte. Normalerweise hätte es mich amüsiert, aber heute nicht.

»Schaffen wir den kleinen Kerl lieber raus, damit wir uns ungestört unterhalten können«, sagte ich und zog Tripod unter der Zudecke hervor. Er hing wie ein Sack in meiner Hand und ruderte hilflos mit den Pfoten, als ich ihn zum Fenster trug.

»Er läuft bloß wieder runter zum Bootsanleger«, sagte sie, so als suche sie nach einer Ausflucht vor diesem Gespräch.

»Batist kommt damit schon klar«, sagte ich und ließ Tripod in den Garten fallen,

Ich setzte mich wieder hin. Draußen strahlte die Sonne vom blauen Himmel. Demnächst wollten wir zur Messe fahren, zu St. Peter's in New Iberia, und danach bei Victor's an der Main Street zu Mittag essen. Ich wollte mich nicht auf ihren fragenden Blick einlassen.

Sie hatte die Hände über den Knien verschränkt und starrte auf ein Poster mit zwei getigerten Kätzchen an der gegenüberliegenden Wand.

»Wie viele Menschen, Dave, wie viele hast du …«

»Darüber darf man überhaupt nicht nachdenken, Alf. Wenn man das tut, wenn man es verlauten läßt – von da an kennt man sich nicht mehr wieder«, sagte ich.

Um drei Uhr nachmittags rief Sonny im Köderladen an.

»Du bist wohl schwer von Begriff?« sagte ich. »Ich will nichts mehr mit dir zu tun haben. Laß dich nicht mehr bei mir hier draußen blicken, hast du verstanden? Wenn du unbedingt den Schutzengel spielen willst, dann geh nach New York, setz dir ein rotes Käppi auf und gurk mit der U-Bahn rauf und runter.«

»Wann soll ich denn draußen bei dir gewesen sein?« fragte er. Im Hintergrund hörte ich, wie sich Wellen an den Felsen oder an irgendeiner Mole brachen, dann wurde eine Telefonzellentür geschlossen.

»Freitag abend«, sagte ich.

»Da bin ich in New Orleans gewesen«, sagte er.

»Komm mir nicht damit, Sonny.«

»Es ist die reine Wahrheit.«

»Meine Tochter hat jemanden unter den Bäumen stehen sehen. Es war weder Emile Pogue noch Patsy Dap. Patsy geht's hauptsächlich darum, wie er ins Geschäft kommen und Johnny Carp eins auswischen kann. Damit bleibst bloß du übrig.« Aber nicht einmal ich war davon überzeugt.

»Die haben jede Menge Jungs, die für sie arbeiten, Streak, hauptsächlich in Florida. Die staffieren sich aus wie altgediente Ledernacken beim Hofappell, fallen inner Stadt ein, wo dann prompt jemand 'nen tödlichen Unfall erleidet, und schnappen sich noch am gleichen Abend den Nachtflieger zurück nach Tampa.«

Ich hörte meine eigenen Atemzüge im Telefon. Das Sonnenlicht, das sich draußen vor dem Fliegengitterfenster auf dem Bayou spiegelte, schmerzte in den Augen wie Glassplitter.

»Warum hast du angerufen?« fragte ich.

»Ein Kokser, der mal für Johnny Carp gearbeitet hat, hat mir erzählt, daß Johnny an 'nem Deal beteiligt ist, bei dem's um irgendwelches Land bei den Bahngleisen geht. Er sagt, er hat gehört, wie Johnny jemand am Telefon erklärt hat, daß das Land an den Bahngleisen liegen muß. Das ist der Schlüssel.«

»Zu was?« fragte ich.

»Weiß ich nicht. Du solltest mal den Kokser sehn. Dem seine Nasenlöcher schaun aus wie Tunnel, die direkt ins Hirn führen. Aber eigentlich ruf ich für den Fall an, daß meine Glückssträhne möglicherweise mal abreißen könnte, daß ich zum Beispiel die Drei und die Sechs würfel – du weißt schon, was ich meine. Weil ich dir nämlich sagen will, daß es mir leid tut wegen der ganzen Scherereien, die ich andern gemacht habe.«

»Komm schon, Sonny, du bist doch längst mit allen Wassern gewaschen. Du wirst mit einem Glas Champagner in der Hand an der Canal stehen, wenn Johnnys Leichenwagen vorbeifährt … Sonny?«

Ich hörte, wie die Telefonzellentür krachend aufflog, dann ein Scheppern, als der Hörer lose hin und her schaukelte, und danach ein Geräusch, das fast im Lärm der an die Felsen oder eine Mole anbrandenden Wogen unterging, so als ginge eine Reihe Feuerwerkskörper hoch.

21

Am Montag rief mich der Sheriff frühmorgens an und bat mich, in die Dienststelle zu kommen. Ich dachte, es ginge um Sonny. Ging es aber nicht.

Er kratzte gerade mit einem Federmesser den Kopf seiner Tabakspfeife über dem Papierkorb aus, als ich in sein Büro kam.

»Setzen Sie sich«, sagte er. Er wischte die Klinge an einem Blatt Papier ab und klappte das Messer mit dem Handballen zusammen. »Heut ist ein schlimmer Tag, mein Freund … Ich wünschte, ich könnte Ihnen sagen, daß es sich bloß um eine disziplinarische Untersuchung gegen Sie handelt.«

Ich wartete ab.

»Sie wissen ja, wie so was läuft«, sagte er. »Das ist eine Art Kuhhandel, bei dem man normalerweise einen schriftlichen Verweis in die Personalakte kriegt oder vom Dienst suspendiert wird.« Er zerknüllte das Papier und versuchte sich damit die Asche von den Händen zu wischen. »Diesmal sieht die Sache anders aus.«

»Zu oft über die Stränge geschlagen?«

»Der Ärger mit Ihnen ist, daß Sie ein Polizist sind, der keine Vorschriften mag. Sie sind weiter an der Sache drangeblieben, obwohl Sie offiziell vom Dienst suspendiert waren, oder nicht?«

Ich sah wieder Rufus Arceneaux' Gesicht vor mir, als er sich über den Sitz von Julias Wagen gebeugt und mich mit seinen grünen Augen, die vor Ehrgeiz und lang angestauter Erbitterung funkelten, angeschaut hatte.

»Sie verschweigen mir doch etwas, Sheriff.«

»Ich konnte Sie nicht mehr decken, Dave. Ich habe denen erzählt, daß Sie und Purcel Sweet Peas Caddy präpariert und sich einen Durchsuchungsbefehl erschlichen haben.«

»Bin ich gefeuert?«

»Sie dürfen von sich aus die Kündigung einreichen. Ich muß sie bis fünf auf meinem Schreibtisch liegen haben.«

Ich schlug mir die Hände auf die Schenkel.

»Von wegen einen Durchsuchungsbefehl erschlichen«, sagte ich. »Ich bin darauf gekommen, daß das Alteisen, mit dem die Wasserleiche beschwert war, von dem Schrotthaufen neben Sweet Peas Haus stammen könnte. Was ist dabei rausgekommen?«

»Ich fürchte, das geht Sie nichts mehr an.«

Draußen ging ein scharfer Wind, und ich sah, wie die Flagge an dem Eisenmast wehte und knatterte, ohne daß man einen Ton hörte.

»Ich pack noch mein Zeug ein«, sagte ich.

»Diese Sache hier tut mir sehr leid«, sagte er.

Ich nickte und öffnete die Tür.

»Krieg ich von Ihnen diesen Schrieb vorgelegt?« fragte er.

»Ich glaube nicht«, sagte ich.

Ich ging zu meinem Büro, holte unterwegs die Post und persönlichen Benachrichtigungen für mich ab, suchte mir in einer Rumpelkammer am Flur einen Pappkarton, schloß mein Büro auf und trat ein.

Es ging alles ganz schnell, so als ob ein Zug an mir vorbeigerauscht wäre, der eben noch donnernd über die Schwellen gerumpelt ist, seine ganze Hitze auf den Schienenstrang überträgt, einen Tunnel aus Tönen und Energie erzeugt, die so intensiv ist, daß sich die Gleise wie bronzene Lakritze unter den Rädern zu biegen scheinen – dann jähe Stille, so als lege einem jemand die Hand über die Ohren, eine weite, grasbewachsene Ebene, die nach Staub und Holzteer riecht, ein hellerleuchteter Salonwagen, der in der Prärie verschwindet.

Oder einfach ein Mann, der mit einem Karton auf der Schulter durch die Glastür auf den sonnenüberfluteten Parkplatz geht, ohne daß jemand besondere Notiz von ihm nimmt.

An diesem Nachmittag zog ein Gewitter über New Iberia hinweg. Ich schickte Batist heim, machte den Bootsverleih dicht, schaltete den Fernseher ein, der auf einer Kühlbox für Sodawasser und Grillfleisch im Laden stand, und stellte einen Nachrichtensender ein. Ein Lastwagen mit drei weißen Männern war in eins der schwarzen Wohngebiete in Südafrika eingedrungen und von irgendeiner schwarzen Miliz unter Beschuß genommen worden. Die Aufnahmen waren atemberaubend. Einer der Weißen war schon tot; zusammengesackt und mit seltsam schiefer Miene, weil die Hupe an sein Gesicht drückte, hing er über dem Lenkrad. Die beiden anderen lagen auf dem Asphalt. Einer lehnte rücklings an einem Autoreifen und hatte die Hände erhoben, doch er sagte kein Wort. Der andere lag auf dem Bauch und brachte nur mühsam den Kopf hoch, als er die Soldaten ansprach, die um ihn herumstanden. Es war ein großer Mann mit wildem rotem Bart, breiter Nase und wie gegerbt wirkender Haut, und er konnte seinen Zorn kaum bezähmen.

»Könnt ihr vielleicht einen Scheißkrankenwagen rufen?« sagte er mit britischem Akzent. »Mein Freund ist verletzt. Habt ihr gehört? Wir brauchen einen Krankenwagen, verflucht noch mal. Wie soll ich euch das bloß klarmachen? Ruft in dem verfluchten Krankenhaus an und bestellt einen Krankenwagen … Ach, das habt ihr schon gemacht, ja? Na dann, besten *Dank*. Meinen allerbesten Dank, verfluchte Scheiße noch mal.«

Die Milizionäre erschossen ihn und seinen Freund. Der Beitrag wurde später wiederholt, aber die Szene, als der bärtige Mann seine Henker verhöhnte, wurde nicht mehr gezeigt. Statt dessen sagte der Nachrichtensprecher, die Opfer hätten um ihr Leben gebettelt. Dieser Satz wurde den ganzen Nachmittag über ein ums andere Mal wiedergekäut. Ich wartete ständig auf eine Berichtigung. Aber es kam keine, meines Wissens jedenfalls nicht. Da war ein Mann tapfer in den Tod gegangen, und im nachhinein wurde es, entweder der Einfachheit halber oder um der Dramatik willen, so hingestellt, als sei er jämmerlich und elend gestorben. Die Wahrheit war dabei nur allzufrüh auf der Strecke geblieben.

Was das sollte?

Ich wußte es selbst nicht.

Schließlich hörte es auf zu donnern, aber der Regen prasselte nach wie vor auf das Blechdach, überflutete die Tische und den Bootsanleger und drang wie feiner Dunst durch die Fliegengitter. Ich wartete, bis er nachließ, schloß dann den Köderladen ab, rannte mit einem Regenmantel über dem Kopf die Böschung hinauf und beichtete Bootsie, daß sich unsere Lebensumstände geändert hatten.

An diesem Abend, an dem es für die Jahreszeit ungewöhnlich kühl war und seltsame Lichter am Himmel flackerten, kam

Helen Soileau herausgefahren und setzte sich mit mir auf die Treppe vor dem Haus. Sie stützte die stämmigen Arme auf die Schenkel wie ein Baseballspieler auf der Auswechselbank und berichtete mir, was passiert war, als Sonny mich in Hörweite der Meeresbrandung angerufen hatte.

Die beiden Schützen waren Profis, vermutlich ehemalige Soldaten, keine aufgeblasenen Mafia-Auftragskiller, die ihre Opfer durch Hinterlist erledigten und ihnen die Mündung an den Haaransatz drücken mußten, damit sie nicht danebenschossen. Sie hatten ihn, entweder mit AR-15 oder mit 223er Karabinern, aus etwa vierzig Metern Entfernung von zwei Seiten in die Zange genommen. Jeder andere wäre einfach in einem Schauer aus Glasscherben zurückgeschleudert worden und zuckend, wie von unsichtbaren Drähten bewegt, in der Telefonzelle liegengeblieben. Aber einer der Schützen verpfuschte es vermutlich, als er sein Gewehr zurechtrückte, weil er Sonnys Gesicht noch besser ins Visier bekommen, auf Knorpel und Jochbein und den beinahe femininen Mund anlegen wollte, der lautlos Worte bildete, die der Schütze haßte, auch ohne sie zu hören, bis er mit dem schmalen eisernen Rechteck alles genau erfaßt hatte und mit der geringsten Fingerbewegung zerplatzen lassen konnte wie eine reife Wassermelone.

Doch der umgekippte Bootskörper, über den er anlegte, beulte sich ein und gab einen dumpfen Ton von sich, als er den Lauf verschob, und Sonny war mit einemmal wie elektrisiert. Das Adrenalin schoß ihm ins Blut, und er sprang aus der Zelle und rannte hüftschwingend und mit eingezogenen Schultern, wie ein Quarterback, der den gegnerischen Verteidigern ausweichen will, im Zickzack über die Bootswerft, während seine Haut brannte, als halte jemand ein heißes Streichholz daran.

Ein Zeuge drunten an dem zusammengebrochenen Pier sagte, Sonny sei wie von einem Zauber umgeben gewesen. Er rannte zwischen den Geräteschuppen aus Bimsstein und den verfaulten, im Trockendock liegenden Krabbenbooten hindurch, während die Schützen ein ums andere Mal auf ihn anlegten, einen Schweißereilaster trafen, von dem die Kugeln surrend abprallten, die Glasfenster eines Wachhäuschens zerschossen, die aufstehende Klappe eines schrottreifen Coca-Cola-Automaten zersiebten und eine Reihe Löcher in die rostige Wand einer Malerwerkstatt stanzten.

Sonny stürmte die sandige Böschung zum Flußufer hinab und legte noch einen Zahn zu. Aber aus irgendeinem unerklärlichen Grund rannte er in Richtung Strand, auf die schwärmenden Möwen und anderen geflügelten Wesen zu, statt flußaufwärts, auf festen Boden zuzulaufen, und der Sand unter seinen Füßen wurde weicher und immer weicher, bis er bis zu den Knöcheln in dem zähen Brei einsank.

Dann stellten sie ihn.

Einer der Schützen, ein stämmiger, gedrungener Mann mit dicken Muskelsträngen quer über dem Rücken und hautengen, abgeschnittenen Jeans, die seine Genitalien einschnürten, kam keuchend über die Uferböschung gerannt, hatte das Gewehr in der Armbeuge und feuerte ununterbrochen, bis das Magazin leer geschossen war und rundum Patronenhülsen den Boden übersäten wie ausgebrochene Goldzähne.

Sonnys Hawaiihemd ruckte und zuckte, als ob Krähen darauf einhackten. Er geriet aus dem Tritt, verdrehte einen Moment lang den Oberkörper und krümmte sich dann zusammen, als ob ihm ein Stück Winkeleisen im Schlund steckte. Aber Sonny hatte schon vor langer Zeit, vermutlich noch in der Sozialsiedlung in Iberville, erlebt, was denjenigen blühte, die zu Boden gingen und ihren Gegnern vor die Stiefel kamen. Er riß sich noch einmal zusammen, bot sein ganzes inneres Gleichgewicht auf und zwang sich, nur mehr an ein einziges Ziel zu denken. Dann torkelte er auf die Brandung und den eingefallenen Pier zu, über dem die Schreie der aufgeschreckten Vögel widerhallten.

Er watete durch die Brecher, bis sich sein durchlöchertes Hemd in der Brandung aufbauschte, als wüchsen ihm Flügel. Die Schützen feuerten noch zweimal, beide Male zu hoch und zu weit, so daß die Kugeln harmlos über das Wasser tanzten. Aber Sonny suchte sich seinen Abgang selbst aus. Er kämpfte sich weiter hinaus in die Strömung, tränkte die Welt der Fische und Krabben, der Aale und Stachelrochen mit seinem Blut und ließ sich dann einfach in die Tiefe sinken, bis nur mehr sein rotes Haar einen Moment lang auf einer Welle trieb wie eine vom Wind verwehte Blume.

»Kommst du damit zurecht?« fragte Helen.

»Sicher.«

»Er hat seit jeher auf der Kippe gelebt. Das war seine Art.«

»Ja, ich weiß, was du meinst«, sagte ich. Meine Stimme klang, als käme sie nicht von mir, so als spreche jemand anders. Nach einer Weile sagte ich: »Wer hat den Leichnam geborgen?«

»Man hat ihn nicht gefunden.« Ich spürte förmlich, wie ihr Blick über mein Gesicht glitt. »Vergiß es, Dave. Er hat's nicht geschafft. Der FBIler, mit dem ich geredet hab, hat gesagt, die Blutspur hat ausgeschaut, als ob er von Hunden zerfleischt worden wär.«

Ich spürte, wie meine Zähne aneinanderschabten. »Was hat er in Mississippi gemacht?«

»An der Küste dort wimmelt's von Casinos und Spaghettis. Vielleicht wollte er mal wieder seine übliche Tour durchziehen. Der FBIler, mit dem ich geredet hab, hat sich ziemlich unklar ausgedrückt, als ich ihn das gleiche gefragt hab.«

Ich drückte mir die Daumen an die Stirn, schaute zum Himmel auf, der metallisch und verbrannt wirkte, im Wetterleuchten flackerte. Helen stand auf, hatte ihre Autoschlüssel in der Hand.

»Er hat dich angeschissen, hat seinen Mist bei dir abgeladen, aber du hast trotzdem den Kopf für ihn hingehalten. Wehe, du belastest dein Gewissen auch noch damit«, sagte sie. Sie zielte mit dem Zeigefinger auf mich.

Sie ging zu ihrem Auto, blieb dann stehen und drehte sich noch einmal um.

»Hast du mich verstanden?« fragte sie.

»Klar.«

Sie schaute mir in die Augen, dann hob sich ihre Brust, und sie ging breitschultrig durch das nasse Laub und die Wasserpfützen auf der Auffahrt und strahlte dabei eine moralische Unantastbarkeit aus, um die ich sie nur beneiden konnte.

Ich wachte um vier Uhr morgens auf und setzte mich auf die Bettkante. Ich konnte mich nicht mehr an die Einzelheiten des Traums erinnern, den ich gerade gehabt hatte, aber ein unangenehmer Gedanke hatte sich in meinem Kopf eingenistet und wollte sich beim besten Willen nicht verdrängen lassen – so als komme ein aufgebrachter Mann auf einem dunklen, mit Holzdielen ausgelegten Korridor auf einen zu.

Wir hatten ihn in Gewahrsam. Dann hatte Johnny Giacano verbreiten lassen, er wolle nicht, daß Sonny auf Kaution freikomme.

Frage: Wie konnte Johnny am ehesten dafür sorgen, daß mir zu Ohren kam, was er wollte?

Antwort: Wenn Clete Purcel davon erfuhr.

Hatte mich Johnny reingelegt?

Ich wußte es nicht.

Ich konnte mich mit Sonnys Tod nicht abfinden. Jemand wie Sonny starb nicht. Er schwebte hoch oben, in seinem eigenen Rhythmus, hörte Charlie-Parker-Riffs, wenn sich Himmel und Erde aneinander rieben, kam ohne Sonne aus, aber blühte auf, wenn die Neonlichter an der Canal Street und der St. Charles Avenue angingen, reimte Sonette aus Straßenjargon und bewies uns anderen, daß man das Leben in vollen Zügen auskosten und sich über die tödlichen Fußangeln des gemeinen Daseins hinwegsetzen konnte.

Man hatte die Leiche nicht gefunden. Die See gibt ihre Toten immer preis, aber Sonnys Leiche hatte man nicht gefunden.

Tot bist du, wenn sie den Leichensack aufziehen, die Hundemarke zwischen deinen Zähnen herausbrechen und deine Körpersäfte durch die Rinne auf dem Edelstahltisch abfließen. Dann bist du tot.

Ich legte mich wieder aufs Kissen, schlug den Unterarm über

die Augen und schlief ein. Ich träumte, daß ich Sonny wie einen Meeresgott aus der See steigen sah, am ganzen Körper mit Fischschuppen bedeckt, ein Muschelhorn in der Hand, und daß er bereits im Begriff war, sich in ein Wesen aus Luft und Lichtgespinst zu verwandeln.

Am Nachmittag darauf meldete sich Batist am Telefon im Köderladen und reichte mir dann den Hörer. Es war heiß und stickig, und ich drückte mir eine beschlagene Dose Dr. Pepper an die Wange, setzte mich auf einen Hocker am Tresen und hielt das Telefon ans Ohr.

»Robicheaux?«

Die Stimme war unverkennbar, rauh und kratzig vom Whiskey und den Zigaretten, desgleichen der Tonfall – als ob Asche aus einem Kamin aufsteigt.

»Ja«, sagte ich und schluckte den gallenbitteren Geschmack hinunter, der mir in die Kehle stieg.

»Sie müssen bei jemandem mächtig in die Scheiße gelangt haben. Sind Sie von Ihrer eignen Dienststelle abserviert worden?«

»Was wollen Sie von mir, Pogue?«

»Ich glaube, Sie sind kein übler Kerl. Wir brauchen Einheimische, damit die Sache läuft. Wenn Sie Purcel beteiligen wollen, geht das von uns aus in Ordnung.«

»Damit was läuft? Wer ist ›wir‹?«

»Der ganze beschissene Planet. Halten Sie sich an das, was angesagt ist, Mann.«

»Ich weiß nicht, was angesagt ist.«

Er lachte keuchend auf, so als wären lauter kleine Löcher in seiner Lunge.

»Sie sind vielleicht eine Arschgeige, aber Sie gefallen mir«, sagte er. »Ich hab denen gesagt, daß sie Sie dazunehmen sollen. Mir isses lieber, wenn Sie die Sache für uns klären, als eure hochherrschaftliche Schwuchtel, dieser – wie heißt er doch gleich, Bertrand?«

»Moleen?«

»Die Einheimischen müssen vor einem katzbuckeln. Jemals ein Dorf mit Feuerzeugbenzin und 'nem guten Zippo in Brand gesteckt? An dem Gestank nach gebratenen Enten muß irgendwas dran sein, was die richtig zur Räson bringt.«

Der Hörer lag warm und feucht an meinem Ohr. Jemand knallte die Fliegengittertür hinter mir zu, als ob ein Gewehr losgegangen wäre.

»Sie waren einer der Schützen«, sagte ich.

»Bei dem Marsallus-Job? Er hat ein paar gute Männer aus dem Verkehr gezogen. Er hat's rausgefordert.«

»Sie haben es vermurkst.«

Ich hörte, wie er das Telefon in die andere Hand nahm, heiß und trocken in die Muschel atmete.

»Vermurkst, hä?«

»Die FBIler haben keine Leiche gefunden. Ich glaube, daß Sonny wiederkommt und auf Ihr Grab pißt«, sagte ich.

»Jetzt hör mal zu …« Er verhaspelte sich, als ob ihm ein Nagel in den Hals geraten wäre, und setzte von neuem an. »Wir ham auf die Beine gezielt. Ich hab die Knochen wegknicken sehn. Der Sack is drunten im Schlick, genau da, wo er hingehört.«

»Er taucht wieder auf, wenn Sie nicht damit rechnen. Ihren Freund Jack hat's erwischt, bevor er wußte, wie ihm geschah. Denken Sie drüber nach«, sagte ich und legte den Hörer auf.

Ich hoffte, daß ihm hinterher tausend Rasiermesser in den Eingeweiden wühlten.

22

Am Dienstag mittag griff ein Stadtpolizist Ruthie Jean vor einem Restaurant an der Main Street auf und brachte sie ins städtische Gefängnis, wo sie wegen Hausfriedensbruchs und Erregung öffentlichen Ärgernisses eingesperrt wurde. Damit alle Schaulustigen wußten, auf wessen Seite er stand, legte er ihr sogar Handschellen an, packte sie grob am Arm, bevor er sie hinten in den Streifenwagen schob, ihr den Gehstock auf den Schoß warf und die Tür zuschlug. Ich hörte die Geschichte von einer Handvoll Leute, die sie mir alle mit einer gewissen Bestürzung erzählten, aber ich vermutete, daß sie sich insgeheim freuten, wie das bei Menschen in einer Kleinstadt so üblich ist, wenn die Sünden anderer offenkundig werden und man sich nicht mehr mitschuldig fühlen muß, weil man sie verschwiegen hat.

Zunächst dachten die Leute, sie wäre schlicht und einfach betrunken, dann sahen sie den fiebrigen Glanz in ihren Augen, so als stiere sie noch immer in die Flamme, die an die Crackpfeife gehalten wurde. Eine ältere Frau, die am Spanish Lake wohnte, erkannte sie und versuchte ihr gut zuzureden, beruhigte sie, tätschelte ihr die Schulter und wollte sie von Julia Bertrand wegziehen, die soeben ihren roten Porsche am Straßenrand vor den Shadows geparkt hatte und frohgemut, gegen alle Fährnisse der Welt gefestigt, mit forschem Schritt auf das Restaurant zuging, daß ihr langer Reitrock um die Beine schlackerte.

»Ach, ist schon gut«, sagte Julia zu der anderen Frau, einer Weißen. »Ruthie Jean regt sich wegen einer Mietrechtsfrage auf der Plantage auf, die Moleen regeln mußte. Kümmer dich jetzt um deine eigenen Angelegenheiten, Ruthie Jean, und belästige nicht die Leute. Soll ich jemanden anrufen, der dich heimfährt?«

»Sie ham mich von der Plantage vertrieben, Julia. Wenn man einen Ballon losläßt, fliegt er hin, wo er will.«

»Ich wäre dir sehr verbunden, wenn du mich nicht mit Vornamen anreden würdest.«

»Vor Ihren Gedanken können Sie sich nicht verstecken. Nicht, wenn er Sie im Dunkeln anfaßt, unter der Decke, mit geschlossenen Augen, und Sie wissen, wo er seine Hand gehabt hat, wissen, daß er an mich denkt und dasser's deswegen bei Ihnen mit geschlossenen Augen macht, dasser sich beeilt, damit er nicht dran denken muß, mit wem er's macht. Und dasser euch beiden was vorlügt, genauso wie er mit mir ein Baby gemacht und ständig so getan hat, als ob ich's auch ohne einen Mann kriegen und auf der Plantage leben könnt, wie es sich für Farbige gehört, so wie seine Vorfahren es mit uns gemacht ham, wie wenn das Kind nicht sündig wär, weil es das Blut der Bertrands in sich hat.«

»Wie kannst du es wagen!«

»Und Sie können nicht davonrennen, wenn Sie den kleinen Jungen im Scheinwerferlicht sehn, die Angst in seinen kleinen Augen sehn, hörn, wie er durch die Erde, die sie ihm in den Mund gesteckt ham, zu Ihnen spricht. Schnaps und Drogen können einen Geist nicht im Grab festhalten. Dieser kleine Junge, John Wesley hat er geheißen, der sitzt neben Ihrem Nachtkasten am Boden und flüstert Ihnen die ganzen Geheimnisse zu, die er unter der Erde gelernt hat, all die Sachen, zu denen er nicht gekommen ist, die Fragen über seine Mamma und seinen Pappa, und wieso sie nicht da sind und sich um ihn kümmern oder ihm was zum Geburtstag bringen, weil Ihr Mann sie aus dem Bezirk fortgejagt hat.«

»Wenn du noch einmal in meine Nähe kommst, geb ich dir eine Ohrfeige.«

Julias stramme Waden blinkten wie zwei Scherenblätter, als sie bei Rot die Straße überquerte.

Doch Ruthie Jean folgte ihr ins Restaurant, zwischen den gedeckten Tischen hindurch und vorbei an den gerahmten Kohlestiftzeichnungen und Aquarellen mit Motiven aus dem ländlichen Louisiana an den Wänden, in einen Speiseraum, in dem Julia Zuflucht hatte suchen wollen. Doch jetzt war er zu einer Sackgasse geworden.

Julia saß aufrecht auf ihrem Stuhl, hielt die Speisekarte fest und machte ein verbittertes Gesicht. Als Ruthie Jean sich einen Stuhl am Nebentisch nahm, fing Julia an zu lachen. Es klang laut und durchdringend, abgehackt, als fielen Möbel eine Treppe hinunter.

»Stimmt irgendwas nicht, Miss Julia?« fragte der Inhaber.

»Ich dachte, das hier wäre ein privater Speiseraum. Es ist doch ein privater Speiseraum, nicht wahr?«

»Manchmal. Wenn ihn jemand für ein Festbankett oder eine geschlossene Veranstaltung reservieren läßt«, antwortete er.

»Ich hätte gern einen anderen Tisch. Da drüben. Am Fenster.«

»Bitte sehr. Sind Sie sicher, daß alles in Ordnung ist, Miss Julia?«

»Sind Sie blind, Sir?«

Der Inhaber rückte ihr an dem Tisch, dessen Leintuch in der Sonne glänzte, einen Stuhl zurecht. Ruthie Jeans Augen leuchteten wie Glas, als sie sich den beiden näherte.

»John Wesley is im Regen begraben worden. In einem Sarg aus Pappmaché und Sperrholz«, sagte sie. »Er is verfault, von den Würmern aufgefressen, und deswegen kann er Sie nachts in Ihrem Zimmer aufsuchen, direkt neben Ihrem Kopfkissen sitzen und Ihnen genau ausmaln, was das gewesen is, das unter Ihr Auto geschleudert worden is und das Geräusch gemacht hat, das Ihnen nicht mehr aus dem Kopf geht.«

»Du bist eine boshafte, durchtriebene, undankbare Schwarze, Ruthie Jean. Du kannst in einem Asyl landen. Denk an meine Worte«, sagte Julia.

Im Hintergrund wählte jemand eine Telefonnummer.

»Sie können Moleen nicht davon abhalten, dasser wieder bei meinem Haus vorbeikommt«, sagte Ruthie Jean. »Aber ich will ihn nicht mehr. In Mexiko hat er mir mal 'ne Blume auf den Bauch gelegt, hat meine Brüste in den Mund genommen, ihn mir reingesteckt und gesagt, ich wär alles, was er zu essen braucht. Bloß dasser meine Brüste meinem Baby weggenommen hat. Und das kommt daher, weil ihr Weißen alle nicht wißt, wie man irgendwas richtig liebt, außer wenn ihr's unbedingt braucht.«

Nachdem Ruthie Jean im Streifenwagen weggeschafft worden war, saß Julia reglos und wie betäubt an dem Tisch in dem einsamen Speiseraum. Ihre Lippen waren blutleer, ihr Make-up war trocken und bröcklig, wie von einer inneren Hitze ausgedörrt. Ständig zupfte sie mit dem Daumen an ihrer Nagelhaut, hinterließ halbmondförmige Abdrücke an ihren Knöcheln, die sie fortwährend knetete, als wolle sie die verworrenen Gedanken lösen, die ihr wie Spinnen durch die Adern krochen.

Sie lächelte, stand auf und ging ihrem Mann entgegen, der gerade eilends von seiner Anwaltskanzlei kam, die ein Stück die Straße runter lag.

»Moleen, mein Lieber«, sagte sie. »Schön, daß du kommst. Bedrückt dich irgendwas? Ach, was sollen wir bloß machen, mein Lieber?«

Sie zog ihm mit ihrem scharfen Zeigefingernagel senkrechte rote Striche unter die Augen, so als ob sie einem Clown Tränen ins Gesicht schminken wollte.

Es dämmerte bereits an diesem Abend, als Clete Purcels rostzerfressener Caddy, dessen schimmliges und zerfleddertes Verdeck krumm und schief zurückgeklappt war, in die Auffahrt getuckert kam und abstarb wie ein krankes Tier.

Er trug seinen Porkpie-Hut und ein mit lauter kleinen lila Seepferdchen bedrucktes Tropenhemd. In der einen Hand hatte er ein Poor-Boy-Sandwich mit Austern, mit der anderen drehte er am Radio herum.

»Komm, wir machen 'ne Spritztour«, sagte er.

»Was ist los?«

»Ich muß mit dir reden, das is alles.«

»Stell das Radio leiser«, sagte ich.

»Hey, hast du schon mal Dr. Boogie and the *Bon Ton* Soul Train gehört?«

»Nein.«

Er ließ den Motor wieder an und gab langsam Gas. Der kaputte Auspufftopf schepperte ans Bodenblech.

»Okay!« rief ich durch den Lärm und setzte mich neben ihn. Ein paar Minuten später näherten wir uns der Zugbrücke. »Ist dir eigentlich klar, daß du immer wieder bei den gleichen Karren landest wie die Schmalztollen?« sagte ich.

»Das kommt daher, weil ich sie von den Schmalztollen kaufe. Ich bin froh, daß ich mir das Zeug leisten kann, das die Schmalztollen abstoßen.«

241

Ich wartete, daß er zur Sache kam. Wir fuhren nach New Iberia, dann hinaus, in Richtung Spanish Lake. Ruhig und nachdenklich saß er im Fahrtwind, kaute sacht an seinem Daumennagel.

»Ich hab von der Sache mit Sonny gehört. So einen Tod hat der Typ nicht verdient«, sagte er. Wir waren jetzt auf der alten zweispurigen Landstraße. Die Azaleen und die lila Glyzinien am Straßenrand blühten noch, und zwischen den Bäumen konnte man den See sehen. Cletes Stimme klang heiser, tief und kehlig. »Und noch was andres beschäftigt mich.« Er drehte sich um und schaute mich an. »Ich hab dir doch erzählt, daß ich einen roten Fleck an den Knöcheln gekriegt hab, als ich Johnny eine gesemmelt hab? Der ausgesehen hat, als wär Erdbeersaft unter der Haut, und nicht mehr weggehen wollte?«

Er schüttelte den Kopf, ohne meine Antwort abzuwarten.

»Ich bin immer stinkig auf Sonny gewesen. Ich kann nicht mal sagen, warum. Als ich gehört hab, daß er ausgeknipst worden ist, isses mir richtig schlecht gegangen, weil ich ihn so behandelt hab. Gestern nacht bin ich im Tujague's im Klo gewesen und wollte mir die Hände waschen, und da war der rote Fleck auf einmal weg.«

Er hielt den Handrücken in die rote Sonnenglut über dem Armaturenbrett.

»Das bildest du dir alles bloß ein, Clete.«

»Du kannst mir auch schon mal was abnehmen, Mann. Meine Hand hat die ganze Zeit getobt. Jetzt tut sie's nicht mehr. Ich glaub, Johnny Carp hat uns beide benutzt, damit er ihn umlegen lassen kann.«

Er bog links von der Landstraße ab, fuhr an einem verfallenen zweistöckigen Haus vorbei, das einst ein Spielsalon gewesen war, und folgte dem unbefestigten Fahrweg bis zu einem Wäldchen, an dem jemand Hausmüll, ausrangierte Matratzen und Polstersessel in die Landschaft gekippt hatte. Clete stieß mit dem Caddy ins Zwielicht unter den Bäumen zurück. Die Sonne war jetzt hinter dem Horizont versunken, und in der Luft wimmelte es von Vögeln.

»Was hast du vor?« fragte ich.

»Helen Soileau hat den Durchsuchungsbefehl für Sweet Peas Haus gekriegt. Jetzt rate mal: Er hat den Teppichboden aus seinem Caddy rausgerissen.«

Das Radio war jetzt aus, und als er den Motor abstellte, hörte ich Geräusche im Kofferraum, als ob sich jemand bewegte, dann scharrte ein Lederschuh über Metall.

»Du machst einen Fehler«, sagte ich.

»Schau einfach zu. Der is'n Freak. Freaks geht einer ab, wenn sie im Mittelpunkt stehn.«

Clete holte sich eine Dose Bier aus der Styroporkühlbox auf dem Rücksitz und entriegelte den Kofferraum. Sweet Pea lag eingerollt um die Mulde für den Ersatzreifen. Seine verwachsenen Augen glänzten in der aufgestauten Hitze, das zinnfarbene Seidenhemd war naß vor Schweiß. Er kletterte über die Stoßstange heraus, hatte den kleinen Mund fest zusammengepreßt, so als sauge er an einem Minzeblatt.

»Hey, Dave. Was sagt man dazu, Schätzchen?« sagte er.

Clete schubste ihn rücklings über einen Baumstamm zu Boden.

»Streak hat seine Dienstmarke verloren, Sweet Pea. Für uns gelten jetzt andere Regeln. Für Klugscheißer haben wir nichts übrig, hast du mich verstanden?« sagte Clete.

Sweet Pea steckte den kleinen Finger in eine Zahnlücke, schaute sich dann das Blut darauf an und spie ins Gras.

»Ich muß mal auf Toilette«, sagte er.

»Mach in die Hosen«, sagte Clete. Dann wandte er sich an mich. »Ich hab unsern Mann hinter 'nem schwarzen Tanzschuppen aufgetan. Er hat grade eine von seinen Miezen mit 'ner zusammengerollten Zeitung windelweich geprügelt.«

»Das war meine Frau«, sagte Sweet Pea.

Clete warf ihm die Bierdose in den Schoß.

»Wasch dir den Mund aus. Du stinkst«, sagte er.

»Danke, Purcel«, sagte Sweet Pea, riß die Lasche auf und nahm einen tiefen Zug aus der Dose. Sein Gesicht war voller Schweißtropfen und Staubkörner. »Wo sind wir überhaupt?«

Er schaute zu dem lila Dunst, der über den Zuckerrohrfeldern hing. »O je, das Grab meiner Mutter war genau auf der andern Seite von den Bahngleisen.«

»Wer hat Sonny zum Abschuß freigegeben?« fragte Clete.

»Ich wohn jetzt in Breaux Bridge. Dort isses schon 'ne Riesenneuigkeit, wenn ein Krebs auf dem Highway überfahrn wird. Woher soll ich das wissen?«

Sweet Pea setzte die Bierdose an den Mund. Clete trat sie ihm ins Gesicht. Sweet Peas Lippen waren mit einemmal hellrot, von seinen Augenbrauen tropfte der Bierschaum, und seine Züge zuckten unter der Wucht des Hiebs. Aber er gab keinen Ton von sich. Ich schob Clete von ihm weg.

»Das reicht«, sagte ich.

»Spazier ein Stück die Straße runter. Genieß den Abend. Komm in zehn Minuten wieder«, sagte er. Sein blauschwarzer 38er lag in seiner Hand.

»Wir bringen ihn dahin zurück, wo du ihn her hast. So und nicht anders, Clete.«

»Du verpfuschst alles, Streak.«

Ich hörte, wie sich Sweet Pea hinter mir im Gras bewegte, langsam aufstand.

»Bleib, wo du bist, Sweet Pea«, sagte ich.

Er setzte sich auf einen Baumstamm, steckte den Kopf zwischen die Beine und ließ Blut und Speichel aus seinem Mund tropfen. Als er zu mir aufschaute, hatte sich seine Miene verändert.

»Ihr seid doch bloß zwei Clowns, die draußen im Wald den großen Max markiern«, sagte er. Seine kleinen scharfen Zähne sahen aus wie mit Mercurochrom eingefärbt.

Clete ging auf ihn zu. Ich legte ihm die Hand auf die Brust.

»Was wißt ihr denn schon?« sagte Sweet Pea. »Habt ihr schon mal gehört, daß nachts bei den Bertrands ein Lichtschein über der Erde hängt? Dort, wo die Sträflinge umgebracht und in Ketten begraben worden sind. Ihr Scheißer meint wohl, ihr wärt was Besonderes?«

»Das hört sich ziemlich wirr an, Sweet Pea«, sagte ich.

»Der Schuppen, wo ich meine Bräute hinbring, wieso bleibt der wohl offen? Er gehört Bertrand.«

»Das stimmt nicht, Partner. Ich habe sämtliche Grundbucheintragungen für das Land hier in der Gegend gesehen.«

»Er gehört zu einem Kon ... einem Konsor ... oder so was Ähnlichem ... wie sagt man doch dazu?«

»Ein Konsortium.«

»Genau«, sagte er. »Hey, Purcel, du schaust aus, als ob du ein Klistier brauchst. Wieso schiebst du dir nicht die Knarre in den Arsch?«

Clete holte eine Lucky Strike aus seiner Hosentasche und steckte sie an. Dann pulte er eine Tabakfaser von seiner Unterlippe und schnippte sie in die Luft. Auf dem Bahndamm hinter dem Zuckerrohrfeld rauschte ein Amtrak mit hellerleuchteten Fenstern vorbei. Sweet Pea saß auf dem Baumstamm, schaute auf den Zug und kratzte sich an der Backe, als ob wir nicht mehr da wären.

»Du hast großes Glück, Sweet Pea«, sagte ich.

»Ja? Sag deiner Frau, daß ich 'ne Stelle frei hab. Für 'ne ältere Braut wie die mach ich sogar 'ne Ausnahme. Bloß normale Nummern, kein Französisch«, sagte er.

Ich träume in dieser Nacht von Menschen, die in Grotten unter dem Meer leben. Ihre Arme und Schultern sind mit silbernen Federn überzogen; funkelnde Feuerpunkte tanzen auf ihrer abalonenbleichen Haut.

Ich kannte einmal einen Sanitätshubschrauberpiloten aus Morgan City, dessen Mühle genau an der Einstiegsluke von einer Rakete getroffen wurde. Sie war voller Munition und verwundeter Zivilisten, und als sie mitten im Fluß abstürzte, verbrannten oder ertranken die meisten von ihnen. Nach dem Krieg wurde er geisteskrank und versenkte auf sämtlichen Wasserwegen in Südlouisiana Jesusstatuen aus Plastik. Er behauptete, daß die Erde von Wasser umgeben sei, daß ein Bayou im Atchafalaya-Becken eine Verbindungsader zu einer überfluteten, mit Reis bestandenen Ebene im Mekong-Delta sei, daß eine Plastikstatue all die Ertrunkenen trösten könne, deren Stimmen noch immer aus dem schlickverkrusteten Hubschrauberwrack zu ihm sprächen.

Als er sich erhängte, ließen sich die Medien lang und breit über seine Geisteskrankheit aus. Aber ich für meinen Teil glaubte fest an Wassermenschen und Stimmen, die durch den Regen zu einem sprechen. Ich fragte mich, ob Sonny sich bei mir melden würde.

Die Morgenluft war gold-blau, der Himmel klar, und es wehte ein milder Wind aus Süden, als der Sheriff seinen Streifenwagen neben der Bootsrampe abstellte und zum Anlegesteg herunterkam. Ich war ohne Hemd, schmirgelte verdorrte Fischschuppen vom Handlauf, ließ mir die Sonne auf den Rücken scheinen und genoß einen fast vollkommenen Tag. Ich wollte nichts von den Problemen anderer Leute hören, ihren Schuldgefühlen, nicht einmal eine Entschuldigung für irgendwelche Verfehlungen, ob echt oder eingebildet.

»Wir haben Patsy Dapolito in Gewahrsam«, sagte er.

»Da ist er meiner Meinung nach gut aufgehoben.«

»Er sagt, jemand hat das Trinkgeld gestohlen, das er in dem Motelrestaurant hinterlassen hat. Er hat einen ziemlichen Aufstand gemacht. Hat den Leuten im Lokal eine Heidenangst eingejagt. Der Kerl ist vermutlich die schlimmste Horrorgestalt, die's in New Iberia bloß geben kann.«

Ich zog das Sandpapier über das gemaserte Holz und blies den Staub ins Sonnenlicht.

»Das geht Sie alles nichts mehr an, was?« sagte der Sheriff.

»Nicht, solange er sich hier nicht blicken läßt.«

»Ich wünschte, ich könnte Ihnen sagen, daß es so einfach ist, Dave.«

Ich schmirgelte weiter, schaute ihn an.

»Gestern hat das FBI angerufen. Die dachten, Sie wären noch bei uns.« Er zuckte mit den Achseln, so als sei ihm die eigene Aussage unangenehm. »Die hören ein paar von Johnny Carps Leuten ab. Bei einem Gespräch ist auch Ihr Name gefallen.«

»Ich bin nicht mehr mit von der Partie, Sheriff. Vielleicht wird's Zeit, daß Sie und die FBIler das endlich kundtun.«

»Die Spaghettis meinen, daß Sie irgendwas wissen, was Sie nicht wissen sollten. Oder daß Sie ihnen hier drüben das Geschäft verderben könnten.«

»Sie irren sich.«

»Einer von denen hat gesagt: ›Sollen sich doch die Rambosäcke drum kümmern.‹ Sie haben gelacht, und ein anderer hat gesagt: ›Genau, die sollen Charlie herschicken.‹ Sagt Ihnen das irgend etwas?«

»Ja, durchaus. Ich bin gefeuert. Kümmert euch doch selber um euren Dreck.«

»Ich glaube, mit Aufbrausen kommen wir hier nicht weiter, Dave.«

»Wenn ein Besoffener aus einer Bar rausfliegt, erwartet man doch auch nicht, daß er den Leuten, die noch drin sind, was zu trinken spendiert. Möchten Sie eine Tasse Kaffee, Sheriff?«

Clete kam gegen Mittag vorbei, trank unter der Segeltuchplane am Bootsanleger ein Bier und bestand dann darauf, daß ich mit ihm nach New Iberia fuhr.

»Ich muß arbeiten«, sagte ich.

»Genau darum geht's«, sagte er und drückte die leere Bierdose zusammen. Der Porkpie-Hut saß schief über der zernarbten Braue, und aus seinen Augen lachte der Schalk.

Wir fuhren die East Main Street entlang, an dem alten Burke-Anwesen und dem Steamboat House vorbei in den Schatten der immergrünen Eichen, vorbei an der Stadtbücherei und der steinernen Grotte, die der Mutter Gottes geweiht ist, dem einzigen Überbleibsel der alten katholischen Volksschule, in der vor dem Bürgerkrieg George Washington Cable gewohnt hatte, vorbei an der Anwaltskanzlei von Moleen Bertrand und den Shadows, und dann hinein in die pralle Sonne, bis wir im Gewerbegebiet landeten.

Clete parkte neben einem kleinen Büro in einem Eckhaus. Der hintere Teil des Gebäudes war alt, aus Ziegelsteinen, auf denen noch die Inschriften aus dem neunzehnten Jahrhundert standen. Fünfzig Meter weiter fuhr ein Schleppkahn den Bayou Teche hinunter; auf die Zugbrücke zu.

Zwei Männer mit Tennisschuhen, die für Möbelpacker viel zu schmächtig waren, schleppten Mobiliar aus einem Mietlastwagen in das Büro.

»Du hättest fragen sollen, bevor du so was machst.«

»Hab ich. Du hast bloß nicht zugehort.«

»Wer sind diese Jungs?«

»Ach, ein Pauschalangebot von der Kanzlei Nig Rosewater. Nig schuldet mir was für zwei Ausgebüxte, die ich aufgespürt habe, die zwei Jungs hier, genaugenommen, und die Jungs schulden wiederum Nig was für ihre Kaution. Also hat Nig noch ein paar Möbel draufgelegt, und jeder hat was davon.«

»Clete, ich bin dir wirklich dankbar, aber …«

»Ist doch schon gelaufen, Großer. Sag den Jungs, wo du deinen Schreibtisch und die Aktenschränke haben willst. Und sorg dafür, daß sie nicht mit irgendwelchen Schlüsseln abhaun.« Er schaute auf die Straße. »Da kommt sie. Hör mal, fahr mit meinem Auto zu dir nach Hause, wenn du fertig bist, okay? Helen geht mit mir zu Mittag essen.«

Er sah meinen Blick.

»Dann isse halt zweifach gewickelt. Wer ist schon vollkommen?« sagte er.

Winkend fuhren die beiden weg, während ich auf dem Gehsteig zwischen Cletes schrottreifem Caddy und dem Bürofenster stand, auf dem bereits der Schriftzug ROBICHEAUX, PURCEL UND KOMPAGNONS – PRIVATDETEKTEI prangte.

Im Dämmerlicht fuhr ich hinaus zur Bertrandschen Plantage und parkte bei dem Gummibaumhain. Ich durfte mich hier eigentlich nicht aufhalten, doch ich scherte mich nicht darum. Ich hatte glauben wollen, daß ich nichts mehr mit Sonny Boy, Julia und Moleen, Luke, Ruthie Jean und Bertie Fontenot zu schaffen hatte. Aber ich wußte, daß das nicht stimmte. Sogar Sweet Pea Chaisson wußte es.

Dieses Stück Land war unsere Erbsünde, nur daß uns noch kein Taufritual eingefallen war, durch das wir sie aus unserem Leben tilgen konnten. Das junge Zuckerrohr auf dem lila-grünen Feld wuchs aus hohlen Brustkörben und leeren Augenhöhlen. Aber was war mit den anderen, deren Leben hier begonnen und anderswo geendet hatte? Denjenigen, die als Prostituierte in den Schuppen an der Hopkins Street in New Iberia und der Jane's Alley von New Orleans gelandet waren, die sich die Hände mit Austernmessern zerschnitten, mit der Zuckerrohrsichel die Schienbeine bis auf den blanken Knochen aufgeschlitzt hatten, in der Red-Hat-Gang und in den Außenlagern von Angola den Blues auf der Zwölfsaitigen gelernt hatten, bei Leadbelly und Hogman Matthew Maxey, die in den schmiedeeisernen Schwitzkästen von Camp A buchstäblich bei lebendigem Leib gekocht worden und scharenweise, in einem Exodus von biblischen Ausmaßen, mit Eisenbahnzügen gen Norden gefahren waren, in die Southside von Chicago und ins wundersame Harlem der zwanziger Jahre, wo sie die Musik des Südens spielten und die Luft mit dem Duft nach Maisbrot, Kohl und Schweinskoteletts mit Süßkartoffeln erfüllten, so als ob sie nach wie vor bereit wären zu vergeben, wenn wir ihnen nur das Recht zur Vergebung zugestünden.

Tolstoi hat einmal gefragt, wieviel Erde der Mensch braucht.

Gerade so viel, daß er spürt, welche Anziehungskraft sie hat und daß sie ein Anrecht erhebt auf die Lebenden wie auf die Toten.

23

Obwohl mein Name am Fenster stand, ging ich nicht in das Büro, und genaugenommen hatte ich noch nicht offiziell in die Partnerschaft eingewilligt, auch wenn Bootsie und ich das Einkommen gebrauchen konnten.

Bis Clete drei Tage später im Köderladen anrief.

»Hör dir das an. Johnny Carp sagt, er will sich noch mal mit uns zusammensetzen. Elf Uhr, in unserem Büro.«

»Sag ihm, er soll sich aus der Stadt fernhalten.«

»Nicht ratsam, Großer.«

»Versuch nicht, mit diesen Typen zu verhandeln.«

»Der Typ regt sich über irgendwas auf.«

»Wen schert's?« sagte ich.

»Wach auf, Dave. Du hast kein Radar mehr. Entweder du nimmst wahr, was auf der Straße vor sich geht, wenn du die Chance dazu hast, oder du wirst gefressen.«

Ich wartete bis kurz vor elf, dann fuhr ich nach New Iberia. Johnny Carps lange weiße Limousine mit den tiefdunkel getönten Fenstern stand in zweiter Reihe vor dem Büro. Eins der hinteren Fenster war ein Stück heruntergekurbelt, und zwei Frauen mit gebleichten Haaren und Frankenstein-Make-up saßen rauchend auf dem Rücksitz und schauten gelangweilt vor sich hin, ohne sich eines Blickes zu würdigen. Drei von Johnnys Männern, alle mit Sonnenbrille und scharfem Haarschnitt, standen auf dem Gehsteig und schauten die Straße auf und ab, als ob sie Agenten des Secret Service wären.

Ich parkte um die Ecke und ging zur Eingangstür. Einer von ihnen musterte mich mit verschränkten Armen und ausdrucksloser Miene durch seine Sonnenbrille. Er kaute auf einem Pappstreichholz herum, das er im Mundwinkel klemmen hatte, nickte dann, trat einen Schritt zurück und ließ mich passieren.

»Sind Sie das, Frankie?« fragte ich.

»Ja. Wie geht's Ihnen, Mister Robicheaux?« antwortete er.

»Ich dachte, Sie wären eine Weile weg.«

»Die Braut hat Gewissensbisse gekriegt und ihre Aussage zurückgenommen. Was willst 'n da machen?« Er zuckte mit den Achseln, als stünde er vor einem großen Rätsel der Menschheit.

»Ich würde den Wagen lieber woanders parken, Frankie.«

»Ja, ich wollt's dem Fahrer grade sagen. Danke.«

»Seit wann arbeitet Charlie denn für euch?« fragte ich.

Er hielt die Finger in die Luft, faßte sich an die Wange und wedelte wieder mit der Hand.

»Wer?« sagte er. Er schürzte die Lippen, so daß sein Mund ein kleines rundes O bildete.

Drinnen hockte Clete an einem aus Armeebeständen stammenden Metallschreibtisch und hatte die Hände im Nacken verschränkt. Johnny Carp, dessen buschige Brauen wie Riffeln auf einem Waschbrett wirkten, saß ihm mit steif angewinkelten Armen und Beinen und düster funkelnden Augen gegenüber. Er trug ein gelbes Hemd mit einem aufgestickten lila *G* auf der Tasche und einen grauen Anzug mit dunklen Streifen und einem gelben Tuch in der Brusttasche. Er hatte die Füße auf den Boden gestemmt, als wolle er jeden Moment aufspringen und davonlaufen.

»Dave, hilf mir. Wir müssen Johnny von was überzeugen«, sagte Clete. Er lächelte gut gelaunt.

»Was gibt's, Johnny?« fragte ich und setzte mich auf die Kante eines anderen Metallschreibtisches.

»Ihr habt versucht, Patsy Bones abzuknallen«, sagte er.

»Falsch«, sagte ich.

»Jemand hat 'ne Neun-Millimeter-Kugel zehn Zentimeter neben seinen Kopf gesetzt. Er glaubt, ich steck dahinter«, sagte Johnny.

»Ich seh ein, daß so was heikel sein kann«, sagte ich.

»Kommen Sie mir nicht mit Klugscheißerei, Dave.«

»Ich habe Sie immer mit Respekt behandelt, Johnny. Aber ich bin jetzt außen vor. Sie wenden sich an den Falschen.«

»Hören Sie mir mal zu.« Die engstehenden Augen, die Nase und der Mund schienen noch näher zusammenzurücken. »Versuchen Sie mich nicht anzuschmieren. Wenn Sie irgendwas wollen, auf irgendwas scharf sind, dann bringen Sie's aufs Tapet. Aber lassen Sie diesen Voodoo-Quatsch sein, oder was immer das auch ist. Ich rede hier von Sonny.«

Ich schaute Clete an. Er schüttelte den Kopf und hob die Hände.

»Da komm ich nicht mit, Johnny«, sagte ich.

»Eine Nutte hat ihn gestern in der Straßenbahn vorbeifahren sehen. Und Frankie und Marco da draußen schwörn, daß gestern nacht entweder er oder sein Zwillingsbruder in den Louis Armstrong Park gegangen ist. Welcher Weiße geht denn bei Nacht in den Louis Armstrong Park? Dann erzählt mir meine Frau, daß 'n rothaariger Typ im Garten neben unserm Haus gestanden und durchs Fenster reingeschaut hat.« Ein Lächeln spielte um seine Mundwinkel. »Habt ihr etwa 'n Schauspieler engagiert oder so was Ähnliches?« Dann wandte er den Blick von mir ab.

»Ne«, sagte ich.

Er strich sich mit dem Zeigefinger über die Schneidezähne und wischte ihn dann am Knie ab. Er ließ den Blick durch das Zimmer schweifen.

»Eine Scheißbude habt ihr hier«, sagte er.

»Sonny ist tot«, sagte Clete. »Da du den Auftrag erteilt hast, solltest du das wissen, Johnny.«

»Du bist'n armer Irentropf aus der Magazine Street, Purcel, und kannst nix dafür, daß du ständig in die Scheiße latschst, daher nehm ich's dir nicht übel«, sagte Johnny. »Aber Sie, Dave, Sie haben doch was in der Birne. Ich bitte euch, nein, ich flehe euch an – wenn ihr Patsy abknallen oder euch mit mir oder einem von meinen Leuten anlegen wollt, laßt es sein. Ich bin ein ehrlicher Geschäftsmann. Wir haben uns die àlten Methoden größtenteils abgewöhnt, aber provoziert mich nicht.«

»Wir haben damit nichts zu tun«, sagte ich.

»Der Typ is die Pest gewesen. Niemand sonst schert sich um den«, sagte er.

»Sonny war in Ordnung, Johnny. Er hat zu seinem Leben gestanden, und er hat keinen Scotch mit Milch und zwei Miezen gebraucht, damit er den Morgen übersteht«, sagte ich.

Clete zündete sich mit seinem Zippo eine Zigarette an, hockte vornübergebeugt da, so als ginge ihn unsere Unterhaltung überhaupt nichts an, aber ich sah durch den Qualm, daß sein Blick auf Johnnys Hals gerichtet war.

»Sie haben sich ein ziemlich freches Mundwerk zugelegt, Dave. Ich bin zum Schlichten hergekommen. Wenn ihr nicht zuhören wollt – scheiß drauf. Aber kommt mir nicht mit schrägen Touren«, sagte Johnny.

»Hier geht es um etwas, das tief in Ihnen sitzt, John. Clete und ich haben damit nichts zu tun.«

»Sie halten sich jetzt wohl für 'n Psychofritzen, bloß weil ihr ein Büro und ein paar Möbel habt, die Nig Rosewater im Schwarzenviertel nicht losgeworden ist?«

»Sie haben Blut an den Händen. Das läßt sich nicht so einfach abwaschen«, sagte ich.

Er stand auf, zog zwei Zwanzigdollarscheine aus seiner Brieftasche und legte sie auf Cletes Schreibtisch.

»Geht ein paar Häuser weiter, gönnt euch was Gutes zu Mittag«, sagte er und ging hinaus in die Sonne.

Clete streifte seine Zigarette am Aschenbecher ab. Dann kratzte er sich mit dem Daumennagel die Augenbraue, so als wüßte er nicht recht, welchen Gedanken er zuerst aussprechen sollte. »Die Sache mit den Miezen hat ihn getroffen. Er zahlt ihnen hundert Mäuse dafür, daß sie ihm einen blasen, bloß damit er sich kein Aids holt«, sagte er. Er lehnte sich in dem Drehsessel zurück und starrte die Wand an. »Ich kann's nicht glauben: Der erste, der in unser Büro kommt, is'n geisteskranker Spaghetti.« Er drückte seine Zigarette aus und ging mit den beiden zusammengeknüllten Zwanzigern in der Hand hinaus.

Er erwischte die Limousine, kurz bevor sie losfuhr, und klopfte mit seinem Ring an die tiefdunkel getönte Scheibe. Johnny Carp hockte vornübergebeugt in seinem Sitz, als er das Fenster herunterließ, und hatte einen Milchrand um den Mund.

»Hey, John, gib das lieber deinen Bräuten für die Mundhygiene«, sagte Clete und schmiß Johnny Carp die Scheine ins Gesicht wie zwei benutzte grüne Kleenex.

Ich stelle den Außenborder ab, lasse das Boot auf eine Sandbank treiben und gehe dann mit Alafair auf eine Reihe Weiden und Zypressen zu. Die Sonne steht weiß und senkrecht über

253

uns am blauen, wolkenlosen Himmel. In einem Altwasserarm hinter dem sanft wogenden Blattgespinst zeichnen sich die rostroten Aufbauten eines ausrangierten Schleppkahns ab. Ich stelle am anderen Ende der Sandbank einen Pappkarton auf, gehe zurück zum Boot und öffne die Tragetasche mit der Neun-Millimeter-Beretta.

Einmal mehr zeige ich ihr, wie die Sicherung funktioniert, wie man den Abzugsmechanismus blockiert, lasse sie den Schlitten zurückziehen. Dann nehme ich ihr die Waffe weg und schiebe ein leeres Magazin in den Griff.

»Okay, wie lauten die Regeln, Alf?«

»Geh nie davon aus, daß die Waffe ungeladen ist. Aber setz auch nie voraus, daß sie geladen ist.«

»Genau. Weißt du noch, wie man sich davon überzeugt?«

Sie drückt auf den Arretierknopf am Knauf, läßt das Magazin herausspringen, zieht zweimal den Schlitten durch und schaut dann in die leere Kammer.

»Großartig«, sage ich.

Diesmal gebe ich ihr ein volles Magazin. Ich stehe hinter ihr, als sie durchlädt und mit beiden Händen anlegt. Sie drückt einmal ab, und neben dem Pappkarton spritzt der Sand auf.

»Ziel ein bißchen höher und etwas weiter nach rechts, Alf.«

Sie schießt noch zweimal vorbei, und beide Male schlagen die Kugeln krachend in den Schleppkahn hinter den Bäumen. Aber der nächste Schuß hinterläßt ein bleistiftgroßes Loch in dem Karton. Sie will die Pistole senken.

»Schieß, bis das Magazin leer ist, Alf.«

Peng, peng, peng – jeder einzelne Schuß hallt über dem Wasser wider, während die Beretta die leeren Hülsen ausspeit. Dann klappt der Verschluß auf, und ein watteweißer Rauchfaden steigt aus der Kammer. Der Karton ist jetzt umgekippt und mit schwarzen Löchern übersät.

Als Alafair mich anlächelt, frage ich mich, ob ich ihr hier nicht ein Wissen vermittelt habe, das man niemals an ein Kind weitergeben sollte.

Sie möchte nachladen.

Kurz vor dem Morgengrauen regnete es, und die Bäume draußen im Sumpf standen grau und zerrupft im Nebel. Dann stieg die Sonne aus dem Dunst auf und brach sich an der dichten Wolkendecke wie eine plattgedrückte Rose.

Ich schaue im Büro vorbei, beiläufig wie ein Besucher, will mich noch immer nicht damit abfinden, daß ich kein Cop mehr bin. Draußen fällt Regen vom strahlenden Himmel, und die Tür steht auf, damit frische Luft hereinkommt.

Clete sitzt an seinem Schreibtisch und zieht Zeitungsausschnitte an einer Kette auf. Ich kann den Blick spüren, den er mir zuwirft, während er sich weiter mit seiner Arbeit beschäftigt.

»Wenn du Ausgebüxte jagst, hast du mehr Befugnisse als jeder Polizist«, sagt er. »Du darfst Staatsgrenzen überschreiten, ohne Hausdurchsuchungsbefehl Türen eintreten, einen Verdächtigen hopsnehmen und den andern damit unter Druck setzen. Irgendwann wird der Oberste Gerichtshof dem Einhalt gebieten, aber im Augenblick isses so ähnlich wie auf Vorposten in der Hauptkampflinie.«

Er weiß, daß ich nicht zuhöre, aber er fährt trotzdem fort.

»Ab morgen haben wir 'ne Sekretärin. Ich verlager einen Teil der Aufträge aus meinem Büro in New Orleans nach hierher. Dauert bloß ein Weile, bis alles zusammenläuft«, sagt er.

Ich nicke geistesabwesend, bemühe mich, nicht auf die Uhr zu schauen.

»Du machst mir Sorgen, Großer«, sagt er.

»Fang nicht damit an, Clete.«

»Es geht nicht um Sonnys Tod. Es geht auch nicht darum, daß sie dich aus dem Dienst gekegelt haben. Auch wenn du mir das weismachen willst.«

»Ich habe keine Lust dazu.« Abwehrend spreize ich die Hände.

»Im Grunde geht's doch immer wieder um das gleiche, Dave. Du kannst dich nicht mit Veränderungen abfinden. Deswegen treibt's dich innerlich auch so um, deswegen hast du Patsy Dap so zugerichtet. Du mußt lockerer werden, mein Bester. Du hast keine Dienstmarke mehr. Wenn du den Falschen alle machst, bist du wegen Mordes dran. Laß dir das von jemandem gesagt sein, der es schon mal durchgemacht hat.«

»Ich glaube, ich geh jetzt lieber wieder in meinen Köderladen.«

»Ja, ist vermutlich besser.«

»Entschuldige bitte, daß ich mich so benehme. Du bist ein echter Freund und hast es gut gemeint mit dem gemeinsamen Büro.«

»Nix weiter dabei. Meine Geschäfte in New Orleans gehn eh den Bach runter.«

Draußen schüttet es immer noch aus heiterem Himmel. Ich drehe mich um und schaue durch das Bürofenster. Clete sitzt reglos neben dem praktisch unberührten weißen Telefon, trinkt seinen Kaffee und starrt stumm ins Leere.

Ich spüre, wie mir eng um die Brust wird, und kehre um. Gemeinsam gehen wir die Main Street hoch, zum Mittagessen bei Victor's.

Johnny Carp hatte den Canossagang nach New Iberia angetreten und einen zweiten Vermittlungsversuch unternommen. Er war ein unberechenbarer Irrer, ein Alkoholiker, dessen Physiognomie jeder Beschreibung spottete, ein Hurenbock, über dessen sexuelle Vorlieben man lieber nicht nachdenken wollte. Vor allem aber wurde Johnny, wie alle Säufer, von einer ureigenen Angst umgetrieben, und deswegen sahen er und seinesgleichen Blut aus jedem Wasserhahn laufen und tote Männer dem Meer entsteigen.

Ich rief Helen Soileau in der Dienststelle an.

»Was war mit Patsy Dapolito los?« fragte ich.

»Er hatte sich in einer Bude neben einer Klempnerei an der Jeanerette Street eingemietet. Jemand hat genau durch sein Schlafzimmerfenster geschossen.«

»Aus einer Neun-Millimeter?«

»Oder einem 38er. Die Kugel war ziemlich zermatscht. Wieso?«

»Johnny Carp glaubt, daß Sonny den Schuß abgegeben hat.«

»Da hätte er sich aber ranhalten müssen von draußen aus dem Meer.« Sie stockte. »Tut mir leid«, sagte sie.

»Sonnys Neun-Millimeter ist doch noch in der Asservatenkammer, oder nicht?« sagte ich.

»Ich geb's ungern zu, aber ich habe schon nachgefragt. Nein.«

»Was ist damit passiert?«

»Wir haben ihn nicht wegen Mitführens einer verdeckten Waffe belangt, weil wir ihn im Bezirk Orleans hopsgenommen haben. Und als er wegen der Mordsache freigelassen wurde, konnte er hingehn und sich seine Knarre wieder abholen. Eine Smith & Wesson, stimmt's?«

»Wie steht's mit Patsy Dapolito?«

»Wir haben seine Türdrücker mit Mottenpulver eingeschmiert, damit er nicht rauskann. Komm schon, Dave, wie soll's mit dem stehn? Nicht mal die Jungs in New Orleans wissen, wie sie mit dem Typ umspringen sollen. Wir kriegen pro Tag drei bis vier Anrufe wegen ihm. Er hat im Mulate's ins Waschbecken gepißt.«

»Danke für die Hilfe, Helen.«

»Was der Alte gemacht hat, war nicht richtig. Ich hab ihm ebenfalls meine Meinung gesagt.«

»Du solltest dich da nicht mit reinziehen lassen.«

Sie schwieg, so als denke sie über irgend etwas nach, stelle sich die Vertrauensfrage, und damit tat sich Helen immer ganz besonders schwer.

»Ich hab ein ganz furchtbares Gefühl dabei, Streak. Es ist, als ob jemand 'ne heiße Glut in meinem Bauch ausdrückt. Ich krieg's, sobald ich morgens aufwache.«

»In welcher Hinsicht?«

»Die haben Della Landry mit bloßen Händen in Stücke zerlegt. Die haben Sonny am hellichten Tag aus dem Verkehr gezogen. Paß bloß auf dich auf, hast du verstanden?«

»Mach dir um mich keine Sorgen.«

Ich hörte, wie ihre Hand quietschend über den Hörer glitt, als sie fester zupackte.

»Ich kann mich nicht besonders gut ausdrücken«, sagte sie. »Als ich die beiden Kriminellen umgelegt hab, hab ich mein Gesicht in ihren Augen gesehen. Genau das gleiche Gefühl hab ich jetzt. Verstehst du, was ich meine?«

Ich sagte ihr, daß es reine Einbildung sei, daß sie nicht weiter darüber nachdenken dürfe. Ich erklärte ihr, daß Batist drunten am Bootsanleger auf mich wartete.

Es war keine ehrliche Antwort.

Später saß ich im Garten hinter dem Haus und versuchte mir einzureden, daß ich deswegen so unzugänglich gewesen war, weil ich eine gute Freundin nicht unnötig beunruhigen wollte. So wie ein Arzt, der mit starrem Blick dasitzt und sich nichts anmerken läßt, wenn er einen mit dem Stethoskop abhört, sagte ich mir. Aber darum ging es nicht. Ihre Angst, egal ob um mich oder um sich, brachte mich auf.

Wenn man sich dunklen Vorahnungen hingibt, verhext man sich und seine Umwelt. Jeder, der schon mal Unrat bei seinem Nachbarn gewittert hat, kann das bestätigen.

Ich mußte daran denken, wie der Hubschrauber über dem feuerroten Ball gehangen hatte, der aussah wie der glühende Schlund der Hölle, wie die Rotorblätter monoton durch die Luft schrappten, an die rote Staubwolke und den Qualm der durch die Luft wirbelnden Rauchgranaten. Aber für uns, die wir auf groben Decken lagen, die Wunden notdürftig mit blutverkrustetem Mull verbunden, stellte diese Wolke eine riesige, wogende Gestalt dar – drohend, mit weit aufgerissenem Maul, höhnisch, die Schnauze wie ein aus blankem Knochen gebrochenes Loch, ein Totenkopf, der sich höher und immer höher über der Lichtung auftürmte und im Mahlen der Rotorblätter, in dem Geschrei, das von unten herauftönte, im Knattern der Schnellfeuerwaffen, mitten im Lärm eines Krieges, mit dem wir nichts mehr zu tun hatten und den wir nur mehr benommen wahrnahmen, unsere Namen rief.

Und wenn man da nicht die Ohren verschloß oder wenn man dem Mann neben sich in die Augen schaute und sich von seinem eigenartigen Blick anstecken ließ, dann war es ebenso schnell um einen geschehen, wie eine Hundemarke auf den Drahtring gefädelt ist.

Am nächsten Morgen rief mich der Sheriff an.

»Ich kann Sie einfach nicht außen vor lassen. Ich muß Ihnen was erzählen«, sagte er.

»Was?«

»Es geht um Sweet Pea und eine Schwarze. Wir wissen noch nicht, wer sie war.«

»Könnten Sie vielleicht von vorne anfangen?« sagte ich.

Mitten in der Nacht hatte ein Farmer den Feuerschein in einem Eichenwald draußen bei Cade bemerkt. Die Hitze war so gewaltig gewesen, daß die Bäume rundum zu Holzkohle verglüht waren. Nachdem die Feuerwehrleute den Cadillac mit Löschschaum eingedeckt hatten, konnten sie durch den Qualm, der noch immer von den zerplatzten Reifen aufstieg, zwei verkohlte Gestalten erkennen, die aufrecht, mit weit aufgerissenen lippenlosen Mündern, auf der blanken Federung des Vordersitzes saßen, so als wollten sie ihre letzten Geheimnisse in die sengende Hitze hinausschreien.

»Der Pathologe sagt, es war grober Schrot«, sagte der Sheriff.

Aber er wußte genau, daß es nicht die Auskunft war, auf die ich wartete.

»Sweet Pea hatte ein Medaillon um, auf dem der Name seiner Mutter eingraviert war«, sagte er. »Ich hab keine Ahnung, wer sie war, Dave«, sagte er dann. »Schaun Sie, ich hab schon versucht, Ruthie Jean zu finden. Sie ist verschwunden. Was soll ich Ihnen denn sonst noch sagen? Dieser Anruf fällt mir verdammt schwer.«

Das glaub ich gern. Dachte ich.

24

Ich rief Clete in dem kleinen Haus an, das er sich beim City Park gemietet hatte, und bat ihn, sich mit mir in dem Büro an der Main Street zu treffen. Als ich hinkam, hängte die frisch eingestellte Sekretärin gerade eine Gardine am Fenster zur Straße auf. Sie war klein, untersetzt, trug oranges Rouge auf den Wangen und lächelte mich freundlich an.

»Ist Clete noch nicht da?« fragte ich.

»Er ist Kaffee holen gegangen. Sind Sie Mister Robicheaux?«

»Ja. Wie geht's Ihnen? Entschuldigung, aber ich habe Ihren Namen nicht mitbekommen.«

»Terry Serrett. Freut mich, daß ich Sie kennenlerne, Mister Robicheaux.«

»Sie sind nicht aus New Iberia, oder?«

»Nein, ich bin in Opelousas aufgewachsen.«

»Aha. Nun ja, war schön, Sie zu treffen«, sagte ich.

Durch das Fenster sah ich, wie Clete mit einer Schachtel Donuts und drei Pappbechern Kaffee die Straße überquerte. Ich paßte ihn an der Tür ab.

»Komm, wir nehmen sie mit«, sagte ich.

Er steuerte mit einer Hand und aß mit der anderen, als wir hinaus nach Cade fuhren. Das Verdeck war aufgeklappt, und die sandfarbenen Haare wehten um seine Stirn.

»Wovon willst du eine Sekretärin bezahlen?« fragte ich.

»Sie arbeitet für fünf Mäuse die Stunde.«

»Das sind fünf Mäuse mehr, als wir verdienen«, sagte ich.

Er schüttelte den Kopf und lächelte vor sich hin.

»Was ist dabei so witzig?« fragte ich.

»Wir fahren da raus und schaun uns die Stelle an, wo Sweet Pea Chaisson abgefackelt worden ist.«

»Ja?«

»Gibt uns jemand was dafür? Ist mir vor lauter Blödheit was entgangen?«

»Willst du zurückfahren?«

Er stellte seinen Kaffeebecher in den Drahtring, der am Armaturenbrett angebracht war, und versuchte seinen Porkpie-Hut aufzusetzen, ohne daß ihn der Wind davonblies.

»Meinst du, die machen reinen Tisch?« fragte er.

»Die erteilen ihren Anschauungsunterricht für gewöhnlich in Technicolor.«

»Warum die Schwarze?«

»Womöglich zur falschen Zeit am falschen Ort. Es sei denn, die Tote ist Ruthie Jean Fontenot.«

»Ich kapier's nicht. Ständig tauchen bei diesem Bockmist hier irgendwelche Schwarzen auf. Machen wir uns nichts vor, Mann. Die Essensmarkenbrigade abzuzocken ist doch für die Jungs nicht grade das große Los.«

»Es geht um Land.«

»Für was?«

Darauf wußte ich keine Antwort.

Wir fuhren auf einer Kiespiste durch Zuckerrohrfelder und Rinderweiden und bogen dann an einer Stelle, an der der Stacheldrahtzaun umgerissen worden war, auf ein freies Feld. Das Gras war kreuz und quer von Reifenspuren durchzogen, und in der Ferne sah ich das Eichenwäldchen und ein hellgelbes Stück Absperrband, das im Wind flatterte.

Clete parkte bei den Bäumen, und wir stiegen aus und gingen in den Schatten. Die ausgeglühte, schief durchhängende Karosserie von Sweet Peas Kabriolett wimmelte von Elstern. Ich nahm einen Stein und schleuderte ihn an das Blech. Wütend flatterten sie durch die entlaubten Äste auf.

Clete fächelte sich mit der Hand vor dem Gesicht herum.

»Ich glaub, der Gerichtsmediziner hat da nicht alles von den Federn gekratzt«, sagte er.

»Schau dir das an«, sagte ich. »Die Glassplitter haben sich in den Rücksitz gebohrt, und die Tür hat auch was abgekriegt.« Ich steckte den kleinen Finger in ein ausgezacktes Loch oben an der Tür und suchte dann den Boden nach Patronenhülsen ab. Ich fand keine.

»Was für ein Abgang«, sagte Clete.

»Man kann genau erkennen, aus welcher Richtung geschossen wurde«, sagte ich. »Schau dir die Löcher in der Verkleidung hinter dem Fahrersitz an.« Ich zielte über meinen ausgestreckten Arm und trat ein paar Schritte zurück. »Jemand hat hier gestanden, genau da, wo ich jetzt stehe, und ihnen mitten ins Gesicht geschossen.«

»Ich kann mir einfach nicht vorstellen, daß Sweet Pea sich derart in die Falle locken läßt«, sagte Clete.

»Jemand, dem er getraut hat, war auf dem Rücksitz. Ein anderer Wagen ist ihnen gefolgt. Dann sind die Würfel gefallen.«

»Ich muß von dem Geruch weg«, sagte Clete. Er ging wieder in die Sonne, spie ins Gras und wischte sich mit dem Unterarm über die Augen.

»Alles in Ordnung?« fragte ich.

»Ich hab in 'Nam mal einen Panzer brennen sehn. Die Jungs, die drin warn, sind nicht mehr rausgekommen. Ich denk nicht gern dran, das is alles.«

Ich nickte.

»Vermutlich hab ich also Sweet Peas Todesurteil unterschrieben, als ich ihn in meinen Kofferraum gepackt habe«, sagte er. »Aber so was ist Schicksal, stimmt's? Ein Stück Scheiße weniger auf dem Planeten.« Er wischte mit dem Schuh über die Stelle, an der er ausgespien hatte.

»Machst du dir Vorwürfe wegen der Frau?« fragte ich.

Er kam nicht zu einer Antwort. Wir hörten einen Wagen auf dem Kiesweg. Er wurde langsamer, stieß dann durch den umgerissenen Zaun, rollte quer über das Feld und drückte mit der Stoßstange die raschelnden Gräser nieder.

»Ich kenn den Typ, wie heißt er doch gleich? Er meint, wir müßten Freunde sein, weil wir beide bei den Stoppelhopsern waren.«

»Rufus Arceneaux«, sagte ich.

»Oh, oh, der schaut aber gar nicht mehr freundlich aus.«

Rufus stellte den Motor ab und stieg aus dem Wagen. Er trug enge Bluejeans, ein verblichenes gelbes Polohemd und seine

Pilotenbrille, hatte seine Dienstmarke und das Holster an einem Westerngürtel hängen. Ein kleiner, etwa zehn Jahre alter schwarzer Junge mit einer Astros-Baseballkappe und einem viel zu großen T-Shirt saß auf dem Rücksitz. Die Fenster waren hochgekurbelt, damit die klimatisierte Luft nicht entwich. Aber jetzt war der Motor aus, und die Türen waren geschlossen.

»Was zum Teufel habt ihr hier zu suchen?« fragte Rufus.

»Der Sheriff hat mich heute morgen angerufen«, sagte ich.

»Hat er gesagt, daß Sie hierherkommen sollen?«

»Nicht genau.«

»Dann sollten Sie lieber abhaun.«

»Habt ihr schon rausgefunden, wer die Braut war?« fragte Clete.

»Das geht Sie gar nix an, Freundchen«, sagte Rufus.

»Freundchen. Klasse«, sagte Clete. »Wer ist der Kleine? Der schaut ja aus, als ob er wegschmilzt.«

»Habt ihr irgendwelche Patronenhülsen gefunden?« sagte ich, öffnete die Hintertür von Rufus' Wagen und holte den kleinen Jungen heraus.

Auf seiner Bluejeans war ein dunkler Fleck, wie ein umgekehrtes V, wo er eingenäßt hatte.

»Ich weiß nicht, was mit Ihnen los is, Robicheaux«, sagte Rufus. »Aber ich hab, ehrlich gesagt, große Lust, Sie windelweich zu prügeln.«

»Was haben Sie mit dem Jungen vor?« fragte ich.

»Seine Mutter is nicht heimgekommen. Ich bring ihn in den Hort. Und jetzt haut von hier ab.«

Ich ging in die Hocke und schaute dem Kleinen ins Gesicht. Seine Oberlippe war mit Schweißperlen übersät.

»Wo wohnst du denn, Partner?« fragte ich.

»In dem Wohnwagen da droben an der Straße.«

»Wie heißt deine Mama?«

»Gloria Dumaine. Da, wo sie arbeitet, wird sie ›Glo‹ genannt.«

»Arbeitet sie in dem Lokal?« fragte ich.

»Ja, Sir. Da is sie gestern abend hingegangen. Sie is noch nicht wieder da.«

Ich richtete mich auf, legte die Hand auf Rufus' Arm und drehte ihn zu den Bäumen um. Ich sah, wie sich die Haut um seine Augenwinkel straffte.

»Kommen Sie mit mir da rüber«, sagte ich.

»Was ...«

»Ich kenne seine Mutter«, sagte ich. »Sie wußte irgend etwas über die verstümmelte Wasserleiche, die wir aus einem Sumpfloch im Bezirk Vermilion gezogen haben. Ich glaube, sie war mit Sweet Pea in dem Wagen.«

Er nahm seine Sonnenbrille ab, schaute zu dem ausgebrannten Caddy und dann zu dem kleinen Jungen. Sein Mund war ein schmaler Strich, an den Winkeln nach unten gezogen, seine Miene wachsam, so als wolle ihm jemand eine Falle stellen.

»Bringen Sie den Kleinen zum Hort. Ich ruf den Sheriff an und berichte ihm alles«, sagte ich.

»Ab jetzt übernehme ich«, sagte er.

Ich ging zu Cletes Kabrio und stieg ein.

»Packen wir's«, sagte ich.

Als wir quer über das Feld auf den Kiesweg zufuhren, schaute ich zu dem Eichenwäldchen zurück. Rufus war in die Hocke gegangen, rauchte eine Zigarette und starrte auf das verkohlte Wrack zwischen den Bäumen, als könne er mit bloßem Scharfblick den gordischen Knoten lösen. Der kleine Junge stand unbeachtet und ohne daß sich jemand um ihn kümmerte in der prallen Sonne, wie ein Stück Holz, das jemand in den Boden geschlagen hatte, und versuchte mit einer Hand den nassen Fleck auf seiner Hose zu verdecken.

Sie hatten Sweet Pea und Gloria umgebracht. Wer war der nächste? Ich wollte gar nicht daran denken.

Ich fuhr mit Clete zu dem Büro an der Main Street und ging dann zu Fuß zu Moleen Bertrands Anwaltskanzlei, die gegenüber den Shadows lag. Seine Sekretärin teilte mir mit, daß er über Mittag nach Hause gegangen war. Ich fuhr über die

Zugbrücke, vorbei an dem alten, aus grauen Steinen erbauten Kloster, das jetzt geschlossen und zum Abriß freigegeben war, und folgte der kurvigen Straße durch den City Park bis zu Moleens gepflegtem, im Schatten hoher Eichen liegendem Rasengrundstück und dem weitläufigen Haus am Bayou Teche.

Julia hatte einen hohen Strohhut auf und jätete im Rosenbeet neben der Auffahrt Unkraut. Sie blickte auf und lächelte mich an, als ich vorbeifuhr. Ihre Schultern waren braungebrannt und mit Sommersprossen übersät, und die Haut über dem Trägerhemd wirkte in der Sonne rauh und trocken. Auf dem Zierrasen hinter ihr stand ein hohes Cocktailglas, um das eine Serviette und ein Gummiring gewickelt waren.

Moleen saß auf der mit Plexiglas umgebenen Veranda hinter dem Haus und aß ein Thunfischsandwich. Er wirkte ausgeruht, erholt, sein Blick war klar, beinahe heiter. Blaue Hortensienblüten, so groß wie Honigmelonen, wucherten draußen an der Glaseinfassung.

»Tut mir leid, daß ich Sie zu Hause störe«, sagte ich.

»Sie stören nicht. Setzen Sie sich. Was kann ich für Sie tun? Möchten Sie etwas essen?«

»Gut sehen Sie aus.«

»Freut mich, daß Sie mal ein gutes Wort übrig haben.«

»Ich möchte Ihnen nicht den Tag verderben, Moleen.«

»Danke sehr.«

»Haben Sie schon gehört, daß ein gewisser Sweet Pea Chaisson draußen in der Nähe von Cade umgebracht worden ist?«

»Ich fürchte, nein.«

»Eine schwarze Frau ist mit ihm gestorben.«

Er nickte mit vollem Mund. Seine Augen waren ausdruckslos. An der entgegengesetzten Wand stand eine verglaste Mahagonivitrine voller Schrotflinten und Repetiergewehre.

»Blasen Sie es ab«, sagte ich.

»Was?«

»Ich glaube, Sie können auf bestimmte Leute einwirken.«

»Ich kann auf niemanden einwirken, mein Freund.«

»Wo ist Ruthie Jean?«

»Sie mißbrauchen meine Gastfreundschaft, Sir.«

»Lassen Sie es sein, Moleen. Ändern Sie Ihren Lebenswandel. Sehen Sie zu, daß Sie von diesen Typen wegkommen, solange noch Zeit dazu ist.«

Er blickte auf den Teller, knetete mit dem Daumenballen seinen Mundwinkel. Als er mich wieder anschaute, war sein Gesicht offen und bloß – man konnte förmlich sehen, wie ein Gedanke in Worte umgesetzt wurde, wie der Kehlkopf die Töne formte, wie sich die Lippen öffneten, so als wolle er den entscheidenden Schritt tun und die Hand ergreifen, die ihm da entgegengestreckt wurde.

Dann war alles wieder verschwunden.

»Danke, daß Sie vorbeigekommen sind«, sagte er.

»Ja, bitte sehr, Moleen. Aber ich glaube, Sie haben den Grund nicht ganz begriffen.«

»Nein?« sagte er und wischte sich mit einer Leinenserviette das Kinn ab. Sein weißes Hemd wirkte weich und frisch, so als habe er es gerade angezogen.

»Ich habe das Gefühl, daß ich und Clete Purcel möglicherweise bei jemandem auf der Liste stehen. Sehen Sie zu, daß es nicht stimmt.«

Er schaute hinaus, auf einen Schmetterling, der in einem warmen Luftstrom gegen das Glas flatterte.

»Lesen Sie den *Faust*, Moleen. Stolz bringt nichts«, sagte ich.

»Zur Theologie hat es mich noch nie hingezogen.«

»Auf Wiedersehen«, sagte ich und ging hinaus in die Feuchtigkeit und den beißenden Gestank des chemischen Düngers, den Julia wie entfesselt zwischen ihren Rosen verteilte.

Doch unser Gespräch war noch nicht beendet. Zwei Stunden später rief er mich im Köderladen an.

»Ich möchte nicht, daß Ihnen oder Ihrem Freund ein Leid geschieht. Das ist die reine, ehrliche Wahrheit«, sagte er.

»Dann erzählen Sie mir, wo Sie drinstecken.«

»Dave, nehmen Sie die Scheuklappen ab. Wir dienen nicht mehr einer Flagge oder einem Volk. Heutzutage dreht sich alles um Geschäfte. Das Ethos eines Robert E. Lee ist genauso tot und vergessen wie die Welt, in der er groß geworden ist.«

»Sprechen Sie von sich?«

Er knallte den Hörer auf.

In dieser Nacht war es heiß und trocken, und vom Schlafzimmer aus sah ich das Wetterleuchten, das wie verästelte Adern durch die Wolken hoch über dem Sumpf zuckte. Bootsie wachte auf und drehte sich zu mir um. Der Fensterventilator warf wirbelnde Schatten auf ihr Gesicht und die Schulter.

»Kannst du nicht schlafen?« sagte sie.

»Tut mir leid. Ich wollte dich nicht aufwecken.«

»Machst du dir Sorgen wegen unserer Finanzen?«

»Eigentlich nicht. Wir kommen ganz gut zurecht.«

Sie legte mir den Arm auf die Rippen.

»Der Sheriff hat dir Unrecht getan, Dave. Finde dich damit ab und belass es dabei. Wir sind nicht auf sie angewiesen. Wie nennt man das bei den Anonymen Alkoholikern?«

»Den dritten Schritt tun. Aber darum geht's nicht, Bootsie. Ich glaube, daß Johnny Giacano oder diese Militärtypen allmählich anfangen, Leute aus dem Weg zu räumen.«

»Hier sollten sie es lieber gar nicht erst probieren«, sagte sie.

Ich schaute ihr ins Gesicht. Sie wirkte ruhig, überhaupt nicht aufgebracht, ohne jede aufgesetzte Gefühlsseligkeit. Dann sagte sie: »Wenn einer von diesen Dreckskerlen auch nur versucht, jemandem aus dieser Familie etwas zuleide zu tun, wird er sich vorkommen, als ob ihn der Zorn Gottes getroffen hat.«

Ich fing an zu lächeln, sah dann den Ausdruck in ihren Augen und ließ es lieber bleiben.

»Ich glaube dir, Kleines«, sagte ich.

»Selber Kleines«, antwortete sie.

Sie legte den Kopf leicht zur Seite und ließ die Finger über meine Hüfte wandern. Ich küßte ihren Mund, dann ihre Augen und die Haare, strich mit der Hand an ihrem Rücken herunter.

Bootsie machte keine halben Sachen. Sie schloß die Tür, die zum Flur führte – für den Fall, daß Alafair noch mal aufstand und sich in der Küche ein Glas Waser holen wollte –, zog dann ihr Nachthemd aus und streifte vor dem Fenster das Höschen ab. Sie hatte die weichste Haut, die ich je bei einer Frau erlebt habe, und im wirbelnden Schatten, den die Blätter des Fensterventilators auf ihre Kurven und Rundungen warfen, wirkte sie wie eine ebenmäßige Statue, die im Dämmerlicht einer urtümlichen Welt zum Leben erwacht.

Ich schob mich über sie, und sie schlang ihre Beine um die meinen und drückte mir die Hände ins Kreuz, begrub den Mund an meinem Hals, strich mit den Fingern an meinem Rückgrat empor, bis zu den Haaren, während sie sich langsam bewegte, rollend und kreisend, und ihr Atem lauter ging und die Worte sich zu einem einzigen, herzergreifenden Ton verdichteten: »Dave ... Dave ... Dave ... oh, Dave ...«

Draußen fing es unverhofft an zu regnen. Das Wasser strömte vom Dach, und die vom Wind gehärteten Äste der Eichen funkelten vor Nässe. Dann schlang mir Bootsie die Arme um den Brustkorb und zog mich tiefer in sich hinein, in Korallenhöhlen weit unter dem Meer, wo es weder Nachdenken noch Angst gab, nur eine Strömung, die einen erfaßte, ein fortwährendes Auf und Nieder, so warm und wogend wie ihre Brust.

Ich hatte eine Alarmanlage in mein Haus eingebaut, die ich mir nicht leisten konnte, und meiner dreizehnjährigen Tochter beigebracht, wie man mit einer Waffe umging, mit der man einen Eindringling zu Hackfleisch verarbeiten konnte.

Außerdem hatte ich meine Frau zu später Nachtstunde mit meiner Schlaflosigkeit und meinen Sorgen behelligt.

Wer wurde hier zum Gefangenen seiner Angst? Oder besser gesagt: Wer ließ zu, daß er zum Zuschauer wurde, während andere die Handlung vorgaben?

Am Samstag morgen fuhr Clete in aller Frühe mit seiner Angelrute und einem Karton roter Pilken in einem meiner Außenborderboote den Bayou hinunter und kam mit einer Schnur voller Brassen und Sonnenbarsche zurück, die er aus der Kühlbox nahm und wie eine schwere, gold-grün glitzernde Kette hochhob. Er kniete sich auf die Planken im Schatten des Köderladens, nahm sie über einer Schale mit blutigem Wasser aus und trennte die Köpfe mit einem sauberen halbmondförmigen Schnitt hinter den Kiemen ab.

»Du hättest mitkommen sollen«, sagte er.

»Das ist ja so, als ob man den Briefträger an seinem freien Tag zu einem langen Spaziergang einlädt«, sagte ich.

Er steckte sich eine Zigarette in den Mund und lächelte. Das Fischblut an seinen Fingern hinterließ kleine rote Abdrücke auf dem Zigarettenpapier.

»Du siehst klasse aus, Großer. Wie wär's, wenn ich euch alle zum Mittagessen ins Possum's einlade?« sagte er.

»Heut nicht ... Ich fahr in ein paar Minuten nach New Orleans. Ich hab Bootsie gesagt, daß du dich vielleicht eine Zeitlang hier aufhältst.«

Er stand auf und wusch sich unter einem Wasserhahn am Geländer die Hände.

»Was hast du vor, Streak?«

»Ich hab es satt, die Zielscheibe abzugeben.«

»Wer gibt dir Rückendeckung, Mann?« sagte er, während er sich die Hände an einem Lappen abtrocknete.

»Danke, daß du aufs Haus aufpaßt«, sagte ich und ging vom Bootsanleger hoch zu meinem Pickup. Als ich in den Rückspiegel schaute, lehnte er unten am Geländer, das Gesicht im Schatten seines Hutes verborgen, eine Hand in die Hüfte gestützt. Ein heißer Wind, der nach angeschwemmten Alligatorhechten und in der Sonne trocknendem Humus roch, wehte über den Sumpf. Ich ließ gerade den Pickup an, als die Schatten großer Vögel über den Bayou strichen. Ich schaute zum Himmel auf und sah zwei Fischadler, die hoch über dem Wasser gekreist waren und jetzt im Sturzflug auf die Zypressen zuhielten, mit einem kurzen Flügelschlag gegensteuerten und auf ihre Beute hinabstießen.

New Orleans kann man auf vielerlei Arten erleben. Zur richtigen Tageszeit ist das French Quarter wunderschön. Eine

Straßenbahnfahrt entlang der St. Charles Avenue, durch den Garden District, vorbei am Audubon Park und an der Tulane University, ist immer zauberhaft. Aber man kann es auch auf andere Art versuchen, wozu ich nicht unbedingt raten würde.

Diejenigen, die sich am unteren Ende der Nahrungskette durchschlagen – die Nutten, Zuhälter, Kreditkartenbetrüger, Bauernfänger, Taschendiebe und Straßenstrolche –, treiben sich normalerweise vor den Bars und Stripschuppen herum und richten relativ wenig Schaden an. Sie haben sich eher dem klassischen Neppen und Schleppen, der Hochstapelei und dem Handtaschenraub verschrieben als der körperlichen Gewalt.

Einen Rang drüber stehen die Straßendealer. Nicht alle, aber die meisten sind schwarz, jung, blöde und selbst abhängig. Das Crack, das sie in den Sozialsiedlungen verticken, führt so gut wie sicher zu einer Drogenpsychose. Alles andere, was sie verhökern, ist so oft verschnitten worden, daß man sich ebensogut Babyabführmittel reinziehen oder einen Schuß mit Milchpulver setzen kann.

Zu wiederum einer anderen Klasse gehören die Menschen, die einfach mit schmutzigen Geldgeschäften befaßt sind. Sie sind für gewöhnlich weiß, etwas älter, wurden bereits ein paarmal festgenommen und besitzen irgendein legales Unternehmen. Sie handeln mit Diebesgut, betreiben Werkstätten, in denen gestohlene Fahrzeuge ausgeschlachtet werden, und waschen geraubtes oder gefälschtes Geld, das sich je nach Herkunft und Qualität für zehn bis zwanzig Cent pro Dollar weiterverkaufen läßt.

Und dann gibt es die Randzonen des French Quarter, Gegenden, in denen man sich, wenn man betrunken ist oder einfach Pech hat, mit wenigen Schritten aus einer vermeintlich zügellosen Umgebung, in der alles geregelt und künstlich geschönt ist, in eine moralische Mondlandschaft begibt – der Louis Armstrong Park oder die St. Louis-Friedhöfe sind die besten Beispiele –, wo Halbwüchsige wegen einer Geldsumme, die man mit einem Schraubenzieher aus jeder Parkuhr fummeln kann, einer Frau aus nächster Nähe mitten ins Gesicht schießen. Wenn es sich bei dem Opfer um einen Touristen aus dem Ausland handelt, erregen diese Morde landesweites Aufsehen. Ansonsten aber ereignen sie sich mit Regelmäßigkeit, ohne daß sich jemand darüber aufregt, so daß Louisiana heutzutage pro Kopf der Bevölkerung die höchste Mordrate in den Vereinigten Staaten aufweist.

Diejenigen, die in der Nahrungskette ganz oben stehen – Großdealer, die das Bindeglied zwischen Kolumbien und dem Marschland von Louisiana bilden, Kasinobetreiber, die für ein in der Freizeit- und Unterhaltungsbranche tätiges Unternehmen aus Chicago, das sich im Besitz der Mafia befindet, die Bücher führen –, sitzen selten ein, geschweige denn, daß man sie in aller Öffentlichkeit mit den Mächten in Verbindung bringt, denen sie dienen. Sie kaufen sich Zeitungsleute und geben den Kindern des Gouverneurs eine Anstellung. In den morgendlichen Fernsehtalkshows kann man sie manchmal erleben, die Besitzer schwimmender Spielkasinos, wie sie ihren Salm ablassen und den gutgelaunten, menschenfreundlichen Rotarier mimen – Mafiosi, denen manch einer zutraut, daß sie hinter dem Mord an John Kennedy stecken, pflegen ihre Rosen und speisen in den feinen Innenstadtrestaurants, ohne daß jemand daran Anstoß nimmt.

Das ist keine Übertreibung.

Ich klapperte alles ab, dachte, ich könnte auf den Straßen von New Orleans die Auskunft erhalten, an die ich zu Hause nicht herangekommen war, und stand am Ende mit leeren Händen da. Aber was hatte ich denn erwartet? Die Halbseidenen aus den Seitengassen, die Schlemihle, die das Stadtgefängnis in- und auswendig kannten, die aidsinfizierten Prostituierten (eine von ihnen schaute mich mit gehetztem Blick an und fragte, ob die Geschichten stimmten, die man sich von einem Ort namens Lourdes erzählte), all das waren Menschen, die es für ein gelungenes Gaunerstück hielten, wenn sie den Stromzähler anbohrten und Honig hineinkippten, damit sich die

Ameisen drin einnisteten und den Apparat zerstörten, oder die sich – was viel bezeichnender war für die Ängste, die ihr Leben bestimmten – Tag für Tag fragten, ob der braune Mexikaner, den sie mit einem Schuß Wasser in einem Teelöffel aufkochten, nicht der direkte Weg in den Abgrund war, in dem sie sämtliche gefräßigen Ungeheuer und all die gruslichen Geräusche aus ihrer Kindheit erwarteten.

In der Abenddämmerung saß ich, während es draußen regnete, unter dem Pavillon des Café du Monde, aß einen Teller Beignets mit Puderzucker und trank dazu eine Tasse Kaffee *au lait*. Ich war müde, und mir summten und klangen die Ohren – so ähnlich, wie wenn man zu lange und zu tief unter Wasser gewesen ist. Die St. Louis Cathedral und der Park am Jackson Square lagen grau im Regen, und ein kalter Dunst zog unter die Markisen des Pavillons. Ein Studentenpärchen, das eine tragbare Stereoanlage dabeihatte, ging bei Rot über die Straße, rannte durch den strömenden Regen ins Café und setzte sich an den Tisch neben mir. Sie bestellten, und dann pellte der junge Mann eine Kassette aus der Cellophanhülle und schob sie in das Gerät.

Es waren Songs, die jeder kannte, der in den fünfziger Jahren in Südlouisiana aufgewachsen war: »Big Blue Diamond«, »Shirley Jean«, »Lawdy Miss Clawdy«, »I Need Somebody Bad Tonight«, »Mathilda«, »Betty and Dupree« und »I Got the Rockin' Pneumonia and the Boogie Woogie, Too«.

Ich starrte hin, ohne mir dessen bewußt zu sein.

»Mögen Sie die Songs?« fragte der Jüngling.

»Klar, aber sicher«, sagte ich. »Die sind schwer zu übertreffen.«

»Wir haben sie drüben an der Ecke gekauft. Klasse Zeug«, sagte er.

»Ich hab die Jungs gesehen. Cookie and the Cupcakes, Lloyd Price, Warren Storm. Die haben alle hier in der Gegend gespielt.«

Sie lächelten und nickten, so als ob sie auch diese Namen kannten, wollten sich dann offenbar wieder miteinander unterhalten, ohne dabei unhöflich zu wirken. Ich kam mir auf einmal alt und albern vor.

Ich wollte nach Hause fahren, den Tag abhaken, die Gesichter vergessen, in die ich geschaut hatte, die krächzenden Stimmen aus meinem Ohr tilgen, die wie die verlorenen Seelen an der Lower Thames Street klangen, die William Blake einst beschrieben hat.

Aber ich wußte, was ich tun mußte. Ich war kein Polizist mehr. Meine Familie war in Gefahr, solange Johnny Carp glaubte, daß ich ihm bei einer seiner Unternehmungen in die Quere kommen könnte. Ich hatte Moleen gesagt, daß Stolz nichts bringe. Ich fragte mich, ob ich mich meinerseits daran hielt.

Ich ging zurück zur Esplanade Avenue, stieg in meinen Pickup und nahm die nächstbeste Auffahrt auf den I-10, der in den Bezirk Jefferson führte. Einen Moment lang meinte ich im Rückspiegel ein grünes Cadillac-Kabrio zu sehen, dann verschwand es in den Regenschleiern.

Es gab vielerlei Gründe dafür, daß die Familie Giacano New Orleans so fest im Griff hatte. Einer davon war, daß sie sich nach außen hin wie ganz normale Leute gaben und Häuser der gehobenen Mittelklasse bewohnten, ohne mit ihrem Geld zu protzen. Wenn Johnny von der Arbeit nach Hause fuhr, ließ er die Limousine in der Garage im Zentrum stehen und nahm seinen Lincoln. Johnny wußte genau, daß es etwas gab, das stärker war als jede Angst, die er seinen Widersachern einjagen konnte – der Neid.

Als die Weißen aus New Orleans abwanderten und in den Bezirk Jefferson und nach Metairie zogen, wo ein David Duke seine politische Basis hatte, schloß Johnny sich ihnen an. Er trat jedem Club bei, in den er sich einkaufen konnte, schob am Samstagvormittag seine Karre durch den Supermarkt, spielte im Park um die Ecke Softball, und am Samstag abend gab er in einem italienischen Restaurant am See, in dem hauptsächlich Arbeiterfamilien verkehrten, große Diners, bei denen sich die

Tische mit den karierten Decken unter den Schalen voller Pasta, Würste, Fleischklößchen und Lasagne förmlich bogen.

Es war ein seltsamer Abend. Der Regen peitschte jetzt heftiger, die Dünung auf dem See war dunkelgrün und von den Tropfen gekräuselt; wie ein schillerndes Band zog sich der dunstverhangene Straßendamm im Schein der elektrischen Beleuchtung quer über das Wasser bis nach Covington. Aber am Horizont war die Sonne durch die Wolken gebrochen und tauchte den Himmel im Westen in ein glühendes Rot, wie Flammen inmitten von Ölqualm.

Es war ein freundliches, gutbesuchtes Lokal mit breiten Veranden, privaten Bankettsälen, einer langen Bar mit einem Messinghandlauf, Topfpalmen und dunkelbraunen Plüschsofas bei der Kasse. Ich zog auf der Herrentoilette mein Leinensakko aus, trocknete mir mit Papierhandtüchern Kopf und Gesicht ab, richtete meine Krawatte, versuchte den Puderzucker vom Café du Monde von meinem mattschwarzen Hemd abzubürsten, kämmte mir dann die Haare und schaute in den Spiegel. Ich wollte nicht hinausgehen, ich wollte die Worte nicht aussprechen, die ich sagen mußte. Ich mußte von meinem Spiegelbild wegschauen.

Johnny bewirtete seine Gäste in einem mit lackiertem Pinienholz getäfelten Zimmer, durch dessen Fenster man den See und die erleuchteten Segelboote sehen konnte, die in der Dünung schaukelten. Er stand an der Bar, war offenbar bester Dinge, trug eine maßgeschneiderte, nach unten hin eng zulaufende graue Hose, Slipper mit Bommeln, pflaumenfarbene Socken und ein hellgelbes Oberhemd mit blutroten, kirschgroßen Manschettenknöpfen. Sein welliges Haar glänzte wie flüssiges Plastik, die Zähne waren rosa vom Wein. Der Gorilla an der Tür war ebenfalls leutselig, und als ich sagte: »Ich habe weder eine Waffe noch eine Dienstmarke, Max«, lächelte er und antwortete: »Das weiß ich schon, Mister Robicheaux. Johnny hat Sie draußen gesehn. Er will, daß Sie reinkommen und sich amüsieren.«

Ich bestellte mir ein Dr. Pepper und trank es etwa anderthalb

Meter von Johnny entfernt, der sich mit einem halben Dutzend Leuten unterhielt. Er grinste und strahlte, ließ mit keiner Miene erkennen, daß er mich bemerkt hatte, wippte auf den Fußballen, während er einen Witz erzählte, schürzte dann die Lippen, als er zum Ende der Geschichte kam, und fächelte mit einer Handvoll gefalteter Dollarnoten herum, die er zwischen den mit Ringen behangenen Fingern stecken hatte.

Wieder hörte ich ein eigenartiges Kreischen in meinem Kopf, wie wenn eine Straßenbahn über die Eisenschienen scheppert. Ich schaute aus dem Fenster und meinte durch die Regenschlieren Clete Purcel zu sehen, der mich anstarrte. Als ich einmal zwinkerte und die Augen wieder aufmachte, war er weg.

Ich trank mein Dr. Pepper aus und bestellte mir ein neues. Ich schaute Johnny weiter ins Gesicht. Schließlich sprach ich ihn an, gestand seine Macht ein und gab zu, daß ich abhängig war von seiner Laune und der gewaltigen Macht, die er über das Leben anderer hatte. »Johnny, ich muß Sie einen Moment sprechen.«

»Klar, Dave«, sagte er und kam an der Bar entlang auf mich zu, bedeutete dem Barkeeper, daß er ihm sein Manhattanglas nachfüllen sollte. »Wie geht's Ihnen? Den irischen Affen haben Sie nicht mitgebracht, oder? He, war bloß ein Witz. Purcel stört mich nicht. Haben Sie seine Mutter mal kennengelernt? War 'n Suffhuhn, is anschaffen gegangen, als ihr Alter abgehaun is. Kannst du jeden im Channel fragen.«

»Können wir irgendwo miteinander reden?« fragte ich.

»Hier isses doch prima.« Zwei seiner Gorillas, denen Salami- und Salatfetzen an den Lippen klebten, standen hinter ihm und aßen von Papptellern. Ihre mit Anabolika aufgebauten Oberarme, die sich unter den Sportsakkos abzeichneten, wirkten so dick und ebenmäßig wie Telefonmasten. »Nur nicht so scheu. Wo brennt's denn?«

»Nichts brennt. Genau das will ich Ihnen erklären, Johnny. Ich bin keine Gefahr für euch.«

»Was hör ich denn da? Hab ich je gesagt, daß Sie 'ne Gefahr

wärn?« Mit spöttisch ungläubiger Miene drehte er sich zu seinen Männern um.

»Meine Tochter hat gesehen, wie sich jemand draußen bei unserem Haus rumgetrieben hat, Johnny. Sie glauben, ich weiß irgendwas, aber das stimmt nicht. Man hat meine Dienstmarke eingezogen, ich bin also außen vor, ich kümmer mich nicht mehr drum, was ihr treibt. Ich möchte Sie nur bitten, sich von mir und meiner Familie fernzuhalten.«

»Hört ihr diesen Irren?« sagte er zu seinen Gorillas. Dann wandte er sich an mich. »Essen Sie was zu Abend, trinken Sie einen Schluck Wein. Sie haben mein Wort drauf. Kommen Sie zu mir, wenn Sie irgend jemand wegen irgendwas belästigt.«

»Ich weiß Ihre Haltung zu schätzen, Johnny«, sagte ich.

Meine Hände fühlten sich feucht an, dick, so daß ich sie kaum zusammenballen konnte. Ich schwitzte unter meinem Hemd. Ich schluckte und schaute von seinem lächelnden Gesicht weg.

»Ich hab Ihnen neulich was vorgeworfen, was ich mir bloß eingebildet habe. Tut mir leid«, sagte er. Seine Männer grinsten jetzt.

»Wie bitte?«

»Ein Rothaariger, hat ausgesehn wie Sonny Boy Marsallus, der draußen bei meinem Haus war und in der Stadt rumgelaufen is. Ich hab Sie und Purcel gefragt, ob ihr 'n Schauspieler engagiert habt, erinnern Sie sich?« sagte er.

Ich nickte.

»Da isser«, sagte er und deutete auf einen Mann in einer weißen Jacke, der einen Tisch abräumte. »Er's Sonnys Cousin, ein Schwachsinniger oder so was Ähnliches. Ich hab ihm hier 'n Job verschafft. Er schaut genauso aus wie er, außer daß ihm das Hirn wahrscheinlich aus der Nase rausgelaufen is.«

»Er schaut aus wie ausgestopft«, sagte einer von Johnnys Männern.

»Der gäb 'n prima Türstopper ab«, sagte der andere.

»Was wollte er bei Ihrem Haus?« fragte ich. Mein Gesicht brannte, und ich hatte das Gefühl, als brächte ich kaum einen Ton hervor.

»Er hat 'n Job gesucht. Er is mal mit Sonny draußen bei mir gewesen. Jetzt kriegt er sechs Piepen die Stunde plus Trinkgeld dafür, dasser die Reste abräumt. So hab ich für Sonny noch was Gutes getan.«

Einer der Männer hinter Johnny gurgelte mit seinem Getränk.

»Salzwasser is gut für den Hals«, sagte er zu mir. »Fahr mal mit 'nem Glasbodenboot raus, Robicheaux, und frag Sonny, ob's nicht stimmt.«

Johnny pulte einen gefalteten Fünfziger aus dem Geldfächer in seiner Hand und ließ ihn auf meinen Unterarm fallen.

»Kaufen Sie Ihrer Tochter was Hübsches«, sagte er. »War schon richtig, daß Sie heut abend hergekommen sind.« Er streckte die Hand aus und zog meinen Krawattenknoten zurecht.

Es war, als ob sich ein schwarz-roter Ballon hinter meinen Augen aufblähte, dann hatte ich ein Geräusch im Kopf, als zerreiße eine nasse Zeitung, sah, wie er erschrak, wie ihn die Angst packte, kurz bevor ihn mein Haken mit voller Wucht, aus der Schulter angesetzt, am Mund traf, seine Nase plattdrückte und ihm die Oberlippe spaltete. Als er zu Boden ging, erwischte ich ihn noch mal hinter dem Ohr, rammte ihm dann das Knie ins Gesicht und schlug seinen Kopf an die Bar.

Ich wartete darauf, daß seine Männer unter ihre Jacken griffen, mir die Arme verdrehten, aber sie rührten sich nicht. Schwer atmend stand ich da, klammerte mich mit beiden Händen an der Bar fest, wie jemand, der mitten im Sturm auf einem Schiff steht, und dann tat ich etwas, das ich mir nie zugetraut hätte, das mir vorkam, als hätte ich nichts damit zu tun. Er wollte sich wieder aufrappeln, und ich sah, wie ihn mein Schuh am Kinn erwischte, am Ohr, an den hochgerissenen Unterarmen, am Brustkorb, spürte, wie Johnny Carp unter meinen Tritten zerbrach wie ein rohes Ei.

»Heilige Mutter Gottes, jetzt reicht's, Dave«, hörte ich Clete hinter mir schreien. Dann riß er mich mit aller Kraft zurück, weg von Johnny, der eingerollt wie ein Embryo neben der Bar lag, die Hände um den Kopf geschlungen, das gelbe Hemd mit Blut und Speichel verschmiert.

Eine Papiertüte knisterte in seinem Handteller, als Clete mich unter dem Arm packte und sich mit mir zur Tür zurückzog, die abgesägte doppelläufige Schrotflinte mit dem Pistolengriff unverwandt auf Johnnys Männer gerichtet. Rundum war es totenstill, nur die Pendeltüren zur Küche schwangen hin und her. Die Gesichter der Gäste waren ausdruckslos, wie Kerzenwachs, so als ob sie bei jeder Bewegung in lodernde Flammen aufgehen könnten. Ich spürte, wie Clete mich in die Dunkelheit hinauszog, an die Luft, die sich dick und kalt wie Nebel zwischen den Bäumen festgesetzt hatte und nach Gewitter roch. Er steckte die abgesägte Schrotflinte wieder in die Papiertüte und warf sie auf den Rücksitz seines Kabrios.

»Oh, Dave«, sagte er. »Mein Bester …« Er schüttelte den Kopf und ließ den Wagen an, ohne den Satz zu Ende zu bringen, starrte nur teilnahmslos und mit glänzenden Augen düster vor sich hin, so als habe er gerade in die Zukunft gesehen.

25

Am Montag morgen war immer noch nichts passiert. Kein Kripomann aus New Orleans hatte an der Tür geklopft, kein Haftbefehl war erlassen worden. Meines Wissens hatte man nicht einmal Ermittlungen aufgenommen.

Es war ein warmer Tag, völlig windstill, der Himmel blau und klar, und die Sonne fiel grell und gleißend auf den Bayou. Nachdem die ersten Angler wieder aufgebrochen waren, schürte ich das Feuer im Grill an, auf dem Batist und ich später das Mittagessen für unsere Gäste zubereiten wollten. Dann rief ich Clete in dem Büro an der Main Street an.

»Brauchst du mich für irgendwas?« fragte ich.

»Eigentlich nicht. Es ist ziemlich ruhig.«

»Ich glaube, dann arbeite ich heut im Bootsverleih.«

»Er wird kommen, Dave.«

»Ich weiß.«

Der Priester sitzt neben mir auf der verwitterten Tribünen-
bank am Baseballplatz der New-Iberia-High-School. Das
Schulgebäude steht leer, die Fenster sind mit Steinen einge-
schmissen, von Luftgewehrkugeln durchlöchert. Der Priester,
ein hochaufgeschossener Mann mit kurzen grauen Haaren,
war einstmals, zu Zeiten der Evangeline League, als Pitcher bei
den Pelicans wegen seiner unterschnittenen Bälle berüchtigt
und wurde später eines der ersten Mitglieder der Martin Lu-
ther King's Southern Christian Conference. Heute gehört er
der gleichen AA-Gruppe an wie ich.

»Hast du das beabsichtigt, als du in das Restaurant gegangen
bist?« fragt er.

»Nein.«

»Dann ist es also ohne Vorsatz geschehen. Aus Ungestüm.
So etwas kann im Zorn vorkommen.«

Die Dämmerung ist angebrochen, und der Besitzer des Ladens an der Ecke – Pfandleihhaus und Waffengeschäft in einem
– schlägt scheppernd die Glastür zu und sperrt ab. Zwei
schwarze Kids mit Baseballkappen betrachten die Pistolen in
dem vergitterten Schaufenster.

»Dave?«

»Ich wollte ihn umbringen.«

»Das wiegt schon ein bißchen schwerer«, sagt er.

Die schwarzen Kids überqueren bei Rot die Straße und laufen an der Tribüne vorbei, halten sich im Schatten, nehmen uns
überhaupt nicht wahr. Einer hebt einen Stein auf und wirft ihn
durch einen Baum neben dem Schulgebäude. Ich höre, wie
drinnen leise Glas klirrt.

»Wegen deinem Freund – wie hieß er doch gleich, diesem
Sonny Boy?« sagt der Priester.

»Ich glaube, er hat Sonny Boy zum Abschuß freigegeben.
Ich kann's aber nicht beweisen.«

Er hat lange schlanke Hände mit Leberflecken auf dem

Rücken. Seine Haut klingt trocken, wenn er die Hände aneinander reibt.

»Was macht dir auf dieser Welt am meisten zu schaffen, Dave?«

»Wie bitte?«

»Vietnam? Der Tod von Annie, deiner Frau? Die Alkoholphantasien, wenn du träumst?«

Als ich nichts darauf erwidere, hebt er die Hand und deutet auf das Spielfeld, auf das kaputte Schulgebäude, dessen Umrisse sich im Zwielicht auflösen, weich und verschwommen werden. Ein zerfetzter Drachen, der sich mit der Schnur in einer eisernen Feuerleiter verfangen hat, schlägt kraftlos an eine Mauer.

»Es geht um all das hier, nicht wahr?« sagt er. »Wir befinden uns immer noch im gleichen Umfeld, in dem wir einst aufgewachsen sind, aber wir erkennen es nicht mehr. Es ist, als hätte es jemand anders in Besitz genommen.«

»Woher hast du das gewußt?«

»Willst du, daß ich dir Absolution für das erteile, was du dem Mann angetan hast?«

»Ja.«

»Dave, wenn wir das Beichtgebet sprechen, uns bekennen, müssen wir es ehrlich meinen. Ich kann dir deine Sünden vergeben, aber vom Wesen unseres Zeitalters kann ich weder dich noch mich erlösen.«

»Das hat doch nichts mit dem Zeitalter zu tun. Es geht vielmehr darum, daß wir alles zugelassen haben – wir haben sie alle gewähren lassen, die Drogenhändler, die Industriellen, die Politiker. Wir haben aufgegeben, ohne uns überhaupt zu wehren.«

»Mehr fällt mir dazu nicht ein«, sagt er und legt mir die Hand auf die Schulter. Sie fühlt sich federleicht an, wie bei einem alten Mann. Versonnen schaut er auf das verlassene Spielfeld, in einen Gedanken versunken, den er mir nicht mitteilen mag, weil er weiß, daß sein Zuhörer noch nicht bereit dafür ist.

»Komm ins Büro und red mit jemand. Tu mir den Gefallen, ja?« sagte Clete, als ich mich am nächsten Morgen in aller Frühe am Telefon meldete. Dann erzählte er mir, um wen es ging.

»Ich möchte nicht mit ihm reden«, sagte ich.

»Du wirst deinen Spaß dabei haben. Ich garantier's dir.«

Zwanzig Minuten später parkte ich mit meinem Pickup vor dem Büro. Durch das Fenster sah ich Patsy Dapolito, der auf einem Holzstuhl neben meinem Schreibtisch saß und mit gefurchter Stirn auf ein Geschicklichkeitsspiel mit kleinen Kugeln starrte, das er mit den Händen hin und her kippte. Sein Gesicht sah aus wie ein geflicktes Stück rosa Gummi, das man über den Knochen gezogen hatte.

Ich ging hinein und setzte mich an meinen Schreibtisch. Die neue Sekretärin blickte auf und lächelte, dann widmete sie sich wieder dem Brief, den sie gerade tippte.

»Sag David, was du im Sinn hast. Laß ihn drüber nachdenken«, sagte Clete, an Patsys Hinterkopf gewandt.

»Ihr braucht Handwerker. Vielleicht fällt uns da irgendwas ein«, sagte Patsy.

»Daß zum Beispiel Sie für uns arbeiten, meinen Sie das?« fragte ich.

»Nach euch kräht ansonsten kein Hahn. Das seh ich doch«, antwortete er und kippte noch ein paar Kugeln in die kleinen Löcher des Spiels.

Clete zog die Augenbrauen hoch und blies die Backen auf, um das Grinsen zu unterdrücken, das ihm im Gesicht stand.

»Wir stellen im Augenblick niemanden ein, Patsy. Trotzdem besten Dank«, sagte ich.

»Wer hat eigentlich versucht, eure Kiste aufzuhebeln?«

Clete und ich schauten einander an.

»Habt ihr etwa nicht gewußt, daß bei euch eingebrochen worden is?« Er lachte und deutete dann mit dem Daumen auf den Safe. »Die kannst du aufkloppen, aufhebeln oder aufschweißen. Der Typ, der sich da dran versucht hat, war 'ne Niete. Er hätt bloß die Kombination aufzubohren brauchen.«

Clete stand von seinem Schreibtisch auf, fuhr mit der Hand über die aufgebogene Kante des Safes, ging dann zur Vorder- und zur Hintertür.

»Wie ist der Kerl reingekommen?« sagte er mit verdutzter Miene zu mir.

»Schlösser knacken nennt man so was, Purcel«, sagte Patsy.

»Vielleicht war der Safe schon beschädigt, als du ihn von Nig bekommen hast«, sagte ich. Aber Clete schüttelte bereits den Kopf.

Patsy zündete sich eine Zigarette an, hielt sie aufrecht zwischen den Fingern und blies den Rauch außen herum, als wolle er ein Kunstwerk in der Luft kreieren.

»Auf mich is ein Auftrag raus. Ich hab 'n Vorschlag«, sagte er.

»Verraten Sie mir, wer Charlie ist«, sagte ich.

»Charlie? Scheiße noch mal, was reden Sie da überhaupt?«

»Würden Sie bitte auf Ihre Ausdrucksweise achten«, sagte ich.

»Meine Ausdrucksweise? Macht ihr euch etwa Gedanken drüber, daß ich mich nicht fein ausdrücke?« sagte er.

»Sie sind ein Herzchen, Patsy«, sagte ich.

»Ja? Tja, scheiß drauf. Der Auftrag kommt von Johnny Carp. Sie ham ihn zusammengetreten, Robicheaux. Purcel hat ihm Geld ins Gesicht geschmissen. Damit ham wir doch ein gemeinsames Interesse. Kapiert ihr, was ich meine?«

»Danke fürs Herkommen«, sagte ich.

Er stand auf und drückte seine Zigarette in dem Porzellanaschenbecher aus, als wolle er einen wütenden Gedanken loswerden.

»Is Marsallus eigentlich am Strand angeschwemmt worden?« fragte er.

»Nein, warum?«

»Nur so. Ich wollt, ich wär dabeigewesen. Höchste Zeit, daß der Töle jemand die Haxen gebrochen hat.«

»Raus hier«, sagte ich.

Als er an der Sekretärin vorbeiging, strich er ihr mit dem Finger über den Nacken, als trage er eine Spur Eiswasser auf.

Als ich an diesem Abend den Köderladen schloß und vom Bootsanleger zum Haus hochging, sah ich Luke Fontenot im Schatten der Eichen stehen, die über die Straße hingen, und auf mich warten. Er trug eine rosa Hose mit einem geflochtenen Stoffgürtel und ein schwarzes Hemd, dessen Kragen hochgeschlagen war. Er schnippte einen Zahnstocher auf die Straße.

»Was gibt's, Partner?« fragte ich.

»Kommen Sie mit raus zur Plantage.«

»Ne.«

»Ruthie Jean und ich wolln das Ganze hinter uns bringen.«

»Was sagen Sie da?«

»Moleen Bertrand will die Sache regeln, so daß jeder zu seinem Recht kommt.«

»Ich fürchte, ich bin nicht grade ein Fan von ihm, Luke.«

»Reden Sie mit meiner Tante Bertie. Wenn's von Ihnen kommt, horcht sie zu.« Ich konnte die Anspannung hören, so als habe sich ein Stück Draht in seinem Hals verheddert.

»Auf was? Nein, sagen Sie's mir nicht. Jemand will euch einen Haufen Geld geben. Klingt großartig. Abgesehen davon, daß Bertie einer der wenigen Menschen ist, die sich nicht kaufen lassen, und einfach nur ihr kleines Haus und ihren Garten und das Stück Land haben will, das Moleens Großvater eurer Familie gegeben hat.«

»Das, worauf's am meisten ankommt, ham Sie noch nicht angesprochen.«

Er rieb über einen Moskitostich an seinem Hals und schaute mich hitzig an.

»Moleen und Ruthie Jean?« sagte ich.

»Darum isses doch schon immer gegangen, Mister Dave. Aber wenn's nicht richtig läuft, wenn Tante Bertie sich stur stellt ... Es gibt da 'n paar schlimme Leute, Weiße, die dann da rauskommen. Ich steh zwischen Ruthie Jean und der Alten. Was soll ich denn machen?«

Ich folgte ihm mit meinem Pickup hinaus zur Bertrandschen Plantage. Am Himmel wimmelte es von Vögeln, die Luft war schwer und stickig vom Qualm der Abfallfeuer, voller Staub, der von den Feldern aufgewirbelt wurde. Der Gummibaumhain am Ende der Straße ragte als schwarzgrüne Silhouette in die sinkende Sonne. Ich saß mit Luke auf der mit Wellblech überdachten Veranda des Hauses, aus dem er und Ruthie Jean vertrieben worden waren, und fragte mich, während er mir die Geschichte von der Aussöhnung und dem Versprechen erzählte, ob es nicht gerade unsere allerversöhnlichste Eigenschaft war, unsere Bereitschaft zu vergeben, derer wir uns am häufigsten bedienten, um uns die Herzen zu erschließen und zu zerstören.

Moleen war erst auf Luke gestoßen, dann auf Ruthie Jean – auf letztere in einem Motel in einer speziellen Gegend im Norden von Lafayette, in der Kreolen, Schwarze und Weiße miteinander verkehrten, ohne sich irgendeiner Rasse zugehörig zu fühlen. Die erste Nacht verbrachte er mit ihr in einem Motel, einer billigen Ansammlung von Fertigbauten aus den vierziger Jahren, die einst Truman Courts genannt worden waren. Sie hatte den Kopf aufs Kissen gebettet, die Hände leicht auf seiner Schulter liegen, den Blick zur Wand gerichtet, ermutigte ihn nicht, während er mit ihr schlief, aber sie gebot ihm auch keinen Einhalt in seiner Leidenschaft, die ebenso unersättlich wie einseitig war.

Dann, mitten in der Nacht, saß er nackt auf der Bettkante, und seine Haut war so weiß, daß sie fast glühte. Er stützte die Unterarme auf die Schenkel, und das Eingeständnis seines Verrats und seiner Scheinheiligkeit kam so unmittelbar und ohne alle Ausflüchte, daß sie wußte, sie mußte ihm alles Leid vergeben, das er ihr angetan hatte, sonst würde sie sich ebenso an ihm versündigen.

Sie kniete sich hin, drückte ihn auf das Kissen, dann stieg sie über ihn, küßte sein Gesicht, den Hals und liebte ihn fast so, als wäre er ein Kind.

Als morgens das Licht durch die Vorhänge fiel und sie die Dieselmotoren hörte, die draußen angelassen wurden, die zuschlagenden Autotüren, die lauten Stimmen, weil sich die

Leute nicht darum scherten, ob noch jemand schlief, als all die schrillen, hektischen Töne zu ihr drangen, die einen neuen Tag im falschen Viertel der Stadt ankündigten, spürte sie geradezu, wie das innige Gefühl, das sie in dieser gemeinsam verbrachten Nacht empfunden hatte, von ihr wich, und sie wußte, daß er bald duschen, mit ihr Kaffee trinken, freundlich, ja sogar zärtlich zu ihr sein würde, während sein Blick bereits abschweifte, sich dann allmählich wieder der Welt zuwandte, die ihn erwartete – mit all den Privilegien und Sicherheiten seiner Rasse und seiner Stellung –, sobald er das Motel verließ.

Statt dessen fuhr er mit ihr nach Galveston, wo sie in einem Hotelrestaurant am Strand zu Mittag aßen, hinterher ein Boot mieteten und draußen, hinter der dritten Sandbank, wo die Küste steil abfiel, Meeresforellen angelten, barfuß im Sonnenuntergang entlang der Brandung spazierten, an dem alten Fort aus dem Ersten Weltkrieg vorbei, und am darauffolgenden Nachmittag flogen sie aus lauter Jux und Tollerei nach Monterrey zum Stierkampf.

Als sie nach Lafayette zurückkehrten, glaubte Ruthie Jean, ihr Leben habe eine Wende genommen, die sie nicht für möglich gehalten hätte.

»Will er seine Frau verlassen?« fragte ich.

»Er hat's versprochen. Er hält's mit Miss Julia nicht mehr aus«, sagte Luke.

Ich sagte eine ganze Zeitlang gar nichts.

»Sie sind doch ein schlauer Kerl, Luke. Wo will er denn hin mit seiner Anwaltskanzlei?«

»Wenn er das Land hier verkauft, haben sie ausgesorgt.«

»Aha.«

Mir war so unbeschreiblich traurig zumute, daß ich es nicht in Worte fassen konnte. Dann sah ich, wie Ruthie Jean aus Tante Berties Haus kam und auf den Stock gestützt auf uns zuging. Sie sah wunderschön aus. Die Haare waren in dichte Locken gelegt, die sich um ihre hohen Wangenknochen kräuselten, und das tief ausgeschnittene weiße Strickkleid, das sie trug, betonte jeden Muskel an ihrem Leib. Als sie mich im Dämmerlicht erkannte, ging sie durch die Hintertür ins Haus.

»Wohnt ihr etwa wieder hier?« fragte ich Luke.

»Ja, Sir.«

»Aber Julia Bertrand war es doch, die euch rausgejagt hat, nicht wahr?«

Er musterte den Gummibaumhain am Ende der Straße.

»Folglich muß es mit ihrem Einverständnis geschehen sein, daß ihr wieder hier seid. Halten Sie das für denkbar?« fragte ich.

»Reden Sie mit Tante Bertie, Mister Dave.«

Als ich meinen Pickup anließ, stand er einsam und allein in seinem Garten, ein mit allen Wassern gewaschener Ex-Knacki, der im letzten Moment den Mühlen unseres mörderischen Rechtssystems entrissen worden war, der mit seiner alten Tante haderte und auf die Weißen vertraute – ausgerechnet auf die Menschen, die er nach Ansicht der Soziologen eher fürchten und verabscheuen müßte.

Ich fragte mich, warum immer die Löwenkämpfe im alten Rom als historisches Beispiel für den schier unerschöpflichen Glauben und die Zuversicht herhalten mußten, zu denen wir Menschen fähig sind.

Am nächsten Abend zog ich meine Turnhose an, nachdem ich den Köderladen und den Bootsverleih geschlossen hatte, und trainierte im Garten ein bißchen mit den Hanteln. Ich zog alle drei Übungsreihen durch, drücken, stoßen und frei stemmen. Danach joggte ich unter den Bäumen am Ufer des Bayou entlang. Der Himmel war stahlgrau, nur im Westen, am Horizont, brach feurig die Sonne durch einen Spalt in den Wolken. Der Wind blies mir ins Gesicht, als ich unter den Bäumen hervorkam und auf die Zugbrücke zuhielt.

Aus irgendeinem Grund war ich nicht einmal überrascht, als er aus dem Schatten kam und neben mir dahintrabte, mit seinen Tennisschuhen im gleichen Takt wie ich den Staub aufwirbelte. Sein massiger Schädel war tief zwischen die ölig glänzenden Schultern gezogen, so als ob der Hals operativ entfernt worden wäre, sein warmer, gleichmäßiger Atem roch nach Bier und Tabak.

»Ich hab Sie in Red Lerille's Studio am Punktball trainieren sehen«, sagte er. »Ohne Handschuhe kommt's erst richtig gut.« Er streckte die derben, klobigen Hände aus, sprach abgehackt und stoßweise. »Ich hab mir früher Gaze rumgewickelt, die ich in Seifenlauge getränkt habe. Da kriegt man außendran 'ne Hornhautschicht, die sich anfühlt wie Fischschuppen. Das Problem is bloß, daß du heutzutage damit rechnen mußt, daß sich irgend 'ne Schwuchtel die Hand aufschlägt, und wenn du dir am gleichen Ball die Haut verletzt, holst du dir Aids. Da kannste mal sehn, was diese Arschficker mit diesem Land machen.«

»Worum geht's Ihnen, Pogue?«

»Verpfeifen Sie mich?«

»Ich bin kein Cop mehr, wissen Sie noch?«

»Dann ist die Bar geöffnet«, sagte er und deutete auf einen braunen Nissan, der am Straßenrand geparkt war.

»Ich habe zu tun.«

»Ich hab die Kühlbox auf dem Rücksitz stehn. Mach mal 'ne Pause, Chef. Niemand will Ihnen ans Leder«, sagte er.

Vor mir konnte ich die Zugbrücke erkennen und den Brückenwärter, der in dem kleinen, hell erleuchteten Haus saß. Emile Pogue zerrte die Kühlbox auf die Straße, streckte den sehnigen Unterarm aus und holte zwei Flaschen Coors aus dem schmelzenden Eis und dem Wasser.

»Nein, danke«, sagte ich.

Er schraubte eine Flasche auf und trank sie halb aus. Sein Oberkörper wirkte straff und knorrig wie alte Kürbisschalen, war kreuz und quer mit Narben übersät, und über dem Brustkorb spannten sich strahlenförmig die Sehnen wie dicke Katzenschnurrhaare. Er zog ein ärmelloses olivgrünes Hemd über.

»Können Sie mich nicht leiden?« fragte er.

»Nein.«

Er kniff die Nase zusammen, zog die Oberlippe hoch und schaute die Straße auf und ab.

»Ich mach Ihnen einen Vorschlag«, sagte er. »Sie blasen die Sache ab, die da grad läuft, und ich knöpf mir jeden Spaghetti vor, den Sie wollen. Dann bin ich weg.«

»Was soll ich abblasen?«

»Diesen bescheuerten Kerl, der aussieht wie ein zermatschter Dildo. Patsy Dapolito. Er glaubt, daß Johnny Carp einen Auftrag auf ihn laufen hat. Das kommt aber nicht von Johnny.« Sein Atem schlug mir mitten ins Gesicht, eine Dunstglocke aus trockenem Schweiß und Testosteron umgab ihn. »Schau mich an, wenn ich mit dir rede. Sonny hat meinen Bruder umgebracht. Folglich war ich aus persönlichen Gründen und mit gutem Recht scharf auf den Typ.«

»Ich höre zu.«

»Aber deswegen is Sonny nicht zurück.«

Ich starrte ihn mit offenem Mund an. Seine Augen wirkten so leblos wie Stahlkugeln. Er atmete rasselnd durch die Nase.

»Zurück?« sagte ich.

»Besorgen Sie sich 'n paar Q-Tips, bohren Sie sich mal das Ohrenschmalz raus. Erzähln Sie mir nicht, was ich gesehn hab. Schau, Chef, solang Sie nicht da drunten im Busch gewesen sind, bei den Indianern, sich 'n paar Pilze mit den Säcken eingepfiffen haben – und ich mein damit, an 'nem Steinaltar, wo ihre Vorfahren früher den Leuten das Herz aus der Brust gerissen haben –, so lang gibt's für Sie gar nix zu kritteln, wenn Ihnen jemand erzählt, was er gesehn hat.«

»Da komm ich nicht mit.«

»Ich hab ihn in einem Camp im Atchafalaya gesehn, wo ich manchmal bin. Ich hab auf die Bäume geschaut, und zwischen dem runterhängenden Moos war ein Schwarm Motten oder Schmetterlinge, bloß daß sie irgendwie geglüht haben. Und dann hat sich daraus eine Gestalt gebildet, ein Typ, der mitten durch einen Baumstamm ins Wasser reingelaufen ist. Es war Sonny Marsallus, und er hat unter Wasser gefunkelt wie tausend kleine Flammenzungen. Und ich bin auch nicht der einzige, der es gesehn hat.«

Er umklammerte die Bierflasche, als wolle er sie mit bloßer

Hand zerquetschen, und schaute mich mit verkniffenem Mund an.

»Ich glaube, wir haben es hier mit einer Überdosis Acid oder Anabolika zu tun, Emile«, sagte ich.

»Richten Sie Sonny was aus«, sagte er. »Was die Mennonitin da gesagt hat ... das war ein Fluch. Ich will damit sagen, daß ich möglicherweise verdammt bin. Ich brauch Zeit, um da rauszukommen.«

Er atmete bang und beklommen, starrte mich mit flackernden Augen an.

»Was für eine Mennonitin?« fragte ich.

Manchmal lüftet man den Schleier und schaut mitten hinein ins Höllenfeuer. Was folgt, sind seine eigenen Worte, die ich hier nach besten Kräften wiederzugeben versuche.

26

Ich bin in lockerer Marschformation mit dreißig Jungs im Dunkeln auf einem Dschungelpfad vorgerückt. Hat geklungen wie ein Schrottplatz auf der Walz. Am Fluß hab ich sie haltmachen lassen und zum Dolmetscher gesagt: »Schau, hier geht's vor allem um eins. Noch zwei Kilometer, dann sind wir in dem roten Kaff, alles klar? Wir rücken da ein, machen unsern Standpunkt deutlich, und dann verdünnisieren wir uns wieder über den Fluß, wo das Bier inzwischen fünf Stunden kälter ist, und überlassen das Auszählen den Typen von Amnesty International. Rein und raus, das muß ruckzuck gehn, dann passiert keinem von uns was, und wir brauchen nicht mal die Freiwilligen, die wir uns letzte Nacht in dem Dorf geholt haben, durch die Knallerbsen zu schicken.

Ich hab's hier mit Jungs zu tun, die Strategie und Taktik für katholische Heilige halten.«

Schau, Mann, eins müssen Sie verstehn. Ich hab mir das Dorf nicht ausgesucht, das hat sich von selber angeboten. Die haben die Leute verpflegt, die uns umgebracht haben. Wir haben sie gewarnt, wir haben den amerikanischen Priester gewarnt, der das Waisenhaus geleitet hat. Keiner hat auf uns gehört. Ich hab auch nix gegen die Mennoniten-Braut gehabt. Ich hab sie mal in der Stadt gesehn, hab mir an den Hut getippt. Ich hab sie bewundert.

Is'n patentes kleines Frauchen gewesen, eine Holländerin, die innem Dreckskaff gearbeitet hat, um das sich die meisten Menschen einen feuchten Furz geschert hätten. Den Zoff haben die beiden Verbindungsjungs gemacht, die zwei Offiziere, die 'ne Zeitlang auf 'nem Speziallehrgang für Schmalztollen in Benning warn. Hör zu, Chef, ich war da als Berater, kapiert, ich hab meine Kohle nicht dafür gekriegt, daß ich dazwischengeh. Wenn du siehst, wie die Jungs jemand in eine Wellblechhütte führen, in der ein Eisenbett steht, und die Tür hinter sich zumachen, und du hörst die Laute, die wie mitten aus dem Dschungel klingen, dann tust du so, als ob bloß irgendwo die Affen schrein.

»*Ellos!*« haben sie gebrüllt, als wir in das Dorf eingerückt sind, und sich dann verkrochen. So haben sie uns genannt. Den armen Hunden war's wurschtegal, ob ich Pancho Villa war oder Stonewall Jackson. Schau, die Sache ist aus dem Ruder gelaufen. Wir sollten das Dorf umstellen, nach Waffen suchen und uns vor allem einen Typen vornehmen, diesen Gewerkschaftsfunktionär, ein Exempel statuieren, das is alles – den Weihnachtsbaum schmücken, haben sie dazu gesagt, weil am nächsten Morgen ein paar Äste vollgehängt waren, alles klar? Aber der Kerl rennt in die Kirche, und der Priester brüllt unsere Leute draußen auf der Treppe an, und plötzlich geht's *Dong, Dong, Dong.* Was hätt ich denn machen solln, Mann? Auf einmal hatt ich den hellen Irrsinn am Hals.

Sie müssen sich mal die gesamte Situation vorstellen, damit Sie meine Lage kapieren. Wir sind in einer Bergsenke, wo niemand sieht, was vor sich geht. Das kann eine schwere Versuchung sein. Mitten in dem Dorf steht die schlichte Kirche mit den drei kleinen Glockentürmen. Der Priester liegt in einer

Blutlache auf der Treppe, die ausschaut, als hätt jemand einen Eimer schwarze Farbe runtergekippt. Die Straßen führen sternförmig in alle Richtungen, wie die Speichen von einem Rad, und die Jungs, die den Priester erledigt haben, kriegen Schiß und ballern auf alles, was sich blicken läßt. Eh ich mich verseh, schwärmen sie nach allen Seiten aus, rein ins Dorf, und dann ist der Bär los, und ich steh da wie der letzte Arsch.

Gänse und Hühner stieben aus den Höfen, Schweine quieken, Frauen kreischen, Leute werden an den Haaren auf die Straße gezerrt. Sie kommt um die Ecke, wie wenn sie gegen den Wind ankämpft und ihre ganze Kraft aufbieten muß, damit sie weitergehen kann, auf die Geräusche zu, bei denen sich die meisten Menschen am liebsten die Ohren zugehalten und sich verkrochen hätten. Ihren Gesichtsausdruck werd ich nie mehr vergessen. Sie hat eisblaue Augen gehabt und Haare wie helle Maisfasern, und auf ihrer Bluse war Blut, wie mit einem Füllfederhalter draufgekleckst, aber sie hat alles gesehen, Mann, so als ob sie die ganze Straße voller Toter mit einem Blick erfaßt und auf Film bannt. In dem Augenblick hat der Ärger angefangen.

Ich hab sie weggeschubst. Sie hat Knochen wie ein Vogel gehabt – wenn man die vor 'ne Kerze gehalten hätt, hätt man sie mit den Fingern abzählen können, wett ich –, und ihr Gesicht war klein und blaß und spitz, und mir war klar, warum sie religiös ist, und ich hab sie noch mal angerempelt. »Das is 'ne Panne. Ist gleich vorbei. Sieh zu, daß du dich wegschwingst, Mädchen«, hab ich gesagt.

Ich hab ihren Arm gepackt, sie in die andere Richtung gedreht, an der Mauer entlanggeschleift, und ich hab gesehn, wie sie vor Schmerz das Gesicht verzieht. Aber die sind schwer zu bändigen, wenn sie so leicht sind – sie haben kein Eigengewicht, das du gegen sie einsetzen kannst. Sie hat sich losgerissen, ist an mir vorbeigehuscht und hat sich weiter die Sachen angeschaut, die sie nicht sehen sollte, den ganzen Schlamassel, der uns alle fertiggemacht hat. Sie hat die Lippen bewegt, aber ich konnte nicht verstehn, was sie gesagt hat, und zwischen den

Häusern war überall blitzendes Mündungsfeuer, wie rote Risse in der Dunkelheit, und im Licht, das aus den Fenstern gefallen ist, konnte man die ausgeworfenen Patronenhülsen kreuz und quer durch die Luft fliegen sehn. Dann hab ich den Rotor von dem Huey gehört, noch bevor wir den Luftwirbel über uns gespürt haben, und ich hab gesehn, wie er am Ende der steinigen Straße aufsetzt und daß die zwei Offiziere aus dem Speziallehrgang in Benning auf mich warten, weil ihre Zigarren hinter der Tür aufgeglüht haben, und mir war klar, wie das jetzt weiterläuft.

Sie haben es auf spanisch gesagt, dann auf englisch. Dann auf spanisch und englisch zusammen. »So traurig es ist, wirklich. Aber die Frau aus Holland ist eine *Communista*. Außerdem ist sie sehr *serio,* hat Freunde bei der linken Presse. *Entiende, Senõr Pogue?*«

Es war eigentlich nix Neues. Man wirft ein Dutzend Leichen aus großer Höhe ab. Manchmal schlagen sie mitten durch ein Hausdach. Womöglich rettet das unter dem Strich sogar ein paar Menschenleben. Aber sie hat noch gelebt, als sie sie an Bord gebracht haben. Schau, Chef, ich hab da überhaupt nix zu melden gehabt. Für mich gab's bloß zweierlei: Entweder ich bring den Auftrag zu Ende, putz den Scheiß von den Jungs weg und denk nicht drüber nach, was da unten los ist – inzwischen war nämlich die Sonne über dem Bergkamm, und unten hat man das Ziegeldach von der Kirche sehen können und die Leiche von dem Gewerkschaftsfunktionär, die an der Mauer gehangen hat, und die Indianer, die durcheinandergerannt sind wie die Ameisen, denen man den Haufen umgetreten hat –, oder aber ich bleib zurück und warte ab, bis ein paar stinksaure Rebellen in das Dorf zurückkommen und sehen, was wir gemacht haben.

Zwei Jungs haben versucht sie hochzuziehen und rauszuschmeißen, aber sie hat sich gewehrt. Da haben sie auf sie eingeprügelt, alle beide, sie dann mit den Stiefeln getreten. Ich hab's nicht mehr ausgehalten, Mann. Es war, als ob jemand direkt neben meinem Kopf eine Backofentür aufmacht. Das mußte aufhören. Sie hat's ebenfalls gewußt, sie hat's mir an den Augen angesehn, noch eh ich sie an der Schulter gepackt und sie hochgezogen hab, fast so, als ob ich sie retten wollte. Sie hat mir die Hände auf die Wangen gelegt und mir die ganze Zeit in die Augen geschaut, auch noch, als ich sie zur Luke geschleift hab, als sie schon im Türrahmen gehangen hat, ausgesehen hat wie auf einem Gemälde, als ihre Haare vom Wind zerzaust worden sind und sie den Kopf rumgerissen und nach unten geschaut hat, auf den Erdboden, auf das, was sie erwartet, als es kein Halten mehr gegeben hat, Chef, und ich konnte weiße Linien auf ihrer Kopfhaut sehen und ihren trockenen Atem spüren und die Angst. Aber sie hat wieder die Lippen bewegt, während ich ihre Arme fest zusammengedrückt hab und sie rausgeschoben hab, dorthin, wo es nix mehr zu entscheiden gab, und ihre Augen waren wie Höhlen voller Himmelsblau, und diesmal hab ich die Worte nicht hören müssen, ich hab sie ihr vom Mund ablesen können, sie haben buchstäblich vor mir gestanden, als der Wind sie mir aus den Händen gerissen hat und sie bloß noch ein dunkler Fleck war, der auf die Erde zugerast ist: *Du mußt deinen Lebenswandel ändern.*

27

Clete und ich frühstückten am nächsten Morgen bei Victor's an der Main Street.

Drinnen war es kühl, und die Ventilatoren warfen ihre Schatten auf die Decke aus geprägtem Blech.

»Was hat er dann gemacht?« fragte Clete.

»Ist in sein Auto gestiegen und weggefahren.«

»Er gesteht einen Mord, erzählt dir, daß er Flammen unter Wasser brennen sieht, und fährt dann einfach weg?«

»Nein, er hat die Worte der Mennonitin noch mal wiederholt und dann gesagt: ›Da kriegt man ja 'ne Gehirnerweichung, was, Chef?‹«

Das Restaurant war fast leer, und eine Schwarze stellte frische Blumen auf die Tische. Clete öffnete und schloß die Hände, biß sich auf die Unterlippe.

»Meinst du, Sonny ist zurück?« fragte ich.

»*Zurück* von was? Man kommt nicht zurück. Entweder man ist lebendig, oder man ist tot.«

»Über was regst du dich so auf?«

»Gar nichts.«

»Schau, jemand hat auf Patsy Dap geschossen. Möglicherweise mit einer Neun-Millimeter. Pogue sagt, daß es nicht von Johnny Carp gekommen ist«, sagte ich.

Seine grünen Augen ließen mich nicht los.

»Du bist es nicht gewesen?« sagte ich.

»Du hast es doch schon vor langer Zeit gesagt. Das sind lauter Irre. Es kommt bloß drauf an, daß du sie aufeinanderhetzt«, sagte er.

»Das Verhalten von Psychopathen kann man nicht steuern. Was ist denn mit dir los?«

»Ich hab's gemacht, als ich 'n paar Bier intus hatte. Ich hab dir doch gesagt, daß niemand meinen Partner anscheißt.« Er rollte die Gabel auf der Tischdecke hin und her, ließ sie hart auf das Holz schlagen.

»Worüber machst du dir Sorgen?« fragte ich.

»Pogue is'n Profi, der hat Eiswasser in den Adern. Wann hat dir so ein Typ das letzte Mal erzählt, daß ihn ein Toter umlegen will?«

Mittags ging ich zu einem Treffen der Anonymen Alkoholiker und versuchte mich mit meinen Nöten an meine Höhere Macht zu wenden. Ich stellte mich nicht besonders gut dabei an. Ich hatte Johnny Giacano vor versammelter Mannschaft, vor seinen Freunden und seiner Familie, zusammengetreten und erniedrigt. Wäre ich noch Polizist gewesen, hätte vielleicht eine geringe Chance bestanden, daß ich davonkam. Aber unter den jetzigen Umständen, und daran war nicht zu rütteln, hatte Johnny nur zwei Möglichkeiten. Entweder er rächte sich, und zwar auf eine ebenso unmißverständliche wie aufsehenerregende Art, oder er wurde von seinen Gefolgsleuten in der Luft zerrissen.

Was das Morden angeht, ist die Mafia unerreicht. Ihr Wissen und ihre Erfahrung reichen zurück bis in die Zeit der napoleonischen Kriege; das Ausmaß an Brutalität und physischer Gewalt, die sie an ihren Opfern auslassen, ist geradezu bizarr und übersteigt jedes normale Maß; die Überführungsquote ihrer Auftragskiller ist ein Witz.

Der Auftrag wird immer hinterrücks und heimtückisch ausgeführt. Der Mörder genießt Vertrauen, wird jederzeit vorgelassen, lädt einen zu einem ruhigen Abendessen ein, zu einem Abend auf der Rennbahn, einer Angeltour draußen auf dem Meer. Das Opfer ahnt nicht einmal den Ernst der Lage, bis es, von einem Augenblick zum andern, in ein Gesicht schaut, in dem wie eingebrannt das uralte Zeichen steht, die lodernde, alles verzehrende Energie.

Ich ging die ganze Woche lang zweimal täglich zu den AA-Treffen. Als ich am Freitag abend nach Hause kam, wartete Luke Fontenot im Köderladen auf mich.

Er saß im Dämmerlicht an einem Ecktisch, hatte eine Tasse Kaffee vor sich stehen. Batist wischte gerade den Tresen ab, als ich hereinkam. Er warf mir einen Blick zu und zuckte mit den Achseln, ließ dann den Lappen in einen Eimer fallen, ging hinaus auf den Bootsanleger und zündete sich eine Zigarette an.

»Tante Bertie hat auf ihren Anwalt verzichtet und ein Papier unterschrieben, eine Abtritts … wie nennt man das?«

»Eine Abtretungserklärung?«

»Ja, genau.«

Im Zwielicht, das durch die Fliegengitter fiel, wirkte er kleiner. Seine Haare wuchsen im Nacken in kleinen Kringeln aus.

»Die geben ihr fünfundzwanzigtausend Dollar«, sagte er.

»Ist ihr dabei wohl zumute?«

»Sie will nicht, daß mir oder Ruthie Jean was passiert.«

Er wich meinem Blick aus. Mit ausdrucksloser Miene und

hörbar trockenem Mund, so als habe er eben eine Erfahrung gemacht, auf die ihn nichts und niemand vorbereitet hatte, sprach er weiter.

»Dieser Anwalt aus Lafayette, der, der mal für Sweet Pea Chaisson gearbeitet hat, und ein paar Männer aus New Orleans sind gestern abend raus zu uns gekommen«, sagte er. »Sie ham bei den Gummibäumen gestanden, da, wo früher mal die Gräber warn, und ham auf die Bahngleise gedeutet. Ich bin rausgegangen und hab sie gefracht, was sie wolln. Darauf sagen sie, wir müssen in dreißig Tagen fort sein, weil die Häuser dann abgerissen und kurz und klein gemacht werden.

Ich sag ihnen, daß mir Moleen Bertrand nix dergleichen gesagt hat und daß Moleen Bertrand, soweit ich weiß, die Plantage gehört.

Einer der Männer aus New Orleans sagt: ›Wir wollten euch schon Kopien von allen Dokumenten zuschicken, aber wir haben eure Adresse nicht gewußt.‹

Darauf sag ich: ›Moleen Bertrand hat meiner Tante gesagt, daß sie hier bleiben kann, solang sie will.‹

Die ham mich überhaupt nicht angehört. Die ham weitergeredet, als ob ich gar nicht da wär. Sie ham sich über Fundamente ausgelassen, die eingebracht werden müssen, über Straßen runter zur Eisenbahn, daß sie irgendwas mit den Stromtransformatoren machen müssen. Dann hält der eine Typ die andern zurück und schaut mich an. ›Hier sind zwanzig Dollar. Geh runter zum Laden und hol uns ein paar Flaschen kaltes Bier. Kauf dir 'n Sechserpack für dich.‹

Wissen Sie, was ich gesagt hab? ›Ich hab mein Auto nicht dabei.‹ Das is alles, was ich rausgebracht hab, wie wenn mir nix andres einfällt außer 'ner Ausflucht, damit ich nicht den Laufburschen für die machen muß.

Darauf sagt der Typ: ›Dann geh in dein Haus. Du hast hier draußen nix verloren.‹

Ich sag: ›Moleen Bertrand hat schon mit Tante Bertie geredet. Ihr seid nicht dabeigewesen, daher wißt ihr's vielleicht nicht.‹

Daraufhin is derselbe Typ hergekommen, ein großer Blonder, der Haarwasser auf dem Kopf gehabt hat und Muskeln, die fast sein Hemd gesprengt ham, und hat sich mitten vor mir aufgebaut, und er sagt, so als ob wir die einzigen Menschen auf der Welt wärn und er genau weiß, mit wem er redet, so hat er das gesagt: ›Hör zu, du blöder Nigger, wenn du noch einmal das Maul aufmachst, kannst du auf allen vieren die Treppe da hochkriechen.‹«

Luke hob seine Kaffeetasse hoch und stellte sie dann wieder ab, ohne daraus zu trinken. Er schaute durch das Fliegengitterfenster auf die Zypressen auf der anderen Seite des Bayou, auf den Himmel darüber, der verwaschen blau und mit tiefroten Streifen durchsetzt war. Sein Gesicht war völlig teilnahmslos, wie aus Talg.

»Aber das ist noch nicht alles, stimmt's?« sagte ich.

»Was?«

»Weiße wie den hast du doch früher schon kennengelernt. Du hast in der Todeszelle deinen Mann gestanden, Luke.«

»Ich hab heut früh bei Moleen Bertrand in der Kanzlei angerufen. Seine Sekretärin hat gesagt, er is inner Konferenz. Ich hab bis elf Uhr gewartet und dann noch mal angerufen. Diesmal sagt sie, ich soll ihr meine Nummer geben. Um drei Uhr hat er immer noch nicht zurückgerufen. Als ich's das nächste Mal probier, sagt sie, er hat für heut Schluß gemacht. Ich frach sie, ob er daheim is. Sie hat 'ne ganze Weile gebraucht, dann sagt sie, nein, er is drüben in Lafayette zum Squashspielen.

Ich hab gewußt, wo er spielt. Ich will grade zur Tür gehn, als er und drei andere Männer rauskommen, mit Segeltuchtaschen auf der Schulter und mit nassen, frisch gekämmten Haaren. Sie tretend lächelnd beiseite und lassen eine Frau durch.

Moleen Bertrand hat mir die Hand geschüttelt und is einfach weitergegangen. Einfach so. Als ob ich bloß ein x-beliebiger Schwarzer wär, den er ab und zu mal sieht.«

Ich stand auf und schaltete die Lichterkette über dem Bootsanleger an. Ich hörte, wie Batist die Cinzano-Schirme über den

297

Kabelrollentischen zusammenklappte. Luke öffnete und schloß die Hand. Das Fünfzig-Cent-Stück, das darin lag, hinterließ einen runden Abdruck, fast so, als habe er sich geschnitten. Ich setzte mich gegenüber von ihm an den Tisch.

»Ich glaube nicht, daß Moleen noch Herr über sein Leben ist«, sagte ich.

»Er hat mich vor dem elektrischen Stuhl gerettet. Und zwar, ohne daß für ihn was dabei rausgesprungen is. Wieso fängt er jetzt mit der Lügerei an?«

»Er hat sich mit üblen Kerlen eingelassen, Luke. Halten Sie sich von ihm fern.«

»Um mich mach ich mir keine Sorgen.«

»Das weiß ich«, sagte ich. »Wo ist sie?« fragte ich dann.

»Draußen im Haus. Packt ihre neuen Klamotten zusammen, redet ständig davon, dasse irgendwo hingehn, auf die Inseln. Tut so, als ob mit Tante Bertie alles klargeht, als ob er jeden Moment vorbeikommt und alles regelt.«

»Ich wünschte, ich hätte einen Rat für Sie.«

»Ich hab Sie nicht drum gebeten. Ich will bloß, daß jemand vorher Bescheid weiß. Es wird nicht so ausgehn, wie Moleen das will.«

»Erklären Sie das mal genauer.«

»Sie kennen Ruthie Jean nicht. Keiner tut das. Und Moleen Bertrand schon gar nicht.«

Er ging durch die Fliegengittertür hinaus und lief unter der Lichterkette hinunter zum Bootsanleger. Ich nahm die Fünfzig-Cent-Münze, die er für den Kaffee zurückgelassen hatte. Sie fühlte sich warm und feucht an.

Am Samstag morgen saß ich auf der Treppe vor dem Haus und las die Zeitung, als Helen Soileaus Streifenwagen die unbefestigte Straße entlangkam und in meine Auffahrt bog. Sie schlug die Tür zu und marschierte im Schatten der Bäume daher wie ein Soldat im Einsatz – die dunkelblaue Hose, die frischgestärkte weiße Bluse, der schwarze Gürtel, an dem ihre Dienstmarke und der vernickelte Revolver hingen, waren ein ebenso unmißverständliches Warnsignal wie der starre Blick und der energische Gang, mit dem sie martialisch wie ein Mann wirkte.

»Wer ist das scheißfreundliche Miststück in eurem Büro?« fragte sie.

»Wie bitte?«

»Du hast mich schon verstanden. Die mit dem frechen Mundwerk.«

»Clete hat sie eingestellt. Aber ich hatte bislang nicht diesen Eindruck.«

»Na ja, dann sag ihr, sie soll sich gefälligst die Spitzen verkneifen und zusehn, daß sie lernt, wie man sich am Telefon benimmt.«

»Wie läuft's?« fragte ich, hauptsächlich um sie von dem Thema abzulenken.

»Ich bearbeite derzeit einen Doppelmord. Mit Rufus Arceneaux. Seither versteh ich den Ausdruck ›Arsch mit Ohren‹.«

»Klingt so, als ob du heut morgen mit dem falschen Fuß zuerst aufgestanden bist. Lust auf ein Frühstück?«

Sie hakte den Daumen in den Gürtel und dachte nach. Dann zwinkerte sie. »Du bist'n Schatz«, sagte sie.

Ich brachte den Kaffee, die heiße Milch und die Schüsseln mit dem Studentenfutter und den Blaubeeren zu dem Picknicktisch im Garten hinter dem Haus.

»Bei Furz, Bäh und Igitt ist irgendwas Verqueres im Gang«, sagte sie. »Der FBI-Chef von New Orleans hat mich gestern angerufen und gefragt, ob ich irgendwas über Sonny Boy Marsallus gehört hätte. ›Tja, der is tot‹, sag ich. Worauf er sagt: ›Wir glauben das auch, aber seine Leiche wurde bislang nicht angespült. Es war Flut, als es ihn erwischt hat.‹

›Sie glauben es?‹ sag ich.

Der Typ is'n echter Spaßvogel. ›Können Sie sich an den Militariahändler erinnern, dem Sie eins mit dem Schlagstock übergezogen haben?‹ sagt er. ›Ein Glatzkopf, hat ausgesehen wie eine Kegelkugel, hat ständig auf einem Kaugummi rumgekaut. Tommy Carrol hat er geheißen. Jemand hat ihn letzte Nacht in seinem Laden aufgesucht und ihm die Hölle heiß gemacht.‹

›Tut mir leid‹, sag ich. ›Von einem Schlagstock weiß ich nichts.‹

Er hat das richtig komisch gefunden. ›Tommy Carrol hat nicht bloß Khakiunterwäsche verkauft‹, sagt er. ›Er hatte mit Noriega zu tun und mit diversen Drogengeschäften in Panama. Der Gerichtsmediziner hat ihn zersäbelt, nachdem er ihn aus der Asche rausgezogen hatte. Er hat eine Neun-Millimeter-Kugel in seinem Gehirn gefunden, soweit davon was übriggeblieben ist.‹

Ich hab genau gewußt, was jetzt kommt, aber ich sag: ›Na und?‹

Darauf sagt er: ›Ich möchte feststellen lassen, ob diese Kugel aus Marsallus' Smith & Wesson abgefeuert wurde. Die Waffe befindet sich doch noch bei Ihnen in der Asservatenkammer, nicht wahr?‹

›Klar‹, sag ich. ›Kein Problem, jederzeit zu Diensten.‹ Aber rat mal, wer in der Dienststelle neuerdings für die Beweismittelerfassung zuständig ist? Kelsos kleiner Bruder hat sie einfach rausgeschmissen.

Ich hab den Scherzkeks zurückgerufen und ihm gesagt, daß er diesbezüglich einfach Pech gehabt hat. Dann hab ich ihn gefragt, warum er meint, daß Marsallus was damit zu tun haben könnte. Es war komisch – er hat 'ne Zeitlang geschwiegen, dann hat er gesagt: ›Ich glaube, ich möchte einfach, daß Sonny nicht tot ist. Ich habe ihn vor Jahren in Guatemala City kennengelernt. Er war ein guter Kerl.‹«

»Er muß irgendwas gehört haben«, sagte ich. »Diese Söldnertypen glauben auch, daß Sonny da draußen umgeht.« Ich berichtete ihr von meiner Begegnung mit Emile Pogue draußen bei der Zugbrücke.

»Was haben die mit der Bertrandschen Plantage vor?« sagte sie.

»Irgendwann wird man sich hierzulande aufraffen und dem Drogenkonsum ein Ende bereiten. Wer klug ist, steckt sein Geld schon jetzt in irgendwelche anderen Geschäfte.«

»In welche?«

»Da bin ich überfragt«, sagte ich.

»Sieh zu, daß du wieder in den Dienst kommst.«

»Das ist Sache des Sheriffs.«

Sie grinste, erwiderte aber nichts.

»Was soll das heißen?« fragte ich.

»Er braucht dich. Wen hat er denn noch? Typen wie Rufus und Kelso und seinen Bruder – hör mir bloß auf. Denk nicht mehr so schwanzgesteuert, Dave.« Sie schaufelte sich einen Löffel voller Nüsse und Milch in den Mund.

An diesem Abend fuhr ich am Spanish Lake vorbei nach Cade, kaufte mir in dem Gemischtwarenladen an den Four Corners ein Dr. Pepper und trank es in meinem Pickup. Nachmittags hatte es heftig geregnet, die Luft war klar und frisch, und das Zuckerrohr auf dem Bertrandschen Besitz wogte wie Prärie-gras im Wind.

Ich war davon überzeugt, daß die Geschichte hier zu einem Ende kommen mußte, so oder so, weil sie genau hier angefan-gen hatte, seinerzeit, als Jean Lafitte und seine Bande von Halsabschneidern den Bayou Teche hinaufgesegelt waren mit ihrer Fracht, in der soviel menschliches Leid steckte.

Moleen erkannte das nicht. Aber seinesgleichen sah so etwas selten ein. Sie hatten einen Nat Turner gehängt und sich aus seiner Haut Brieftaschen gerben lassen, sie hatten ihre Bildung dazu benutzt, sich einen nüchternen Zynismus zuzulegen und so zu tun, als schwebten sie über den Mühseligen und den Ar-men, deren Schicksal ihrer Ansicht nach in keinerlei Bezug zu ihrem Leben stand. Die Folge davon war, daß sie ihre Selbst-täuschung und Arroganz von einer Generation zur nächsten weitervererbten.

Ich fragte mich, wie es sein würde, wenn man sich durch ein Fenster in ein anderes Zeitalter, in eine Ära, in der Glaube noch etwas galt, begeben und mit General Lees Jungs mar-schieren könnte, die meisten davon barfuß und ausgemergelt wie Vogelscheuchen, aber so beseelt von ihrem Ehrbegriff und ihrer prachtvollen blauen Flagge, daß sie bewußt nicht den Mo-

ment vorhersehen mochten, da sie von Kartätschen niedergemäht wurden wie wilde Blumen, die man vom Stengel
schlägt.

Während ich die kalte Limonade austrank, schaute ich wieder auf das in rotes Licht gehüllte Feld und fragte mich, ob die
Geschichte nicht vielleicht nur darauf wartete, uns alle ihr Wal-
ten spüren zu lassen.

28

Viele Menschen stellen sich unser Gewerbe ziemlich roman-
tisch, vielleicht sogar faszinierend vor. Sie bilden sich ein, es
ginge so zu wie in den wunderbaren Hörspielen aus den vierziger Jahren, in denen die Privatdetektive stets edel und ritter-
lich und ihre Klientinnen ebenso schön wie verschlagen sind.

Die Wirklichkeit sieht anders aus.

Als ich am Montag morgen ins Büro kam, redete Clete mit
zwei Männern, beide Mitte Zwanzig, die vornübergebeugt auf
den Metallstühlen fläzten, ihre Zigarettenasche auf den Boden
fallen ließen und abwechselnd auf ihre Armbanduhren, auf die
Sekretärin oder zur Tür schauten. Der eine hatte drei schmale
blaue Tränen neben dem Augenwinkel eintätowiert; das Gesicht des zweiten war schmal, scharf geschnitten, und seine
Haut sah aus wie die Schwarte eines Räucherschinkens.

»Also, ihr zwei habt eure Busfahrscheine, das Geld fürs Mittagessen und sämtliche Papiere, falls euch jemand anhält«,
sagte Clete nüchtern und mit ungerührter Miene. »Aber sobald
ihr in New Orleans seid, meldet ihr euch bei Nig. Da sind wir
uns doch einig, ja?«

»Was is, wenn Nig nicht da is?« fragte der Mann mit den Tränen.

»Er ist da«, sagte Clete.

»Und wenn er nicht da is?«

»Probieren wir's mal andersrum«, sagte Clete. Er lockerte

302

seinen steifen Nacken, verschränkte die Hände auf der Schreibunterlage und schaute von seinem Zuhörer weg, aus dem Fenster. »Du kommst wahrscheinlich davon, obwohl du ein zweijähriges Mädchen geschändet hast. Und zwar hauptsächlich deswegen, weil das Kind zu jung für eine Aussage ist und weil die Mutter, deine Freundin, auf Trip gewesen ist und viel zu weggetreten war, um sich dran zu erinnern, was vorgefallen ist. Aber der entscheidende Punkt, auf den's hier ankommt, ist, daß Nig die Kaution für dich gestellt hat, weil du bereit bist, deinen Bruder zu verpfeifen, der seinen Gerichtstermin versiebt hat und Nig mit hundert Riesen hat hängenlassen. Was heißt das für einen eingefleischten und ausgekochten Lumpenhund wie dich? Es heißt, daß wir keine Gitter mehr vor dem Fenster haben. Es heißt aber auch, daß du dich bei Nig meldest und in der Bude bleibst, die er für dich gemietet hat, sonst komm ich dich mit 'nem Baseballschläger holen und vertrimm dir den dürren, nichtsnutzigen Arsch.« Clete hob die offene Hand hoch. »Sind wir uns da einig?«

Der Mann mit den eintätowierten Tränen musterte seine Schuhe, kaute mit einem Schneidezahn an seiner Lippe herum, hatte die Augen zusammengekniffen und hing seinen Gedanken nach.

»Wie steht's mit dir, Troyce? Geht das von deiner Seite aus klar?« fragte Clete den anderen Mann.

»Klar.« Er zog an seiner Zigarette. Man konnte hören, wie die Glut über das trockene Papier kroch.

»Wenn die Frau, die du angebrannt hast, zu ihrer Aussage steht, läßt Nig die Kaution für dein Berufungsverfahren weiterlaufen. Aber du mußt jeden Tag zur Urinprobe. Und komm ja nicht mit dreckiger Pisse in die Bewährungsstelle. Geht das klar, Troyce?« fragte Clete.

»Die steht nicht dazu.«

»Ihr zwei müßt euren Bus erwischen und zusehn, daß ihr schleunigst nach New Orleans kommt«, sagte Clete.

Der Mann mit dem scharfgeschnittenen Gesicht stand auf und hielt Clete die Hand hin. Clete schlug ein, schaute ins

Leere, als er sie schüttelte. Später ging er auf die Toilette, kam laut schniefend wieder zurück und trocknete sich die Hände an einem Papierhandtuch ab. Er knüllte das Tuch zusammen und warf es seitwärts in Richtung Papierkorb. Die Haut an seinem Nacken, der dringend ausrasiert werden mußte, war geschwollen und feuerrot entzündet.

Als ich eine Stunde später zu meinem Pickup ging, scherte Helen Soileau mit ihrem Streifenwagen aus dem Verkehrsstrom aus und hielt am Straßenrand. Sie beugte sich herüber und öffnete die Beifahrertür.

»Steig ein«, sagte sie.

»Stimmt was nicht?«

»Der Alte hat 'n Herzanfall gehabt. Er ist um vier Uhr früh aufgestanden und wollte sich ein Brot machen. Seine Frau hat es bloß krachen gehört, als er über den Küchentisch gefallen ist.«

»Wie schlimm hat's ihn erwischt?«

»Die mußten Elektroschocks einsetzen. Um ein Haar hätten sie ihn nicht wieder zurückgeholt.«

Ich schaute durch die Windschutzscheibe auf den ruhig dahinfließenden Verkehr, auf die Menschen, die in die Schaufenster blickten, und schämte mich beinahe, als ich spürte, wie der ganze Groll und Mißmut, den ich mir nicht eingestanden hatte, verflog, so als löse sich die Ascheschicht von einem ausgeglühten Stück Holzkohle. »Wo ist er jetzt?« fragte ich.

»Im Iberia General … Moment mal, da fahren wir aber jetzt nicht hin. Er will, daß wir jemand vernehmen, der in einem Bezirksgefängnis in Osttexas einsitzt.«

»Wir?«

»Du hast's kapiert, Süßer.«

»Ich muß mit ihm reden, Helen.«

»Später, wenn wir zurück sind. Diesmal machen wir's so, wie er will. Komm schon, raff dich auf, du bist im Dienst, Streak.«

Das Bezirksgefängnis war ein altes, einstöckiges Gebäude aus weißen Ziegeln, das nördlich von Orange, Texas, lag, unmittel-

bar auf der anderen Seite des Sabine River. Vom Empfangsraum im ersten Stock konnten Helen und ich den Hof sehen,
die mit Natodrahtspiralen bestückte Ziegelmauer und die umliegenden Felder, die violett-grün im Frühlingsregen schimmerten. Zwei Wachen in Khakiuniformen, aber ohne Waffen,
überquerten den Hof und schlossen eine schmiedeeiserne, mit
einem schmalen Schlitz versehene Tür auf, an deren Pfosten
rostrote Streifen herunterliefen. Sie legten dem barfüßigen,
hünenhaften Mann, der Jerry Jeff Hooker hieß, Hüft- und
Fußketten an, worauf er zwischen ihnen einhertrottete, als
habe er eine Kanonenkugel zwischen den Beinen hängen.

Als ihn die Wachen, zwei finstere Hinterwäldler mit ver-
kniffenen Augen, in den Empfangsraum brachten, an einen
zerschrammten Tisch setzten, eine weitere Kette um seinen
Bauch schlangen und sie hinter dem am Boden verankerten
Stuhl zusammenschlossen, sagte ich, sie könnten uns von mir
aus allein lassen.

»Erzähln Sie das mal dem Niggerkapo, dem er den Arm an
der Kloschüssel gebrochen hat«, sagte der eine und baute sich
anderthalb Meter hinter Hooker auf.

»Wollen Sie, daß wir die Sache übernehmen, Jerry Jeff?«
fragte ich.

Seine Haut war bleich und teigig, grüne Drachenmuster
überzogen die mächtigen Arme, und die buschigen, hellblon-
den Augenbrauen wirkten so wulstig wie bei einem Neander-
taler.

»Ich war der Kutscher bei dem Marsallus-Job«, sagte er. »Ich
sag gegen Emile Pogue aus, wenn ich wegen dem tödlichen Unfall davonkomm.«

»Kutscher?« sagte ich.

»Ich bin gefahren. Emile hat ihn abgeknallt.«

»Die Zeugen sagen aus, daß zwei Mann geschossen haben«,
sagte Helen.

»Es war bloß einer«, erwiderte er.

»Wir wissen nicht recht, ob wir Ihnen diese Aussage abkau-
fen können, Jerry Jeff«, sagte ich.

»Das is euer Problem.«

»Sie haben eine Mordanklage am Hals«, sagte Helen.

»Marsallus is nicht tot.«

Ich spürte, wie mein Herz einen Takt schneller schlug. Er schaute mir ins Gesicht – als sehe er es zum erstenmal.

»Er hat in den Wellen noch um sich geschlagen, als wir weg sind«, sagte er. »Ein Typ in New Orleans, Tommy Carrol hat er geheißen, is dieser Tage mit 'ner Neuner-Mike abgeknallt worden. Das is das Markenzeichen von Marsallus.«

»Sind Sie beim Militär gewesen?« fragte ich.

»Zwölfender«, antwortete er. Er versuchte sich trotz der Ketten aufzurichten. Keuchend atmete er aus. »Hören Sie, die Leute hier sagen, daß ich mindestens zwei Jahre einfahre.«

»Ist doch gar nicht so übel für jemanden, der eine rote Ampel überfahren und eine siebzigjährige Frau getötet hat«, sagte ich.

»Aber das hock ich in Huntsville ab, mein Guter, mit der Mexenmafia und den Brüdern von der schwarzen Befreiungsfront. Als Weißer kannst du da bloß zu den Arierbrüdern gehn oder in Einzelhaft. Da scheiß ich drauf.«

Helen und ich nahmen kurz Blickkontakt auf.

»Sie sind ein mit allen Wassern gewaschener Lumpenhund, aber Sie sind nicht vorbestraft. Genaugenommen liegt in den Akten nicht das geringste gegen Sie vor«, sagte ich.

»Wer scheißt sich denn um so was?« sagte er.

»Wer hat den Auftrag erteilt?« fragte ich.

»Geben Sie mir 'n Stift und 'n Blatt Papier«, erwiderte er.

Ich legte mein Notizbuch und den Filzstift vor ihm hin und schaute einen der Wachmänner an. Er schüttelte den Kopf.

»Wir brauchen das, Sir«, sagte ich.

Er schniefte einmal, löste Hookers rechte Hand von der Kette um seinen Bauch, trat dann zurück und legte die Hand auf den Griff seines Schlagstocks. Hooker beugte sich über den Block und schrieb überraschend flüssig einen einzigen Satz: *Sie sagen mir, wem Sie an den Arsch wollen, und ich krieg ihn für Sie dran.*

»Schlecht ausgedrückt«, sagte ich und riß den Zettel ab.

»Emile hat einen 223er Karabiner benutzt. Er hat Marsallus im Visier gehabt, in der Telefonzelle, aber er hat's verpatzt«, sagte er.

»Wegen zwei Jahren Knast wollen Sie Pogue ans Messer liefern?« fragte ich.

Er ballte die von der Kette befreite Hand, daß die Adern an seinem Unterarm anschwollen, als ob er sie künstlich aufbliese.

»Ich hab Aids im Anfangsstadium. Ich will das nicht hier drin durchstehn«, sagte er. »Worauf läuft's raus?«

»Wir denken drüber nach«, sagte Helen.

Mit einemmal lief ihm die Nase. Er wischte sie mit dem Handrücken ab und lachte leise vor sich hin.

»Was ist so komisch?« fragte ich.

»Ihr denkt drüber nach? Is ja klasse. Ich tät da nicht bloß drüber *nachdenken*, Muffie«, sagte er. Seine Augen funkelten.

»Du hast meine Tiere umgebracht«, sagte sie.

Er drehte sich zu einem der Wachmänner hinter sich um. »Hey, Abner, entweder du holst mir 'n Rotztuch, oder du bringst mich wieder in meine Zelle zurück«, sagte er.

Der Sheriff lag auf der Intensivstation, als Helen und ich ihn am nächsten Morgen im Iberia General besuchten. Kanülen führten in seine Venen, Sauerstoffschläuche steckten in seiner Nase; ein Sonnenstrahl fiel quer über seinen Unterarm, als wolle er dem Grauton seiner Haut hohnsprechen. Er sah nicht nur angegriffen aus, sondern wirkte irgendwie auch kleiner, so als sei das ganze Knochengerüst geschrumpft, schaute mit hohlen Augen vor sich hin, auf Sorgen und Nöte konzentriert, die unmittelbar vor seinem Gesicht zu schweben schienen wie wimmelnde Würmer.

Ich setzte mich dicht neben sein Bett, so daß ich seinen Atem riechen konnte, der mich an welkende Blumen erinnerte.

»Erzählen Sie mir von Hooker«, flüsterte er.

»Zur Zeit sollten sich lieber andere Leute mit diesen Typen rumärgern, Skipper«, sagte ich.

»Erzählen Sie.«

Ich machte es so kurz und einfach wie möglich.

»Sagen Sie das letzte noch mal«, sagte er.

»Er hat den Ausdruck ›Neuner-Mike‹ für eine Neun-Millimeter gebraucht«, sagte ich. »›Mike‹ ist ein Begriff aus dem alten Militäralphabet. Der Kerl stammt aus der gleichen Talentschmiede wie Emile Pogue und der Mann namens Jack.«

Er schloß die Augen, schlug sie wieder auf, befeuchtete seine Lippen und wollte noch etwas sagen. Er drehte den Kopf herum, bis er mir in die Augen schauen konnte. Er war unrasiert, und auf seinen hohlen Wangen waren rote und blaue Äderchen, die wie kleine Fäden wirkten.

»Letzte Nacht hab ich Leuchtkugeln über einem verschneiten Feld voller toter Chinesen explodieren sehen«, sagte er. »Ein Plünderer war grade dabei, ihre Hosentaschen umzudrehen.«

»Es war bloß ein Traum«, sagte ich.

»Nicht bloß ein Traum, Dave.«

Ich hörte, wie Helen aufstand, spürte ihre Hand auf meiner Schulter.

»Wir sollten gehen«, sagte sie.

»Ich hab mich falsch verhalten. Aber Sie auch«, sagte er.

»Nein, es war mein Fehler, Sheriff, nicht Ihrer«, sagte ich.

»Ich hab es mit der Staatsanwaltschaft geregelt. Lassen Sie sich von niemandem was anderes erzählen.«

Er hob die Hand von der Bettdecke hoch. Sie fühlte sich klein und leblos an.

Doch ich ging am nächsten Tag nicht ins Büro. Statt dessen fuhren Batist und ich mit meinem Boot den Bayou Teche hinunter, mitten durch die weite, grüne Pracht der Marschen, wo Blaureiher und Kraniche über versunkene Gummibäume und die rostigen Wracks der Ölkähne dahinglitten, in die West Cote Blanche Bay und hinaus in den Golf, während ein Gewitterschauer niederging, der wie glasierter Rauch im Licht der Morgensonne hing.

Mein Vater Aldous war ein altgedienter Ölarbeiter gewesen, der Nachtschicht oben auf dem Turm geschoben hatte, hoch über der Bohrplattform und den rollenden schwarzen Wogen des Golfs von Mexiko. Die Firma, bei der er beschäftigt gewesen war, arbeitete ohne Verpuffungsschutz am Bohrgestänge, und als der Meißel unverhofft auf eine Erdgasblase stieß, wurde das Standrohr unter dem gewaltigen Druck aus dem Bohrloch geschleudert, ein Funke tanzte über die Stahlkonstruktion, und eine Flamme, die man von Morgan City bis Cypremort Point sehen konnte, schoß in den Himmel.

Mein Vater hakte seinen Sicherungsgurt in das Abseilkabel und sprang in die Dunkelheit, doch der Bohrturm brach in sich zusammen wie ein in glühendem Feuer schmelzendes Stück Draht und riß meinen Vater und neunzehn weitere Männer mit sich in die Tiefe.

Ich kannte die Stelle in- und auswendig. Ich konnte seine Gegenwart geradezu spüren, ihn vor meinem inneren Auge sehen, tief unter den Wellen, in seiner Arbeitsmontur, die in der Strömung wogte, den eisernen Schutzhelm schief auf den Kopf gestülpt, wie er mir zugrinste, den Daumen hochreckte und mir erklärte, daß ich überhaupt keine Angst zu haben bräuchte. Zweimal im Jahr, an Allerheiligen und an seinem Todestag, kam ich hierher, stellte den Motor ab, ließ das Boot über dem Wrack des Bohrturms und der Mannschaftsbarkasse dahintreiben, auf denen jetzt grünes Moos wucherte, und lauschte auf das Klatschen des Wassers am Bootsrumpf, die Schreie der Möwen, so als sei seine Stimme noch immer an diesen Ort gebannt, warte darauf, daß man sie hörte, wie ein leises Wispern in der Gischt.

Er liebte Kinder, Blumen und Frauen, über Holzkohle gefilterten Bourbon und wilde Kneipenschlägereien, und er schleppte den Schmerz über die Treulosigkeit meiner Mutter wie eine schwere Blessur mit sich herum, ohne es sich jemals anmerken zu lassen. Aber einmal, auf der Entenjagd, als er betrunken war und sein Versagen gegenüber mir und meiner Mutter einzugestehen versuchte, sagte er: »Dave, lass niemals

309

zu, daß du allein bist«, und ich erkannte eine ganz andere Seite an meinem Vater, sah eine Einsamkeit und Verlassenheit, die wieder anzusprechen uns nicht genügend Jahre bleiben sollten.

Das Wasser war rötlich braun, die Dünung mit Regenringen gesprenkelt. Ich ging mit einem Strauß gelber Rosen zum Heck, warf sie in die Sonne und sah zu, wie eine gischtgekrönte Woge sie auseinanderriß und die Blüten zerstreute.

Niemals allein, Al, sagte ich leise vor mich hin, dann ging ich mit Batist in die Kabine zurück und fuhr mit Vollgas nach Hause.

In dieser Nacht suchte mich ein alter Bekannter auf – die Nachwirkungen der Malaria, die wie Moskitoeier in meinem Blut fortlebte. Ich wachte gegen Mitternacht durch fernes Donnergrollen auf, spürte die Kälte auf meiner Haut, hörte, wie der Regen auf die Blätter des Fensterventilators schlug, und dachte, über dem Marschland im Süden entlade sich ein Gewitter.

Eine Stunde später schlugen meine Zähne aufeinander, und ich hörte Moskitos um meine Ohren schwirren, obwohl keine da waren. Ich wollte mich am liebsten unter einem Stapel Decken verkriechen, dabei waren Laken und Kissen bereits schweißnaß. Mein Mund fühlte sich trocken an, wie ein Aschenbecher.

Ich wußte, daß es vorübergehen würde – wie immer. Ich mußte nur abwarten, und mit etwas Glück würde ich morgen früh erschöpft aufwachen, so kalt und leer, als sei ich ausgeweidet und inwendig mit einem Schlauch abgespritzt worden.

Manchmal sah ich in diesen Nachtstunden einen schillernden Tiger, der wie ein flackerndes oranges Licht hinter einer Reihe Bäume auf und ab streifte, von denen Schlangen hingen, deren smaragdgrüne Leiber so dick und geschmeidig wie Elefantenrüssel waren.

Doch mir war bewußt, daß diese Bilder ebensosehr meinem einstigen Alkoholikerdasein entsprangen, wie sie ein Andenken an meinen Aufenthalt auf den Philippinen waren – genaugenommen nur ein trocken-trunkener Teil des Theaters, das ein gesichtsloser Puppenspieler von Zeit zu Zeit in meinem Kopf inszenierte.

Aber heute nacht war es anders.

Zuerst kam es mir wie bloße Einbildung vor. Ich sah ihn mit nacktem Oberkörper aus dem Sumpf steigen, sah den Seetang, der sich wie Schlangen um seine Knöchel ringelte, die Haut, die weiß und blutleer war wie Marmor, die hell leuchtenden Haare, die wie Flammen auf seinem Kopf loderten.

Das Gewitter entlud sich über dem Sumpf, und im weißlich flackernden Licht konnte ich die Pecanbäume und die Eichen im Garten sehen, das Blechdach des Köderladens, das sich jäh in der Dunkelheit abzeichnete, im Sturmwind an den Sparren zerrte. Es war wie ein jäher Temperatursturz, so als ob die Luft aus unserem Schlafzimmer gesogen würde, durch die Vorhänge abzog, hinaus in die Bäume, und als ich die Augen öffnete, wußte ich, daß ich mich an einem Ort befand, der so kalt war wie Wasser, zu dem noch nie ein Sonnenstrahl durchgedrungen war, so unzugänglich wie der Steilabfall am Rande des Festlandssockels.

Wie läuft's, Streak? fragte er.

Du weißt doch, wie es ist. Du steckst tief im Indianerland und glaubst ständig, daß jemand deinen Rücken im Visier hat, erwiderte ich.

Was ist mit Emile Pogue? Isser nicht die Wucht?

Warum hast du dich auf deren Tour eingelassen, Sonny? Warum hast du nicht mit mir zusammengearbeitet?

Bei dir kommen Herz und Hirn einander ins Gehege, Dave. Du bringst es fertig, das Trojanische Pferd durchs Tor zu ziehen.

Was soll das heißen?

Er ergriff meine Hand und zog sie an seinen Brustkorb.

Steck den Daumen in das Loch, Dave. Das ist die Austrittswunde. Emile Pogue hat mich viermal am Rücken erwischt.

Entschuldige, Sonny. Ich habe dich im Stich gelassen.

Laß die Schuldgefühle. Ich hab gewußt, worum es geht, als ich Emiles Bruder erledigt habe.

Wir hätten dich hinter Schloß und Riegel lassen sollen. Dann wärst du jetzt am Leben.

Wer sagt denn, daß ich's nicht bin? Bleib bei dem guten alten Boogie-Woogie, Streak. Stromer nicht dort rum, wo sich nicht mal die Engel hingetraun. Hey, war bloß ein Witz.

Warte, sagte ich.

Als ich hinfassen und ihn berühren wollte, gingen meine Augen auf, als ob mir jemand eine Ohrfeige versetzt hätte. Ich stand vor dem Fensterventilator, dessen Blätter sich im Dunst drehten, der in das Zimmer drang. Meine Hand war ausgestreckt, leblos, so als schwebe sie im Wasser. Der Garten war verlassen, und die Bäume plusterten sich im Wind.

Der Sheriff hatte von Leuchtkugeln geträumt, die über den weiß verschneiten Hügeln Nordkoreas hochgingen. Ich hatte gelogen und versucht, seine Angst zu vertreiben, so wie immer, wenn wir jemanden sehen, dem der Tod ins Gesicht geschrieben steht.

Jetzt versuchte ich meine zu vertreiben.

Zu meinen Füßen lag ein braunes Stück Seetang.

29

Ich schlief bis sieben, duschte dann, zog mich an und frühstückte in der Küche. Ich spürte, wie der Tag langsam ins Lot kam, wie die Wirklichkeit, der blaue Himmel, der Wind, der durch die Fliegengitter wehte, und die Stimmen drunten am Bootsanleger, allmählich die Oberhand gewann und die Begebenheit von letzter Nacht verdrängte.

Ich sagte mir, daß Nachtmahre den Sonnenschein nicht mögen.

Eitle Einbildung.

Unwillkürlich faßte ich an mein Handgelenk, so als könne ich dort immer noch Sonnys klamme Finger spüren.

»Hat's dich letzte Nacht umgetrieben?« fragte Bootsie.

»Ein kleines Andenken an die Moskitos.«

»Machst du dir Sorgen, weil du wieder in den Dienst gehst, Dave?«

»Nein, das geht schon in Ordnung.«

Sie beugte sich über die Lehne meines Stuhls, verschränkte die Arme unter meinem Hals und küßte mich hinters Ohr. Ihr Shampoo roch nach Erdbeeren.

»Sieh zu, daß du heut nachmittag früh heimkommst«, sagte sie.

»Was steht an?«

»Kann man nie wissen«, sagte sie.

Dann schmiegte sie ihre Wange an mein Gesicht und tätschelte mir die Brust.

Eine halbe Stunde später saß mir Clete Purcel in meinem Büro in der Dienststelle gegenüber.

»Ein Stück Seetang?« sagte er.

»Jo.«

»Dave, du bist gestern draußen im Golf gewesen. Du hast es selber ins Haus geschleppt.«

»Ja, so ist es wahrscheinlich gewesen«, sagte ich und wandte die Augen ab.

»Ich kann dieses Voodoo-Zeug nicht ab, Mann. Halten wir uns einfach an die Tatsachen. Du hast deine Dienstmarke wieder. Höchste Zeit, daß wir es Pogue und diesen Spaghettis zeigen … Hörst du zu?«

»Der ganze Ärger hier kommt nicht von außerhalb. Der ist hausgemacht.«

»Beziehst du dich wieder auf diesen Bertrand?«

»Er ist der Dreh- und Angelpunkt, Clete. Keiner von den andern Typen wäre hier, wenn er nicht den Anlaß dazu geliefert hätte.«

»Der is doch 'n Waschlappen. Ich hab ihn neulich im Lebensmittelladen gesehn. Seine Alte hat mit ihm geredet, als ob er der Tütenträger wär.«

»Sieht ihnen gar nicht ähnlich.«

»Vielleicht führt er ein Doppelleben als menschlicher Pudel.

Wie auch immer, ich muß mich ranhalten. Bleib du einfach bei dem guten alten Boogie-Woogie, mein Bester.«

»Was hast du gesagt?«

»Ach, das is'n Spruch, den Sonny drunten in Guatemala immer abgelassen hat«, sagte er und kniff die Augenwinkel zusammen. »Hätte nie gedacht, daß ich das mal sagen würde, aber der Kerl fehlt mir ... Stimmt was nicht?«

Die nächsten zwei Stunden erledigte ich Papierkram und versuchte meine Akten auf den neuesten Stand zu bringen. Die Hälfte davon mußte ich mir erst aus Rufus Arceneaux' Büro zurückholen.

»Ich bin nicht nachtragend«, sagte er, als ich wieder aus der Tür gehen wollte.

»Ich auch nicht, Rufus«, sagte ich.

»Wolln wir den Doppelmord draußen in Cade gemeinsam bearbeiten?« sagte er.

»Nein«, sagte ich und zog die Tür hinter mir zu.

Ich räumte meinen Schreibtisch ab und breitete dann sämtliche Unterlagen darauf aus, die ich über Johnny Giacano, Patsy Dapolito, Sweet Pea Chaisson, Emile Pogue, Sonny Boy Marsallus, den Mann namens Jake, dessen verstümmelte Leiche wir aus einem Sumpfloch gezogen hatten, und auch Luke Fontenot hatte – Faxe, erkennungsdienstliche Fotos, Tatortaufnahmen, Computerausdrucke vom National Crime Information Center (die Eintragung über Dapolito hatte es mir besonders angetan; als er im Bundesgefängnis in Marion einsaß, hatte er versucht, einem Anstaltspsychologen die Nase abzubeißen).

Was fehlte mir?

Eine Akte über Moleen Bertrand.

Irgendwo mußte eine existieren, im Pentagon oder in Langley, Virginia, aber an die würde ich nie und nimmer rankommen. Und aller Wahrscheinlichkeit nach auch das FBI nicht.

Aber es gab noch eine andere Möglichkeit, wie ich mir Auskunft über die Bertrands verschaffen konnte – eine Akte, die ich mir längst hätte vornehmen sollen.

Julia Bertrands.

Die nächsten zwei Stunden wühlten Helen Soileau und ich uns durch zahllose Aktenordner und mit Bindfaden verschnürte braune Umschläge, die in einem vom Boden bis zur Decke mit Kartons vollgestellten Archivraum aufbewahrt wurden. Viele waren durch die Feuchtigkeit beschädigt und rissen am Boden aus, wenn man sie hochhob.

Aber wir fanden sie.

Halloween 1983, auf einem Fahrweg zwischen zwei Zuckerrohrfeldern draußen in Cade. Drei schwarze Kinder, alle kostümiert, die Tüten für die erbettelten Süßigkeiten in der einen, die Kürbislaternen in der anderen Hand, sind mit ihrem Großvater zum nächsten Haus unterwegs. Ein blauer Buick biegt vom Highway ab, gerät auf der unbefestigten Piste ins Schlingern, wirbelt eine Staubwolke auf. Der Großvater hört, wie der Motor aufheult, wie trockene Erdklumpen unten an die Kotflügel schlagen, die Reifen über die festgebackenen Querrillen rumpeln. Die Scheinwerfer erfassen ihn und die Kinder, strahlen die Rohrkolben in den Gräben an. Der Großvater glaubt, daß der Fahrer bestimmt noch abbremsen, auf die andere Straßenseite ausweichen, irgendwie verhindern wird, was einfach nicht passieren darf.

Statt dessen gibt der Fahrer noch mehr Gas. Der Buick rast im pfeifenden Fahrtwind vorbei, hüllt die Fußgänger in eine Wolke aus Staub und Abgasen. Der Großvater versucht seine Ohren zu verschließen, als sein Enkelkind unter der Stoßstange des Buick verschwindet, sieht, wie die noch immer brennende Kürbislaterne mit dem grinsenden Mund wie toll in die Dunkelheit kullert.

Ich arbeitete die Mittagspause hindurch, las ein ums andere Mal die Akte und sämtliche Seiten in dem Spiralheft, in dem der Sachbearbeiter seinerzeit den Stand der Ermittlungen handschriftlich notiert hatte.

Helen kam um 13 Uhr vom Mittagessen zurück. Sie stützte

315

sich mit den Fingerknöcheln auf meine Schreibtischplatte und starrte auf die glänzenden Schwarzweißfotos, die am Unfallort aufgenommen worden waren. »Armes Kerlchen«, sagte sie.

Das Original des Unfallberichts war durch eingesickertes Wasser an den Rändern braun und steif, die Tinte fast unleserlich, doch den Namen des Deputys, der ihn unterschrieben hatte, konnte man noch erkennen.

»Schau dir das an«, sagte ich und drehte die Seite um, damit Helen sie lesen konnte.

»Rufus?«

»Es wird noch interessanter«, sagte ich und blätterte in den Papieren. »Ein Zivilfahnder namens Mitchell war mit der Ermittlung beauftragt. Der Großvater hatte sich drei Ziffern vom Nummernschild gemerkt, und der Zivilfahnder stellte fest, daß sie mit der Nummer von Julias Buick übereinstimmten. Julia gab zu, daß sie in der Halloween-Nacht mit ihrem Wagen draußen in Cade war, aber der Wagen war offenbar nicht beschädigt, so daß sich nicht nachweisen ließ, ob er in den Unfall verwickelt war. Der eigentliche Haken aber ist die Aussage von dem alten Mann.«

»Wieso?«

»Er hat gesagt, daß ein Mann gefahren sei.«

Sie rieb sich mit einem Finger über den Mundwinkel, hatte die Augen zusammengekniffen.

»Der Ermittler, dieser Mitchell, war offenbar auch irritiert«, sagte ich. »Seine letzte Eintragung lautet: ›Irgend etwas ist faul an der Sache.‹«

»Mitchell war ein guter Polizist. Soweit ich mich entsinnen kann, muß er etwa dreiundachtzig zum FBI gegangen sein«, sagte sie.

»Rat mal, wer den Fall von ihm übernommen hat?« sagte ich.

Sie musterte mein Gesicht. »Soll das ein Witz sein?« erwiderte sie.

»Wieder mal unser guter Rufus. Kannst du mir erklären, warum ein Cop, der gegen eine Frau wegen eines tödlichen Unfalls mit Fahrerflucht ermittelt, ausgerechnet deren Freund und Vertrauter bei der zuständigen Dienststelle wird?«

»Dave, das stinkt wirklich zum Himmel.«

»Das ist noch nicht alles. Später hat der Großvater gesagt, er hätte seine Brille nicht aufgehabt und wäre sich nicht mehr sicher, was die Ziffern auf dem Nummernschild angeht. Ende der Ermittlung.«

»Willst du den Mistkerl hierherholen?«

»Welchen?« fragte ich.

»Rufus. Wen denn sonst?«

»Moleen Bertrand.«

Er war nicht in seiner Kanzlei. Ich fuhr zu seinem Haus am Bayou Teche. Ein Trupp schwarzer Gartenarbeiter mähte die riesige Rasenfläche davor, rechte das Laub unter den Eichen zusammen und stutzte die Bananenstauden, bis buchstäblich nur noch die Strünke standen. Ich parkte bei der Garage neben dem Haus und klopfte. Anscheinend war niemand da. Das Speedboot, das unter einer Persenning im Bootshaus vertäut lag, schaukelte leicht im glitzernden goldenen Licht, das sich auf dem Wasser spiegelte.

»Wenn Sie Mister Moleen suchen, der's draußen in Cade«, sagte einer der schwarzen Arbeiter.

»Wo ist Miss Julia?« fragte ich.

»Hab ich nicht gesehn.«

»Sieht so aus, als ob ihr schwer beschäftigt seid.«

»Mister Moleen sagt, wir solln's richtig machen. Er is 'ne Zeitlang nicht da.«

Ich fuhr auf dem alten Highway hinaus zum Spanish Lake, vorbei an den restaurierten Antebellum-Häusern am Ufer und den mächtigen, moosbehangenen Eichen, die sich leicht im Wind wiegten, der über das Wasser strich. Dann bog ich auf den holprigen Fahrweg ein und fuhr unter dem verrosteten eisernen Torbogen hindurch auf die Bertrandsche Plantage. Moleens Geschäftspartner, wer immer sie auch sein mochten, waren fleißig zugange gewesen.

Bulldozer hatten Schneisen durch das Zuckerrohr gepflügt, alte Maishütten und Stallungen eingeebnet, wilde Dattelpflaumenbäume umgerissen, deren Wurzelgeflecht wie rosa Krampfadern aus dem plattgewalzten Erdreich ragte. Ich sah Moleen hoch zu Roß bei dem Wäldchen, wo er einem Landvermessertrupp zusah, der Holzpfähle und beflaggte Lattenpfosten in die Erde trieb, offenbar eine Straße zu den Bahngleisen absteckte.

Ich fuhr quer über das Feld, durch das flachgedrückte Zuckerrohr, und stieg aus meinem Pickup. Die Sonne stand weiß am Himmel, die Luft hing voller Staub. Moleen trug Reithosen und Stiefel mit Kavalleriesporen, ein blaues Polohemd, hatte ein nasses Halstuch umgebunden und einen Strohhut mit schmaler Krempe und buntem Band auf dem Kopf. Seine rechte Hand war um die Reitgerte geschlungen, und sein Gesicht wirkte in der vom Boden aufsteigenden Hitze wie verquollen.

»Ziemlich heiß für so was«, sagte ich.

»Ist mir gar nicht aufgefallen«, sagte er.

Ein Bulldozerfahrer legte den Rückwärtsgang ein, machte unter den Bäumen eine Kehrtwende und riß einen Zürgelbaum aus dem Boden, als ob es ein Selleriestrunk wäre.

»Ich schau nicht gern zu jemandem auf, der auf einem Pferd sitzt«, sagte ich.

»Wie wär's, wenn Sie einfach sagen, worum es geht?«

»Nach all den Jahren bin ich Ihnen endlich auf die Schliche gekommen.«

»Bei Ihnen muß es sich immer um etwas Unerfreuliches handeln. Woher kommt das, Sir?« sagte er und stieg ab. Er führte sein Pferd in den Schatten der Bäume und wandte sich mir zu. Ein Schweißfaden rann an seiner Schläfe herab. Hinter ihm, im Schatten, stand die von abgestorbenen Purpurwinden überwucherte Maishütte, in der vor Jahren die Liebesbeziehung zwischen ihm und Ruthie Jean begonnen hatte.

»Ich glaube, Julia hat Ihre Schuld auf sich genommen, Moleen.« Er schaute mich verständnislos an. »Als das Kind totgefahren wurde, an Halloween 1983. Sie waren der Fahrer, nicht sie.«

»Ich glaube, Sie haben den Verstand verloren, mein Freund.«

»Es war ein schlauer Zug«, sagte ich. »Eine gute Lüge muß immer ein Quentchen Wahrheit enthalten. Auf diese Weise weiß die andere Seite nie, was stimmt und was nicht. Julia hat zugegeben, daß sie in dieser Nacht mit dem Wagen unterwegs war, aber ihr habt gewußt, daß der Zeuge gesagt hat, ein Mann habe am Steuer gesessen. Durch ihre vermeintliche Ehrlichkeit aber wurde seine Aussage fragwürdig.«

»Ich glaube, Sie brauchen dringend psychologische Beratung. Ich meine das ehrlich, Dave.«

»Dann haben Sie sich an Rufus Arceneaux gewandt, worauf der den Zeugen unter Druck gesetzt hat. Deswegen haben Sie Ihre Frau nie sitzenlassen. Sie hätte Sie um Ihre Zulassung als Anwalt, wenn nicht sogar hinter Gitter bringen können.«

In seinen Brauen stand der Schweiß. Weiß wie gestoßenes Eis lagen seine Knöchel über der Reitgerte.

»Mir fehlen, glaube ich, die rechten Worte, um auszudrükken, was ich von jemandem wie Ihnen halte«, sagte er.

»Lassen Sie das schwülstige Gerede. Sie haben das tote Kind auf dem Gewissen.«

»Sie kommen mit sich selbst nicht zurecht, Sir. Sie schätzen Ihre Herkunft nicht. Jedesmal, wenn Sie in den Spiegel blikken, sehen Sie, woher Sie stammen.«

Er wartete, hielt die Reitgerte bereit.

»Sie sind es nicht wert, daß man sich Ihretwegen schlägt, Moleen«, sagte ich.

Ich drehte mich um und ging über das Feld zurück zu meinem Pickup, in die heiße Sonne und den Dieselgeruch und die Staubschwaden von den Maschinen hinein, die die Bertrandsche Plantage umwühlten. Mir klangen die Ohren, mein Hals war wie zugeschwollen, so als habe mir jemand in den Mund gespien. Ich hörte Moleens Sattel knarren, als er auf sein Pferd stieg. Er setzte die Zügel ein und gab ihm gleichzeitig die Sporen, zog das Tier herum und galoppierte auf den Vermessungstrupp zu.

Ich konnte es nicht durchgehen lassen.

Ich lief durch das vernichtete Zuckerrohr hinter ihm her, faßte das Pferd am Zaumzeug, spürte, wie es vor mir zurückscheuen wollte. Der Vermessungstrupp unterbrach seine Arbeit mit Meßlatte, Theodolit und Senkblei; die Männer, deren Haut so dunkel war wie Kautabak, grinsten gutmütig, wußten nicht recht, was da vor sich ging.

Auf Publikum war Moleen nicht vorbereitet.

»Sie nehmen doch hoffentlich Ruthie Jean mit, falls Sie zu verreisen gedenken«, sagte ich.

Er versuchte sein Pferd loszureißen. Ich schlang die Hände um die Lederriemen.

»Normalerweise verhindern Polizisten keine Verbrechen, sondern klären sie hinterher auf«, sagte ich. »In diesem Fall mache ich eine Ausnahme. Seien Sie sich ihrer, und das gilt auch für Luke Fontenot, nicht zu sicher, bloß weil sie schwarz sind. Denjenigen, der einen umbringt, hat man am Hals, eh man weiß, wie einem geschieht.«

Er hob die Reitgerte. Ich ließ das Zaumzeug los, gab dem Pferd einen Klaps und scheuchte es zur Seite, zwischen die Landvermesser.

Ich blickte noch einmal kurz zu ihm zurück, bevor ich in meinen Pickup stieg. Er zügelte sein Pferd, versuchte es zu beruhigen, zog es im Kreis herum. Dicker Schweiß stand auf seiner Haut, rund um ihn wirbelte eine Staubwolke auf, und sein Gesicht war dunkelrot angelaufen vor Scham und Empörung.

Aber ein Triumph war es nicht. Ich war davon überzeugt, daß Moleen uns verkauft hatte, daß durch ihn etwas Schlimmes bei uns Einzug hielt und daß ich nicht das geringste dagegen tun konnte.

Eine Stunde später war ich im Bauamt der Bezirks Iberia. Sämtliche Genehmigungsanträge für die Bauvorhaben auf Moleens Grund und Boden waren von Jason Darbonne eingereicht worden. Die Pläne waren sauber gezeichnet, Auf- und Abriß winkelgetreu, wie man es im Technischen Zeichnen auf der High-School lernt. Aber sie waren auch ebenso nichtssagend – das Ganze sah aus wie eine riesige Betonplatte, eine leere Hülse ohne ersichtlichen Sinn und Zweck.

»Wie heißt die Firma?« fragte ich den Bauingenieur.

»Blue Sky Electric«, sagte er.

»Was machen die?«

»Die haben irgendwas mit Transformatoren oder so zu tun«, antwortete er.

Auf einem der Baupläne stand am Rand in kleinen Druckbuchstaben das Wort *Brennofen*.

»Diese Pläne sind so wischiwaschi, daß es auch ein Zeppelinhangar sein könnte«, sagte ich.

Er zuckte mit den Achseln.

»Was hat's damit auf sich?« fragte ich.

»Ich wünschte, ich wüßte es.«

Am späten Abend schaute Bootsie durch das Fliegengitterfenster in den Garten hinter dem Haus.

»Clete Purcel sitzt an unserem Picknicktisch«, sagte sie.

Ich ging durch die Hintertür hinaus. Clete saß mit dem Rücken zum Haus über einen Sechserpack Budweiser gebeugt, hatte eine aufgerissene Dose in der einen Hand, eine Lucky Strike in der anderen. Er trug weiße Tennisshorts mit Elastikbund, Gummilatschen und ein buntes, gestärktes Hemd mit kurzen Ärmeln. Zu seinen Füßen stand ein Pappkarton, der oben mit Klebeband verschlossen war. Die Sonne war hinter den Bäumen auf dem Grundstück meines Nachbarn verschwunden, und lila Dunst hing über dem Zuckerrohrfeld hinter meinem Haus.

»Was machst du hier draußen?« fragte ich.

»Überlegen, wie ich dir was beibringe.«

Ich setzte mich ihm gegenüber hin. Seine grünen Augen wirkten stumpf und glasig vom Alkohol. Ich stieß mit dem Fuß versehentlich an den Pappkarton unter dem Tisch.

»Du siehst aus, als ob du heute mit dem falschen Fuß aufgestanden wärst«, sagte ich.

»Erinnerst du dich an die beiden Widerlinge, die ich in den Bus gesetzt hab, den Zündler und den Kinderschänder? Ich hab Nig angerufen, um zu sehn, ob sie heil angekommen sind. Rat mal? Der Zündler is wieder in Haft. Er hat das Opfer aufgesucht und windelweich geprügelt. Natürlich bittet er Nig, daß er noch mal Kaution für ihn stellt. Nig sagt dem Typ, dasser bei ihm unten durch ist, dasser gemeingefährlich ist, dasser diesmal mit Sicherheit einfährt, und außerdem kann nicht mal Nig den Kotzbrocken mehr verknusen.

Da tut der Kotzbrocken auf einmal schlau und sagt zu Nig: ›Wenn Sie die Kaution stellen, lass ich den Typ auffliegen, der Purcels Kumpel erledigen soll – wie heißt er doch? –, diesen Robicheaux.‹

Nig fragt den Kotzbrocken, wer ihn schon in 'nen Polizistenmord einweiht, und darauf sagt der Kotzbrocken – und da kannst du mal das feine Klassenbewußtsein bei den Asozialen sehn –, daß Patsy Dap früher Aufträge für fünfhundert Mäuse an ihn abgetreten hat, weil Patsy gemeint hat, es wär unter seiner Würde, farbige Dopedealer in den Sozialsiedlungen zu erledigen.«

»Arbeitet Patsy etwa wieder für Johnny Carp?« fragte ich.

»Nachzuvollziehen wär's, Mann. Patsy ist ein Unruhegeist. Johnny hat Patsy wieder unter seiner Fuchtel, und gleichzeitig wird er dich los.«

»Die bringen keine Cops um.«

»Dave, du hast John Giacano vor allen Leuten, die er schätzt, die Fresse poliert. Du hast ihm das Nasenbein und vier Rippen gebrochen. Ein Sanitäter mußte ihm seine Brücke aus dem Hals rausfischen. Und ich hab dir auch noch nicht alles erzählt, was der Kotzbrocken gesagt hat … Es heißt, daß Johnny dich in Einzelteilen haben will, so wie's die Giacanos mit Tommy Fig gemacht haben, erinnerst du dich? Die haben ihn zu Schweineschnitzel verarbeitet und am Deckenventilator in seiner eigenen Metzgerei aufgehängt, dann ham sie 'n großen

Umtrunk veranstaltet, während Tommy durch die Luft gewirbelt ist. Bloß daß es Johnny diesmal noch 'ne Nummer schlimmer haben will, langsamer, auf Videokassette, mit Ton ...«

Clete zerdrückte die Aluminiumdose in seiner Hand. Er wich meinem Blick aus, wirkte unsicher.

»Schau, ich muß wissen, daß das hier vertraulich bleibt«, sagte er.

»In welcher Hinsicht?«

»Ich mein's ernst, Streak. Wenn du mit Dienstmarke unterwegs bist, denkst du zu sehr wie die Rotarier-Ärsche ... Entschuldige meine Ausdrucksweise.«

»Würdest du einfach damit herausrücken, Clete?«

Er holte den Pappkarton unter dem Tisch hervor, riß das Klebeband auf und griff hinein.

»Heut nachmittag bin ich in die Bude eingebrochen, die Patsy draußen an der Jeanerette Road gemietet hat«, sagte er. »Keine Sorge, er war mit seiner Mieze in 'nem Motel bei den Four Corners in Lafayette. Schau dir das an, Großer. Eine Tec-9, ventilierter Lauf, Neun-Millimeter, Fünfundzwanzig-Schuß-Magazin. Kommt von 'nem Waffenhändler aus Miami, der sie auf der Stelle liefern kann, damit die durchgeknallten Jamaikaner und Kubaner nicht auf den Postboten warten müssen.«

Er betätigte den Verschlußmechanismus, ließ den Schlagbolzen auf die leere Kammer schnellen. »Sie hat einen sogenannten Teufelsabzug, den Typen drüben in Colorado machen. Damit kannst du fast so schnelle Feuerstöße abgeben wie mit 'nem Maschinengewehr. Paßt bestens unter einen Regenmantel. Hervorragend für den Schulhof geeignet und für nächtliche Besuche im Supermarkt ... Hier sind ein Paar Handschellen, Marke Smith & Wesson, das Feinste vom Feinen, Edelstahl, mit Sprungfeder. Tut doch gut, wenn man weiß, daß jemand wie Patsy so was in jedem Laden für Polizeibedarf kaufen kann ...«

Er griff wieder in den Karton, und ich sah, wie sich seine Miene veränderte, wie sich die Narbe an seiner Augenbraue zusammenzog, wie er den Mund zu einem schmalen, schiefen Strich verkniff. Der Gegenstand, den er in der Hand hielt, sah auf den ersten Blick aus wie eine eiserne Kaffeekanne – rund, gedrungen und mit einer Art Henkel.

»Die Rechnung hat unten dran geklebt, Dave. Er hat sie gestern gekauft. Patsy Dap mit einer Lötlampe? Versetz dich mal in dem seinen Kopf …«

Durch das Küchenfenster konnte ich sehen, wie Bootsie und Alafair das Geschirr abspülten, miteinander redeten, wie sich die Vorhänge neben ihren Gesichtern im Luftzug des Deckenventilators bauschten.

Clete kratzte sich mit vier Fingern die Wange, wie ein Zootier in seinem Käfig, und schaute mich abwartend an.

30

Die Vormittagssonne drang diesig durch die Eichen, in deren Schatten etliche Wohnwagen und Hütten standen. Hier, im Osten der Stadt, wohnte Patsy Dapolito. Helen und ich parkten hinter einem Blechschuppen, der schon in der Hitze knisterte, und beobachteten Patsy, der auf einem Stück nackter Erde neben einer Garage Basketball spielte. Seine weißen Beine und die Knöchel waren mit Narben übersät und staubbedeckt, die Trainingshose klebte klatschnaß wie eine Badehose um seine Genitalien, das T-Shirt lag an seinem strammen Oberkörper wie ein eingeweichtes Kleenex.

Er zirkelte den Ball ein letztes Mal auf den Ring und dribbelte dann – *bing, bing, bing* – damit auf seine Hütte zu. Ich stieg aus dem Pickup, trat rasch hinter ihn und stieß ihn durch die Tür. Als er sich umdrehte, den Mund aufriß wie ein in die Ecke gedrängtes Raubtier, hatte ich meine 45er mitten auf sein Gesicht gerichtet.

»Oh, Sie mal wieder«, sagte er.

Ich schubste ihn auf einen Holzstuhl. Sein T-Shirt fühlte sich feucht und klamm an.

Der Fußboden war mit allerlei Film-, Kampfsport- und UFO-

Zeitschriften, Hamburger-Kartons, leeren Kentucky-Fried-Chicken-Verpackungen und zahllosen Bier- und Limonaden-dosen übersät. Helen kam mit Cletes Pappkarton durch die Tür. Sie sah sich im Zimmer um.

»Meiner Meinung nach muß hier ein Trog eingelassen wer-den«, sagte sie.

»Krieg ich jetzt etwa Stunk, damit ich aus euerm Kuhkaff abhaue?« sagte er.

Helen nahm den Basketball, ließ ihn zweimal auf dem Lin-oleumboden auftippen – *bing, bing* –, warf ihn dann mit beiden Händen auf seine Stirn und fing den abprallenden Ball auf. Er riß den Kopf zurück, als ob ein Draht hinter seinen Augen ge-rissen wäre. Dann schaute er sie mit einem verqueren Grinsen an, die Mundwinkel nach unten gezogen, so daß die Zähne kaum zu sehen waren.

»Bei Ihnen ist eingebrochen worden, Patsy. Ich bringe Ihre Sachen zurück«, sagte ich. Ich steckte meine 45er wieder in mein Gürtelhalfter, holte die Tec-9, die Handschellen und die Lötlampe aus dem Pappkarton und legte sie auf seinen Früh-stückstisch. Er betastete die halbmondförmigen Narben und Schründe in seinem Gesicht, musterte mich, als ob ich ein selt-samer Schatten auf einer surrealen Landschaft wäre, die nur er sah.

»Der Auftrag, den Sie von Johnny bekommen haben, ist ge-platzt, Patsy«, sagte ich. »Jemand ist bereit, Sie auffliegen zu lassen.«

»Das war bestimmt der Fettarsch, der hier eingebrochen is. Er hat sich das Bier und den Kartoffelsalat aus meinem Eis-schrank genommen«, sagte Patsy. Mitten auf seiner Stirn war ein roter Fleck, wie ein kleiner Apfel.

»Haben Sie vor, mich zu erledigen?« fragte ich.

Er zupfte an den Schwielen seiner Hand, blickte zu mir auf, stieß die Luft zwischen den Zähnen aus und grinste mich an.

Helen warf ihm ein weiteres Mal den Ball an den Kopf.

»He«, sagte er, fuchtelte in der Luft herum und verzog das Gesicht. »Lassen Sie das!«

Ich griff in den Pappkarton und holte einen braunen Aktenordner heraus, der fast zehn Zentimeter dick war. Ich rückte mir einen Stuhl zurecht, setzte mich hin und schlug den Ordner auf dem Oberschenkel auf.

»Sie sind fünf Jahre in Camp J gewesen, haben zweimal im Hochsicherheitsbereich gesessen – Sie sind also kein Anfänger, und weil wir Sie nicht beleidigen wollen, werden wir Sie auch nicht so behandeln. Ich spreche hier von den Folgen, wenn man einem Polizisten etwas zuleide tut«, sagte ich.

Er rümpfte die Nase, schaute auf einen Punkt etwa zehn Zentimeter vor seinen Augen. Sein Kopf erinnerte mich an eine gestopfte Socke.

»Aber in Ihrer Akte steht ziemlich grusliges Zeug, Patsy«, sagte ich. »Sie sind mal in einem Pornokino in New York aufgegriffen worden. Der Besitzer hatte Verbindungen zu einem Kinderprostitutionsring. Können Sie sich noch an die Sache erinnern?«

Er schaute zu mir auf.

»Mit dreißig sind Sie wegen Unzucht mit einer Minderjährigen verurteilt worden. Sie war vierzehn, Patsy. Dann schlagen wir mal zurück …« Ich blätterte zum Anfang der Mappe, schaute auf das Blatt. »Hier steht, daß man Sie festgenommen hat, weil Sie ein kleines Mädchen vom Spielplatz entführt haben. Der Vater wollte später nicht mehr zu seiner Aussage stehen, deshalb sind Sie davongekommen. Sehen Sie da nicht auch gewisse Zusammenhänge?«

Er legte die Hände in den Schoß, verschlang die Finger ineinander. Helen und ich blickten ihn schweigend an. Er zwinkerte, schaute zwischen uns hin und her, blähte die Nasenflügel auf, als ob er Eisluft einatmete.

»Was denn?« sagte er. »*Was?*«

»Sie sind ein Auftragskiller, schon recht, aber in erster Linie sind Sie ein Pädophiler«, sagte ich.

Er hatte die Knöchel umgebogen, rieb mit den Außenkanten seiner Tennisschuhe am Boden, saß verdruckst, mit eingezogener Schulter und geducktem Kopf da. Ich konnte ihn atmen hören, nahm den Geruch nach altem Katzenstreu wahr, der aus seinen Achselhöhlen aufstieg. Er wollte etwas sagen.

»Hier hätten wir noch was, Patsy«, sagte ich. »Ihre Mutter hat Sie einst im Kinderbett angezündet.«

Er starrte mich mit seinen blassen Augen an. Sein Mund sah aus wie ein verbogenes Schlüsselloch.

»Wenn Sie sich mit mir anlegen, kommt all das an die Öffentlichkeit«, sagte ich. »Sobald Sie sich auch nur in der Nähe der Four Corners blicken lassen, werden Sie aufgegriffen, weil Sie nämlich ein Sittenstrolch sind. Wir hängen Ihnen jedes ungeklärte Sexualdelikt an, das bei uns vorliegt, und wir sorgen dafür, daß auch die Sitte in New Orleans davon erfährt.«

»Die hängen dein Bild in sämtlichen Strip- und Bumsschuppen an der Bourbon Street aus, Patsy«, sagte Helen.

»Das mit meiner Mutter ist gelogen. In unserm Wohnblock hat's gebrannt«, sagte er.

»Ja, weil sie das Feuer gelegt hat. Deswegen ist sie im Irrenhaus gestorben«, sagte ich.

»Damit es dir klar ist: Du bist ein Freak. Wenn du irgendeinen Scheiß anfängst, bist du geliefert. Meinst du immer noch, daß dir die blöden Bauern hier bloß Stunk machen wollen?« sagte Helen und ging mit angewinkelten Armen auf ihn zu.

Als wir ihn verließen, saß er immer noch auf dem Stuhl, hatte den Kopf schräg gelegt, die Lippen nach innen gesogen, die Füße so nach außen geknickt, daß die Knöchel fast den Boden berührten, und seine Augen wirkten, als starre er in Höhlengänge und geheime Räume, um die nur Patsy Dapolito wußte.

Mach sie fix und fertig, schnapp sie dir und setz ihnen so zu, daß sie vor Schiß den Schwanz einziehn, pflegte Clete immer zu sagen. Aber kann man sich etwas darauf einbilden, wenn man einem Mann die Hölle heiß macht, der aller Wahrscheinlichkeit nach bereits hoffnungslos verkorkst war, noch ehe er aus dem Mutterleib kam?

Nach Sonnenuntergang regnete es, und der Dunst trieb wie Rauch aus den Zypressen im Sumpf. Die Luft war kühl, als ich den Köderladen schloß, und ich konnte die Brassen in den Buchten springen hören. Durch das Fliegengitter sah ich Alafair, die Tripod an seiner Kette zum Bootsanleger hinunterführte. Er schnüffelte, als er das eingetrocknete Blut und die angedörrten Fischschuppen an den Planken witterte.

Sie kam herein, zog behutsam die Tür hinter sich zu, setzte sich auf einen Hocker am Tresen und nahm Tripod auf den Schoß. Sie hatte eine frische Bluejeans an, ein geblümtes Cowboyhemd und die Haare mit einem blauen Band nach hinten gerafft. Doch ihr Gesicht war ausdruckslos, und die braunen Augen wirkten abwesend, so als grüble sie über etwas nach und finde keine rechte Antwort.

»Was bekümmert dich, Alf?«

»Du bist bestimmt sauer.«

»Wollen wir doch mal sehen.«

»Ein paar von uns waren droben bei der Bar, du weißt schon, bei Goula's, auf der anderen Seite von der Zugbrücke.«

»Ein paar von euch?«

»Wir waren mit Danny Bordelons Pickup unterwegs. Sie wollten sich ein paar Bier holen.« Sie musterte mein Gesicht. »Danny hat den Ausweis von seinem Bruder dabeigehabt. Er ist reingegangen und hat es geholt.«

»Aha.«

»Sie wollten es weiter drunten an der Straße trinken.«

»Was ist passiert?«

»Und du bist auch bestimmt nicht sauer auf Danny?«

»Er hätte kein Bier für euch besorgen sollen.«

»Ich bin ausgestiegen und zu Fuß gegangen. Ich hab Angst gekriegt. Die haben es mit was gemischt, ›Ever Clear‹ heißt es, das ist fast so wie reiner Alkohol.«

»Und Danny wollte dich nicht nach Hause bringen?«

»Nein.« Sie blickte zu Boden.

»Danny lassen wir also künftig in Ruhe. Du hast dich richtig verhalten, Alafair.«

»Das ist aber noch nicht alles, Dave ... Es hat angefangen zu regnen, und aus dem Sumpf hat ein ziemlich heftiger Wind geweht. Ein Auto ist mit eingeschaltetem Licht die Straße entlanggekommen. Es war der Mann, der mir aus dem Wassergraben geholfen hat, der Mann, den du in Handschellen gelegt hast. Er hat das Fenster runtergekurbelt und gesagt, er bringt mich heim ...«

»Bist du etwa ...«

»Nein. So wie der mich angeschaut hat, das war richtig eklig. Er hat mich regelrecht mit Blicken abgetastet, so als ob er lauter schmutzige Gedanken hat und sich überhaupt nicht drum schert, ob ich's weiß oder nicht.«

Ich setzte mich auf den Hocker neben ihr und legte die Hand auf ihren Rücken.

»Erzähl mir, was passiert ist, Alf«, sagte ich.

»Ich hab ihm gesagt, daß ich nicht mitfahren möchte. Ich bin weitergelaufen, wollte nach Hause. Der Regen hat mir ins Gesicht gepeitscht, und er hat ständig neben mir angehalten, hat gesagt, er wär ein Freund von dir und ich würde mir eine Erkältung holen, wenn ich nicht einsteige.«

»Du hast das ganz richtig gemacht, Alf. Hast du mich verstanden?«

»Er wollte die Tür aufmachen, Dave. Dann ist auf einmal ein anderer Mann aufgetaucht. Er hatte rote Haare und einen schwarzen Regenmantel an, von dem das Wasser runtergetropft ist, und er ist gelaufen, als ob er verletzt wäre. ›Ich will nicht, daß es im Beisein eines Kindes passiert, Emile‹, hat er gesagt. ›Sieh zu, daß du die Kurve kratzt.‹

Der Mann im Auto ist kreideweiß geworden, Dave. Er hat Gas gegeben und uns voller Dreck und Wasser gespritzt. Man konnte regelrecht die Funken von seiner Stoßstange fliegen sehen, als er über die Zugbrücke gerast ist.«

Ich schaute durch das Fenster hinaus in die Dunkelheit, versuchte den Knoten loszuwerden, der wie eine Fischgräte in meinem Hals saß.

»Hast du den Mann mit dem Regenmantel schon mal gesehen?« fragte ich.

»Sein Gesicht war im Regen schwer zu erkennen. Es war

ganz blaß, wie blutleer … ›Du solltest dich nicht allein hier draußen rumtreiben‹, hat er gesagt. Er hat mich begleitet, bis wir die Lampen am Bootsanleger sehen konnten. Dann hat er sich umgedreht, und weg war er.«

Ich nahm Tripod von ihrem Schoß und setzte ihn auf den Tresen, dann beugte ich mich über sie, zog sie an meine Brust und drückte die Wange auf ihren Kopf.

»Bist du nicht sauer?« fragte sie.

»Natürlich nicht.«

Sie hatte Lachfältchen um die Augenwinkel, als sie zu mir aufblickte. Ich lächelte ebenfalls, damit sie die Angst nicht spürte, die sich wie Giftgas um meine Brust legte.

Am nächsten Morgen stand die Sonne heiß und gelb am knochenweißen Himmel. Es ging keinerlei Wind, und die Bäume und Blumen in meinem Garten waren tropfnaß. Um neun Uhr schaute ich aus meinem Bürofenster und sah, wie Luke Fontenot seinen Wagen am Straßenrand parkte und auf den Eingang der Polizeidienststelle zuging. Sein rosarotes Hemd war voller Schweißflecken. Kurz bevor er durch die Tür ging, wischte er sich unwillkürlich über den Mund.

Er blickte immer wieder zur Seite, als er auf dem Metallstuhl vor meinem Schreibtisch saß, und schaute auf die uniformierten Deputies, die auf dem Flur vorbeigingen.

»Ist schon in Ordnung, Luke«, sagte ich.

»Ich bin hier eingesperrt gewesen. Weil ich 'n Weißen umgebracht hab. Und damals war alles noch 'n bißchen anders. Glauben Sie an Gris-Gris, Mister Dave?«

»Nein.«

»Tante Bertie schon. Sie hat Moleen Bertrand mit einem Gris-Gris belegt, und jetzt sagt sie, sie kann's nicht wieder wegnehmen.«

»Das ist Aberglaube, Partner.«

»Kommen Sie mit raus zu dem Café, wo sie arbeitet.«

»Bertie kommt schon allein klar.«

»Um die alte Frau mach ich mir keine Sorgen. Es geht um

Ruthie Jean. Sir, wird's nicht langsam Zeit, daß Sie sich mal 'n bißchen umhorchen, was die Schwarzen zu sagen ham?«

Bertie Fontenot arbeitete ab und zu in einem von Schwarzen bewirtschafteten Café in Loreauville, oben am Bayou Teche. Sie saß unter einer auf Pfosten aufgespannten Segeltuchplane hinter der Bretterhütte, neben einem Arbeitstisch und zwei Kesseln aus rostfreiem Stahl, die auf einem tragbaren Butangaskocher vor sich hin blubberten. Die umliegenden Felder gleißten in der Sonne, und im Schatten der Plane war es so stickig, als schlüpfe man unter eine Wolldecke.

Durch das Fliegengitter an der Hintertür hörte ich die Musikbox spielen. *I searched for you all night in vain, baby. But you was hid out wit' another man.*

»Erzähl's ihm«, sagte Luke.

»Wofür? Manche Menschen wissen eh immer alles besser«, sagte sie.

Sie wuchtete ihren mächtigen Leib aus dem Stuhl und kippte einen Holzkübel voller Artischocken, ganzer Zwiebeln, Maiskolben und geschälter Kartoffeln in die Kessel. Dann schnitt sie mit tränenden Augen Wurststücke in den dampfenden Sud aus Salzwasser und Cayennepfeffer. Auf dem Tisch standen drei pralle Jutesäcke voller wimmelnder, knirschender Flußkrebse.

»Tante Bertie, er hat seine Arbeit liegenlassen und is hier rausgekommen«, sagte Luke.

Sie wischte sich mit einem winzigen Taschentuch den Schweiß vom Hals, ging zu ihrem Pickup, der neben einem ausgedienten und teilweise eingefallenen Abort stand, und kehrte mit einer alten Lederhandtasche, die oben mit einem ledernen Schnürsenkel verschlossen war, in den Schatten zurück. Sie griff hinein und holte eine Handvoll Schweineknochen heraus. Wie lange, abgebrochene Tierzähne lagen sie in ihrer kupferbraunen Hand.

»Ich kann sie werfen, wo und wann ich mag, es kommt immer dasselbe bei raus«, sagte sie. »Ich hab keine Macht über das, was da vorgeht. Ich hab zu Ruthie Jean gehalten, obwohl ich gewußt hab, dasses falsch is. Jetzt kann ich nix mehr ungeschehen machen.«

Sie warf die Knochen auf den Brettertisch. Leicht wie Nähnadeln landeten sie auf dem Holz.

»Sehn Sie, die ganzen scharfen Spitzen gehen auf die Mitte«, sagte sie. »Moleen hat ein Bündel zu tragen, das ich ihm nicht abnehmen kann. Für irgendwas, das er hier getan hat. Es muß was mit 'nem Kind zu tun ham, draußen auf dem Fahrweg, im Dunkeln, als Moleen besoffen war. Aber da sind noch haufenweise andere Geister, die hinter ihm her sind, Soldaten in Uniform, die jetzt bloß noch Lumpen sind. Jeden Morgen, wenn er aufwacht, sitzen sie bei ihm im Zimmer.«

»Sie haben gesagt, daß Sie sich um Ruthie Jean Sorgen machen«, sagte ich zu Luke.

»Sie ist in einer Pension in New Orleans, drunten am Fluß, bei der Magazine Street. Wartet drauf, daß Moleen seine Sachen geregelt kriegt und sie mit auf die Inseln nimmt«, sagte er.

»Manche Menschen schenken ihr Herz einmal her und glauben immer weiter dran, auch wenn sie nicht mehr dran glauben sollten«, sagte Tante Bertie. Sie klappte ein gekrümmtes Bananenmesser auf und zog einen Jutesack voller Krebse über den Tisch auf sich zu. »Moleen wird sterben. Bloß daß da zwei Knochen in der Mitte von dem Kreis liegen. Jemand geht mit ihm in den Tod.«

»Vielleicht meint Moleen, daß sie derzeit in New Orleans besser aufgehoben ist. Vielleicht steht er diesmal zu seinem Wort«, sagte ich.

»Sie horchen nicht zu, Mister Dave«, sagte Luke. »Wir ham nicht gesagt, daß Moleen Bertrand sie nach New Orleans gebracht hat. Es war ein Polizist. Er is spätabends hierhergekommen und hat sie zum Flugplatz drunten in Lafayette gebracht.«

»Wie bitte?« sagte ich.

»Sie ham ihn gleich neben sich am Gang sitzen, den Schleimscheißer persönlich, Rufus Arceneaux. Den Mann, der alles macht, was Julia Bertrand ihm aufträgt«, sagte sie.

Sie schlitzte den Sack mit ihrem Bananenmesser an der Naht

entlang auf und schüttete den Inhalt in den Kessel, wo die Krebse jäh erstarrten, so als ob sie ein Stromschlag getroffen hätte, und dann tot im brodelnden Sud trieben.

Die Nacht war mondhell und voller Vögel, die Luft stickig und staubverhangen, und die Hitze des Tages hing in dem dürren Holz unter dem Blechdach des Hauses. Es war weit nach Mitternacht, als das Telefon in der Küche klingelte.

»Bei Ihnen is da was falsch angekommen, Chef«, meldete er sich.

»Pogue?«

»Ihre Kleine hat was mißverstanden.«

»Nein, das waren Sie. Ich habe Ihnen gesagt, daß Sie nicht dem Falschen ins Gehege kommen sollen.«

»Ich wollte bloß helfen. Die haben einen Mechaniker auf Sie angesetzt.«

»Wenn Sie noch einmal in die Nähe meines Hauses kommen, reiß ich Ihnen den Kopf ab.«

»Legen Sie nicht auf ...« Ich konnte ihn schwer ein- und ausatmen hören. »Die kleine Holländerin läßt mir keine Ruhe. Ich glaub, für mich gibt's bloß einen Ausweg. Ich schalt den Killer aus, ich lass nicht zu, daß man Ihrer Familie was tut. Das Problem is bloß, daß ich nicht weiß, wen die eingesetzt haben. Ich brauch Zeit, Mann, aber Scheiße noch mal, das kapiern Sie ja nicht.«

»Wissen Sie, was eine Anabolika-Psychose ist?« fragte ich.

»Nein.«

»Zu viele Spritzen in den Hintern. Dann trinkt man ein paar Bier dazu, und schon gibt das Natterngezücht eine Privatvorstellung. Rufen Sie nie wieder hier an.«

»Haben Sie Beton um den Schädel? Ich bin kein so übler Typ, wie Sie meinen. Wir sind zweimal nach Laos rein, um Ihren Freund rauszuholen. Meinen Sie, da hätt sich sonst jemand was drum geschissen?«

»Sie haben meine Tochter erschreckt. Ohne langes Hin und Her, dafür gibt's 'ne Quittung, Emile.«

333

»*Ich?* Marsallus is dagewesen. Hat Sie das nicht gesagt?«

»Ihr Fahrer, dieser Jerry Jeff Hooker, sitzt in U-Haft. Er hat Sie verpfiffen. Stellen Sie sich, dann sehen wir zu, daß wir Sie in einer Bundesanstalt unterbringen.«

»Ich hab Marsallus' Atem gerochen. Er hat gestunken, wie wenn man 'nen Leichensack aufmacht. Die kleine Holländerin hat ihn auf mich gehetzt. Laos, Guatemala, das schwarze Kaff da draußen am Highway – das is doch letzten Endes alles das gleiche. Die Hölle kennt keine Grenzen, Mann. Begreifen Sie das nicht?«

Danach herrschte eine ganze Weile Stille. Ich sah eine Eule, die auf dem Feld meines Nachbarn die Fänge in ein Wildkaninchen schlug. Dann hängte Emile Pogue leise ein.

31

Der Sheriff war aus der Intensivstation des Iberia General in ein normales Krankenzimmer verlegt worden, einen hellen, sonnigen Raum, der voller Blumen stand. Doch die neue Umgebung täuschte. Weiß hoben sich seine Bartstoppeln von der schlaffen Haut ab, und seine Augen hatten einen eigenartigen Glanz – den Tausend-Meter-Blick nannten wir das früher immer –, so als ob er sich noch nicht von lange zurückliegenden Ereignissen habe losreißen können, den Bildern aus dem frostklirrenden Hochland, durch das die Signalhörner schallten.

»Können Sie mir bitte den Orangensaft reichen?« sagte er.

Ich hielt den Glashalm an seine Lippen und sah zu, wie er den Saft und das geschmolzene Eis einsog.

»Ich habe von Rosen unter dem Schnee geträumt. Aber dann hab ich gesehen, daß es gar keine Rosen waren. Es waren Blutstropfen, die wir bei unserem Abzug aus dem Chosin hinterlassen haben. Schon komisch, wie sich im Traum alles miteinander vermischt«, sagte er.

»Alte Kriegsgeschichten sollte man lieber ruhenlassen, Skipper.«

»New Iberia ist ein schönes Städtchen.«

»Ganz bestimmt.«

»Wir müssen diese Mistkerle loswerden, Dave«, sagte er.

»Das werden wir auch.«

»Hat Ihre Tochter Marsallus anhand des Polizeifotos erkannt?«

»Ich hätte Ihnen die Geschichte nicht erzählen sollen«, sagte ich.

»Er ist also nicht über den Jordan gegangen. So was hört man doch gern ... Dave?«

»Ja?«

»Das hier hab ich noch niemandem außer einem Seelsorger bei den Marines erzählt. Ich hab mal drei nordkoreanische Kriegsgefangene mit einem MG-Schützen, der sie bis zum nächsten Hügel geleiten sollte, in die Etappe zurückgeschickt. Insgeheim hab ich genau Bescheid gewußt, weil der MG-Mann einer von den wenigen Jungs war, die Spaß an dem hatten, was sie da gemacht hatten ...«

Ich wollte ihn unterbrechen, doch er hob zwei Finger und brachte mich zum Schweigen.

»Deswegen bin ich immer so hinter euch her, versuche immer, alles im Blick und im Griff zu haben ... damit wir nicht im Schutz des nächsten Hügels jemanden erledigen.«

»Das ist doch eine gute Einstellung«, sagte ich.

»Sie verstehen das nicht. Die Vorschriften sind es, die uns manchmal umbringen. Man hat zu viele schlechte Menschen um sich rum.«

Seine Stimme wurde schwächer, und ich sah, wie seine Augen einen anderen Glanz annahmen, wie sich seine Brust hob, als er tiefer durchatmete.

»Ich breche jetzt besser auf. Wir sehen uns morgen wieder«, sagte ich.

»Gehen Sie noch nicht.« Er legte die Hand über meinen Unterarm. »Ich möchte nicht einschlafen. Tagsüber träume ich immer von den Ratten im Graben. Wir hatten zwanzig Grad minus, und die haben sich regelrecht in die Toten reingefressen. So leben die, Dave ... Indem sie sich in uns reinfressen.«

Ich fuhr zum Mittagessen nach Hause, und danach ging ich hinunter zum Bootsanleger, um mit Alafair zu reden, deren Sommerferien gerade begonnen hatten. Unter einem Sonnenschirm an einem der Kabelrollentische saß Terry Serrett, Cletes Sekretärin. Sie trug hellblaue Shorts und ein Trägerhemd, und ihre Haut wirkte weiß wie ein Fischbauch. Sie hatte eine dunkle Sonnenbrille auf, las eine Illustrierte und rieb sich nebenbei die Schenkel mit Sonnenöl ein. Als sie meine Schritte hörte, blickte sie auf und lächelte. Auf ihre Wangen waren orange Ringe gemalt, die aussahen wie die Schminke bei einem Zirkusclown.

»Arbeiten Sie heute nicht?« fragte ich.

»Es gibt nicht viel zu tun, fürchte ich. Sieht so aus, als ob Clete in zwei Wochen wieder nach New Orleans zieht.«

»Kann ich Ihnen etwas bringen?«

»Tja, nein, aber ... Können Sie sich einen Moment zu mir setzen?«

»Klar.«

Ein warmer Wind wehte über das Wasser, und selbst unter dem Sonnenschirm schwitzte ich in meinem Hemd.

»Clete hat mir ein bißchen was über diesen Sonny Marsallus erzählt«, sagte sie. »Stimmt es, daß er irgendwas über Kriegsgefangene in Südostasien weiß?«

»Schwer zu sagen, Miss Serrett.«

»Terry ... Wir glauben, daß mein Bruder in Kambodscha zurückgelassen wurde. Aber die Regierung bestreitet, daß er überhaupt dort war.«

»Sonny ist nie beim Militär gewesen. Alles, was er ... gewußt hat, waren vermutlich reine Mutmaßungen.«

»Oh ... ich hatte den Eindruck, daß er Beweise hätte.«

Ihre Sonnenbrille war beinahe schwarz getönt, und ihr übriges Gesicht wirkte wie eine orange-weiße Maske.

»Das mit Ihrem Bruder tut mir leid«, sagte ich.

»Tja, ich hoffe, ich habe Sie nicht gestört«, sagte sie und faßte mir kurz an den Ellbogen.

»Nein, überhaupt nicht.«

»Ich glaube, ich geh jetzt lieber, bevor mich die Sonne völlig verbrennt.«

»Die sticht heute«, sagte ich.

Ich schaute ihr nach, als sie mit ihren flachen Schuhen vom Bootsanleger hinauf zu ihrem Auto lief. An ihrem Handgelenk hing ein mit Zugband verschlossener Strandbeutel. Die schmalen Fettpolster, die über ihren Hosenbund quollen, waren bereits rosa verbrannt.

Ich ging in den Köderladen. Alafair verstaute gerade Getränke und Fleisch fürs Mittagessen in dem Wandkühlschrank.

»Hi, Dave«, sagte sie. »Wer war die Frau?«

»Cletes Sekretärin.«

Sie verzog das Gesicht.

»Stimmt was nicht?« fragte ich.

Sie schaute aus dem Fenster. »Wo ist Batist?« fragte sie.

»Draußen auf der Rampe.«

»Sie hat vor 'ner halben Stunde hier drin gesessen, eine Zigarette nach der andern geraucht und die ganze Bude verstänkert. Batist hat mir sein Pepsi gegeben, weil er ein Boot reinholen mußte. Als er weg war, hat sie gesagt: ›Bring das mal lieber hierher, Schätzchen.‹

Ich hab nicht gewußt, was sie meint. Ich bin zu ihrem Tisch gegangen, und sie hat mir die Dose aus der Hand genommen und einen Packen Servietten aus dem Halter geholt und die Oberseite damit abgewischt. ›Du solltest nicht das Zeug von anderen Leuten trinken‹, hat sie gesagt. Dann hat sie mir die Dose wieder in die Hand gedrückt und gesagt: ›Mag sein, daß du dir jetzt nicht unbedingt mehr den Mund desinfizieren mußt. Aber an deiner Stelle würde ich's trotzdem in den Abguß kippen.‹

Was will die hier, Dave?«

Rufus Arceneaux wohnte in einem Holzhaus am Bayou Teche, etwas außerhalb von St. Martinville. Er hatte eine Gaslaterne in seinem Vorgarten, unter den Eichen stand ein neuer Bootsschuppen aus Aluminium, und auf der Veranda zischte und knackte ein elektrischer Insektenvertilger.

Er hatte nichts gegen seine schwarzen Nachbarn, weil er sich ohnehin für überlegen hielt und ihre Anwesenheit einfach nicht zur Kenntnis nahm. Auch die Reichen beneidete er nicht, da sie seiner Meinung nach die glücklichen Nutznießer einer Gesellschaft waren, die von Haus aus ungerecht war und oftmals ohnehin die Schwachen und die Unfähigen begünstigte. Mit scheelem Blick achtete er hingegen auf die vermeintlich Gleichrangigen, die es zu etwas brachten, selbstverständlich durch Lug und Trug, davon war er überzeugt, und immer auf seine Kosten.

Er hatte sich eine Frau aus Okinawa mitgebracht, eine kleine, schüchterne Japanerin mit schlechten Zähnen, die für kurze Zeit in der Bäckerei arbeitete und jedesmal die Augen senkte und die Hand vor den Mund hielt, wenn sie grinste. Eines Nachts riefen Nachbarn die Polizei, doch als die Deputies bei Rufus' Haus eintrafen, erklärte ihnen die Frau, sie hätten nur den Fernseher zu laut aufgedreht, bei ihnen hinge der Haussegen nicht schief.

Eines Morgens erschien sie nicht zur Arbeit. Rufus rief den Bäckereibesitzer später an und sagte, sie habe Mumps. Als man sie wieder auf der Straße sah, war ihr Gesicht dick geschminkt und grün und blau verfärbt.

Im Jahr darauf verließ sie in einem Greyhound die Stadt. Ein katholischer Priester, der vietnamesische Flüchtlinge betreute, fuhr sie zum Busbahnhof in Lafayette und verweigerte hinterher jede Auskunft über ihren Zielort.

Eine Zeitlang hatte Rufus mit einer Oben-ohne-Tänzerin aus Morgan City zusammengelebt, die ehemals in Lake Charles Bewährungshelferin für jugendliche Straftäter gewesen war. Es hatte auch noch andere gegeben, die gekommen und wieder gegangen waren, immer dieselbe Sorte, alle aus dem gleichen

Topf, der anscheinend nie zur Neige ging – gegängelte und mißbrauchte Frauen, die vorübergehend Trost in den Armen eines Mannes suchten, der sie letztendlich ebenfalls wieder erniedrigen und verstoßen würde. Jemand wie Rufus, ein ehemaliger Unteroffizier, stellte Altbewährtes nicht in Frage. Die einzigen Fixpunkte in seinem Leben waren die beiden Jagdhunde und sein abgeschiedenes, frischgestrichenes Holzhaus.

Es dämmerte bereits, als ich in den Fahrweg zu seinem Haus einbog, meinen Pickup unter den Bäumen parkte und nach hinten ging. Er war im Unterhemd, hatte eine Flasche Bier in der Hand und saß mit übereinandergeschlagenen Beinen auf der Betonplatte, die ihm als Veranda diente. Auf dem Drehgrill neben ihm zischte das Fett einer Schweinshaxe im Feuer. Rufus' Schultern waren glatt, wie aus Stein gemeißelt, dunkelbraun gebrannt. Auf seinem rechten Arm war golden und rot das Abzeichen des Marine Corps eintätowiert. Der Garten führte zum Ufer hinab, und unten, im Schatten, lag eine halbversunkene, mit grünem Moos überwucherte Piroge.

Wie üblich war er weder freundlich noch abweisend. Ich hatte den Eindruck, daß ich ihm, außer Dienst zumal, ebenso gleichgültig war wie die Autos, die auf dem Highway vorbeisurrten. Eine brünette Frau mit ungekämmten Haaren und abgeschnittenen Jeans kam heraus und stellte hölzerne Salatschüsseln und Teller auf einen kleinen Tisch, ohne mich auch nur einmal anzuschauen. Und er machte keinerlei Anstalten, sie vorzustellen.

Er schob mir mit dem Fuß einen Metallstuhl zu.

»In der Kühlbox da is was Kaltes zu trinken«, sagte er.

»Ich habe gehört, daß Sie Ruthie Jean Fontenot zum Flugplatz gebracht haben.«

Er steckte sich eine Zigarette in den Mund, fummelte sein Feuerzeug aus der Uhrtasche seiner Levi's. Die Weltkugel mit dem Anker prangte in Bronze darauf.

»Was ist da schon dabei, Dave?« sagte er.

»Arbeiten Sie für die Bertrands?« Ich versuchte zu lächeln.

»Eigentlich nicht.«

»Aber was?«

»Ich tu bloß jemandem einen Gefallen«, sagte er.

»Aha. Glauben Sie, daß Ruthie Jean reingelegt werden soll?«

»Inwiefern?«

»Die Bertrands haben ihre eigenen Geschäftsgepflogenheiten.«

Er setzte sein Bier an und nahm einen langen, tiefen Schluck, wirkte dabei weder gierig noch genüßlich. Er blies den Zigarettenrauch in die violette Luft. »Wir essen jeden Moment«, sagte er.

»Ich habe vor, die Ermittlungen gegen Julia und Moleen wegen dieses tödlichen Verkehrsunfalls wiederaufzunehmen.«

»Ich lad Sie ein. Die hatten nichts damit zu tun.«

Ich musterte sein markiges Profil, die messerscharf gestutzten Haare, den Knoten an seinem Kinn, die grünen Augen, in denen so häufig der pure Neid stand, und mit einemmal hatte ich den Eindruck, daß ich es hier mit einem Unschuldigen zu tun hatte, der sich der Grenzen, die er überschritten hatte, überhaupt nicht bewußt war.

»Moleen hat sich mit Leuten eingelassen, die kein Pardon kennen, Rufus«, sagte ich.

»Das soll wohl ein Witz sein? Der is doch 'n Schlappschwanz. Dem seine Frau rutscht den ganzen Morgen das Treppengeländer rauf und runter, damit sein Essen warm bleibt.«

»Bis demnächst«, sagte ich.

Ich wachte frühmorgens auf und fuhr hinaus zur Bertrandschen Plantage.

Warum?

Ich wußte es beim besten Willen nicht. Die Zementlaster, Planierraupen und Bulldozer standen einsam und verlassen inmitten der Brache, die sie vom Highway bis zum Waldrand geschlagen hatten. Warum hatte sich eine Firma namens Blue Sky Electric ausgerechnet diese Stelle für eine Fabrikansiedlung ausgesucht? Wegen des Bahnanschlusses? Offensichtlich spielte das eine Rolle. Aber in Louisiana gab es jede Menge Bahngleise.

Vielleicht lag die Lösung bei den Menschen, die hier lebten.

Sie waren zum Großteil mittellos und ungebildet und verfügten über keinerlei finanzielle oder politische Macht. Man muß nicht unbedingt in Louisiana geboren und aufgewachsen sein, um zu begreifen, welches Verhältnis sie seit alters her zur Großindustrie hatten.

Diejenigen, die in den Konservenfabriken arbeiteten, wurden am Ende der Erntezeit auf die Straße gesetzt und erfuhren auf dem Arbeitsamt, daß sie keinen Anspruch auf Arbeitslosengeld hätten, weil diese Tätigkeit nur von Vollzeitkräften ausgeübt werden dürfe. Und da die Konservenfabriken saisonal bedingt geschlossen hätten und Vollzeitkräfte somit nicht vermittelbar seien, hätten sie auch kein Anrecht auf das Geld, das sie in die Kasse einbezahlt hatten.

Für Menschen, die ihre Unterschrift mit einem X leisteten, waren das böhmische Dörfer.

Jahrzehntelang war in den Reis- und Zuckerfabriken jeder fristlos entlassen worden, der das Wort Gewerkschaft auch nur in den Mund genommen hatte, und den Mindestlohn zahlte man auch nur, weil man am Binnenmarkt teilhaben wollte. »Auf jedem Rohr ein Mohr« hatten die Ölmänner zu Zeiten der Bürgerrechtsbewegung gelästert. Doch der Rassismus spielte in diesem Zusammenhang eine eher untergeordnete Rolle – hier ging es in erster Linie um ein riesiges Reservoir an Arbeitskräften, die bereit waren, für jeden Lohn zu schuften, den man ihnen anbot.

Heutzutage beschränkte sich das auf gewisse Gegenden. Die schlimmsten Umweltschädlinge, die Chemiefabriken und die Erdölraffinerien, hatten sich in einem schmalen Landstrich entlang des Mississippi angesiedelt, dem sogenannten Giftgürtel, der von Baton Rouge bis hinunter nach St. Gabriel reichte.

In den angrenzenden Gemeinden lebten nahezu ausnahmslos Schwarze und arme Weiße.

Ich fuhr den Feldweg entlang und hielt vor Luke Fontenots Haus. Ich sah sein Gesicht am Fenster; dann öffnete er die Fliegengittertür und kam auf die Veranda, barfuß, ohne Hemd, mit einem Marmeladenglas voller Kaffee in der Hand.

»Irgendwas passiert?« fragte er.

»Nein, ich wollte bloß die Zeit totschlagen. Wie geht's, Luke?«

»Gar nicht übel … Fahrn Sie einfach so durch die Gegend?«

»So in etwa.«

Er schob sich den Daumennagel zwischen die Zähne, faltete dann die Hände und betrachtete seine Fingerspitzen. »Ich brauch einen rechtlichen Rat.«

»Worum geht's?«

»Sie müssen mir erst versprechen, daß es keiner erfährt.«

»Ich bin Polizist, Luke.«

»Polizist sind Sie, wenn Ihnen danach zumute is, Mister Dave.«

»Ich glaube, ich geh lieber ins Büro.«

Er beugte sich über die Brüstung, schaute die Straße hinab, schätzte den Stand der Sonne ab.

»Kommen Sie mit nach hinten«, sagte er.

Ich folgte ihm außen um das Haus herum. An der hinteren Veranda blieb er kurz stehen, schlüpfte in ein Paar Segeltuchschuhe und zog eine Zuckerrohrsichel aus einem Baumstumpf, an dem offensichtlich die Hühner geschlachtet wurden.

»Sehn Sie den Graben da, hinter dem alten Abort?« sagte er und ging vor mir her. »Gestern sind die mit der Planierraupe am Bach entlanggefahren. Mit einemmal is die Uferböschung eingebrochen, und der Fahrer hat die Raupe aufs Feld zurückgesetzt und hat hier nicht mehr weitergemacht. Und als letzte Nacht der Mond geschienen hat, hab ich was Helles in der Erde schimmern sehn.«

Der Graben zog sich wie eine ausgefranste Wunde bis zum Rande eines Zuckerrohrfelds, wo er vor vielen Jahren zugeschüttet worden war, damit die Abwässer nicht durch die kultivierten Anbauflächen flossen. Die Ufer waren abgebröckelt und voller Krebslöcher, am Boden wucherte ein Dickicht aus Schilf und Rohrkolben, dazwischen lagen tote Algenklumpen und Zuckerrohrschalen, und durch das Röhricht zog sich eine Kette von stehenden Tümpeln, in denen die Insekten wimmelten.

Luke schaute zurück zum Fahrweg, rutschte dann die Uferböschung hinab und stieg über einen Tümpel hinweg zur anderen Seite.

»Sehn Sie, wo die Maschine die Erde runtergedrückt hat?« sagte er. »Schaut aus wie eine hängende Unterlippe, nicht?« Er lächelte zu mir hoch. »Mister Dave, erzähln Sie das jemand?«

Ich kauerte mich hin, ohne ihm zu antworten. Wieder lächelte er, stieß den Atem aus, als ob er eine Ehrenerklärung für uns beide abgebe, grub dann die Spitze der Sichel in die Uferböschung, trug sie vorsichtig ab und betrachtete jeden Erdklumpen, der zu seinen Füßen hinabrollte.

»Ich hab alles, was ich letzte Nacht gefunden hab, wieder in die Löcher reingestopft«, sagte er. Er hackte auf die Böschung ein, und eine Ladung Erde landete auf seinen Segeltuchschuhen. »Schaun Sie sich das an«, sagte er und griff nach drei stumpfen Metallstücken, die ihm unter den Fingern wegkullerten und ins Wasser plumpsten.

Er bückte sich mit weitgespreizten Beinen, schob die Hände durch das Röhricht ins Wasser, in dem graue Schlammwolken aufstiegen, tastete mit den Fingern tiefer in den Schlick, hielt dann ein eckiges, münzenähnliches Silberstück hoch und ließ es in meine Hand fallen.

»Was sagen Sie dazu?« fragte er.

Ich rieb mit dem Daumen über die schlüpfrige Oberfläche mit dem eingeprägten Kreuz und den altertümlichen Ziffern und Buchstaben.

»Das ist Spanisch oder Portugiesisch, Luke. Ich glaube, die wurden in Lateinamerika geprägt und dann per Schiff nach Europa transportiert«, sagte ich.

»Tante Bertie hat recht gehabt. Jean Lafitte hat hier seinen Schatz vergraben.«

»Irgend jemand jedenfalls. Was für einen Rat wollten Sie?«

»Die Böschung von dem Bach is wahrscheinlich voller Münzen. Aber wir haben Tante Bertie dazu überredet, daß sie ihren Anspruch aufgibt.«

»Die ganze Gegend wird mit Beton zugeschüttet und überbaut«, sagte ich. »Die dafür zuständigen Leute scheren sich nicht um die Toten, die hier begraben sind. Warum sollten sie sich also um die Münzen scheren?«

»Genau das hab ich mir auch gedacht. Man braucht sie nicht damit zu behelligen.«

»Für mich gibt's da nichts dran zu deuteln. Wie wär's, wenn ich Ihnen droben am Highway ein Frühstück spendiere, Luke?«

»Das fänd ich echt prima. Ja, Sir, das gleiche wollt ich Sie auch schon fragen.«

Clete kam gleich nach der Mittagspause in mein Büro. Er trug eine helle Leinenhose und ein dunkelblaues kurzärmliges Seidenhemd. Er schaute fortwährend durch die verglaste Wand auf den Flur.

»Brauch ich neuerdings einen Paß, damit ich hier reinkomme?« sagte er. Er stand auf, öffnete die Tür und schaute einen uniformierten Deputy an. »Kann ich Ihnen mit irgendwas behilflich sein?«

Er kehrte zu seinem Stuhl zurück, warf erneut einen bösen Blick durch das Glas. Sein Gesicht war rot angelaufen.

»Ganz locker, Clete«, sagte ich.

»Ich kann's nicht leiden, wenn mich die Leute anglotzen.« Er tippte mit den Schuhsohlen auf den Boden.

»Willst du mir vielleicht verraten, worum es geht?«

»Emile Pogue will dich in die Falle locken.«

»Aha?«

»Und du wirst auch noch mitten reinlaufen.« Er ging vor meinem Schreibtisch auf und ab, schnippte ständig mit den Fingern und schlug die Hände zusammen. »Ich hätt gar nicht herkommen sollen.«

344

»Sag mir doch einfach, was vorgefallen ist.«

»Er hat bei mir im Büro angerufen. Hat gesagt, daß er sich stellen will.«

»Warum hat er nicht bei mir angerufen?«

»Er glaubt, daß du abgehört wirst.«

»Wo ist er, Clete?«

»Ich hab's gewußt.«

32

Es war später Nachmittag, als wir mein Boot im Atchafalaya River zu Wasser ließen und in Richtung Osten fuhren, in das Becken und das riesige Labyrinth aus Bayous, Buchten, Sandbänken und überfluteten Wäldern, aus denen das typische Schwemmlandsystem des Flusses bestand. Die Sonne stand heiß und blutrot über den Weideninseln hinter uns, und im Süden konnte man graue Regenschleier vom Himmel fallen sehen und die ersten Schaumkronen auf den Wellen in der Bucht.

Ich gab mit beiden Motoren Vollgas und spürte, wie sich das Wasser unter dem Bug teilte, zischend am Rumpf entlangglitt, hinter uns in sich zusammenfiel und eine lange bronzene Spur bildete, in der fliegende Fische herumwimmelten, die auf dem Wind dahinglitten wie Vögel.

Clete saß auf einer gepolsterten Staukiste hinter mir, hatte seine Marine-Corps-Mütze auf dem Hinterkopf und drückte Patronen aus einer Schachtel mit 223er Munition in ein zweites Magazin für mein AR-15. Dann drehte er das Magazin um und befestigte es nach alter Dschungelkämpferart mit Isolierband an dem, das bereits im Gewehr steckte. Er bemerkte, daß ich ihm zusah.

»Schmink dir diese Haltung ab, Großer. Wenn du bei der Type nur mal zwinkerst, reißt er dir die Augen raus«, rief er durch den Motorenlärm.

An der Ostseite der Bucht nahm ich das Gas zurück und ließ

uns vom Kielwasser in einen schmalen Bayou tragen, der sich durch einen überfluteten Wald schlängelte. Wassermokassinschlangen lagen eingeringelt auf toten Stämmen und den untersten Ästen der Zypressen entlang des Ufers, und vor uns sah ich einen weißen Kranich, der sich aus einem kleinen, mit Wasserhyazinthen überwucherten Seitenarm aufschwang, eine Zeitlang über dem Bayou schwebte und dann plötzlich durch eine rotgolden im Sonnenlicht liegende Lücke im Blätterdach aufstieg und verschwand.

Clete stand jetzt neben mir. Unter den Bäumen war es windstill, und ich konnte das Mückenschutzmittel auf seiner schweißnassen Haut riechen. Er wischte sich mit dem Handrücken über die Augen und scheuchte Moskitos aus seinen Haaren.

»Das ist ja wie auf dem Mekong. Es muß eine Falle sein«, sagte er.

»Ich glaube, er hat Angst.«

»Meine Fresse. Der Typ hat sein Leben lang Leute umgebracht. Kann sein, daß wir um 'ne Kurve kommen, und der macht uns zu Hackfleisch.«

»Darum geht's nicht. Er hatte zu viele andere Gelegenheiten.«

Clete deutete mit dem Finger auf mich, warf mir einen finsteren, stechenden Blick zu, verließ dann die Kabine und ging nach vorn zum Bug, wo er ein Knie auf den Boden setzte, das AR-15 auf den Oberschenkel stützte und sich den Riemen um den Unterarm schlang.

Die Sonne drang durch das Blätterdach und fiel auf ein versunkenes Hausboot und den bleichen, aufgedunsenen Kadaver eines Wildschweins, der sich unter dem Vordach verkeilt hatte. Die metallisch grünen Rücken der Alligatorhechte hoben sich aus dem Wasser, dann öffneten sich die langen, mit nadelspitzen Zähnen bestückten Mäuler, und sie fraßen sich tief hinein in die Höhlung, in der einst der Magen des Schweins gewesen war.

Vor uns befand sich eine unübersichtliche Biegung. Allmählich glaubte ich, daß Clete recht hatte. Nicht nur, weil das Risiko allein bei uns lag – ich hatte mich zu der Überzeugung hinreißen lassen, daß ein Mann bar jeder Moral, ein pathologischer Fall, dazu fähig war zu bereuen, menschlicher war, als er sich bislang gezeigt hatte. Dieser Bayou, abgeschottet vom Licht, voller Insekten, Alligatorhechte und Giftschlangen, über dem ein dunkler Geruch nach Tod und Verwesung hing, ein Ort, der Joseph Conrad wohlvertraut gewesen wäre, war Pogues Rückzugsgebiet, und bislang hielten wir uns an die von ihm vorgegebenen Bedingungen.

Ich stellte die Motoren ab, und in der jähen Stille hörte ich unser Kielwasser über die Sandbänke im Wald schwappen, das Konzert der Vögel, die zwischen den Bäumen herumschwirrten, wie ein Alligator den Schwanz aufs Wasser schlug.

Aber das Boot des Sheriffs vom Bezirk St. Mary, auf dem Helen Soileau war und das Emile Pogue den Fluchtweg abschneiden sollte, hörte ich nicht.

Ich wollte gerade das Funkgerät einschalten, als ich Clete die Hand heben sah.

Jemand rannte im Wald davon, brach durch das Unterholz, platschte durch ein Wasserloch. Ich spürte, wie der Bug auf eine Sandbank lief und das Boot liegenblieb. Ich ging nach vorn zu Clete und sah zu, ob ich zwischen den Baumstämmen, dem Rankengewirr, den aus dem Laubdach fallenden Blättern, den blauvioletten Schatten, die wie Tiergestalten wirkten, etwas erkennen konnte.

Dann hörten wir in der nächsten Bucht ein Propellerboot aufröhren.

»Was fällt dir dazu ein?« sagte Clete.

»Vielleicht will er seine Freiheit noch ein bißchen auskosten.«

Wir sprangen vom Bug auf die Sandbank und rückten im seichten Wasser am Ufer entlang bis zu der Biegung vor. Cletes Nacken war ölig vom Schweiß, von Insektenbissen gerötet. Er steckte sich eine Zigarette in den Mund, hielt an der Biegung des Bayou kurz inne, trat dann mit ungerührter Miene aus der Deckung und schaute sich rasch um.

Er deutete nach vorn.

Ein Aluminiumboot mit Außenbordmotor war mit einer Kette an einem Zypressenstrunk am Ufer vertäut, und dahinter, etwas zurückgesetzt, stand eine auf Pfählen gebaute Hütte. Die Fliegengitter waren mit Rost, toten Insekten und Schmutz verklebt, und das Blechdach war längst verschossen und verfärbt wie ein Wald im Winter. Die Pfähle schillerten dort, wo sie aus dem stehenden Wasser ragten, wie mit einer Schicht Altöl überzogen. Clete preßte sich ein zusammengeknülltes Taschentuch ins Gesicht. Der feste Boden hinter der Hütte wimmelte von Schmeißfliegen und stank nach nicht vergrabenen Exkrementen.

Ich zog meine 45er aus dem Holster, hebelte ein Hohlspitzgeschoß in die Kammer und schob mich zwischen den Bäumen zur Rückseite der Hütte vor, während Clete von vorn anrückte.

Das Wasser war erst vor kurzem zurückgegangen, und der Sand war feucht und ringelte sich wie weicher Zement über meine Tennisschuhe. Ich hörte Geräusche in der Hütte, dann wurde mir klar, daß ein Radio lief. Es war Ravels *Bolero*, der sich langsam aufbaute, allmählich steigerte, immer mitreißender wurde, wie eine quälende Obsession, von der man nicht mehr lassen kann.

Ich kam etwa drei Meter hinter der Hütte unter den Bäumen hervor und sah, daß Clete neben der Vordertür bereitstand, abwartete. Ich hob die Hand, senkte sie dann, und wir drangen beide gleichzeitig ein.

Nur daß ich mit dem Fuß durch ein morsches Holzbrett auf der Hintertreppe brach, das so weich war wie ein verfaultes Stück Kork. Hinkend, aber die 45er mit beiden Händen nach vorn gerichtet, torkelte ich ins Innere. Cletes Silhouette zeichnete sich im Zwielicht unter der Tür ab. Er hatte das Gewehr in der rechten Hand und schaute auf etwas, das am Boden lag.

Dann sah ich ihn inmitten des Chaos, zwischen der schmutzigen Kleidung, der Angelausrüstung und den Hanteln. Er lag auf dem Rücken neben einem kleinen Tisch mit einem Kurzwellenempfänger. Er trug Jeans, ein ärmelloses grünes T-Shirt, Hosenträger, und seine nackten Füße waren weiß wie gebleichtes Holz. Ein dunkle Lache, die wie ein deformiertes dreiblättriges Kleeblatt wirkte, hatte sich rings um seinen Nakken gebildet. Ich kniete mich neben ihn.

Er öffnete den Mund und hustete tief in der Kehle. Seine Zunge war hellrot, wie Himbeersaft. Ich wollte ihn auf die Seite drehen.

»Mach das nicht, Chef«, flüsterte er. »Er hat die abgebrochene Klinge drin steckenlassen.«

»Wer hat Ihnen das angetan, Emile?«

»Hab ihn nicht gesehn. Ein Profi. Diese Arschgeige von Marsallus vielleicht.«

Er verdrehte die Augen, als wären es Metallkugeln, dann richtete er sie wieder auf mein Gesicht.

»Wir bringen Sie in mein Boot und schaffen Sie raus in die Bucht, damit ein Hubschrauber Sie abholen kann«, sagte ich.

Aber er schüttelte bereits den Kopf, noch ehe ich ausgesprochen hatte. Er senkte den Blick, schaute auf mein Hemd.

»Was ist?« fragte ich.

»Komm näher.«

Ich legte das Ohr an seinen Mund, dann wurde mir klar, daß es ihm nicht darum ging. Er hob die Hand, umklammerte meine Kette mit dem Heiligenamulett, knotete sie um seine Knöchel und hielt mich fest, so daß ich unmittelbar über seine Augen gebeugt war, die nur noch stecknadelkopfgroßen Pupillen sah.

»Ich find nicht die richtigen Worte. Zu viele üble Kisten, Chef. Ich möchte mich wegen der kleinen Holländerin entschuldigen«, flüsterte er.

Dann ließ er die Kette los. Seine Hand fiel herunter, eine Atemwolke entwich aus seinem Mund und traf mich wie ein Faustschlag ins Gesicht. Eine Schmeißfliege krabbelte über seine Augen.

Clete schaltete den Kurzwellenempfänger aus. Die abkühlenden Röhren knackten in der Stille.

33

Am nächsten Morgen begleitete mich Helen zu Cletes Büro an der Main Street. Die Vorder- und die Hintertür waren offen, und die Papiere in Cletes Drahtkörben bauschten und kräuselten sich im Zugwind. Helen schaute sich in dem Büro um.

»Wo ist Avons Antwort auf die Bestie von Buchenwald?« sagte sie.

»Worum geht's denn?« fragte Clete, der an seinem Schreibtisch saß, und versuchte zu lächeln.

»Die haben gewußt, daß wir kommen, darum geht's«, sagte sie.

»Terry? Ach komm«, sagte er.

»Wo ist sie?« fragte Helen.

»Ein paar Sachen fotokopieren.«

»Hat sie vielleicht irgendwo Kratzer?«

»Willst du etwa, daß ich bei meiner Sekretärin eine Leibesvisitation vornehme?«

»Das ist nicht komisch, Clete«, sagte ich.

»Sie war gar nicht im Büro, als Pogue angerufen hat«, sagte er.

»Bist du sicher?« fragte ich.

»Sie war in dem Donut-Laden auf der andern Straßenseite.«

»Und du hast ihr nichts davon erzählt?« fragte ich.

»Nein …« Er schaute ins Leere. »Nein, da bin ich mir ganz sicher. Ich habe weder Pogues Namen noch einen Ort erwähnt.«

Helen schaute mich an und saugte geräuschvoll an ihren Zähnen. »Okay«, sagte sie. »Vielleicht war der Auftrag auf ihn bereits raus. Außerdem kommt auch noch Marsallus in Betracht.«

»Nicht mit einem Messer. Wir haben's hier mit einem von Pogues alten Kameraden aus dem Phoenix-Programm zu tun«, sagte Clete. Er beugte sich in seinem Sessel vornüber, schaltete einen Standventilator am Boden ein und legte die Hand auf ei-

350

nen gelben Notizblock. Die Blätter bauschten sich raschelnd im Luftzug.

»Warum sollte jemand einen Typ wie Pogue mit dem Messer aus dem Verkehr ziehen? Es sei denn, der Killer hat gewußt, daß wir in der Nähe waren«, sagte ich.

Clete kratzte sich an der Narbe, die sich durch seine Augenbraue zog, und stützte das Kinn auf die Handknöchel.

»Ich glaube, du hast recht. Es gibt eine undichte Stelle. Wie wär's mit dem Arschgesicht, das bei den Stoppelhopsern war?« sagte er.

»Rufus Arceneaux?« fragte Helen.

Clete und ich fuhren in der Morgendämmerung nach New Orleans, bogen an der St. Charles Avenue vom I-10 ab und steuerten in Richtung Garden District, vorbei an dem zauberhaften alten Pontchartrain-Hotel und den schmucken Häusern, teils aus der Zeit vor dem Bürgerkrieg stammend, teils frühviktorianisch, mit den schmalen Säulengalerien und den mit Eichen bestandenen Gärten, die selbst im Sommer tief im Schatten lagen. Wir bogen nach links ab, über den Mittelstreifen und die Straßenbahngleise, und überquerten die Prytania Street, die Straße, in der Lilian Hellman aufgewachsen ist, fuhren dann die Magazine Street entlang, wo einst die Schiffe entladen wurden, in den Irish Channel, auf den Uferdamm zu und in ein anderes New Orleans – eine Stadt aus lauter ungestrichenen, aus dem späten neunzehnten Jahrhundert stammenden Holzhäusern mit gerippten Fensterläden und Gärten aus festgetretener Erde, dazu aus Brettern zusammengenagelte Eckkneipen, die niemals schlossen oder die Weihnachtsbeleuchtung abhängten, klapprige Barbecuebuden, die bereits um neun Uhr morgens nach Hickoryholz und Rippchen rochen, und mit Graffiti beschmierte Schnapsläden, deren Fenster vergittert waren wie Gefängniszellen.

Ich hielt vor dem Haus, dessen Adresse Luke Fontenot mir gegeben hatte. Kurz zuvor war in der Gegend ein Gewitterschauer niedergegangen, und die Luft war grau und feucht, und von den Dächern stieg der Dampf auf wie Rauch im Winter. Clete kurbelte das Fenster herunter und musterte blinzelnd die Umgebung – die kaffeebraunen, verwitterten Häuser, die fast alle gleich aussahen, einen baufälligen, von Bananenstauden überwucherten und mit einem Blechdach gedeckten Tanzschuppen an der Ecke, einen älteren Schwarzen in einem abgerissenen Anzug, mit Turnschuhen und einer Baseballkappe, der auf einem Fahrrad mit platten Reifen ziellos die Straße auf und ab fuhr. Ich konnte Licht und Schatten auf Cletes Gesicht sehen, wie Spiegelungen in einem zugefrorenen Fenster.

»Es heißt, wenn man am Samstag abend einmal schwarz gewesen ist, will man nie wieder weiß werden«, sagte er.

»Normalerweise hörst du das aber nur von Weißen, wenn sie mal wieder den Gärtner übers Ohr gehauen haben«, sagte ich.

»Unser Haus war eine Straße weiter drüben.«

Ich wartete, daß er fortfuhr, aber es kam nichts.

»Willst du mit reingehen?« fragte ich.

»Nein, das ist deine Sache. Ich besorg mir eine Tasse Kaffee.«

»Macht dir irgendwas zu schaffen?«

Er lachte laut und herzhaft, rieb sich mit dem Fingerknöchel die Nase. »Mein alter Herr hat mir mal die Hucke voll gehaun, weil ich vor dem Tanzschuppen da seinen Bierkrug fallen gelassen habe. Das war vielleicht ein Typ. Für Nostalgie hab ich noch nie viel übrig gehabt, Streak.«

Ich schaute ihm nach, als er auf den Uferdamm zuging, den Porkpie-Hut schief auf dem Kopf, das Gesicht in den Wind gereckt, der vom Fluß her wehte, seine Gefühle fest im Griff – abgeschottet an einem sicheren Ort tief innen, zu dem ich noch nie vorgedrungen war.

Ruthie Jean wohnte in einem einstöckigen Haus mit einer Feuerleiter, die als Aufgang zum Obergeschoß diente, einer Veranda, auf der Wäsche zum Trocknen hing, und einem mit Rosen umrankten Torbogen, von dem die Farbe abblätterte.

Ein Streifenwagen mit dem Halbmondemblem des New Orleans Police Department auf der Tür und einem weißen Cop mit einem blauen Hemd am Steuer rollte vorbei, als ich meinen Pickup abschloß.

»Kann ich Ihnen helfen?« fragte der Polizist.

Ich klappte das Etui mit meiner Dienstmarke auf.

»Bin im Dienst«, sagte ich und lächelte.

»Legen Sie sich 'ne dunklere Hautfarbe zu, wenn Sie nach Einbruch der Dunkelheit hierherkommen«, sagte er.

»Danke«, sagte ich, kam mir vor, als ob ich einer verschworenen Gemeinschaft angehörte, und schämte mich zugleich wegen meiner Reaktion.

Einen Augenblick später öffnete Ruthie Jean die Tür am Kopf der Feuerleiter. Sie trug neue Bluejeans mit einem silberbeschlagenen Westerngürtel, weiße Tennisschuhe, eine dunkelorange Bluse und goldene Ohrreifen. Diesmal wirkte ihre Miene weder wütend noch ungehalten – ich hatte vielmehr das Gefühl, daß sie mich erwartete.

»Ich muß mit Ihnen über Moleen reden«, sagte ich.

»Sie geben aber auch nie auf.«

»Sie müssen nicht mit mir reden, Ruthie Jean.«

»Das weiß ich. Kommen Sie rein, wenn Sie wollen.«

Das Wohnzimmer war kühl und luftig, die geblümte Polstergarnitur mit Zierdeckchen geschmückt. Die Vorhänge bauschten und drehten sich im Wind, und durch das Fenster konnte man die Deichkrone sehen und das Tuten der Schiffe auf dem Fluß hören.

»Darf ich Ihnen einen Kaffee anbieten?« fragte sie.

»Das wäre nett.«

Ich ließ mich tief in einen Sessel sinken, während sie in der Küche ein Tablett zusammenstellte. Neben der Couch stand ein offener Überseekoffer. Im oberen Fach, das sie herausgenommen und danebengelehnt hatte, damit sie ihre Sachen unten hineinpacken konnte, lag eine durchsichtige Plastiktüte mit zusammengelegter Babykleidung, rosa und blau. Eine verwelkte Kamelienblüte steckte zwischen der Plastikhülle und den Sachen.

Sie kam mit dem Tablett in das Zimmer gehumpelt, sah, worauf ich schaute. Sie stellte das Tablett auf den Couchtisch, setzte das Holzfach wieder in den Koffer ein und klappte den Deckel zu.

»Wieso lehnen Sie Moleen denn so sehr ab?« fragte sie.

»Er hält es für ganz natürlich, daß andere Menschen für seine Fehler büßen.«

»Falls Sie damit die Abtreibung ansprechen wollen – ich bin von mir aus nach Texas gefahren. Moleen hat damit gar nix zu tun gehabt.«

»Moleen war es, der draußen in Cade den kleinen Jungen totgefahren hat, nicht seine Frau.«

»Das glaub ich nicht.«

Ich beugte mich vor, stützte die Unterarme auf die Schenkel und strich mit der Hand über meine Fingerknöchel.

»Ich weiß nicht, wie ich es Ihnen beibringen soll«, sagte ich. »Aber ich glaube, daß Julia Bertrand Ihnen möglicherweise etwas Furchtbares antun könnte. Womöglich mit Moleens Einverständnis.«

»Sie können ihm bloß wegen seiner Herkunft nicht vergeben, Mister Robicheaux. Er kann nix dafür, dasser da reingeboren worden is.«

Ich stand auf verlorenem Posten.

»Haben Sie eine Waffe?« fragte ich.

»Nein.«

Ihr Gesicht erinnerte mich an eine frisch aufgegangene Blume, die jeden Moment von einem scharfen Lichtstrahl versengt werden konnte.

»Sie sind eine bewundernswerte Frau, Ruthie Jean. Ich hoffe, daß für Sie alles gut ausgeht. Rufen Sie mich an, wenn ich Ihnen irgendwie behilflich sein kann.«

»Haben Sie deswegen den andern Mann hergeschickt?«

»Wie bitte?«

»Den mit den roten Haaren und der Haut, die ausschaut wie Milch. Er hat draußen im Regen gestanden. Ich hab ihn gefracht, was er nachts in der Gegend hier macht. Er hat gesagt, er wär Ihr Freund und sie täten sich Sorgen um mich machen. Er ist doch ein Freund von Ihnen, oder?«

»Ja, wahrscheinlich schon.«

»Wahrscheinlich?«

Ich setzte zu einer Erklärung an, ließ es aber sein. »Ich glaube, ich gehe jetzt lieber«, sagte ich lediglich.

Mit ihren türkisen Augen, der goldenen Haut, dem Muttermal neben dem Mund, dem dichten schwarzen Haar, das sich in keckem Schwung um ihre Wangen schmiegte, umrahmt von den Vorhängen, die sich hinter ihrem Kopf im Wind bauschten und bogen, wirkte sie wie eine Porträtstudie. Sie blickte auf und schaute mich an.

»Sie sind ein guter Mensch«, sagte sie.

»Machen Sie's gut, Ruthie Jean«, sagte ich und ergriff ihre Hand. Sie war klein und trocken, und am liebsten hätte ich sie lange festgehalten. Ich wußte irgendwie, ohne es erklären zu können, daß es kein normaler Abschied war.

Wir stießen auf die geschwungene Auffahrt des Jachtclubs und parkten in der Nähe des Übungsgrüns. Gleißend weiß lag das Clubhaus mit seinen Feldsteinterrassen, den hinter getöntem Glas liegenden Speiseräumen und den Fairways, die sich samtweich unter den Eichen erstreckten, in der grellen Sonne. Clete zog sein Hemd über die Hose, als wir aus dem Pickup stiegen, strich es glatt, rückte seinen Gürtel zurecht, musterte sich noch einmal von oben bis unten.

»Wie kommt ein Sack wie Johnny Carp in so einen Laden rein?« sagte er.

»Die wissen halt genau, wenn sie einen heimlichen Republikaner vor sich haben.«

»Wie seh ich aus?« fragte er.

»Rank und schlank, nirgendwo ein Hubbel zu sehen.«

»Bist du sicher, daß du das machen willst?«

»Manchmal muß man sich auch ein bißchen Jux gönnen«, sagte ich.

»Ich mach mir langsam Sorgen um dich, Großer.«

Wir liefen im Schatten des Hauses auf den Eingang zu. Auf den Liegeplätzen draußen auf dem Lake Pontchartrain schaukelten die Segelboote. Der Empfangschef fing uns an der Tür zum Speiseraum ab.

»Haben die Herren reserviert?« fragte er. Dem Gesicht und dem Akzent nach kam er aus Europa. Seine glattrasierten Wangen waren hochrot angelaufen.

Ich klappte meine Dienstmarke auf. »Wir möchten Polly Gee sprechen«, sagte ich. Er schaute mich verständnislos an. »Das heißt, Johnny Carp ... *John Giacano*. Seine Sekretärin hat gesagt, daß er hier zu Mittag speist.«

Sein Gesicht straffte sich. Er warf unwillkürlich einen Blick auf den mit einer Glaskuppel überdachten Anbau neben dem großen Speisesaal. Er räusperte sich leicht.

»Wird es irgendwelches Aufsehen geben, meine Herren?« fragte er.

»Wenn ja, geben wir Ihnen Bescheid«, sagte Clete. »Bringen Sie mir einen doppelten Jack, dazu ein Dixie, und setzen Sie's auf Johnnys Rechnung. Das soll ich Ihnen von ihm bestellen.«

Der Glasanbau war menschenleer, von Johnny Carp und seinen Gefolgsleuten einmal abgesehen, die an einem langen, mit Leinentüchern gedeckten Tisch saßen, auf dem Blumengedecke und Sangriakrüge standen, und ihre Gumboschalen leerten. Johnny nahm den Löffel aus dem Mund, sein Gesicht erstarrte. An seiner Lippe, da, wo ich ihn getroffen hatte, war eine aufgeworfene Narbe, wie ein Stück schwarze Schnur. Einer von Johnnys Männern, ein Tausend-Dollar-Killer namens Mingo Bloomberg, rappelte sich von seinem Stuhl auf. Er war ein gutaussehender Mann mit kupferroten Haaren und eisblauen Augen, in denen kein Schimmer Moral steckte.

»Der Mann mit der Marke darf durch. Du nicht, Purcel«, sagte er.

»Reg dich wegen mir nicht künstlich auf«, sagte Clete.

»Lassen wir's drauf ankommen. Is nicht persönlich gemeint.«

»Wenn du Hand an mich legst, kannst du dir 'n Eisenhaken anmontieren lassen, Mingo.«

»Schaun wir doch mal, was bei rauskommt«, sagte Mingo und stand langsam auf.

Clete drückte Mingo die Hand ins Gesicht und stieß ihn wieder auf seinen Stuhl. Dann verpaßte er ihm zwei schallende Ohrfeigen, so als schlage er ihm einen Baseballhandschuh voller Zement links und rechts um die Backe.

»Willst du noch eine?« fragte er. »Sag's noch mal, Mingo. Nur zu, mach den Mund auf.«

Ich legte die Hand auf Cletes Oberarm. Sein Bizeps fühlte sich dick und prall an.

»Ich hab die Schnauze voll von diesem Scheiß«, rief Johnny. »Kann mal jemand den Wachdienst holen?«

»Gut sehen Sie aus, Johnny«, sagte ich.

»Sie können sich glücklich schätzen, Dave.« Er deutete mit dem Löffel auf mich. »Sie sollten in Ihrer Kirche ein paar Kerzen anzünden.«

»Ich seh das nicht ganz so, John«, sagte ich. »Sie wollen doch Ihren Leuten das Geschäft im Bezirk Iberia nicht verderben, indem Sie einen Polizisten umbringen. Anderseits waren Sie schon immer unberechenbar. Das heißt, daß ich etwas gegen Sie unternehmen muß, zum Beispiel Patsy Dapolito ausquetschen, bis er über Sie auspackt. Meinen Sie, Patsy würde über Sie auspacken, John?«

»Was gibt's da schon auszupacken? Er arbeitet nicht mehr für mich. Genaugenommen hat er's auch nie.«

»Oh?« sagte ich.

»Stimmt genau. Der is nämlich ein gemeingefährlicher Irrer, ein Kinderficker, ein Freak. Wollen Sie mich etwa mit der Aussage von 'nem Kinderschänder drankriegen? Wissen Sie, was mein Anwalt mit dem macht, wenn er in den Zeugenstand tritt? Der Typ sabbert doch, wenn er sich aufregt. Hey, Jungs, stellt euch mal den großen Belastungszeugen Patsy Bones vor, wie er sabbernd vor dem Richter steht.« Johnny reckte den Kopf vor und rollte die Zunge im Mund hin und her, während rundum alles lachte. »Und jetzt raus mit euch, ihr Penner.«

»Ist mir immer wieder ein Vergnügen, John«, sagte ich.

Clete nahm ein Stangenbrot, stippte es in einen Sangriakrug, biß einen Brocken ab und zwinkerte mir zu, grinste übers ganze Gesicht.

Draußen auf dem Parkplatz zog er sein Hemd hoch, holte den Kassettenrekorder unter seinem Gürtel hervor, warf das Band aus und schnippte es in der Hand auf und ab.

»Ist das Leben nicht klasse?« sagte er.

34

Am nächsten Tag saß ich in meinem Büro und füllte gerade mein Dienststundenformular aus, als Helen Soileau an meiner Tür klopfte, sich auf meine Schreibtischkante hockte und mich anschaute, als ob ihr Sätze und Wörter durch den Kopf gingen, die sie nie und nimmer aussprechen konnte.

»Sag schon«, sagte ich.

»Ich hab grade mit den Jungs von Furz, Bäh und Igitt in New Orleans telefoniert. Marsallus ist tot. Sie haben seine Leiche gefunden.«

Ich erwiderte ihren Blick, ohne ihr zu antworten.

»Dave?«

»Ja.«

»Hast du gehört?«

»Ich hab's gehört. Aber ich glaub es nicht.«

»Die Leiche ist nicht angespült worden, weil sie sich zwischen den Pfählen von dem eingestürzten Pier verkeilt hatte.«

Ich schaute aus dem Fenster. Der Himmel hing voller bleigrauer Wolken, die staubbedeckten Bäume standen reglos in der drückenden Hitze. Draußen strömte der Verkehr vorbei, ohne daß ich einen Ton hörte.

»Wie hat man die Leiche identifiziert?« fragte ich.

»Anhand des Zahnbilds.«

»Was für ein Zahnbild?« meinte ich aufgebracht. »Sonny ist in einer Sozialsiedlung aufgewachsen. Der ist vermutlich ebensooft zum Zahnarzt gegangen wie ich zum Gynäkologen.«

»Der Agent sagt, sie sind sich hundertprozentig sicher, daß es Sonny ist.«

»Er hat für das FBI gearbeitet. Für die war er eine Belastung. Die wollen seine Akte schließen.«

»Weißt du, was Realitätsverweigerung ist?«

»Ja. Aber bei mir hat das was mit Sprit zu tun, nicht mit den Toten.«

»Wollen wir zusammen essen gehen?«

»Nein. Wo ist die Leiche?«

»Wird grade zu einem Bestattungsunternehmen in New Orleans gebracht. Laß es gut sein, Dave.« Sie musterte mein Gesicht. »Salzwasser, Fische und Krabben richten einen schlimm zu.«

Ich stand auf und schaute schweigend aus dem Fenster, bis sie ging. Draußen hackte ein Freigänger aus dem Bezirksgefängnis mit der Machete eine verdorrte Bananenstaude um, aus der ein Heer von Feuerameisen schwärmte, die sich am breiigen Mark gütlich getan hatten.

»Sind Sie sicher, daß Sie sich das anschaun wollen?« fragte der Leichenbestatter, ein Schwarzer, um die Fünfzig. Es war spät, und er war müde. Er trug ein T-Shirt und eine zerknitterte Hose ohne Gürtel, hatte Stoppeln am Kinn. »Na schön, wenn Sie unbedingt wollen. Sie sagen, er war ein Freund von Ihnen?«

»Ja.«

Er zog die Augenbrauen hoch und öffnete die Tür zu einem Hinterzimmer, in dem es gut und gern zwanzig Grad kälter war als im vorderen Teil. Es roch nach Chemikalien, rostfreiem Stahl und kaltem, blank geschrubbtem Beton.

Über seine Schulter hinweg sah ich eine mitten im Raum aufgebahrte flache Metallwanne.

»Der Sarg bleibt selbstverständlich verschlossen. Seine Angehörigen werden ihn nicht zu Gesicht bekommen«, sagte er.

Er trat beiseite, und ich sah das blutleere, verschrumpelte Etwas, das in der Wanne lag, im Lichtkegel schimmerte, der vom Strahler an der Decke herabfiel.

»Es gibt Bestatter, die so was nicht anrühren«, sagte er. »Aber ich hab einen Vertrag mit der Regierung, daher übernehm ich alles, was die mir vorbeischicken. Isser das?«

»Das ist ja überhaupt keine menschliche Gestalt mehr.«

»Hat Ihr Freund rote Haare gehabt?«

Ich antwortete nicht. Ich hörte, wie er seine Brille aufsetzte, mit seinem Füllfederhalter herumfuhrwerkte.

»Ich zeig Ihnen mal die Schußverletzungen. Es sind insgesamt vier«, sagte er. Er beugte sich über die Wanne, deutete mit seinem Füller hin. »Zwei in der Brust, eine am Unterleib und eine an der Seite. Sie sehen jetzt aus wie Teigblasen.«

»Man hat keine Kugeln gefunden«, sagte ich.

»Glauben Sie mir, Mister Robicheaux, das sind Austrittswunden. Ich hab im Leichenschauhaus von Chu Lai gearbeitet, Republik Südvietnam. Ich hab Jungs aus den Leichensäcken geholt, die da schon eine ganze Weile drin gewesen sind, verstehen Sie? … Schaun Sie, die Regierung macht derlei Fehler nicht, egal, was Sie darüber denken.«

»Und warum hat's uns dann alle nach Vietnam verschlagen?« fragte ich.

Er ging zur Tür und legte die Hand auf den Wandschalter. »Ich mach jetzt das Licht aus. Kommen Sie mit?« fragte er.

Ich träumte die ganze Nacht, stand dann im Morgengrauen auf, brühte mir in der Küche Kaffee auf und trank ihn auf der Treppe hinter dem Haus. Die Sonne stand noch hinter den Bäumen im Sumpf, und die Luft war feucht und kühl und roch nach Wolfsmilch und den Ausdünstungen der Rinder auf dem Feld meines Nachbarn. Ständig sah ich Sonnys blutleeres Gesicht vor mir, die blicklosen Augen und die roten Haare, wie das auf einem eisernen Tablett ruhende Haupt von Johannes dem Täufer. Ich kippte meinen Kaffee in das Blumenbeet und fuhr zu Cletes Wohnung nahe der East Main Street.

»Du brichst ja hier in aller Herrgottsfrühe rein wie ein Wirbelwind, Streak«, sagte er gähnend. Er saß in Boxershorts da und zog sich gerade ein Hemd über die breiten Schultern.

»Sowohl Alafair als auch Pogue haben ihn gesehen. Ruthie Jean Fontenot ebenfalls.«

»Manche Menschen sehen sogar Elvis. Und was ist mit James Dean oder Adolf Hitler, Herrgott noch mal?«

»Das ist was anderes.«

»Willst du unbedingt durchdrehen? Dann spinn nur weiter so rum.«

Er holte eine Packung Schokomilch und eine Schachtel Donuts mit Marmelade aus dem Kühlschrank und fing an zu essen.

»Willst du was?« fragte er.

»Ich möchte Patsy Dap überrumpeln«, sagte ich.

»Wie wär dir denn zumute, wenn er Johnny Carp aus dem Verkehr zieht?«

»Mir wäre nach gar nichts zumute«, sagte ich.

»Hm, hätt ich auch drauf gewettet.«

»Ich kann einfach nicht glauben, daß Sonny tot ist«, sagte ich.

»Komm mir nicht mehr mit diesem Zeug.«

»Auf die eine oder andere Art ist Sonny da draußen, Clete.«

»Ich will es nicht hören, ich will nichts davon wissen, nicht das geringste«, sagte er, schob die Hand in seine Unterhose und steuerte das Badezimmer an.

Wir fuhren mit meinem Pickup hinaus zu Patsy Dapolitos gemieteter Hütte am Stadtrand, aber niemand öffnete uns die Tür.

Clete schirmte die Augen vor der grellen Sonne ab und spähte durch die Jalousien am Seitenfenster.

»Schau dir den Müll da drin an. Ich wette, der Typ scheißt in die Hosen«, sagte er.

»Ich erkundige mich mal beim Vermieter.«

»Patsy ist in 'nem Puff in Lafayette.«

»Woher weißt du das?«

»Ein Typ, für den ich Kaution gestellt habe, hat gesagt, er hat zwei Miezen bei den Four Corners, die nicht allzu wählerisch sind.«

»Das heißt nicht, daß er dort ist.«

»Wenn man Patsy Dap heißt, denkt man entweder ans Vögeln oder man überlegt sich, wie man jemandem das Licht ausblasen kann. Bei diesen Typen irr ich mich selten. Das macht mir manchmal zu schaffen.«

Ich warf ihm einen verwunderten Blick zu.

»Sei froh, daß du deine Marke hast, Streak. Das heißt nämlich, daß du dich auf dem Gehsteig bewegst statt in der Gosse«, sagte er.

Eine halbe Stunde später betraten wir das Büro eines Motels bei den Four Corners in Lafayette. Regentropfen pladderten auf die im Fenster eingelassene Klimaanlage. Ich zeigte dem Betreiber des Motels meine Dienstmarke und ein Foto von Patsy Dap.

»Kennen Sie diesen Mann?« fragte ich.

Er rümpfte die Nase unter seiner Brille, schaute verständnislos, schüttelte den Kopf.

»Hier kommen allerhand Leute durch«, sagte er.

»Wollen Sie, daß wir Ihnen den ganzen Laden auf den Kopf stellen?« fragte ich.

»Zimmer sechs«, erwiderte er.

»Geben Sie uns den Schlüssel ... Danke, wir merken Sie für eine Auszeichnung als braver Bürger vor«, sagte Clete.

Der Regen fegte unter das Vordach, als wir zu Dapolitos Zimmer gingen. Ich klopfte mit dem Knöchel an die Tür.

»Dave Robicheaux. Machen Sie auf, Patsy«, sagte ich.

Einen Moment lang war es still, dann meldete er sich in einem trägen, gequälten Tonfall. »Lassen Sie mich in Ruh, wenn Sie keinen Wisch haben.«

Ich drehte den Schlüssel um, legte die Hand an meine 45er und stupste mit dem Fuß die Tür auf.

»Ups«, sagte Clete, als er über meine Schulter spähte.

»Raus mit euch beiden«, sagte Patsy vom Bett aus.

Clete stieß mit der flachen Hand langsam die Tür auf und schnüffelte, als wir eintraten.

»Löhnst du deine Bräute jetzt dafür, daß sie China White paffen? Erstklassiges Zeug, mein Guter.«

Sie war allenfalls sechzehn, blond und auf eine derbe Art schön – mollig um Arme und Schultern, mit einem herzförmigen Gesicht, das ungeschminkt war, und Händen, die zu einem Bauernmädchen gepaßt hätten. Sie raffte das Laken um ihren Leib. Ich zog die Tagesdecke vom Fußende des Bettes und hängte sie ihr um, dann reichte ich ihr ihre Kleidung.

»Ziehen Sie sich im Badezimmer an, während wir mit dem Mann hier reden«, sagte ich. »Wir werden Sie nicht festnehmen.«

Ihr Blick wirkte weggetreten, eine Pupille größer als die andere, ihre Augen waren glasig, teils vor Angst, teils von dem asiatischen Stoff.

»Hören Sie, dieser Mann bringt von Berufs wegen Menschen um. Aber wenn er kein Geld dafür bekäme, würde er's auch umsonst machen. Gehen Sie nie wieder hierher«, sagte ich.

»Warum denn diesmal der Stunk?« fragte Patsy. Er saß auf dem Bett, hatte den Rücken an das Kopfteil gelehnt und knetete mit einer Hand das Laken, das seinen Unterleib bedeckte. Sein fester, kompakter Körper war so weiß wie die Haut von einem Knollenblätterpilz. Über beiden Brustwarzen war ein kleiner blauer Vogel eintätowiert.

»Ich glaube, daß Sie mich möglicherweise nach wie vor erledigen wollen. Sich ein paar Pluspunkte bei Polly Gee holen«, sagte ich.

»Sie irren sich. Ich geh auf 'ne Reise, um die ganze Welt, überallhin, wo ich noch nie gewesen bin.«

»Ehrlich?« sagte ich.

»Ja, ich hab 'n Reiseplan und alles; 'n japanisches Reisebüro hat alles zusammengestellt. Die geben einem sogar 'ne Broschüre, wo man erfährt, wie man mit jedem klarkommt, auf was man aufpassen muß. Geh nie mit Iranern in den Fahrstuhl, wegen dem Körpergeruch, den die haben. Schüttel einem Araber nicht die Hand, weil die sich mit der bloßen Hand den Arsch abwischen.«

»Klingt klasse, ich glaub's Ihnen bloß nicht«, sagte ich. Aus dem Augenwinkel sah ich das Mädchen aus der Tür huschen. »Schalt das Band ein, Clete.«

Clete stellte den Kassettenrekorder auf den Tisch und drückte die Abspieltaste. Patsys vernarbtes Gesicht wirkte zunächst verdutzt, als er Mingo Bloombergs Stimme hörte, dann Cletes, Johnny Carps und meine.

»Was soll das?« fragte er.

»Ich fang noch mal von vorne an. Wir wollen doch nicht, daß dir was entgeht. Vor allem nicht die Stelle, wo sie über dich lachen«, sagte Clete.

Die Haut um Patsys Schläfe zuckte und runzelte sich wie alter Lack in der Büchse, während er zuhörte. Sein eines Auge tränte von der Hitze der Flamme, als er sich eine Zigarette anzündete.

»Willst du für so einen Typen Aufträge erledigen?« fragte Clete.

Patsys Zähne ragten über die Unterlippe wie ein Knochenwulst. Er blies den Rauch aus dem Mundwinkel.

»Aber daß Sie mir jetzt nicht drüber nachdenken, wie Sie Johnny erledigen können. Wenn Johnny umgenietet wird, geht diese Kassette an die Polizei von New Orleans.«

»Ich kann Johnny auf 'ne Art und Weise zusetzen, an die ihr gar nicht denkt. Sie sind blöde, Robicheaux. Deswegen sind Sie 'n Bulle«, sagte er.

Clete und ich gingen hinaus und zogen die Tür hinter uns zu. Der Wind trieb den Regen vor sich her.

»Was hat er deiner Meinung nach damit gemeint?« fragte Clete.

»Wer weiß?«

»Dave, ist mit dir alles in Ordnung? Du siehst nicht grade gut aus.«

»Mir fehlt nichts«, sagte ich.

Doch dem war nicht so. Ich saß kaum im Pickup, als ich die Tür wieder aufreißen, mich hinaus über den Beton beugen und mich übergeben mußte. Der kalte Schweiß stand mir im Gesicht.

Ich spürte Cletes schwere Hand an meinem Nacken.

»Was stößt dir auf, Streak?« fragte er.

»Die Tätowierung.«

»Von dem Arschgesicht da drin?«

»Auf Sonnys Schulter. Eine Madonna. Ich hab sie in dem Bestattungsinstitut gesehen.«

35

Später fuhr ich in den Norden der Stadt, zum Haus des Sheriffs am Bayou Teche, und ging unter den triefenden Eichen hindurch zur Veranda, wo er mit seiner Pfeife und einem Glas Limonade in einem Korbsessel saß. Das Haus war gelb und grau gestrichen, und das Gras rundum war von den Blütenblättern der Hortensien übersät wie mit rosa Konfetti. Im Hintergrund sah ich den vom Regen aufgewühlten Bayou.

Er hörte zu, als ich ihm Bericht erstattete, ohne mich zu unterbrechen, schniefte manchmal tief in der Nase und klopfte sich mit der Pfeife an die Zähne.

»Halten Sie sich an das, was Purcel und Helen gesagt haben. Lassen Sie Marsallus ruhen«, sagte er.

»Ich fühle mich schuldig.«

»Das ist doch völlig verblasen, wenn Sie mich fragen.«

»Sir?«

»Sie sind doch ein Spieler, Dave. Marsallus hatte längst jede Bodenhaftung verloren und nur noch gegen sich selbst gesetzt.«

Ich schaute auf die Regenkringel draußen auf dem Bayou, auf einen Schwarzen, der unter den überhängenden Zypressenzweigen in einer Piroge stand und per Hand eine mit Drillingshaken und Köderfischen bestückte Schnur in der Strömung auswarf.

»Und was dieses übernatürliche Zeug angeht – ich glaube, daß Marsallus bloß noch in Ihrer Einbildung lebt.«

»Man hat ihn gesehen.«

»Vielleicht sehen die Leute nur das, was Sie von ihnen erwarten.«

Falsch, Skipper, dachte ich. Aber diesmal behielt ich es lieber für mich.

»Jemand hat gewußt, daß wir Pogue abholen wollten«, sagte ich. »Bei uns in der Dienststelle gibt's möglicherweise jemanden, der nicht dichthält.«

»Wen?«

»Wie wär's mit Rufus Arceneaux?«

Er dachte einen Moment lang nach, rückte mit dem Daumen seinen Hemdkragen zurecht.

»Rufus ist vermutlich zu fast allem bereit, Dave, solange er glaubt, daß er die Sache im Griff hat. Aber für so was ist er nicht Manns genug.«

»Woher haben die dann gewußt, daß wir kommen?«

»Vielleicht war es bloß Zufall. Wir lösen nicht jedes Verbrechen. Das hier könnte eine der Ausnahmen sein.«

»Die tanzen uns auf der Nase herum, Sheriff.«

Er schob den Pfeifenreiniger durch das Mundstück und musterte ihn, als er braun und feucht am Kopf herausragte.

»Seien Sie froh, daß Sie nicht rauchen«, sagte er.

Nach der Arbeit fuhr ich heim, zog meine Turnhose und die Laufschuhe an und trainierte im Garten hinter dem Haus mit meinen Hanteln. Es hatte aufgehört zu regnen, am Himmel kräuselten sich violette und rote Wolken, und ringsum schrillten die Baumfrösche. Danach ging ich hinein, duschte, zog eine frische Khakihose an und wühlte dann zwischen den Kleiderbügeln in der Kammer herum. Bootsie saß auf dem Bett und sah mir zu.

»Wo ist mein altes mattschwarzes Hemd?« fragte ich.

366

»Ich hab's in die Truhe gelegt. Es ist ja fast durchgewetzt.«

»Deswegen trag ich's ja so gern. Es ist bequem.«

Die Truhe stand hinten in der Kleiderkammer. Ich schloß sie auf und sah das zusammengefaltete Hemd neben meinem AR-15 und der im Halfter steckenden Neun-Millimeter-Beretta liegen, mit der ich Alafair das Schießen beigebracht hatte. Ich holte das Hemd heraus, schloß die Truhe wieder ab und legte den Schlüssel in eine Kommodenschublade.

»Denkst du immer noch über Sonny nach?« fragte sie.

»Nein, eigentlich nicht.«

»Dave?«

»Das Unerklärliche zu erklären ist nicht mein Gebiet. Paulus hat gesagt, daß die Engel unter uns weilen könnten und wir deshalb aufpassen sollten, wie wir miteinander umgehen. Vielleicht hat er etwas gewußt.«

»Das hast du aber noch zu niemandem gesagt, oder?«

»Wen kümmert das schon?«

Ich machte mich an den Hemdknöpfen zu schaffen, aber sie stand vom Bett auf und knöpfte sie für mich zu.

»Du bist mir vielleicht einer, Streak«, sagte sie und stupste mich mit dem Knie an.

Am nächsten Morgen rief ich bei etlichen Aufsichtsbehörden in Baton Rouge an und erkundigte mich nach einem Unternehmen namens Blue Sky Electric Company. Anscheinend wußte niemand etwas Genaueres über die Firma, abgesehen davon, daß sie alle erforderlichen Genehmigungen eingeholt hatte und jederzeit mit ihrem Bauvorhaben draußen in Cade beginnen konnte.

Was für eine Vorgeschichte hatte sie?

Auch darüber wußte man anscheinend nicht Bescheid.

Wo war sie zuvor ansässig gewesen?

Im östlichen Washington und für kurze Zeit in Missoula, Montana.

Ich rief einen Freund an, der Chemieprofessor an der University of Southwestern Louisiana in Lafayette war, und traf mich mit ihm zum Mittagessen in der Mensa, von der aus man die alte Burke Hall sah und daneben den See mit den Zypressen. Er war ein verhutzelter älterer Mann, der Dummheit nicht ausstehen konnte und für seine Auftritte vor versammeltem Kolleg berüchtigt war – zum Beispiel dafür, daß er am ersten Unterrichtstag seine Schuhe quer durch den Vorlesungssaal schleuderte und seine Textvorlage elegant hinter sich in den Papierkorb warf.

»Was stellen die her?« fragte er.

»Anscheinend weiß das keiner.«

»Was beseitigen sie?«

»Wie bitte?«

»Das ist keine spitzfindige Theorie, Dave. Wenn sie nichts herstellen, entsorgen sie etwas. Sie sagten, es ginge um einen Brennofen. Wer, außer dem Satan persönlich, braucht in diesem Klima einen Brennofen?«

»Sie haben irgend etwas mit Stromtransformatoren zu tun«, sagte ich.

Seine Augen waren schmale Schlitze, die Haut wirkte rissig wie trockener Ton.

»Wenn sie das Öl in den Transformatoren verbrennen, wird wahrscheinlich PCB in die Umwelt freigesetzt. PCB verschmutzt nicht nur die Luft, es gelangt auch in die Nahrungskette. Stellen Sie sich also auf Auswirkungen in der hiesigen Krebsstatistik ein.«

Sobald ich wieder in meinem Büro war, rief ich bei der Bundesumweltschutzbehörde in Washington, D.C., an und danach bei diversen Zeitungen und Nachrichtenagenturen in Seattle und Helena, Montana. Blue Sky Electric hatte mindestens siebenmal den Firmennamen geändert und war aus insgesamt dreizehn Staaten verbannt worden oder hatte dort keine Betriebserlaubnis erhalten. Das Firmengelände, das sie hinterließen, wenn sie aus einer Gegend wegzogen, war jedesmal ein Sanierungsfall, der öffentliche Gelder in Millionenhöhe verschlang. Der große Witz dabei war, daß die Sanierung einem Unternehmen übertragen wurde, das eine unabhängige Eisenbahngesellschaft besaß und die Transformatoren für Blue Sky Electric beförderte.

Missoula war der bislang letzte Ort, an dem sie sich hatten niederlassen wollen, aber dort waren sie von einer aufgebrachten Menschenmenge buchstäblich aus der Stadt gejagt worden.

Jetzt haben sie bei der Familie Bertrand eine neue Bleibe gefunden, dachte ich.

»Was willst du unternehmen?« fragte Helen.

»Ihnen die Suppe versalzen.«

Ich rief beim *Daily Iberian* an, beim *Morning Advocate* in Baton Rouge, bei der *Times-Picayune* in New Orleans, beim Sierra Club, bei einem Anwalt der Bürgerrechtsunion, der sich mit Begeisterung auf Gemeinschaftsklagen betroffener Minderheiten gegen Umweltverschmutzer stürzte, und bei einem mit Umweltfragen betrauten Staatsanwalt bei der Bundesanwaltschaft.

Als ich nach Dienstschluß zu meinem Pickup gehen wollte, hielt mich Rufus Arceneaux auf. Er hatte dunkle Schweißringe unter den Achseln, und sein Atem stank wie ein voller Aschenbecher.

»Ich muß mit Ihnen reden«, sagte er.

»Machen Sie's während der Dienstzeit.«

»Es geht um was Privates. Ich hab mit den Bertrands nicht viel zu schaffen. Ich hab für die ein bißchen nach dem Rechten gesehn, das is alles.«

»Was wollen Sie damit sagen, Rufus?«

»Wenn die irgendwie in der Scheiße stecken, irgendwelchen Ärger mit den Spaghettis kriegen, dann hat das mit mir nix zu tun. Ich bin da raus. Verstehn Sie, was ich sagen will?«

»Nein.«

Ich konnte seinen Angstschweiß riechen. Seine GI-Frisur schimmerte in der tiefstehenden Sonne glatt und glitschig wie eine geschälte Zwiebel, als er wegging.

An diesem Abend half ich Batist, unsere Mietsboote auszuschöpfen und anzuketten und den Köderladen zu schließen.

Die Luft war heiß und trocken, und der Himmel hatte einen stumpfweißen Glanz, wie Blech, auf dem sich die Sonne spiegelt. Meine Hände und die Brust kribbelten, so als triebe mich etwas um, von dem ich mich nicht lösen konnte.

»Was hat dich denn so in Fahrt gebracht, Streak?« fragte Bootsie, als ich ins Wohnzimmer kam.

»Rufus Arceneaux will sich von den Bertrands lossagen. Er weiß, daß da irgendwas am Dampfen ist.«

»Ich kann nicht …« setzte sie an.

»Clete und ich haben Patsy Dapolito in die Mangel genommen. Er sagt, er könnte Johnny Carp auf eine Art und Weise zusetzen, an die ich gar nicht dächte.«

»Ist dieser Psychopath etwa hinter Julia und Moleen her?«

»Ich weiß es nicht«, sagte ich. Ich ging ins Schlafzimmer, holte das Holster mit meiner 45er und fuhr nach New Iberia.

Es dämmerte bereits, als ich in Moleens Auffahrt bog und bei seiner verglasten Veranda parkte. Im Haus brannten sämtliche Lichter, aber Moleen war draußen auf dem abschüssigen Rasen und rechte Piniennadeln unter einem Baum zu einem Haufen zusammen. Hinter ihm fuhr ein Krabbenkutter mit eingeschalteten rot-grünen Positionslampen den Bayou Teche hinunter in Richtung Golf.

»Liegt irgendein Grund für Ihren Besuch hier vor?« fragte er.

»Patsy Dap.«

»Wer?«

»Ich habe ihm gestern ein paar grobe Sachen reingewürgt. Meiner Meinung nach könnte es sein, daß er den Zoff, den er mit Johnny laufen hat, an Ihnen ausläßt.«

»Macht Ihnen Ihr Gewissen zu schaffen, Sir?«

»Ihretwegen nicht.«

»Eine Prinzipienfrage, geht's darum?«

»Ich habe bereits alles gesagt.«

»Sie haben uns doch schon lange vorher verachtet.«

»Ihre Freunde haben Sonny Boy Marsallus ermordet. Entweder Sie oder Julia haben ein Kind totgefahren. Eines Tages wird Ihnen die Quittung dafür präsentiert werden, Moleen.«

Ich ging zu meinem Pickup. Durch das erleuchtete Fenster konnte ich Julia sehen, die ein gelbes Kleid trug, ein Glas in der Hand hatte und aufgekratzt mit jemandem telefonierte.

Ich hörte Moleen hinter mir, spürte seine Hand, die mich mit erstaunlicher Kraft am Arm packte.

»Meinen Sie etwa, ich wollte, daß all das geschieht? Wissen Sie, wie es ist, wenn man jeden Morgen aufwacht und alles …« Er fuchtelte mit dem Arm in der Luft herum, fast wie ein Betrunkener. Dann riß er sich zusammen, so als habe er sich selbst beobachtet.

»Ich glaube, es steht nicht gut um Sie, Moleen. Suchen Sie Hilfe. Sehen Sie zu, daß Sie ins Zeugenschutzprogramm kommen.«

»Was schlagen Sie bezüglich Ruthie Jean vor?«

»Wenn sie möchte, kann sie mit Ihnen kommen.«

»Sie haben ja keine Ahnung, wie naiv Sie sind, Sir«, sagte er.

Er trug ein fleckiges weißes Hemd und eine weite Leinenhose ohne Gürtel. Als er so im schwindenden Licht stand, den aufgespleißten Zuckerrohrrechen in der Hand, einen Schweißtropfen am Kinn, sah er einen Moment lang nicht mehr so aus wie der Mann, den ich fast mein ganzes Leben lang abgelehnt hatte.

»Kann ich irgend etwas tun?« fragte ich.

»Nein, aber trotzdem besten Dank, Dave. Guten Abend.«

Ich reichte ihm meine Visitenkarte. Er zögerte, nahm sie dann, lächelte matt und schob sie in seine Uhrtasche.

»Guten Abend, Moleen«, sagte ich.

Ich wachte am Samstag morgen früh auf, fuhr zu Reds Studio in Lafayette, trainierte hart mit dem Punktball und am Sandsack, lief drei Meilen auf der Aschenbahn, fuhr dann heim und half Alafair und Batist, das Essen für die Angler zu bereiten, die in der Mittagshitze zum Bootsanleger zurückkehrten. Aber ich wurde diese unsägliche Umtriebigkeit nicht los, diese rotschwarze Glut, die mir die Hände kribbeln ließ und meinen Puls in Wallung versetzte. Es war ein Gefühl, das ich allenfalls von früher kannte, wenn ich auf Sauftour war und keinen Whiskey mehr auftreiben konnte. Oder in Vietnam, wenn wir in eine Kampfzone verlegt wurden und vor Ort erfuhren, daß der Feind abgerückt war.

Ich rief bei Moleen an.

»Ich fürchte, den haben Sie verpaßt«, sagte Julia.

»Könnten Sie ihm ausrichten, daß er mich anrufen soll, wenn er zurückkommt?«

»Ich hab grade einen Auktionator bestellt, der seinen Krempel abstoßen soll. Oh, tut mir leid. Möchten Sie vielleicht vor der Versteigerung rauskommen und sich ein, zwei Schnäppchen aussuchen?«

»Ein Mafioso aus New Orleans treibt sich in der Stadt herum, ein gewisser Patsy Dapolito.«

»Ich muß um eins am Golfplatz antreten. Ansonsten würde ich gern weiterplaudern. Sie haben immer so interessante Sachen auf Lager, Dave.«

»Wir können einen Streifenwagen vor Ihrem Haus postieren. Noch ist Zeit, Julia.«

»Sie sind ein Schatz. Und jetzt tschüß.«

Später ging Alafair in die Stadt ins Kino, und Bootsie und ich machten uns Sandwiches mit scharfen Eiern, Schinken und Zwiebeln und aßen sie vor dem Standventilator am Küchentisch.

»Möchtest du vielleicht lieber heut nachmittag zur Messe gehen als morgen früh?« fragte sie.

»Gern.«

Sie schluckte einen Happen hinunter und richtete ihre Augen auf mich. Der Wind vom Ventilator zerzauste ihre Haare. Sie wollte etwas sagen.

»Ich habe meinen Frieden mit Sonny gemacht«, sagte ich. »Er war tapfer, hat zu sich gestanden, niemals gegen seine Prinzipien verstoßen. Das ist gar keine so schlechte Empfehlung fürs Jenseits.«

»Du bist einmalig, Streak.«

»Du ebenfalls, Kleines.«

Nachdem wir das Geschirr abgespült hatten, ging sie hinunter zum Gemüsegarten am Ende des Entwässerungsgrabens und nahm das Funktelefon mit, falls ich unten am Bootsanleger sein sollte, wenn Alafair nach der Vorstellung anrief.

Ein blauer Plymouth bog in unseren Fahrweg ein, und kurz darauf kam Terry Serrett durch das Gras auf die Veranda zugelaufen. Sie trug weite Shorts mit rosa Streifen, eine weiße Bluse und rote Sandalen. Der Strandbeutel schlug beim Gehen an ihre Schenkel. Sie hielt kurz inne, bevor sie die Treppe heraufkam, schaute zur Straße zurück und hinunter zum Bootsanleger.

Ich war bei der Fliegengittertür, bevor sie anklopfen konnte. Im Schatten war ihre Sonnenbrille tiefschwarz. Überrascht sperrte sie den hellrot geschminkten Mund auf.

»Oh, da sind Sie ja!« sagte sie.

»Kann ich irgend etwas für Sie tun?«

»Vielleicht, wenn ich mal kurz reinkommen dürfte.«

Ich schaute auf meine Uhr und rang mir ein Lächeln ab. »Was gibt's?« fragte ich. Aber die Tür machte ich nicht auf.

Sie wirkte betreten, peinlich berührt, dann straffte sie die Schultern und grinste verlegen.

»Ich frag ja ungern, aber ich müßte mal Ihr Klo benutzen.«

Ich öffnete die Tür, und sie ging an mir vorbei ins Wohnzimmer. Es kam mir so vor, als ob sie sich im Schutz ihrer Sonnenbrille genau umschaute, die Möbel musterte, sich im Flur umsah, in die Küche spähte.

»Sie ist am anderen Ende vom Flur«, sagte ich.

Kurz darauf hörte ich die Toilettenspülung, dann lief der Wasserhahn.

Sie kam ins Wohnzimmer zurück.

»Schon besser«, sagte sie. Sie sah sich im Zimmer um, horchte auf. »Es ist so still hier. Sonnabends hüten Sie wohl das Haus?«

»Oh, eigentlich wollte ich gleich runter zum Bootsanleger gehen.«

Sie rührte sich nicht von der Stelle, so als sei sie in Gedanken versunken, hin- und hergerissen. Ihr stark geschminktes Gesicht wirkte so weiß und undurchdringlich wie eine Kabukimaske.

Das Telefon auf dem Couchtisch klingelte.

»Entschuldigen Sie mich einen Moment«, sagte ich und nahm den Hörer ab. Durch die Fliegengittertür sah ich Batist, der die Böschung vom Bootssteg hochkam und auf das Haus zuging.

»Dave?« schallte es aus dem Hörer.

»Hey, Clete, was ist los?« fragte ich.

»Erinnerst du dich noch dran, daß Helen mir eine Fotokopie von Sonnys Tagebuch gegeben hat? Ich hab sie die ganze Zeit unter meinem Autositz gehabt. Heut morgen hab ich sie mitgenommen und Terry gegeben, damit sie sie im Safe einschließt.

Als ich ein wenig später nachgucke – na, nun rat mal –, da ist es weg und sie desgleichen. Ich sitz also an meinem Schreibtisch neben dem leeren Safe und komm mir vor wie der letzte Blödarsch, und dann schau ich auf meinen Notizblock – du weißt schon, der, auf dem ich mir notiert habe, wie wir zu Pogues Hütte kommen –, und auf einmal wird mir klar, daß das obere Blatt blitzblank ist. Ich weiß genau, daß ich den Block seit dem Anruf von Pogue nicht mehr benutzt hab. Jemand hat das oberste Blatt abgerissen, auf dem sich mein Stift durchgedrückt hat ...

Bist du noch dran?«

36

Sie richtete die 22er Ruger Automatik auf meinen Bauch.

»Sie sind also Charlie«, sagte ich.

Sie antwortete nicht. Ihr Körper zeichnete sich im Gegenlicht vor dem Fenster ab, als ob Kristallsplitter über ihrer Schulter funkelten. Sie schaute hinaus zu Batist, der im Schatten der Bäume auf die Veranda zukam.

»Sagen Sie ihm, daß Sie beschäftigt sind, daß Sie später runterkommen«, sagte sie. »Und kein Wort mehr.«

»Damit kommen Sie auch nicht weiter.«

Sie nahm ein Kissen von einem der Polstersessel.

»Sehen Sie zu, daß Sie den Schwarzen loswerden«, sagte sie.

Ich stand auf. Sie zog sich an die vordere Wand zurück, hatte das Kissen um die Ruger gelegt. Ihr Mund stand leicht offen, so als versuche sie möglichst flach zu atmen. Ich trat an die Tür und rief durch das Fliegengitter: »Ich komme ein bißchen später runter, Batist.«

»Die Sauerstoffpumpe im Köderfischtank is ausgefallen«, sagte er.

Ich zögerte, schloß die Hände und öffnete sie wieder, spürte, wie es mich förmlich hinauszog zu den Bäumen, in den Garten, unter den flirrend blauen Himmel. Die Frau, die sich Terry nannte, legte die Ruger auf meine Schläfe an. »Der kommt keine drei Schritte weiter als Sie«, flüsterte sie.

»Ich brauch noch ein paar Minuten«, rief ich.

»Einer von uns muß in die Stadt.«

»Ist mir klar, Partner.«

»Ja, wenn's dir klar is«, sagte er und ging wieder die Böschung hinunter.

Ich hörte, wie die Dielen unter meinen Füßen knackten, wie der Wind das trockene Laub über die Veranda fegte.

»Gehen Sie von der Tür weg«, sagte die Frau.

»Wir haben immer noch das Original«, sagte ich.

»Darum schert sich sonst niemand. Gehen Sie von der Tür weg und setzen Sie sich in den Polstersessel.«

»Sie können mich mal, Terry, oder wie immer Sie heißen mögen.«

Ihr Gesicht war starr wie eine Gipsmaske. Sie drückte das Kissen um die Ruger, hob die Waffe, bis der Lauf auf meinen Hals gerichtet war.

Ich spürte, wie sich mein Blick trübte, wie mir das Wasser in die Augen schoß.

Tripod lief draußen, mit seiner Kette rasselnd, an der Wäscheleine auf und ab. Sie riß den Kopf herum, wandte sich zur Seite, warf einen kurzen Blick aus dem Fenster, biß sich auf die Unterlippe und zog den Lauf dabei unwillkürlich ein paar Zentimeter von meiner Kehle weg.

Bootsie drückte vom Flur aus ab. Sie hatte die Beretta mit beiden Händen vor sich ausgerichtet.

Der erste Schuß traf die Frau am Oberarm. Ihre Bluse blähte sich auf und verfärbte sich blutrot, als ob von unsichtbarer Hand eine kleine Blume darauf gemalt worden wäre. Aber sie verschluckte den Laut, der aus ihrer Kehle dringen wollte, und drehte sich, die Ruger immer noch in der Hand, zum Flur um.

Bootsie drückte erneut ab, und der zweite Schuß riß ein ausgezacktes Loch in das linke Glas der schwarzen Sonnenbrille, die eine Frau namens Terry aufhatte. Sie spreizte mit einemmal die Finger weit ab, so als ob ihre Nervenstränge durchtrennt worden wären; dann wurde ihr Gesicht weich wie Wachs im Feuer, und sie rutschte zwischen dem Polstersessel und der Wand zu Boden, hinterließ einen senkrechten roten Streifen an der Tapete.

Meine Hände zitterten, als ich Bootsie die Beretta aus der Hand nahm, sie sicherte und die Patrone aus der Kammer hebelte.

Ich drückte sie an mich, streichelte ihre Haare und den Rücken, küßte sie auf die Augen und den schweißnassen Nakken.

Sie wollte zu der Frau gehen, die am Boden lag.

»Nein«, sagte ich und drehte sie zur Küche um, auf das Licht zu, das durch die Fenster im Westen drang, zu den Bäumen hin, die draußen im Wind wogten.

»Wir müssen zurück«, sagte sie.

»Nein.«

»Vielleicht ist sie noch ... Vielleicht braucht sie ...«

»Nein.«

Ich setzte sie auf die Bank an dem Zedernholztisch, ging hinunter in den Garten und suchte herum, bis ich das Funktelefon fand, das sie mit eingeschalteter Sendetaste ins Gras hatte fallen lassen. Doch bevor ich die Notrufnummer eingeben konnte, hörte ich von weitem Sirenen und sah Batist, der mit einer alten doppelläufigen Schrotflinte aus der Hintertür kam.

»Schon okay«, sagte ich. »Schick die Deputies rüber.«

Er schaute von mir zu Bootsie.

»Uns fehlt nichts, Batist«, sagte ich.

Er nickte, klappte seine Schrotflinte auf und ging, den offenen Lauf schräg über den Unterarm gelegt, die Auffahrt hinab, pulte mit dem Daumennagel die Cellophanhülle von einer Zigarre.

Ich legte die Hand an Bootsies Hals, spürte, wie naß ihre Haare waren und daß ihre Haut glühte wie ein Lampenschirm.

»Das geht vorbei«, sagte ich.

»Was?« Sie schaute mich ausdruckslos an.

»Dir ist gar nichts andres übriggeblieben. Wenn Clete dich nicht erreicht hätte, wäre ich tot.«

»Clete? Clete hat nicht ... Das Telefon hat drunten im Garten geklingelt, und jemand hat gesagt: ›Dave ist in der Klemme. Ich kann ihm nicht helfen. Ich bin jetzt zu weit weg. Du mußt das machen.‹«

»Wer?«

»Ich pack das nicht. Du hast gesagt, daß du in der Leichenhalle die Tätowierung auf seinen sterblichen Überresten gesehen hast. Aber ich kenn die Stimme, Dave. Mein Gott ...« Sie brachte den Satz nicht zu Ende. Sie preßte die Handballen an die Augen und fing an zu weinen.

37

Ich glaube, daß es Moleen Bertrand so ähnlich wie vielen anderen aus meiner Generation ging, die am Bayou Teche aufwuchsen. Wir mußten feststellen, daß wir in einem historischen Gefüge steckten, das wir niemals verstanden, von Windströmen dahingetragen wurden, die unser Ende bestimmten, nicht unseren Anfang – erst als provinzielle Überbleibsel der sterbenden arkadischen Kultur, später als Teil jener geschmähten neokolonialistischen Armee, die in einen Krieg auszog, dessen Ursprünge uns ebenso verborgen blieben wie die wirtschaftliche Bedeutung der französischen Mohnpflanzer.

Als wir uns endlich zurechtfanden, rissen wir damit ein Loch mitten in unser Leben.

Ich weiß nicht, warum Moleen sich ein Apartment an der Rampart Street dafür ausgesucht hatte, fast am Rande des French Quarter, nicht weit weg von Storyville, wo einst die Bordelle mit den hellhäutigen Negermädchen gestanden hatten, und dem Iberville Project, der Sozialsiedlung, in der Sonny aufgewachsen war. Vielleicht deswegen, weil diese Umgebung, die Palmwedel, die rostigen Eisengitter, die kunterbunten Pastellfarben, mit denen man den rissigen Putz und das bröckelnde Mauerwerk zu kaschieren versuchte, so absolut bezeichnend war für die Welt, aus der Moleen stammte – verlebt, bezaubernd noch im Verfall, scheinbar täglich wiedergeboren inmitten tropischer Blumen und der Gewitterschauer vom Golf, unlösbar verbunden mit einer verderbten Vergangenheit, die wir insgeheim bewunderten.

Um fünf Uhr morgens bekam ich einen Anruf von einem ehemaligen Kollegen, ebenfalls ein Alkoholiker, von der Mordkommission aus dem Präsidium des First District.

»Der Leichenbeschauer kann sie frühestens um acht wegschaffen lassen – nur für den Fall, daß du runterkommen und es dir anschauen willst«, sagte er.

»Woher weißt du, daß du mich verständigen mußt?« fragte ich.

»Deine Visitenkarte lag auf seinem Nachttisch. Die und der Führerschein waren alles, was er bei sich hatte. Jemand ist eingebrochen, bevor wir dort waren.« Er gähnte ins Telefon. »Was war er, ein Zuhälter?«

Der Flug mit der einmotorigen Maschine der Sheriffdienststelle dauerte nur eine halbe Stunde, aber der Tag heizte sich bereits auf, und in den Straßen war es schwül und stickig, als

Helen Soileau und ich über den mit Ziegelsteinen gepflasterten Innenhof gingen und das kleine Apartment betraten, dessen Wände tiefrot gestrichen und mit schwarzen Samtbahnen verhängt waren, die lediglich die Fenster aussparten.

Moleen und Ruthie Jean lagen angekleidet auf dem Doppelbett – beide hatten durchsichtige Plastiktüten über den Kopf gestülpt. Ein Polizeifotograf nahm sie von allen Seiten auf. Jedesmal, wenn sein Blitzlicht losging, war es, als ob ihre Gesichter unter den Plastikfalten wieder zum Leben erwachten.

»Er war Anwalt, was? Wer war die Braut?« fragte mein Exkollege. Er hatte einen Hut auf und trank aus einem Styroporbecher Kaffee.

»Bloß ein Bauernmädchen«, sagte ich.

»Schönes Bauernmädchen. Die hat sie beide erledigt.«

»Was hat sie?« sagte ich.

»Sein Beutel ist von hinten zugeknotet, ihrer von vorne. Hoffentlich war sie wenigstens 'ne scharfe Fotze.«

»Schnauze«, sagte Helen. »Haben Sie verstanden? Halten Sie Ihre Scheißschnauze.«

Als man uns später anbot, uns zum Flughafen zu bringen, lehnten Helen und ich ab und gingen statt dessen hoch zur Canal Street, wo wir uns ein Taxi nehmen wollten. Der Verkehr lärmte vorbei, Autos hupten, die Luft war stickig, und die dunstverhangene Sonne brannte einem so tränentreibend in die Augen, daß man sich vorkam, als hätte man einen schweren Kater. Die Menschenmassen auf den Gehsteigen schoben sich mit ausdruckslosen Mienen durch die Hitze, die Blicke nach innen gekehrt und teilnahmslos, auf Ziele gerichtet, die weder Freude noch Schmerz, weder Sieg noch Niederlage für sie bereithielten.

»Was hast du vor, Streak?«

Ich nahm sie an der Hand und überquerte den Mittelstreifen, zog sie mit hinein in die großartige Straßenbahn aus dem Jahr 1910, die beim Pearl-Hotel, an der Ecke Canal Street und St. Charles Avenue, dort wo Sonny früher unter einem mit Holzblättern bestückten Ventilator seine Geschäfte eingefädelt hatte, kreischend um die Ecke bog, dann klingelnd und scheppernd die Avenue hinauffuhr, an den Gehsteigen vorbei, die von Eichenwurzeln, prall wie Feuerwehrschläuche, gesprengt wurden, hinein in einen langen Tunnel aus Bäumen und blinkendem Licht, so als falle man durch den Grund eines grünen Brunnens und lande an einem Ort, an dem die Schranken von Vernunft und Berechenbarkeit nicht mehr galten.

Epilog

Der Spätherbst ist eine seltsame Jahreszeit in Louisiana. Nach dem ersten Frost bevölkern Rotkehlchen die Bäume entlang des Bayou, und Kamelien, die aussehen wie aus Kreppapier gebastelt, blühen in hellen Frühlingsfarben, obwohl der Winter vor der Tür steht. Der Himmel ist tiefblau und wolkenlos, ohne jeden Makel, aber gegen Abend wird die Sonne härter und zusehends kälter, wie in einem Gedicht über die Vergänglichkeit des Diesseits; die Landstraßen sind mit Zuckerrohrwagen verstopft, die zu den Raffinerien rollen, und die Stoppelfeuer auf den Feldern durchsetzen die Luft mit einem ätzend süßen Duft, wie verkochender Sirup auf einem Holzkohleofen.

Bootsie und ich nahmen Alafair dieses Jahr mit zur Wahl der schönsten ehemaligen Studentinnen an der LSU, und hinterher gingen wir im Possum's an der St. Martinville Road Krebse essen. Es war ein herrlicher Tag gewesen, wie er auch in der Erinnerung nicht schöner werden kann, und als wir nach Hause kamen, zündeten wir Alafairs Kürbislaterne auf der Veranda an und bereiteten uns anschließend in der Küche selbstgemachte Eiscreme mit gefrorenen Heidelbeeren zu.

Möglicherweise lag es an der Jahreszeit, vielleicht auch an den Wachteln und Tauben, die sich im roten Sonnenlicht über dem Feld meines Nachbarn tummelten, aber mir wurde mit einemmal klar, daß ich an diesem Abend etwas unternehmen mußte, sonst würde ich keine Ruhe mehr finden.

Und wie einst die Heiden, die ihre Geister mit schweren Hünensteinen in die Erde hatten bannen wollen, schnitt ich einen Eimer voller Chrysanthemen und fuhr hinaus zur Bertrandschen Plantage, den Fahrweg entlang, an den Pachtbauernhäusern vorbei zu dem Gummibaumhain, bei dem einst ein alter Sklavenfriedhof gewesen war. Die Luft fühlte sich feucht und kalt an, als ich aus dem Pickup stieg, und sie roch nach Staub und Regen. Ab und zu stoben Feuerfunken aus der Asche im Feld auf, und ich hörte, wie der Wind das trockene Laub über die Betonplatte wirbelte, die von dem Bauvorhaben übriggeblieben war.

Ich zog meinen Regenmantel an, setzte den Hut auf und ging quer über das Feld auf die Bäume zu, zu der alten Maishütte, wo für Ruthie Jean und Moleen alles begonnen hatte, wo sie von einem Mann, den Luke Fontenot später umgebracht hatte, ausgespäht und beobachtet worden waren, wo sie aufs neue das alte, auf Not und Abhängigkeit beruhende Selbstverständnis bestätigten, das zwischen Schwarz und Weiß im Süden herrschte und das in all seiner Eigenart nichts anderes war als eine Anerkennung der schlichten biologischen Tatsache, daß wir alle Brüder sind.

Und nur aus diesem Grund, so sagte ich mir, steckte ich die Blumenstengel zwischen die Überreste der Tür an dem alten Schuppen und ging dann, als die ersten Regentropfen auf meine Hutkrempe schlugen, zum Pickup zurück.

Aber ich wußte, daß es nicht so war. Unser aller Geschichte begann hier – meine, Moleens, die der Familie Fontenot, selbst Sonnys. Er, der zum Zocken geboren war, sei es in Poolsalons oder bei billigen Boxkämpfen, hatte irgendwann unbemerkt eine Grenze überschritten und war jemand geworden, den er selbst nicht wiedererkannte. Die Narben an seinem Leib wurden zu Blessuren an unserem Gewissen, sein Knastgeschwafel zu einem Lobgesang auf Woody Guthrie und Joe Hill.

Wenn ich etwas aus der Bekanntschaft mit Moleen und Ruthie Jean und Sonny Boy gelernt habe, dann vor allem eines – daß wir einander selten kennen und nur raten können, was das Leben für jeden Menschen bereithält.

Und falls du jemals vergessen solltest, wie nah uns die Vergangenheit steht, dachte ich bei mir, mußt du nur einen Blick über die Schulter werfen, auf den Regen, der auf die Felder niedergeht, so wie jetzt, wenn feuchte Dampfwolken aus den

Stoppeln aufsteigen und der Dunst vom See herüberzieht, und schon hast du sie so klar und deutlich vor dir wie in einem Traum – die Marschkolonnen, die in Viererreihe unter den Bäumen hervorrücken, barfuß, ausgemergelt wie die Vogelscheuchen, die durchlöcherte, von der Sonne verblichene Flagge, die über ihnen im Wind knattert, die Offiziere, die hoch zu Roß ins Feld galoppieren, dann macht sich alles bereit, und man hört das Klappern der Musketen, als alle zugleich anlegen. Ja, nur ein kurzes Augenzwinkern, so schnell geht das, und schon bist du unter ihnen, ziehst deines Wegs mit Herr und Knecht und Hüter, im Gleichschritt mit den großen Heerscharen der Toten.

GOLDMANN

*Das Gesamtverzeichnis aller lieferbaren Titel erhalten Sie
im Buchhandel oder direkt beim Verlag.*

Taschenbuch-Bestseller zu Taschenbuchpreisen
– Monat für Monat interessante und fesselnde Titel –

✳

Literatur deutschsprachiger und internationaler Autoren

✳

Unterhaltung, Thriller, Historische Romane
und Anthologien

✳

Aktuelle Sachbücher, Ratgeber, Handbücher
und Nachschlagewerke

✳

Esoterik, Persönliches Wachstum und
Ganzheitliches Heilen

✳

Krimis, Science-Fiction und Fantasy-Literatur

✳

Klassiker mit Anmerkungen, Autoreneditionen
und Werkausgaben

✳

Kalender, Kriminalhörspielkassetten und
Popbiographien

Die ganze Welt des Taschenbuchs

Goldmann Verlag · Neumarkter Str. 18 · 81673 München

Bitte senden Sie mir das neue kostenlose Gesamtverzeichnis

Name: _____

Straße: _____

PLZ / Ort: _____